【臺灣現當代作家
研究資料彙編】97

楊青矗

國立台灣文學館
出版

部長序

　　「臺灣現當代作家研究資料彙編」是臺灣文學研究一場極富意義的文學接力，計畫至今已來到第七階段，累積的豐碩成果至今正好匯聚百冊。欣見國立臺灣文學館今年再次推出十部作家研究成果，包括：翁鬧、孟瑤、楊念慈、施明正、劉大任、許達然、楊青矗、夐虹、張曉風和王拓。謹以此套叢書，向長期致力於臺灣文學創作的文學家們致敬。

　　文學是一個國家的靈魂，反映出一個民族最深刻的心靈史。回顧臺灣史，文學家一直是引領社會思潮前進的先鋒，是開創語言無限可能的拓荒者，創造出每一個時代的時代精神。「臺灣現當代作家研究資料彙編」透過回顧作家的生平經歷、尋訪作家與文友互動及參與文學社團的軌跡、閱讀其作品並且整理歷來研究者的諸多評述，讓我們能與作家的生命路徑同行，由此更認識他們所創造的文學世界。越深入認識臺灣文學開創出的獨特風采，我們對這塊土地的情感也會更加踏實，臺灣文化的創發與新生才更活潑光燦。

　　「臺灣現當代作家研究資料彙編」計畫推動至今已歷時八年，感謝這一路走來勤謹任事的執行團隊及諸多專家學者的戮力協助，替臺灣文學的作家研究奠定厚實根基。在此向讀者推介這一套兼具深度與廣度的臺灣文學工作書，讓我們藉由創作、閱讀和研究，一同點亮臺灣文學的璀璨光芒。

文化部部長　

館長序

　　在眾人引頸期盼中，「臺灣現當代作家研究資料彙編計畫」第七階段成果終於出爐，把一年來辛勤耕耘的果實呈現在讀者面前。此次所編纂的作家研究資料彙編，包含翁鬧、孟瑤、楊念慈、施明正、劉大任、許達然、楊青矗、敻虹、張曉風、王拓等十位作家。如同以往，在作家的族群身分、創作文類、性別比例各方面，均力求兼顧平衡；而別具意義的是，這十位作家的加入，讓「臺灣現當代作家研究資料彙編計畫」，匯聚累積共計百冊，為這份耗時良久的龐大學術工程，締造了全新的歷史紀錄。

　　從 1894 年出生的賴和，到 1945 年世代的王拓，這 51 年間，臺灣的歷史跌宕起伏，卻在在滋養著出生、成長於這塊土地上的文學青年、知識分子。而諸多來自對岸的戰後移民作家，大概也從來沒有想過，有一天，他們的書寫創作是在臺灣這塊土地發光發熱。事實證明，作家研究資料彙編的出版，不僅重新點燃了許多前輩作家的熱情，使其生命軌跡與文學路徑得到更為精緻細膩的梳理，某些已然淡出文學舞臺的作家與作品，也因而再次閃現光芒。另一方面，對於關心臺灣文學發展的學者專家，乃至一般讀者來說，這套巨著猶如開啟一扇窗扉，足以眺望那遼闊無際的文學美景，讓我們翻轉過去既有的印象和認知，得以嘗試用較為活潑、多元的角度來解讀作品。

　　在李瑞騰前館長的擘畫、其後歷任館長的大力支持下，自 2010 年起步的「臺灣現當代作家研究資料彙編計畫」，至今已持續推動八年。走過如

此漫長的時光，臺文館所挹注的人力、物力等資源之龐大，自是不難想像。而我們之所以對作家研究投以如此關注，最根本的緣由乃是因為作家與作品，實為當代社會的縮影與靈魂的核心，伴隨著文本所累積的研究論述及文獻史料，則不僅是厚實文學發展的根基，更是深化人文思想的依據。本叢書既是對近百年來臺灣新文學的驗收及盤點，也是擴展並深化臺灣文學研究的嶄新契機，體現了臺灣文學研究總體成果中最優質精緻的部分，並對未來的研究指向與路徑，提出嶄新而適切的指引。

　　在此，特別感謝承辦單位臺灣文學發展基金會所組成的工作團隊，以及參與其事的專家、學者；更謝謝長期以來始終孜孜不倦、埋首於文學創作的前輩作家們。初冬時節，我們懷抱欣喜之情，向讀者推介此一深具實用價值的全方位臺灣現當代文學工具書，並期待未來有更多人，善用這套鉅著進行閱讀研究，從而加入這一場綿長而優美的臺灣文學接力賽。

國立臺灣文學館館長　廖振富

編序

緣起

　　1995 年 10 月 25 日，在臺灣師範大學教育大樓的 201 室，一場以
「面對臺灣文學」為題的座談會，在座諸位學者分別就臺灣文學的定義、
發展、研究，以及文學史的寫法等，提出宏文高論，而時任國家圖書館編
纂張錦郎的「臺灣文學需要什麼樣的工具書」，輕鬆幽默的言詞，鞭辟入
裡的思維，更贏得在座者的共鳴。

　　張先生以一個圖書館工作人員自謙，認真專業地為臺灣這幾十年來究
竟出版了多少有關臺灣文學的工具書，做地毯式的調查和多方面的訪問。
同時條理分明地針對研究者、學生，列出了十項工具書的類型，哪些是現
在亟需的，哪些是現在就可以做的，哪些是未來一步一步累積可以達成
的，分別做了專業的建議及討論。

　　當時的文建會二處科長游淑靜，參與了整個座談會，會後她劍及履及
的開始了文學工具書的委託工作，從 1996 年的《臺灣文學年鑑》起始，一
年一本的編下去，一直到現在，保存延續了臺灣文學發展的基本樣貌。接
著是《中華民國作家作品目錄》的新編，《臺灣文壇大事紀要》的續編，
補助國家圖書館「當代文學史料影像全文系統」的建置，這些工具書、資
料庫的接續完成，至少在當時對臺灣文學的研究，做到一些輔助的功能。

　　2003 年 10 月，籌備多年的「臺灣文學館」正式開幕運轉。同年五月
《文訊》改隸「財團法人台灣文學發展基金會」，為了發揮更大的動能，開

始更積極、更有效率地將過去累積至今持續在做的文學史料整理出來，讓豐厚的文藝資源與更多人共享。

於是再次的請教張錦郎先生，張先生認為文學書目、作家作品目錄、文學年鑑、文學辭典皆已完成或正在進行，現在重點應該放在有關「臺灣現當代作家評論資料目錄」的編輯工作上。

很幸運的，這個計畫的發想得到當時臺灣文學館林瑞明館長的支持，於是緊鑼密鼓的展開一切準備工作：籌組編輯團隊、召開顧問會議、擬定工作手冊、撰寫計畫書等等。

張錦郎先生花了許多時間編訂工作手冊，每一位作家的評論資料目錄分為：

（一）生平資料：可分作者自述，旁人論述及訪談，文學獎的紀錄。

（二）作品評論資料：可分作品綜論，單行本作品評論，其他作品（包括單篇作品）評論，與其他作家比較等。

此外，對重要評論加以摘要解說，譬如專書、專輯、學術會議論文集或學位論文等，凡臺灣以外地區之報刊及出版社，於書名或報刊後加註，如中國大陸、香港、新加坡等。此外，資料蒐集範圍除臺灣外，也兼及中國大陸、香港、新加坡、日本、韓國及歐美等地資料，除利用國內蒐集管道外，同時委託當地學者或研究者，擔任資料蒐集工作。

清楚記得，時任顧問的學者專家們，都十分高興這個專案的啟動，但確定收錄哪些作家名單時，也有不同的思考及看法。經過充分的討論後，終於取得基本的共識：除以一般的「文學成就」為觀察及考量作家的標準外，並以研究的迫切性與資料獲得之難易度為綜合考量。譬如說，在第一階段時，作家的選擇除文學成就外，先考量迫切性及研究性，迫切性是指已故又是日治時期臺籍作家為優先，研究性是指作品已出土或已譯成中文為優先。若是作品不少而評論少，或作品評論皆少，可暫時不考慮。此外，還要稍微顧及文類的均衡等等。基本的共識達成後，顧問群共同挑選出 310 位作家，從鄭坤五、賴和、陳虛谷以降，一直到吳錦發、陳黎、蘇

偉貞，共分三個階段進行。

　　「臺灣現當代作家評論資料目錄」專案計畫，自 2004 年 4 月開始，至 2009 年 10 月結束，分三個階段歷時五年六個月，共發現、搜尋、記錄了十餘萬筆作家評論資料。共經歷了三位專職研究助理，近三十位兼任研究助理。這些研究助理從開始熟悉體例，到學習如何尋找資料，是一條漫長卻實用的學習過程。

接續

　　「臺灣現當代作家評論資料目錄」的專案完成，當代重要作家的研究，更可以在這個基礎上，開出亮麗的花朵。於是就有了「臺灣現當代作家研究資料彙編暨資料庫建置計畫」的誕生。為了便於查詢與應用，資料庫的完成勢在必行，而除了資料庫的建置外，這個計畫再從 310 位作家中精選 50 位，每人彙編一本研究資料，內容有作家圖片集，包括生平重要影像、文學活動照片、手稿及文物，小傳、作品目錄及提要、文學年表。另外每本書分別聘請一位最適當的學者或研究者負責編選，除了負責撰寫八千至一萬字的作家研究綜述外，再從龐雜的評論資料中挑選具有代表性的評論文章，平均 12～14 萬字，最後再附該作家的評論資料目錄，以期完整呈現該作家的生平、創作、研究概況，其歷史地位與影響。

　　第一部分除資料庫的建置外，50 位作家 50 本資料彙編（平均頁數 400～500 頁），分三個階段完成，自 2010 年 3 月開始至 2013 年 12 月，共費時 3 年 9 個月。因為內容充實，體例完整，各界反應俱佳，第二部分的 50 位作家，接著在 2014 年元月展開，第一階段至第三階段共出版了 40 本，此次第四階段計畫出版 10 本，預計在 2017 年 12 月完成。

成果

　　雖然過程是如此艱辛，如此一言難盡，可是終究看到豐美的成果。每位編選者雖然忙碌，但面對自己負責的作家資料彙編，卻是一貫地認真堅

持。他們每人必須面對上千或數百筆作家評論資料，挑選重要或關鍵性的
評論文章，全面閱讀，然後依照編選原則，挑選評論文章。助理們此時不
僅提供老師們所需要的支援，統計字數，最重要的是得找到各篇選文作
者，取得同意轉載的授權。在起初進度流程初估時，我們錯估了此項工作
的難度，因為許多評論文章，發表至今已有數十年的光景，部分作者行蹤
難查，還得輾轉透過出版社、學校、服務單位，尋得蛛絲馬跡，再鍥而不
捨地追蹤。有了前面的血淚教訓，日後關於授權方面，我們更是如臨深
淵、如履薄冰，希望不要重蹈覆轍，在面對授權作業時更是戰戰兢兢，不
敢懈怠。

　　除了挑選評論文章煞費苦心外，每個作家生平重要照片，我們也是採
高標準的方式去蒐集，過世作家家屬、友人、研究者或是當初出版著作的
出版社，都是我們徵詢的對象。認真誠懇而禮貌的態度，讓我們獲得許多
從未出土的資料及照片，也贏得了許多珍貴的友誼。許多作家都協助提供
照片手稿等相關資料，已不在世的作家，其家屬及友人在編輯過程中，也
給予我們許多協助及鼓勵，藉由這個機會，與他們一起回憶、欣賞他們親
人或父祖、前輩，可敬可愛的文學人生。此外，還有許多作家及研究者，
熱心地幫忙我們尋找難以聯繫的授權者，辨識因年代久遠而難以記錄年
代、地點、事件的作家照片，釐清文學年表資料及作家作品的版本問題，
我們從他們身上學習到更多史料研究可貴的精神及經驗。

　　但如何在規定的時間內，完成每個階段資料彙編的編輯出版工作，對
工作小組來說，確實是一大考驗。每一冊的主編老師，都是目前國內現當
代臺灣文學教學及研究的重要人物，因此都十分忙碌。每一本的責任編
輯，必須在這一年的時間內，與他們所負責資料彙編的主角──傳主及主
編老師，共生共榮。從作家作品的收集及整理開始，必須要掌握該作家所
有出版的作品，以及盡量收集不同出版社的版本；整理作家年表，除了作
家、研究者已撰述好的年表外，也必須再從訪談、自傳、評論目錄，從作
品出版等線索，再作比對及增刪。再來就是緊盯每位把「研究綜述」放在

所有進度最後一關的主編們，每隔一段時間提醒他們，或順便把新增的評論目錄寄給他們（每隔一段時間就有新的相關論文或學位論文出現），讓他們隨時與他們所主編的這本書，產生聯想，希望有助於「研究綜述」撰寫的進度。

　　在每個艱辛漫長的歲月中，因等待、因其他人力無法抗拒的因素，衍伸出來的問題，層出不窮，更有許多是始料未及的。譬如，每本書的選文，主編老師本來已經選好了，也經過授權了，為了抓緊時間，負責編輯的助理們甚至連順序、頁碼都排好了，就等主編老師的大作了，這時主編突然發現有新的文章、新的資料產生：再增加兩三篇選文吧！為了達到更好更完備的目標，工作小組當然全力以赴，聯絡，授權，打字，校對，重編順序等等工作，再度展開。

　　此次第二部分第七階段共需完成的 10 位作家研究資料彙編，年齡層較上兩個階段已年輕許多，因此到最後的疑難雜症，還有連主編或研究者都不太清楚的部分，譬如年表中的某一件事、某一個年代、某一篇文章、某一個得獎記錄，作家本人及家屬絕對是一個最好的諮詢對象，對解決某些問題來說，這是一個好的線索，但既然看了，關心了，參與了，就可能有不同的看法，選文、年表、照片，甚至是我們整本書的體例，於是又是一場翻天覆地的大更動，對整本書的品質來說，應該是好的，但對經過多次琢磨、修改已進入完稿階段的編輯團隊來說，這不啻是一大挑戰。

　　1990 年開始，各地縣市文化中心（文化局），對在地作家作品集的整理出版，以及臺灣文學館成立後對日治時期作家以迄當代重要作家全集的編纂，對臺灣文學之作家研究，也有了很好的促進作用。如《楊逵全集》、《林亨泰全集》、《鍾肇政全集》、《張文環全集》、《呂赫若日記》、《張秀亞全集》、《葉石濤全集》、《龍瑛宗全集》、《葉笛全集》、《鍾理和全集》、《錦連全集》、《楊雲萍全集》、《鍾鐵民全集》等，如雨後春筍般持續展開。

　　經過近二十年的努力，臺灣文學的研究與出版，也到了可以驗收或檢

討成果的階段。這個說法,當然不是要停下腳步,而是可以從「臺灣現當代作家評論資料目錄」所呈現的 310 位作家、10 萬筆資料中去檢視。檢視的標的,除了從作家作品的質量、時代意義及代表性去衡量外、也可以從作家的世代、性別、文類中,去挖掘有待開墾及努力之處。因此這套「臺灣現當代作家研究資料彙編」,大部分的編選者除了概述作家的研究面向外,均有些觀察與建議。希望就已然的研究成果中,去發現不足與缺憾,研究者可以在這些不足與缺憾之處下功夫,而盡量避免在相同議題上重複。當然這都需要經過一段時間去發現、去彌補、去重建,因此,有關臺灣文學的調查、研究與論述,就格外顯得重要了。

期待

　　感謝臺灣文學館持續推動這兩個專案的進行。「臺灣現當代作家評論資料目錄」的完成,呈現的是臺灣文學研究的總體成果;「臺灣現當代作家研究資料彙編」的出版,則是呈現成果中最精華最優質的一面,同時對未來臺灣文學的研究面向與路徑,作最好的建議。我們可以很清楚的體會,這是一條綿長優美的臺灣文學接力賽,經過長時間的耕耘、灌溉、風搖雨濡、燭影幽轉,百年臺灣文學大樹卓然而立,跨越時代並馳而行,百冊作家研究資料彙編得千位作家及學者之力,我們十分榮幸能參與其中,更珍惜在傳承接力的過程,與我們相遇的每一個人,每一件讓我們真心感動的事。我們更期待這個接力賽,能有更多人加入。誠如張恆豪所說「從高音獨唱到多元交響」,這是每一個人所期待的。

編輯體例

一、本書編選之目的，為呈現楊青矗生平、著作及研究成果，以作為臺灣文學相關研究、教學之參考資料。

二、全書共五輯，各輯內容及體例說明如下：

輯一：圖片集。選刊作家各個時期的生活或參與文學活動的照片、著作書影、手稿（包括創作、日記、書信）、文物。

輯二：生平及作品，包括三部分：

　　1.小傳：主要內容包括作家本名、重要筆名，生卒年月日，籍貫，及創作風格、文學成就等。

　　2.作品目錄及提要：依照作品文類（論述、詩、散文、小說、劇本、報導文學、傳記、日記、書信、兒童文學、合集）及出版順序，並撰寫提要。不收錄作家翻譯或編選之作品。

　　3.文學年表：考訂作家生平所進行的文學創作、文學活動相關之記要，依年月順序繫之。

輯三：研究綜述。綜論作家作品研究的概況，並展現研究成果與價值的論文。

輯四：重要文章選刊。選收作家自述、國內外具代表性的相關研究論文及報導。

輯五：研究評論資料目錄。收錄至 2017 年 11 月底止，有關研究、論述臺灣現當代作家生平和作品評論文獻。語文以中文為主，兼及日文和英文資料。所收文獻資料，以臺灣出版為主，酌收中國大陸、香港、日本和歐美國家的出版品。內容包含三部分：

　　1.「作家生平、作品評論專書與學位論文」下分為專書與學位論文。

　　2.「作家生平資料篇目」下分為「自述」、「他述」、「訪談」、「年表」、「其他」。

　　3.「作品評論篇目」下分為「綜論」、「分論」、「作品評論目錄、索引」、「其他」。

目次

【輯五】研究評論資料目錄

輯一◎圖片集

影像◎手稿◎文物

1947年，就讀臺南後港國民學
校（今臺南市七股區後港國民
小學）的楊青矗。（楊青矗提
供）

1962年3月14日，即將入伍的楊青矗與母親楊蔡紫
菜合影於臺南南鯤鯓代天府。（楊青矗提供）

1962～1964年，楊青
矗於金門服兵役（後
排右二），攝於陳景
蘭洋樓。（楊青矗提
供）

1965年1月，楊青矗與妻子陳碧霞結婚照，攝於高雄羅新時裝店前。（楊青矗提供）

1978年12月，楊青矗參與工人
團體立法委員競選的選舉照。
（楊青矗提供）

1970年代中期，於高雄煉油廠擔任事務管理員的
楊青矗，攝於高雄煉油廠的半屏山公園。（楊
青矗提供）

1979年7月9日，與《美麗島》雜誌社同仁合影於臺北市仁愛路。前排右起：呂秀蓮、黃天
福、許信良、林義雄、黃信介、姚嘉文、張俊宏、施明德、林文郎；後排右起：張美貞、陳
忠信、劉峰松、歐文港、魏廷朝、楊青矗、吳哲朗、陳博文、紀萬生、謝秀雄、張榮華。
（楊青矗提供）

1979年7月12日，時任《美麗島》雜誌編輯委員的楊青矗，攝於美麗島雜誌社。（楊青矗提供）

約1985年，楊青矗全家福。左起：楊青矗、女兒楊士慧、次子楊敦凱、長子楊曜禎、妻子楊陳碧霞；前坐者為母親楊蔡紫茱。（楊青矗提供）

1985年8月，與美國愛荷華大學「國際寫作計畫」作家合影。前排左起：
Muhammad Batrawi、左三Orhan Pamuk、左四Alina Diaconu、左七Edgardo
Maranan、左八轟華苓；中排左起：楊青矗、向陽、Kobena Eyi Acquah、佚
名、Sohn Jang-Soon、Ulla-Lena Lundberg、Augustine Ejiet、佚名、Michael
Morrissey、Edward Redliński；後排左二起：馮驥才、Paul Engle、Harry
Clifton、Alberto Duque López、Branko Dimitrijevic、Liliane Atlan、方梓、
Silvio Fiorani，左十二Hanoch Bartov、佚名、Tanure Ojaide、佚名、Takashi
Hiraide、Luis Moreno、王潤華、佚名、張賢亮、Mia Gallegos、Arun Sadhu、
Tony McNeil。（楊青矗提供）

1985年8月，楊青矗與聶華苓（右）合影於愛荷華鹿園。（楊青矗提供）

1985年10月22日，於美國芝加哥許達然家中主持「臺灣文學的世界性」座談會，同與會文友合影。右起：楊青矗、許達然、李歐梵、非馬、向陽。（楊青矗提供）

1985年12月9日，楊青矗與陳芳明（右）合影於西雅圖華盛頓大學。（楊青矗提供）

1987年2月7日，擔任《自立晚報》「第三次百萬小說徵文」評審，於評審會議中
留影。左起：施淑、楊青矗、葉石濤、陳映真、李喬。（向陽提供））

1993年12月9日，楊青矗與時任外交官的英格麗舒
（Ingrid Schuh）（右）合影於北京德國大使館。
（楊青矗提供）

1990年代末，楊青矗與其著作合影，攝於臺北中
正區臺大公館自宅客廳。（楊青矗提供）

1998年12月16日，出席「戰後臺灣現代詩的風格」研討會，同與談者合影。前排左起：陳明台、岩上、巫永福、陳千武、簡茂發；後排左起：吳榮斌、陳憲明（後）、姚榮松、溫振華（後）、楊青矗、莊萬壽、馬漢茂、許俊雅（後）、林忠勝、李敏勇。（楊青矗提供）

1999年11月20日，獲頒第11屆臺美基金會臺灣人才成就獎。左起：杜文苓、張俊彥、楊青矗、林希龍、謝長廷、柯蔡玉瓊、柏楊。（楊青矗提供）

2001年8月，楊青矗為執筆臺語文學之編纂，前往臺南市佳里區新生醫院訪問漢詩〈至番仔田驛〉作者吳萱草之孫吳南圖，攝於吳萱草之子、臺灣第一代新文學家吳新榮之銅像前。（楊青矗提供）

2002年11月15日，楊青矗獲頒第25屆吳三連文學獎，由副總統呂秀蓮（左）授獎。（楊青矗提供）

2008年5月14日，因長期悉力臺語文字研究，深耕本土文學創作，獲總統陳水扁（左）頒授三等景星勳章。（楊青矗提供）

2011年4月23日，楊青矗出席國家圖書館舉辦的「跨越・回返──駐訪愛荷華之臺灣小說作家展」開幕式，與文友王拓（右）合影。（國家圖書館提供）

2012年3月31日，楊青矗應邀出席文訊雜誌社於臺北紀州庵文學森林舉辦的「臺灣現當代作家研究資料彙編 第二階段新書發表會」。前排右起：向明、劉慕沙、管管、尉天驄、楊青矗、李瑞騰、鄭清文、趙天儀、張香華、林武憲；後排右起：林巾力、趙慶華、封德屏、朱天文、李隆獻、曾進豐、方忠、林淇瀁、喬林、王友輝、李進益、許俊雅、楊小濱、樸月。（文訊文藝資料中心）

2014年7月22日，文訊雜誌社「作家關懷列車」前往探訪楊青矗，攝於臺北。右起：黃文成、楊青矗、鄭清文、林央敏、封德屏。（文訊文藝資料中心）

臺灣省石油工會
會員證
號 012119　石工證字第　號

姓名　楊和雄　性別　男
出生　民國廿七年八月廿一日
入會日期　民國五〇年十月十四日
籍貫　台灣省台南縣

發證日期　中華民國五十年十二月廿日

1961～1979年，楊青矗於中國石油公司高雄煉油廠擔任事務員時的員工證。（楊青矗提供）

朱老師：

三月中旬到中華日報一則消息，……參加美術學院藝術研究所……消息，隔了一兩天我因鼻塞發住院開刀治療；在二月底起在左邊按捌妳的開刀日子。您辛師院的工妳我遂住院中，故沒去找您，到院四、五天刀口有一條血管出血，又送醫院住八天，在醫院中接到盧先生的訃聞。前開他胃患症，本判先別床坎好了！

去年接到您的信時，正好準備去送二人（國偉主考）；後來被工會雲一拢，特令六名無遺送，但户路拿作拒收，我及在芝工以回俾的雲。也不解託登考後送人。我異求找告員妻人作芝送票，等於一人走廠友去舍回柜，那一陣子多盡打擊。指种笑年關陸。我对的陷去参盡大生做，也不是之籽料了，只是覺得对工人稍情解。也有一些辞忘老故，好讥而已。

1976年5月18日，楊青矗致朱西甯函，述及前一年參選工人團體立法委員遭阻經過。（國立臺灣文學館提供）

1978年12月，楊青矗參與工人團體立法委員競選選舉傳單。（艾琳達、黃永楠繪／楊青矗提供）

經國先生：

著名作家王拓和楊青矗於十二月十三日被
台灣警備總部逮捕，震驚海外。尤為我們這一
群來自台灣的海外作家深深關注。

我們認為王拓和楊青矗是此正的人道主
義者和愛國作家。他們參與社會活動是希望促
進社會進步。他們的作品流露出師的民族生命力
，表現了智識份子熱愛國家的情操，以及勤勞的中
國民族性，實在有助於國際對台灣民主自由的了解。

1979年12月18日，陳若曦、杜維明、許倬雲、余英時、李歐梵、聶華苓、於梨華、水晶等27位旅美學者、作家集體致信蔣經國，要求釋放因「美麗島事件」被拘捕的王拓、楊青矗。（國立臺灣文學館提供）

1984年8月4日，同名小說改編電影《在室男》上映，圖為電影海報。（陳世宏提供）

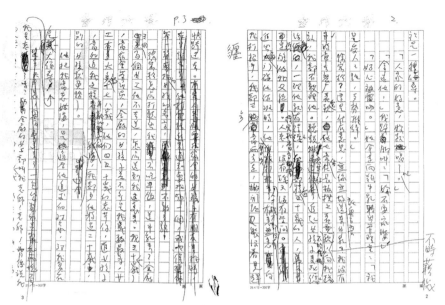

約1985年，楊青矗短篇小說〈剪掉半邊像〉手稿。（楊青矗提供）

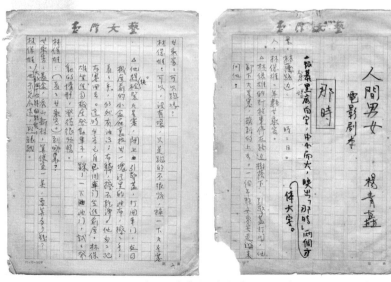

1985年，楊青矗電影劇本〈人間男女〉手稿。(國家圖書館提供)

1987年10月16日，楊青矗覆馬森函，談及因短篇小說創作暫時停擺，婉拒《聯合文學》邀稿。（國立臺灣文學館提供）

1980年代晚期，楊青矗〈藍海已非夢——讀姚嘉文嘗試為臺灣尋找去向的小說《藍海夢》〉手稿。（國立臺灣文學館提供）

輯二◎生平及作品
小傳◎作品◎年表

小傳

　　楊青矗，男，本名楊和雄，後改筆名楊青矗為本名，籍貫臺灣臺南，1940 年 8 月 11 日（農曆 7 月 8 日）生。

　　臺灣省立高雄高級中學附設空中補校畢業。曾任高雄煉油廠事務員、裁縫師、《美麗島》雜誌高雄服務處主任及編輯委員、臺灣勞工法律支援會會長、《臺灣文藝》總編輯、總統府國策顧問。1971 年與 1975 年先後創辦文皇出版社、敦理出版社，1979 年因高雄美麗島事件被捕，判刑四年二個月，1983 年出獄，1985 年赴美國愛荷華大學「國際作家寫作計畫」參與研究，1987 年與陳千武等創立「臺灣筆會」，擔任首任會長。現專事寫作，並為楊青矗臺語語文工作室負責人。曾獲吳濁流文學獎、南瀛文學獎、吳三連文學獎、臺美基金會臺灣人才成就獎之人文科學獎、全球中華文化藝術薪傳獎中華文藝獎、教育部母語教學研究著作獎、國家文化藝術基金會第四屆「長篇小說創作發表專案」補助。

　　楊青矗創作文類以小說為主，兼及論述。短篇小說方面，從其經驗取材可分為兩類。一類以故鄉經驗為基底，書寫城鄉小人物生活，文中可見大量俗語，語言樸實，故事真誠自然，如〈在室男〉即脫胎於裁縫店當學徒之見聞；另一類則以工廠見聞出發，如〈工等五等〉，揭露資本主義下臺灣社會陰暗面，文筆所到之處，透盡社會底層的辛酸與無奈。長篇小說方面，《心標》與《連雲夢》為臺灣第一部以經濟發展為背景，探究企業家經

濟觀、新舊文化衝突等現象的作品，以「企業家」為主角，反映勞工在經濟發展過程中，付出勞力與報酬不對等的現象；《美麗島進行曲》為一套以「美麗島事件」為主軸，記錄臺灣民主運動史詩的大河小說；《烏腳病庄》則以臺南鹽分地帶之烏腳病為主軸，藉主角的一生，呈現 1970 年代臺灣農民生活的苦難及環保議題。

除小說創作，楊青矗亦常在報刊發表時事評論，後集結為《神話統治四十年》、《臺灣意識對抗中國黨》、《殭屍中國文化》等書，以獨特精準的觀點針砭時事，闡述對臺灣政治局勢的看法，直入社會腑肺。

文學創作與時事針砭外，幼時曾受私塾訓練，具臺語文專業基礎，楊青矗有感於本土語言的弱勢，開始鑽研臺灣語文，其《楊青矗台語注音讀本》15 冊，首創華語注音符號標記，重新梳理臺灣文典，其中《台詩三百首——台灣古典詩選台華雙語注音讀本》，工法謹慎，重新定義、建立臺灣古典文學的主體性，故許達然稱許此詩集是「匯合成四百年臺灣群體生活的史詩」。

楊青矗長期戮力描寫勞工生活樣態，自稱其文學作品所載是「人間煙火卑微的道」。以文學創作俯仰臺灣社會，直視階層幽微，從鄉村到城市，跨越世代裂縫，用直筆揭露臺灣社會的無奈與沉痛，開工人小說先河，具備濃厚人文關懷。誠如高天生所言：「楊青矗的產生，反映出現代工業在我們國民經濟中，已經占有足以反映到精神——藝術生活的比重；另一方面，也意味著臺灣的中國新文學民主化的趨向——使小說內容，從其一向反映中間城市市民的生活，擴大到反映大量集結於城市工廠的工人生活。僅只這一點，楊青矗在近三十年來臺灣的新文學史中，便占有一定的地位。」

作品目錄及提要

【散文】

女權‧女命與女男平等
高雄：文皇出版社
1976 年 1 月，32 開，190 頁
文皇書摘 24‧桐羊開咩第一輯

本書集結作者討論人權及勞工議題的生活隨筆。全書收錄〈女權、女命與女男平等〉、〈加工區的女兒圈〉、〈魚丸與肉丸——取消工人與職員的劃分〉等 13 篇，正文後有李昂〈喜悅的悲憫——楊青矗訪問〉、梁景峯〈文學的旗子——與葉石濤、楊青矗暢談〉、楊青矗短篇小說〈狗與人之間〉。

筆聲的迴響
高雄：敦理出版社
1978 年 7 月，32 開，238 頁
敦理叢刊 7

本書集結作者以寫作、勞工及人權為主題的文章。全書分「魚丸與肉丸」、「洪通的世界」、「生涯摭拾」、「讀書與出書」、「筆聲的迴響」五輯，收錄〈沒有戀愛‧小戀愛‧大戀愛〉、〈女權、女命與女男平等〉、〈加工區的女兒圈〉等 23 篇。正文前有楊青矗〈序〉，正文後有文江〈言論自由要靠大家努力維護——給楊青矗先生的一封公開信〉。

大人啊！冤枉
高雄：敦理出版社
1978 年 12 月，32 開，241 頁

高雄：敦理出版社
1979 年 6 月，32 開，241 頁
敦理叢刊 11・工廠人第四卷

敦理出版社 1978

敦理出版社 1979

本書集結作者討論政治、工廠及工作制度之文章。全書分「民主大拜拜」、「大人啊！冤枉」、「工者有其廠──工廠人面面觀」、「工廠人的心願」、「鏡子　鑷子　漢子」五輯，收錄〈爭取勞工權益為終身職責──楊青矗為什麼要競選工人團體立法委員〉、〈請勿以合法掩護非法〉、〈厲行選務公開以昭大信──從六十六年地方公職選舉發生的選務事件提供改進投開票的辦法〉等 25 篇。「大人啊！冤枉」後附錄〈刑事告訴狀〉、〈不起訴處分書〉、吳豐山〈「在室男」楊青矗〉、莊文樺〈立委未選　舞弊先見──從楊青矗被迫失去被選舉權一案說起〉，「鏡子　鑷子　漢子」收錄李璧如〈從文學到政治〉、吳瓊玗〈鏡子　鑷子　漢子──速寫楊青矗〉。正文前有黃信介〈工人筆俠──序楊青矗的《廠煙下》及《大人啊！冤枉》〉、康寧祥〈工人、作家、政治──序楊青矗的《大人啊！冤枉》及《廠煙下》〉、楊青矗〈天地靈聖──自序〉。

1979 年敦理版：更名為《工廠人的心願》，內容與 1978 年敦理版同。

生命的旋律
高雄：敦理出版社
1984 年 6 月，32 開，206 頁
敦理叢刊 8

本書集結作者探討人生觀的文章。全書分「人生道上──生存的意志」、「萬事由心而生──新形象・新觀念」、「人際關係──人與人之間」、「筆演的戲──讀書與寫作」四輯，收錄〈潮流的趨向〉、〈大門圈與小門圈〉、〈奇妙的生命力〉、〈天才・庸才・專才〉等 49 篇。正文前有楊青矗〈人生道上──序〉。

楊青矗與國際作家對話——愛荷華國際作家縱橫談

臺北：敦理出版社
1986 年 4 月，32 開，459 頁
敦理叢刊 29

本書集結 1985 年「愛荷華國際作家寫作計畫」中，作者與 30
位國際作家的對談紀錄，內容觸及受訪者國家史及個人史，
展現其社會、政治及世界觀。全書分「敵對國作家」、「非洲
作家」、「女作家」、「移民作家」、「超現實作家」、「東歐與西
班牙文作家」、「亞洲與美國作家」七輯，收錄〈永恆的猶太
詩魂——訪以色列詩人亞虛兒（Asher Reich）〉、〈巴勒斯坦亡
國恨——訪巴勒斯坦作家穆罕默德（Mohammed Batrawi）〉、
〈以色列復國史恨——訪以色列小說家漢諾可（Hanoch
Bartov）〉等 25 篇。正文前有聶華苓〈幾句心底話——代序〉、
愛荷華國際作家生活照，正文後有楊青矗〈放眼世界，拓展視
野——後記〉、〈楊青矗創作年表〉。

神話統治四十年——政治批判

臺北：敦理出版社
1989 年 10 月，25 開，262 頁
當代批評文庫 12

本書集結作者發表於報章的政論文章。全書分「清除國民黨的
政治垃圾」、「統獨思辯」、「臺灣土地與文化」、「政治冤獄四十
年」四輯，收錄〈請李登輝總統宣告動員戡亂時期終止——勿
做臺灣的罪人〉、〈消除戒嚴心態擺脫軍事統治——反對調查局
長由軍人擔任〉、〈軍中五大信念的帝王思想〉、〈龍族的阿Q精
神〉等 48 篇。正文前有楊青矗〈當代批判文庫——出版緣
起〉、照片集、楊青矗〈王見現——自序〉。

行出光明路

臺北：敦理出版社
1992 年 7 月，25 開，178 頁
ㄅㄆㄇ臺語注音叢書 1

本書集結作者書寫人生觀之臺語散文。全書收錄〈突破起頭
難〉、〈發揮生命力〉、〈確立奮鬥目標〉等 16 篇。正文前有楊
青矗〈自序〉、〈注音說明〉、〈臺北音（泉）與臺南音（漳）差
異規律表〉，正文後有〈臺語注音符號與拼音法〉、〈臺語拼音
簡易學習法〉、〈入聲訓練表〉、〈臺語聲調表〉、〈臺語拼音與八
聲訓練表〉，另附誦讀錄音帶一捲。

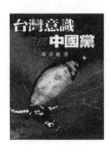

台灣意識對抗中國黨

臺北：敦理出版社
2005 年 9 月，25 開，231 頁

本書集結作者發表於《臺灣日報》、《自由時報》、「臺灣心會學術研討會」之政論文章。全書收錄〈假參禪真謀略〉、〈反制反分裂國家法之道〉、〈臺商肉票的告白——避免臺商再去中國投資被綁架以商逼政應是臺灣最好的活路〉、〈人民有權反抗太上皇惡法——真調會委員勿為施行惡法的劊子手〉、〈違憲假調會胡言亂語〉等 60 篇。正文前有彭明敏〈序〉、楊青矗〈臺灣意識對抗中國黨——自序〉。

殤屎中國文化——消除骨灰罈魔咒

臺北：敦理出版社
2012 年 1 月，25 開，360 頁

本書文章以中國歷史文化為借鏡，討論國家政策及兩岸關係。全書分「惡政害民必遭天譴——仲尼曰：『始作俑者，其無後乎！』」、「殤屎中國文化　劣等中華民族」、「歷代多數是淫棍統治中國」、「消除骨灰罈魔咒」、「臺灣人奮鬥六十年都被中國吸乾」、「臺灣人的血統與國家」、「殤屎中國文化的奴化教育」、「劣等中華民族的殖民地統治」、「大中國沙文主義的心態」九輯，收錄〈毛澤東死子絕孫霸業無嗣可傳〉、〈蔣家三代同堂出七個寡婦〉、〈八八水災天譴馬英九終極統一〉、〈連戰聯共制臺現世報〉、〈天暴興票案報應宋楚瑜〉等 61 篇。正文前有楊青矗〈序讖（一）仲尼曰：「始作俑者，其無後乎！」〉、楊青矗〈序讖（二）施政者勿成為臺灣殺人魔王——歷史學家蓋棺論定蔣介石是二二八大屠殺原兇之殺人魔王　毛澤東是人類殺人最多的殺人魔王〉、楊青矗〈序讖（三）「民族救星」著是殺人魔王（臺語語體詩）〉、楊青矗〈施政傾中終極統一　即是臺奸臺灣千古罪人——自序〉。

【小說】

文皇出版社 1971

文皇出版社 1972

文皇出版社 1974

敦理出版社 1984

在室男

高雄：文皇出版社
1971 年 1 月，40 開，212 頁
文皇叢書 1

高雄：文皇出版社
1972 年 8 月，12.5×18.5 公分，212 頁
文皇叢書 1

高雄：文皇出版社
1974 年 4 月，32 開，212 頁
文皇叢書 1

高雄：敦理出版社
1984 年 8 月，32 開，310 頁
敦理叢刊 3

短篇小說集。全書收錄〈同根生〉、〈白紗夢〉、〈工等五等〉、〈成龍之後──時代變了　這年頭取了一個媳婦，等於死去一個兒子〉、〈兒子的家〉、〈追求死亡的人〉、〈鹽賊〉、〈寡婦〉、〈狗鬼〉、〈冤家〉、〈升〉、〈在室男〉共 12 篇。正文內附錄朱西甯〈輔導欣賞──成龍之後〉，正文後有楊青矗〈後記〉。

1972 年文皇版：正文與 1971 年初版同，正文前新增楊添源〈「小人物」的書〉。

1974 年文皇版：內容與 1971 年初版同。

1984 年敦理版：正文內容重新編排，新增〈狗與人之間〉，刪去〈工等五等〉、〈升〉，正文前新增楊青矗〈再版序〉，正文後新增高棣民〈楊青矗小說中所反映的「現代化」問題〉、葉石濤〈楊青矗的《工廠人》〉、許南村〈楊青矗文學的道德基礎──讀《工廠人》的隨想〉、柴松林〈眼淚、血汗、豐收──平心靜氣談女工問題〉、葉石濤〈評《工廠女兒圈》〉、〈社會的關切與愛心──楊青矗作品討論會紀錄〉、〈楊青矗作品年表〉，〈後記〉更名為〈人間煙火──跋〉。

妻與妻

高雄：文皇出版社
1972 年 8 月，32 開，175 頁
文皇叢書 3

短篇小說集。全書收錄〈醋與醋〉、〈在室女〉、〈綠園的黃昏〉、〈低等人〉、〈上等人〉、〈雨霖鈴〉、〈死之經驗〉、〈那時與這時〉共八篇。正文前有楊青矗〈序〉。

心癌

高雄：文皇出版社
1974 年 1 月，32 開，176 頁
文皇叢書 11

短篇小說集。全書收錄〈切指記〉、〈海枯石爛〉、〈圍〉、〈官煞混雜〉、〈天國別館〉、〈梁上君子〉、〈麻雀飛上鳳凰枝〉共七篇。

文皇出版社 1975

遠景出版公司 1982

敦理出版社 1984

工廠人

高雄：文皇出版社
1975 年 9 月，32 開，250 頁
文皇書摘 23

臺北：遠景出版公司
1982 年 7 月，32 開，286 頁
遠景叢刊 265

高雄：敦理出版社
1984 年 6 月，32 開，250 頁
敦理叢刊 5

短篇小說集。全書收錄〈工等五等〉、〈低等人〉、〈上等人〉、〈升〉、〈圍〉、〈梁上君子〉、〈麻雀飛上鳳凰枝〉、〈龍蛇之交〉、〈掌權之時〉、〈工廠人〉共十篇。正文前有楊青矗〈序〉，正文後有〈《工廠人》訪問卷〉。
1982 年遠景版：內容重新編排，新增〈這時與那時〉、〈在室女〉、〈綠園的黃昏〉、〈海枯石爛〉、〈官煞混雜〉、〈切指

記〉、〈天國別館〉、〈狗與人之間〉，刪去〈工等五等〉、〈低等人〉、〈上等人〉、〈升〉。正文前刪去〈序〉、正文後刪去《工廠人》訪問卷〉。
1984 年敦理版：內容與 1975 年文皇版相同。

敦理出版社 1978

遠景出版公司 1982

工廠女兒圈

高雄：敦理出版社
1978 年 3 月，32 開，259 頁
敦理叢刊 6・工廠人第二卷

臺北：遠景出版公司
1982 年 7 月，32 開，321 頁
遠景叢刊 266

短篇小說集。全書收錄〈昭玉的青春〉、〈秋霞的病假〉、〈婉晴的失眠症〉、〈龜爬壁與水崩山〉、〈工廠的舞會〉、〈自己的經理〉、〈陞遷道上〉、〈外鄉來的流浪女〉共八篇。正文前有葉香〈生產線上〉、柴松林〈眼淚、血汗、豐收——平心靜氣談女工問題——序一〉、呂秀蓮〈楊青矗的良心與用心——序二〉，正文後有楊青矗〈起飛的時代——跋〉、《工廠女兒圈》訪問卷〉。
1982 年遠景版：內容重新編排，新增〈現代華陀〉、〈拜託七票〉、〈香火〉、〈重建〉、〈選舉名冊〉、〈溜美打卡補習班〉、〈司機先生〉。正文前後文章均刪去，並於正文後新增〈楊青矗創作年表〉。

敦理出版社 1978

遠景出版社 1982

同根生

高雄：敦理出版社
1978 年 6 月，32 開，220 頁
敦理叢刊 3

1982 年 7 月，32 開，292 頁
臺北：遠景出版公司
遠景叢刊 264

短篇小說集。全書收錄〈同根生〉、〈成龍之後——時代變了
這年頭取了一個媳婦，等於死去一個兒子〉、〈鹽賊〉、〈狗
鬼〉、〈冤家〉、〈白紗夢〉、〈追求死亡的人〉、〈兒子的家〉、〈寡
婦〉、〈在室男〉、〈狗與人之間〉共 11 篇。正文附錄朱西甯
〈輔導欣賞——成龍之後〉，正文前有楊青矗〈序——從《在
室男》到《同根生》〉，正文後有楊青矗〈人間煙火——跋〉。
1982 年遠景版：內容重新編排，新增〈工等五等〉、〈死之經
驗〉、〈升〉、〈低等人〉、〈上等人〉、〈醋與醋〉、〈雨霖鈴〉，刪
去〈狗與人之間〉，共 17 篇。正文前新增高棣民〈楊青矗小說
中所反映的「現代化」問題〉、葉石濤〈楊青矗的《工廠
人》〉、許南村〈楊青矗文學的道德基礎——讀《工廠人》的隨
想〉、柴松林〈眼淚、血汗、豐收——平心靜氣談女工問題〉、
〈社會的關切與愛心——楊青矗作品討論會紀錄〉。

那時與這時

高雄：敦理出版社
1978 年 7 月，32 開，279 頁
敦理叢刊 4

短篇小說集。全書分「妻與妻」、「心癌」兩輯，收錄〈那時與
這時〉、〈在室女〉、〈綠園的黃昏〉、〈雨霖鈴〉、〈死之經驗〉、
〈醋與醋〉、〈切指記〉、〈海枯石爛〉、〈官煞混雜〉、〈天國別
館〉共十篇。正文前有楊青矗〈序〉。

在室女
高雄：敦理出版社
1978 年 7 月，32 開，235 頁
敦理叢刊 16

短篇小說集。全書收錄〈新時代——「在室女」之一〉、〈在室女——「在室女」之二〉、〈綠園的黃昏——「在室女」之三〉、〈出室——「在室女」之四〉、〈雨霖鈴〉、〈死之經驗〉、〈醋與醋〉、〈那時與這時〉共八篇。正文前有楊青矗〈序〉，正文後有楊青矗〈「在室女」出室——跋〉。

敦理出版社 1978

第一出版社 1983

楊青矗小說選 Selected Stories of Yang Ch'ing-Ch'u
高雄：敦理出版社
1978 年 7 月，32 開，149 頁
敦理叢刊 4
高棣民譯

高雄：第一出版社
1983 年 12 月，32 開，300 頁
高棣民譯

短篇小說集。本書集結作者中英對照之短篇小說。全書收錄〈綠園的黃昏 Twilight in the Fields〉、〈在室男（橫渡愛河）Crossing Love River〉、〈同根生 Born of the Same Root〉、〈升 Promotion〉、〈工廠的舞會 Dance Party〉共五篇。正文前有 Thomas B. Gold〈楊青矗小說中所反映的「現代化」問題 The Modernization of Taiwan as Reflected in the Stories of Yang Ch'ing-Ch'u——譯者序〉。
1983 年第一版：內容與 1978 年敦理版同。

廠煙下

高雄：敦理出版社
1978 年 12 月，32 開，221 頁
敦理叢刊 10・工廠人第三卷

短篇小說集。全書收錄〈現代華佗〉、〈司機先生〉、〈選舉名冊〉、〈拜託七票〉、〈香火〉、〈溜美打卡補習班〉、〈重建〉共七篇。正文前有黃信介〈工人筆俠——序楊青矗的《廠煙下》及《大人啊！冤枉》〉、康寧祥〈工人、作家、政治——序楊青矗的《大人啊！冤枉》及《廠煙下》〉，正文後有許南村〈楊青矗文學的道德基礎——讀《工廠人》的隨想〉、彭瑞金〈鳥瞰楊青矗的工人小說〉。

敦理出版社 1987

鷺江出版社 1989

心標

臺北：敦理出版社
1987 年 1 月，新 25 開，261 頁
敦理文庫 1

廈門：鷺江出版社
1989 年 6 月，32 開，221 頁
臺灣新人新著

長篇小說。本書為臺灣首部以經濟發展為背景，描寫企業家白手創業的長篇小說，呈現工商社會新舊觀念的衝突與變遷。全書計有：1.企業間諜；2.豔火燒紅鳳凰樹；3.第一代創業者；4.山園溪畔；5.總經理車伕等 13 章。正文前有柴松林〈敲開女強人愛情與事業的標箱　探討企業家標箱裡的人生底價——《心標》與《連雲夢》序〉，正文後有楊青矗〈從《心標》到《連雲夢》——後記〉、〈楊青矗創作年表〉。
1989 年鷺江版：正文與 1987 年敦理版同。正文前刪去柴松林〈敲開女強人愛情與事業的標箱　探討企業家標箱裡的人生底價——《心標》與《連雲夢》序〉，正文後刪去楊青矗〈從《心標》到《連雲夢》——後記〉、〈楊青矗創作年表〉。

敦理出版社 1987

鷺江出版社 1989

連雲夢

臺北：敦理出版社
1987 年 1 月，新 25 開，277 頁
敦理文庫 2

廈門：鷺江出版社
1989 年 6 月，32 開，248 頁
臺灣新人新著

長篇小說。本書情節承接《心標》，為臺灣首部以經濟發展為背景，描寫企業家白手創業的長篇小說，呈現工商社會新舊觀念的衝突與變遷。全書計有：1.飄泊的心靈；2.寡婦群；3.幽篁靜看野溪流；4.絕緣；5.企業家等 11 章。正文前有柴松林〈敲開女強人愛情與事業的標箱 探討企業家標箱裡的人生底價——《心標》與《連雲夢》序〉，正文後有楊青矗〈從《心標》到《連雲夢》——後記〉。

1989 年鷺江版：正文與 1987 年敦理版同。正文前刪去柴松林〈敲開女強人愛情與事業的標箱 探討企業家標箱裡的人生底價——《心標》與《連雲夢》序〉，正文後刪去楊青矗〈從《心標》到《連雲夢》——後記〉、〈楊青矗創作年表〉。

敦理出版社 1987

敦理出版社 1987

覆李昂的情書

臺北：敦理出版社
1987 年 3 月，新 25 開，151 頁
敦理文庫 6

臺北：敦理出版社
1987 年 7 月，新 25 開，152 頁
敦理文庫 7

中篇小說集。本書為作者以四名歸國學人的身分，答覆李昂〈一封未寄的情書〉的情書體式小說。全書分〈陳春宇覆 C.T.情書〉、〈林夏宙覆 C.T.情書〉、〈李秋乾覆 C.T.情書〉、〈許冬坤覆 C.T.情書〉四篇。正文後有李昂〈一封未寄的情書〉、何聖芬記錄〈真情實意——李昂與楊青矗對談〉。

1987 年敦理版：更名為《給臺灣的情書》。正文各篇更名為〈旅美臺灣人的懷鄉情結——陳春宇覆 C.T.情書〉、〈為臺灣失去聘書的教授——林夏宙覆 C.T.情書〉、〈夢裡的臺灣人權——李秋乾覆 C.T.情書〉、〈夢外的臺灣民主——許冬坤覆 C.T.情書〉，正文前新增柏楊〈人權被摧殘‧使人悲涼——《給臺灣的情書》序〉、楊青矗〈故鄉的呼喚——自序〉。

綠園的黃昏

北京：中國友誼出版公司
1987 年 6 月，32 開，260 頁

短篇小說集。全書收錄〈追求死亡的人〉、〈工等五等〉、〈冤家〉、〈寡婦〉、〈兒子的家〉、〈同根生〉、〈白紗夢〉、〈死之經驗〉、〈升〉、〈低等人〉、〈上等人〉、〈雨霖鈴〉、〈那時與這時〉、〈新時代〉、〈在室女〉、〈綠園的黃昏〉共 16 篇。

敦理出版社 1990

女企業家

臺北：敦理出版社
1990 年 10 月，新 25 開，273 頁
敦理文庫 18

北京：人民文學出版社
1996 年 10 月，25 開，422 頁
臺灣新人新著

長篇小說。本書收錄《心標》、《連雲夢》內文。正文前有柴松林〈敲開女強人愛情與事業的標箱　探討企業家標箱的人生底價──《女企業家》序〉。
1996 年人民文學版：今查無藏本。

楊青矗集

臺北：前衛出版社
1992 年 4 月，25 開，252 頁
臺灣作家全集・短篇小說卷／戰後第三代 1
高天生編

短篇小說集。全書收錄〈在室男〉、〈寡婦〉、〈兒子的家〉、〈低等人〉、〈綠園的黃昏〉、〈切指記〉、〈龜爬壁與水崩山〉、〈陞遷道上〉共八篇。正文前有照片集、鍾肇政〈緒言〉、高天生〈草地囝仔與都市人──《楊青矗集》序〉，正文後有 Thomas B. Gold 著；津民譯〈楊青矗小說中所反映的「現代化」問題〉、許素蘭編〈楊青矗小說評論引得〉、楊青矗編；方美芬增訂〈楊青矗生平寫作年表〉。

（上）

（中）

（下）

美麗島進行曲（三冊）

臺北：敦理出版社
1997 年 10 月，25 開，1100 頁

長篇小說。本書以美麗島事件為背景，為臺灣第一部描寫衝破專制獨裁的臺灣民主運動史實大河小說。全書分《衝破戒嚴》、《高雄事件》、《政治審判》三冊，計有：1.叛亂？匪諜？掠！；2.衝破銅牆鐵壁的戒嚴死亡城；3.遊走文字獄的邊沿；4.遲送名冊作弊術；5. 步百百款；6.戒嚴恐怖首次激烈的工會選舉；7.群雄廝拚；8.中壢事件等 79 章。正文前有楊青矗〈以生命翻滾過的苦難史實──自序〉，各冊正文後有照片集。

囿——楊青矗選集

臺南：臺南縣立文化中心
1999 年 5 月，25 開，320 頁
南瀛作家作品集 34

短篇小說集。全書收錄〈鹽賊〉、〈狗與人之間〉、〈升〉、
〈囿〉、〈昭玉的青春〉、〈婉晴的失眠症〉、〈切指記〉、〈海枯石
爛〉、〈官煞混雜〉、〈天國別館〉共十篇。正文前有照片集、陳
唐山〈綻放南瀛文學光芒——縣長序〉、葉佳雄〈帶領南瀛文
學風騷——主任序〉、楊青矗〈斡頭看文學路——自序〉，正文
後有〈楊青矗簡介〉、許素蘭編〈楊青矗小說評論引得〉、〈楊
青矗寫作年表〉。

烏腳病庄

臺南：臺南市文化局
2014 年 2 月，25 開，227 頁
臺南作家作品集 18（第三輯）

長篇小說。本書以烏腳病患者的生活為題材，描述臺灣農民生
活的苦難，探討宗教信仰與人生哲學的問題。全書計有 29
章。正文前有賴清德〈市長序——漫步城市文學光廊〉、葉澤
山〈局長序——文學，城市的靈魂〉、林佛兒〈編輯序——文學
的花園，繁花簇錦〉、彭樹君採訪〈十年之間——訪楊青矗談
鯤島烏雲（烏腳病庄）〉，正文後有〈楊青矗簡介〉、〈楊青矗作
品介紹〉。

外鄉女

臺北：水靈文創
2017 年 6 月，25 開，192 頁
楊青矗作品集

短篇小說集。全書收錄〈澀果的斑痕〉、〈大都市〉、〈剪掉半邊
像〉、〈父母親大人〉、〈初出閨門〉、〈老芋仔新蕃薯〉共六篇。
正文前有葉天倫〈推薦序——歷史的容顏，臺灣媽媽的少女時
代〉。

【劇本】

在室女
臺北：敦理出版社
1985 年 4 月，32 開，125 頁
敦理叢刊 17

本書為短篇小說〈在室女〉所改編的電影劇本。正文前有楊青
矗〈十五年的遞嬗——序〉、〈《在室女》演職員表〉、〈《在室
女》主題曲〉、電影劇照，正文後有楊青矗〈「在室女」出室—
—《在室女》小說集跋〉。

【傳記】

楊青矗與美麗島事件
臺北：國史館
2007 年 7 月，菊 16 開，454 頁
陳世宏訪問、編註

本書為楊青矗口述美麗島事件的過程及參與黨外民主運動的經
歷。全書分五部，計有：1.從鹽鄉到煉油廠；2.文學初體驗；3.
文壇新星；4.文學與政治之間；5.鄉土文學論戰等 18 章。正文
前有圖片集、張炎憲〈楊青矗的家國書寫與堅持——館長序〉、
楊青矗〈叛亂？亂判！——自序〉，正文後有陳世宏〈為什麼是
「美麗島事件」？——訪問後記〉、〈在軍法處的偵訊〉、〈美麗
島受刑人受所的迫害〉、〈美麗島事件的國際震撼力〉、〈美麗島
事件啟發臺灣的街頭運動〉、〈許信良與施明德立場的轉變〉、
〈楊青矗先生寫作年表〉。

【合集】

楊青矗台語注音讀本
臺北：敦理出版社
1995～1997 年，16 開

共 15 冊。選錄臺語散文、童詩、各級學校國文教材、詩詞、唸謠及佛經，以臺語注音符號標注讀音及註釋。各卷正文前有張榮發〈楊青矗臺語注音讀本總序〉、〈讀前須知——編例與注音說明〉，正文後有〈學好臺語讀講寫个簡捷步數——臺華雙語教育上好个方法——楊青矗臺語注音讀本後記〉、〈臺語注音符號與拼音法〉、〈臺語拼音簡易學習法〉、〈臺北音（泉）與臺南音（漳）差異規律表〉。另附有誦讀、吟唱錄音帶 36 捲或 CD 43 片。

台語拼音佮讀冊訓練
臺北：敦理出版社
1995 年 1 月，16 開，210 頁
楊青矗臺語注音讀本 1

本書選收早年臺灣私塾的入門書。全書收錄〈三字經〉、〈千金譜〉、〈增廣昔時賢文〉等 5 篇。正文前有楊青矗〈臺灣民間經典——自序〉。

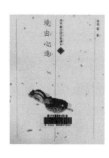

境由心造
臺北：敦理出版社
1995 年 1 月，16 開，191 頁
楊青矗臺語注音讀本 2

本書為作者撰寫之臺語散文。全書收錄〈萬事由心而生〉、〈一念之間〉、〈觀念問題〉等 19 篇。正文前有楊青矗〈自序〉。

國中國文台語注音讀本
臺北：敦理出版社
1995 年 1 月，16 開，232 頁
楊青矗臺語注音讀本 3

本書選收國中教材之古文、古詩詞。全書收錄王之渙〈登鸛雀樓〉、盧綸〈塞下曲〉、劉義慶〈陳元方答客問〉、沈復〈兒時記趣〉、李白〈黃鶴樓送孟浩然之廣陵〉等 57 篇。

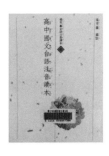

高中國文台語注音讀本

臺北：敦理出版社
1995 年 1 月，16 開，212 頁
楊青矗臺語注音讀本 4

本書選收高中教材之古文。全書收錄墨子〈兼愛〉、戰國策
〈馮諼客孟嘗君〉、李斯〈諫逐客書〉等 20 篇。

大學國文台語注音讀本

臺北：敦理出版社
1995 年 1 月，16 開，218 頁
楊青矗臺語注音讀本 5

本書選收大學教材之古文。全書收錄《禮記‧學記》、樂毅
〈報燕惠王書〉、韓非〈定法〉等 20 篇。

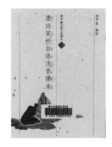

唐詩賞析台語注音讀本

臺北：敦理出版社
1995 年 1 月，16 開，258 頁
楊青矗臺語注音讀本 6

本書選收唐詩，並翻譯成臺語現代詩。全書分為「古詩」、「樂
府」、「五言絕句」、「七言絕句」、「五言律詩」、「七言律詩」六
部分，收錄陳子昂〈登幽州臺歌〉、王維〈送別〉、崔顥〈長干
曲〉、王之渙〈涼州詞〉、王維〈送元二使安西〉等 100 首。

唐宋詞賞析台語注音讀本

臺北：敦理出版社
1996 年 1 月，16 開，318 頁
楊青矗臺語注音讀本 7

本書選收唐宋詞，並翻譯成臺語現代詩。全書收錄李洵〈南鄉
子〉、李敦儒〈相見歡〉、辛棄疾〈西江月〉、岳飛〈滿江紅〉、
李煜〈清平樂〉等 100 首。

台語散文

臺北：敦理出版社
1997 年 10 月，16 開，196 頁
楊青矗臺語注音讀本 8

本書集結作者撰寫之臺語散文。全書收錄〈死皇帝伹活乞
食〉、〈燒俳無落衰个久〉、〈新舊人類〉等 18 篇。正文前有楊
青矗〈我為臺語語文教學吐盡心頭血──自序〉，正文後有
〈漢語拼音注音符號遠勝羅馬字〉。

改變台灣歷史个文章

臺北：敦理出版社
1997 年 10 月，16 開，338 頁
楊青矗臺語注音讀本 9

本書選收臺灣影響台灣歷史之文章，並有「歷史淵源」說明歷
史背景。全書分「政治」、「文化」兩部分，收錄史明〈三年小
反，五年大亂〉、〈臺灣民主國公告〉、余清芳〈余清芳告示
文〉等 27 篇。正文前有楊青矗〈以臺灣歷史性个文章　訓練
用臺語讀中文──自序〉。

台灣唸謠

臺北：敦理出版社
1996 年 1 月，16 開，202 頁
楊青矗臺語注音讀本 10

本書選收臺灣民間唸謠。全書分「囡仔唸謠」、「大人唸謠」、
「情愛唸謠」、「謎語唸謠」四部分，收錄〈人插花〉、〈大頭員
外〉、〈大頭仔拈田蛉〉、〈天烏烏〉、〈月娘月光光〉等 448 首。
正文前有楊青矗〈臺灣民間口傳文學──自序〉。

台語囡仔詩

臺北：敦理出版社
1996 年 9 月，16 開，228 頁
楊青矗臺語注音讀本 11
許忠文插圖

本書集結作者撰寫之兒童詩。全書分「捂捂暝」、「我身有能源」、「白翎鷥」、「四季歌手」、「月娘載我飛上天」、「草地伨都市」、「臺灣囡仔」七輯，收錄〈大孝子〉、〈捂捂暝〉、〈搖筍曲〉、〈葵扇〉、〈阿嬤个面皮〉等 102 篇。正文前有〈臺語詩・臺灣情——自序〉。

台語語彙辭典

臺北：敦理出版社
1995 年 1 月，16 開，601 頁
楊青矗臺語注音讀本 12

本書收錄《台華雙語辭典》中純臺語語彙。正文前有〈趕緊救台語失語症——自序〉、〈本辭典特色〉、〈編輯說明〉、〈國語注音符號發音表〉、〈漢字五行納音〉、〈臺語讀音索引表〉，正文後有〈辭條首字筆畫索引〉，附錄〈臺語特殊腔調〉、〈臺語用字辨正〉。

台灣俗語辭典

臺北：敦理出版社
1997 年 9 月，16 開，734 頁
楊青矗臺語注音讀本 13

本書將臺灣俗語編纂成辭典，並闡述其人生哲理與含義。正文前有陳水扁〈序《台灣俗語辭典》〉、李鴻禧〈向逐家介紹楊青矗　併序《台灣俗語辭典》〉、許達然〈從俗語看臺灣史——序《台灣俗語辭典》〉、楊青矗〈位俗語个智慧領悟眾生相——自序〉、〈入聲訓練表〉、〈臺語常用語彙臺華對照伨註解——本書臺語用字總註解（一）〉、〈臺語用字辨正——糾正媒體臺語錯用字——本書臺語常用字總註解（二）〉、〈辨別「這呰即伨遮迂迲邲彼」——本書臺語常用字總註解（三）〉，正文後有〈歸類伨索引〉。

佛經台語注音課本（上）
臺北：敦理出版社
1995 年 1 月，16 開，226 頁
楊青矗臺語注音讀本 14

全書收錄〈藥師琉璃光如來本願功德經〉、〈妙法蓮華經觀世音菩薩普門品〉、〈朝時課誦〉、〈寶鼎香讚〉等 34 篇。正文前有釋昭慧〈昭慧法師序〉、楊青矗〈祈吾佛活於吾土──自序〉、〈佛經臺語讀音說明〉。

佛經台語注音課本（下）
臺北：敦理出版社
1995 年 1 月，菊 16 開，226 頁
楊青矗臺語注音讀本 15

全書收錄〈金剛般若波羅蜜經〉、〈地藏菩薩本願經〉二篇。正文前有釋昭慧〈昭慧法師序〉、楊青矗〈祈吾佛活於吾土──自序〉、〈佛經臺語讀音說明〉。

【工具書】

國台雙語辭典──台華雙語辭典
臺北：敦理出版社
1992 年 7 月，16 開，1411 頁

本書為臺、華語兩用辭典。正文前有張榮發〈語言溝通與族群融洽──序〉、〈輕易學會國臺語文──本辭典特色〉、〈華臺兩語伮漢字仐的關係──自序〉、〈融會國臺語文‧翻一字懂雙語──編輯說明〉。正文後有楊青矗〈編後記〉。另附有錄音帶二捲。

客台華三語共用拼音與說讀

臺北：敦理出版社

2001 年 2 月，菊 16 開，281 頁

本書為客臺華三語教學書。全書分「學一套共同音標拼注客臺華三語——注音符號與羅馬字都會拼」、「『臺灣音標』之符號與拼音——客臺華三語共用『臺灣音標』拼音訓練」、「客臺華共同文體三語注音與說讀」、「客語語體文與臺語語體文」、「發音方法與差別分辨」、「本套音標所用符號之理由」、「客臺華拼音注音符號與羅馬字的教學比較」、「搶救臺灣母語」八章，收錄〈兩千年來各種漢語都共同用同一套音標——反切〉、〈反切與十五音呼音法的關係〉、〈將現有的注音符號納入幾個客臺音素符號 即成客臺華共用的「臺灣音標」〉、〈共用一套音標以便三語都會拼〉等 43 篇。正文前有鍾榮富〈序〉、楊青矗〈客臺華三語共用一套「臺語音標」之必要性——學本套音標能以注音符號與羅馬字拼客臺華三語——自序（一）〉、〈華語「通用拼音」照抄「漢語拼音」與客臺語不通用之符號——拼音無須跟中國起舞——自序（二）〉、〈讀前須知〉。另附有誦讀 CD 四片。

台詩三百首——台灣古典詩選台華雙語注音讀本

臺北：敦理出版社

2003 年 8 月，18 開，934 頁

本書選收 1660～1980 年間臺灣地區之古典詩，注音、註釋並翻譯成臺語現代詩。全書分「平埔族詩歌」、「臺灣勝景遊吟」、「七言絕句」、「五言絕句」、「七言律詩」、「五言律詩」、「竹枝詞」、「五言古詩」、「七言古詩」九部分，收錄楊青矗改寫〈下淡水社頌祖歌〉、〈頂淡水社力田歌〉、〈放緯社種薑歌〉、〈力力社飲酒捕鹿歌〉、〈蕭壟社種稻歌〉等 341 首。正文前有呂秀蓮〈珍惜先人的文學智慧——序〉、許達然〈匯合成四百年臺灣群體生活的史詩——序〉、楊青矗〈追溯四百年來臺灣文學的主體性——自序〉、楊青矗〈臺詩三百首導讀——詩的創作與欣賞〉。另附有誦讀、吟唱 CD 15 片。

文學年表

1940 年 （昭和 15 年）	8 月	11 日，出生於臺南州北門郡七股庄後港仔（今臺南市西港區港東里）。本名楊和雄。父楊義風，母楊蔡紫菜，為家中長子，下有一弟一妹。
1947 年	本年	就讀臺南後港國民學校（今臺南市後港國民小學），期間接觸到演義小說，開始對文學作品產生興趣。
1951 年	春季	四年級下學期，搬入臺南將軍鄉漚汪檳榔林外祖母家，轉學至臺南漚汪國民學校（今臺南市漚汪國民小學）。
1951 年	本年	隨父母遷居高雄，轉學至高雄市新興國民小學就讀。
1953 年	7 月	畢業於高雄市新興國民小學。
	本年	小學畢業後未升學，至裁縫店擔任童工，期間大量閱讀《三國演義》、《說唐全傳》等演義小說，同時亦於私塾接受以臺語讀古典詩詞與古文的漢學訓練，奠定日後投入臺語文研究的基礎。
1959 年	本年	學習寫古典詩與填詞。
1960 年	本年	因對人的命運感到好奇，開始鑽研命理學。
1961 年	4 月	5 日，任煉油廠消防隊員的父親楊義風於高雄港光隆輪爆炸事件中殉職，此後與母親共同扛起家計，同年 12 月以撫卹遺族身分進入高雄煉油廠擔任事

		務管理員。
1962 年	3 月	14 日，至金門服兵役一年八個月，期間大量閱讀古詩詞、近現代文學、世界文學名著、文學理論等，並藉寫作古典詩和填詞抒發思鄉感觸，同時開始嘗試寫小說與散文。
1963 年	11 月	〈購書記〉發表於《文苑》第 24 期。
	本年	於高雄市私立復華中學附設補習學校進修，為期約兩年。
1964 年	9 月	〈疼〉發表於《幼獅文藝》第 119 期。
	本年	自學新詩創作。
		透過私立文壇函授學校小說班持續自學。
1965 年	1 月	與陳碧霞女士結婚。婚後開設西服店「文皇社」，與妻陳碧霞共同經營。
	5 月	〈四月的音符〉發表於《高青文粹》第 13 期。
	11 月	8 日，長女楊士慧出生。
	本年	重回高雄煉油廠工作，常借閱煉油廠圖書館藏書。
		參加救國團舉辦之戰鬥文藝營，以〈血流〉獲小說組第三名。
1966 年	3 月	短篇小說〈斜暉脈脈水悠悠〉發表於《高青文粹》第 19 期。
	4 月	〈蓮池烟雨〉發表於《高青文粹》第 20 期。
		〈一縷香語──悼先嚴──光隆油輪爆炸殉職之高廠消防隊員楊義風〉發表於《石油通訊》第 177 期。
	9 月	〈綠鄉拾翠〉發表於《高青文粹》第 23 期。
1967 年	4 月	短篇小說〈成龍之後〉發表於《新文藝》第 133 期。

	8 月	短篇小說〈石女〉發表於《新文藝》第 137 期。
	11 月	24 日，長子楊曜禎出生。
1969 年	7 月	短篇小說〈鹽賊〉發表於《新文藝》第 160 期。
	11 月	17～19 日，短篇小說〈在室男〉連載於《中國時報・人間副刊》10 版。
	12 月	19 日，短篇小說〈追求死亡的人〉發表於《中國時報・人間副刊》10 版。
1970 年	1 月	短篇小說〈工等五等〉發表於《新文藝》第 166 期。
		短篇小說〈綠燈虹〉發表於《臺灣文藝》第 28 期。
	2 月	〈評〈大家談冶金者〉〉發表於《青溪》第 32 期。
	4 月	〈熱誠、生命、奮鬥〉發表於《高青文粹》第 52 期。
		25 日,〈《一把長髮》讀後〉發表於《中國時報・人間副刊》18 版。
	6 月	2 日,〈自我擊鼓為〈在室男〉說幾句話〉發表於《中國時報・人間副刊》10 版。
	7 月	19 日，短篇小說〈狗鬼〉發表於《中國時報・人間副刊》10 版。
		短篇小說〈冤家〉發表於《新文藝》第 172 期。
		短篇小說〈綠燈虹〉發表於《臺灣文藝》第 28 期。
		短篇小說〈同根生〉發表於《文藝月刊》第 13 期。
	8 月	23～24 日，短篇小說〈寡婦〉連載於《中國時報・人間副刊》10 版。

	11 月	短篇小說〈兒子的家〉發表於《青溪》第 41 期。
		12～13 日，短篇小說〈白紗夢〉連載於《中國時報‧人間副刊》10 版。
	本年	就讀臺灣省立高雄高級中學附設空中補校。
1971 年	1 月	於西服店「文皇社」樓上創立文皇出版社，發行人由就讀復華中學高中夜間部的國文老師鮑國棟擔任。
		短篇小說〈升〉發表於《臺灣文藝》第 30 期。
	3 月	24 日，次子楊敦凱出生。
		短篇小說集《在室男》由高雄文皇出版社出版。
	6 月	14～15 日，短篇小說〈低等人〉連載於《中國時報‧人間副刊》9 版。
	9 月	26～27 日，短篇小說〈上等人〉連載於《中國時報‧人間副刊》9 版。
	11 月	21～22 日，短篇小說〈那時與這時〉連載於《聯合報‧副刊》10、9 版。
1972 年	1 月	短篇小說〈新時代〉發表於《臺灣文藝》第 36 期。
		〈不扶之升〉發表於《臺灣文藝》第 34 期。
		16 日，〈升〉獲第三屆吳濁流文學獎小說獎正獎。
	5 月	7～8 日，短篇小說〈綠園的黃昏〉連載於《中國時報‧人間副刊》9 版。
		8～10 日，短篇小說〈切指記——「心癌」之一〉連載於《中國時報‧人間副刊》12 版。
	6 月	1～2 日，短篇小說〈在室女〉連載於《中國時報‧人間副刊》9 版。
	7 月	〈起飛的時代〉發表於《臺灣文藝》第 36 期。

	8 月	短篇小說集《妻與妻》由高雄文皇出版社出版。
		短篇小說集《在室男》由高雄文皇出版社再版。
	11 月	19～20 日，短篇小說〈海枯石爛──「心癌」之二〉連載於《中國時報・人間副刊》10 版。
	12 月	19～21 日，短篇小說〈官煞混雜──「心癌」之三〉連載於《中國時報・人間副刊》12 版。
	本年	畢業於臺灣省立高雄高級中學附設空中補校。
1973 年	3 月	替競選市議員的莊文樺助講，開始參與黨外政治運動。
	4 月	11～15 日，短篇小說〈天國別館──「心癌」之五〉連載於《中國時報・人間副刊》12 版。
	6 月	12～13 日，短篇小說〈龍蛇之交〉連載於《聯合報・副刊》14 版。
		〈返鄉〉發表於《中外文學》第 2 卷第 1 期。
	8 月	27～29 日，短篇小說〈梁上君子──「心癌」之六〉連載於《中國時報・人間副刊》12 版。
		短篇小說〈囿〉以筆名「陳漢松」發表於《中外文學》第 2 卷第 3 期。
1974 年	1 月	短篇小說集《心癌》由高雄文皇出版社出版。
	4 月	短篇小說集《在室男》由高雄文皇出版社再版。
	9 月	29～30 日，〈斜風暴雨訪洪通〉連載於《聯合報・副刊》12 版。
	10 月	〈著作權，版權與盜印〉發表於《書評書目》第 18 期。
	11 月	23～25 日，短篇小說〈狗與人之間〉連載於《中國時報・人間副刊》12 版。
1975 年	1 月	26～27 日，〈看書人、買書人與說書人──「稠羊

閒咩」之一〉連載於《中國時報‧人間副刊》12
版。

9 月　2～3 日，短篇小說〈利息〉連載於《聯合報‧副
刊》12 版。

13 日，〈工廠人〉發表於《中國時報‧人間副刊》
12 版。

短篇小說集《工廠人》由高雄文皇出版社出版。

11 月　13 日，〈魚肉與魚丸──取消工人與職員的劃分〉
發表於《中國時報‧人間副刊》12 版。

12 月　27～28 日，〈加工出口區的女兒圈──現實的邊
緣：本土篇〉連載於《中國時報‧人間副刊》12
版。

本年　參選工人團體立法委員職務，後因中油工會遲送名
冊，失去參選資格。

因寫作方向改變，遂將文皇出版社更名為敦理出版
社，由胞弟楊同日掛名發行人。

1976 年　1 月　9 日，〈女權‧女命與女男平等〉發表於《中國時
報‧人間副刊》12 版。

《女權‧女命與女男平等》由高雄文皇出版社出
版，該書收錄之短篇小說〈狗與人之間〉後遭臺灣
警備總司令部發函要求修正。

3 月　13 日，〈洪通的世界──太陽是水做的　月亮是鹽
捏的　星星是魚變的〉、〈陋屋之中存冥想　洪老心
內有童話──戲劇歌謠故事皆素材　廟宇魚蝦雕樑
發幽思〉發表於《聯合報》9 版。

27 日，〈外行主管──椆羊閒咩〉發表於《中國時
報‧人間副刊》12 版。

	4 月	30 日～5 月 1 日，短篇小說〈昭玉的青春〉連載於《聯合報・副刊》12 版。
	6 月	26 日，〈路有車殍——棚羊閒咩〉發表於《中國時報・人間副刊》12 版。
	7 月	16～18 日，短篇小說〈龜爬壁與水崩山〉連載於《聯合報・副刊》12 版。
	9 月	29 日，〈把愛心獻給病患〉發表於《聯合報・副刊》12 版。
	10 月	〈公工人員與公務人員〉發表於《夏潮》第 1 卷第 7 期。
	11 月	28 日，短篇小說〈廠規之外〉發表於《臺灣新生報・副刊》12 版。
	12 月	10～12 日，短篇小說〈現代華佗〉連載於《中國時報・人間副刊》12 版「人間小說選粹」專欄。
1977 年	1 月	24～25 日，短篇小說〈香火〉發表於《聯合報・副刊》12 版。
	3 月	短篇小說〈婉晴的失眠症〉發表於《臺灣文藝》第 54 期。
	4 月	22 日，〈從「大戀愛」談戀愛與婚姻之二——才女多離婚之人〉發表於《中國時報・人間副刊》12 版。
	5 月	16 日，〈勞保與公保盈虧分析〉發表於《自立晚報》2 版。
		30 日，〈為許信良歸類〉發表於《自立晚報》4 版。
	6 月	19 日，短篇小說〈舞會〉發表於《中國時報・人間副刊》12 版。

21 日，〈勞心者與勞力者孰貴？〉發表於《自立晚報》4 版。

〈國內工人現狀分析──從國民生產毛額的統計數字說〉發表於《夏潮》第 2 卷第 6 期。

7 月　　1 日，〈寫作人權──兼談知識分子的過敏症〉發表於《自立晚報》2 版。

8 月　　1 日，〈什麼是健康的文學？〉發表於《夏潮》第 3 卷第 2 期，「當前臺灣文學問題」專題。

12 月　　12 日，短篇小說〈問心無愧〉發表於《中國時報‧人間副刊》12 版。

1978 年　　1 月　　22 日，應邀出席臺灣文藝雜誌社於高雄舉辦的「社會的關切與愛心──楊青矗作品討論會」，與會者有李喬、洪醒夫、袁宏昇、許振江、張良澤、彭瑞金、葉石濤、鍾鐵民等。會議紀錄後刊載於《臺灣文藝》第 59 期。

短篇小說〈外鄉來的流浪女〉發表於《臺灣文藝》第 57 期。

3 月　　4 日，〈辭職與勞保資格〉發表於《臺灣日報‧副刊》12 版。

短篇小說〈陞遷道上〉發表於《現代文學》復刊號第 3 期。

〈如何避免選舉舞弊──訪選務人員談選務工作〉發表於《夏潮》第 4 卷第 3 期。

短篇小說集《工廠女兒圈》由高雄敦理出版社出版。

6 月　　19 日，〈功過不分〉發表於《臺灣日報》9 版。

短篇小說集《同根生》由高雄敦理出版社出版。

7 月	《筆聲的迴響》、短篇小說集《那時與這時》、《在室女》、*SELECTED STORIES OF YANG CH'ING-CH'U*（Thomas B. Gold 翻譯）由高雄敦理出版社出版。
9 月	〈在臺灣的外資工廠——「工廠人面面觀」之一〉發表於《夏潮》第 5 卷第 3 期。
	短篇小說〈選舉名冊〉脫稿。
10 月	短篇小說〈溜美打卡補習班〉脫稿。
11 月	短篇小說〈司機先生〉脫稿。
	〈國營機構事業幾年來的「加薪」〉發表於《這一代》第 15 期。
12 月	《大人啊！冤枉》、短篇小說集《廠煙下》由高雄敦理出版社出版。
	將筆名楊青矗登記為戶籍姓名。
	競選工人團體立法委員，與黃信介等組黨外助選團，串聯黨外人士於全臺演講，引起風潮。後因中美斷交，政府宣布停止選舉而作罷。
1979 年　2 月	〈「工廠人面面觀」之二——女作業員就職與離職的原因〉發表於《夏潮》第 6 卷第 1、2 期合刊。
4 月	22 日，短篇小說〈人生的腳步——南洋鯽〉發表於《中國時報・人間副刊》12 版。
5 月	17 日，〈人生的腳步——臭銅之香〉發表於《中國時報・人間副刊》12 版。
7 月	9 日，參與《美麗島》雜誌籌備會議，擔任編輯委員。
8 月	〈以更多的民主來防制民主的流弊——寄望制訂公正無私的選舉罷免法〉發表於《美麗島》第 1 卷第

		1 期。
		籌畫《美麗島》雜誌社高雄服務處,於 9 月 28 日成立後擔任該處主任,後密集舉辦演講、座談等活動。
	9 月	2 日,〈人生的腳步——滿足的老工人〉發表於《中國時報》8 版。
	12 月	10 日,參加《美麗島》雜誌社高雄服務處主辦的「世界人權紀念日」大會,現場民眾與鎮暴部隊發生衝突。
		13 日,於自家遭情治人員逮捕。以叛亂罪收押於警備總部景美軍法看守處,偵查二個多月,隔年 2 月 20 日移至土城看守所。
1980 年	6 月	2 日,審理終結,判刑六年。後經上訴,於 8 月 2 日二審,改判為四年二個月。
		服刑期間,除每日寫信給孩子,開始創作長篇小說,後集結成《生命的旋律》、長篇小說《心標》、《連雲夢》。
1981 年	1 月	6 日,移至龜山監獄,全年閱讀世界名著,沒有寫作。
1982 年	5 月	15 日,開始寫作長篇小說〈連雲夢〉,每天寫作 10 至 12 小時,12 月 15 日謄清脫稿。
	7 月	短篇小說集《同根生》、《工廠人》、《工廠女兒圈》由臺北遠景出版公司出版。
1983 年	5 月	〈楊青矗先生獄中來函〉發表於《臺灣文藝》第 82 期。
	10 月	8 日,假釋出獄。
	11 月	3 日,〈高雄仍然是文化沙漠〉發表於《臺灣時報》

12 版「透視集」。

14～16 日，短篇小說〈澀果的斑痕——「外鄉女」之一〉發表於《自立晚報·副刊》10 版。

24 日，〈先求選務機關守法，再求選舉人守法〉發表於《臺灣時報》12 版「透視集」。

〈初出閨門〉發表於《臺灣文藝》第 85 期。

短篇小說〈父母親大人〉發表於《文季》第 1 卷第 4 期。

12 月	9 日，〈性與佛的沉思——看曾培堯生命系列畫展〉發表於《臺灣時報》12 版「透視集」。

15 日，〈國片大睏三十年了〉發表於《臺灣時報》12 版「透視集」。

22 日，〈勞動「不」準法〉發表於《臺灣時報》12 版「透視集」。

29 日，〈若宮清的證言〉發表於《臺灣時報》12 版「透視集」。

短篇小說集 *SELECTED STORIES OF YANG CH'ING-CH'U*（Thomas B. Gold 翻譯）由高雄第一出版社出版。

1984 年	1 月	5 日，〈千萬不可限制發回更審次數〉發表於《臺灣時報》12 版。

13 日，〈民告官〉發表於《臺灣時報》12 版。

2 月　11 日，應邀出席《自立晚報·副刊》與臺灣文藝雜誌社於臺北臺北耕莘文教院合辦的「臺灣文學討論會」，並於會中演講「臺灣文學的展望」，與會者有陳若曦、許達然等。

〈創作的泉源〉、短篇小說〈大都市——「外鄉

女」之三〉發表於《文學界》第 9 期。

3 月 〈美麗島文學——「美麗島事件」對臺灣文學界的影響〉發表於《關懷》第 28 期。

〈政治小說的起步——吳濁流小說獎評審感言〉發表於《臺灣文藝》第 87 期。

5 月 1 日，擔任臺灣勞工法律支援會第 1 屆會長，後連任第 2 屆會長。

〈鹽分地帶〉發表於《世界地理雜誌》第 4 卷第 3 期。

應陳永興之邀，北上參與《臺灣文藝》社務。

6 月 〈我的家鄉鹽分地帶〉發表於《世界地理雜誌》第 4 卷第 4 期。

《生命的旋律》由高雄敦理出版社出版。

8 月 4 日～9 月 12 日，與李喬應北美臺灣文學研究會邀請訪美，巡迴各地進行演講。

4 日，同名小說改編電影《在室男》上映。（蔡揚名導演）

22 日～24 日，應邀出席北美臺灣文學研究會於美國芝加哥舉行的第三屆年會，演講「臺灣文學的過去與未來」，與會者有鍾肇政、李喬等。

短篇小說集《在室男》由高雄敦理出版社再版。

9 月 因恐政府擬定之《語言法》將消滅臺語，始鑽研臺語語文、文字學、聲韻學、訓詁學、語言學等。

11 月 〈公園大國——訪美觀感〉發表於《臺灣文藝》第 91 期。

〈放聲高歌的，必報以回應——王拓、楊青矗、紀萬生、劉峰松談文學〉刊載於《臺灣文藝》第 91

		期。
	12 月	11 日，出席臺灣文藝雜誌社主辦的「工人文學的回顧與前瞻」座談會，與會者有李昌憲、鄭烱明、莊金國、彭瑞金、陌上塵等。會後紀錄刊載於隔年 1 月《臺灣文藝》第 92 期。
1985 年	1 月	14 日，〈剪掉半邊像〉發表於《自立晚報‧副刊》10 版。
	3 月	同名小說改編電影《在室女》上映。（邱銘誠導演）
	4 月	劇本《在室女》由臺北敦理出版社出版。
	7 月	舉家遷居臺北，並將敦理出版社遷至臺北公館。
	8 月	應美國愛荷華大學「國際作家寫作計畫」之邀赴美，發表〈痛苦煎熬三十年〉，並與 30 位國際作家對談，撰寫 25 篇訪談紀錄。
	10 月	19 日，應邀出席芝加哥大學舉辦的「海峽對話」討論會，與會者有向陽、王潤華、張賢亮、馮驥才。 22 日，應邀於美國芝加哥許達然家中主持「臺灣文學的世界性」座談會，與會者有許達然、李歐梵、非馬、向陽、方梓。會後紀錄刊載於隔年 6 月《笠》第 133 期。 短篇小說〈那時與這時〉改編電影《人間男女》上映。（邱銘誠導演）
	12 月	9 日，應陳芳明之邀，與向陽赴美國西雅圖華盛頓大學演講臺灣文學現況。
1986 年	2 月	開始執筆《台華雙語辭典》，至 1992 年止。 〈獨裁已成過去──訪問阿根廷女作家阿琳娜〉發表於《文學界》第 17 期。

	3 月	〈愛荷華國際作家縱橫談〉發表於《臺灣文藝》第 99 期。
	4 月	《楊青矗與國際作家對話——愛荷華國際作家縱橫談》由臺北敦理出版社出版。
		改編吳錦發的小說〈燕鳴的街道〉為電影劇本。
	5 月	〈在愛荷華看大陸作家〉、〈提高臺灣文學的政治層面〉發表於《臺灣文藝》第 100 期。
		〈為南臺灣開拓文化綠洲——賀《新臺政論》創刊〉發表於《新臺政論》第 1 期。
	7 月	擔任《臺灣文藝》總編輯,至隔年 1 月止。
		〈阿 Q 精神的覺醒——序林柏燕《垂淚的海鷗》〉發表於《臺灣文藝》第 101 期。
	12 月	30〜31 日,〈覆李昂〈一封未寄的情書〉的情書〉連載於《中國時報‧人間副刊》8 版。
	本年	開始創作〈鯤島烏雲〉(烏腳病庄),後因忙於編撰《台華雙語辭典》旋而中斷,1989 年續寫,於 1990 年春完成。
1987 年	1 月	長篇小說《心標》、《連雲夢》由臺北敦理出版社出版。
		短篇小說〈夢裡夢外〉、〈在小囚房寫大時代——《心標》與《連雲夢》後記〉發表於《臺灣文藝》第 104 期。
	2 月	12 日,與一百多位本土作家發起「臺灣筆會」,15 日於臺北縣新店耕莘文教院正式成立,受聘擔任第一屆會長。
		21 日,出席「鄉土文學論戰十年回顧」座談會,擔任主講人之一,與談人有張曉春、柴松林、尉天

聰、趙天儀、高天生、張大春、韋政通、王拓等。
會後紀錄刊載於《臺灣文藝》第 105 期。

〈臺灣筆會成立宣言〉發表於《文學界》第 21
期。

3 月　中篇小說《覆李昂的情書》由臺北敦理出版社出
版。

與高信疆合編《臺灣也瘋狂──一九八六臺灣生活
批判》，由臺北敦理出版社出版。

5 月　1 日，擔任《臺灣文藝》社長，至 1989 年 4 月止。

〈臺灣筆會要做些什麼？〉、〈臺灣文藝的新起
步〉、〈臺灣現象──《一九八六年當代批評文存》
後記〉發表於《臺灣文藝》第 105 期。

6 月　短篇小說集《綠園的黃昏》由北京中國友誼出版公
司出版。

7 月　中篇小說《給臺灣的情書》由臺北敦理出版社出
版。

主編《臺灣命運中國結──政治批判》，由臺北敦理
出版社出版。

8 月　〈從美麗島到民進黨──楊青矗與黃信介對談錄〉
刊載於《臺灣文藝》第 106 期。

9 月　〈變「結」的故事──《臺灣命運中國結》序〉發
表於《臺灣文藝》第 107 期。

11 月　出席「檢驗臺灣意識與中國意識」座談會，與談者
有鄭欽仁、楊青矗、李敏勇、李魁賢、向陽、馮
青、趙天儀等。會後紀錄刊載於《臺灣文藝》第
108 期。

1988 年　　3 月　10 日，〈「二二八」‧疼心〉發表於《自立晚報‧言

		論廣場》9 版。
		與高信疆合編《走上街頭——一九八七臺灣民運批判》，由臺北敦理出版社出版。
	7 月	25 日，〈炎陽下的老同事——回首工運二十年〉發表於《中國時報‧人間副刊》18 版。
1989 年	2 月	〈追究二二八事件的歷史責任〉發表於《民進黨報》第 42 期。
	3 月	〈劊子手的銅像滾蛋！——蔣中正廟改為二二八紀念館〉發表於《民進黨報》第 43 期。
	4 月	〈鄉土作家應再展雄風——臺灣筆會兩週年感言〉發表於《臺灣文藝》第 116 期。
	6 月	長篇小說《連雲夢》、《心標》由廈門鷺江出版社出版。
		《神話統治四十年——政治批判》由臺北敦理出版社出版。
		主編《許信良風暴——許信良的政治活動與理念》，由臺北敦理出版社出版。
	7 月	〈《國台雙語辭典》的編輯過程〉發表於《新文化》第 6 期。
		擔任《民進黨黨報》總編輯。
1990 年	10 月	長篇小說《女企業家》由臺北敦理出版社出版。
1991 年	1 月	26 日，〈臺語的曆與茨〉發表於《中國時報‧人間副刊》27 版。
	6 月	28 日，〈博徵〉發表於《中國時報‧人間副刊》27 版。
	7 月	27 日，〈監囚與餓鬼〉發表於《中國時報‧人間副刊》27 版。

1992 年　4 月　短篇小說集《楊青矗集》（高天生編）由臺北前衛
　　　　　　　　出版社出版。

　　　　　7 月　《行出光明路》由臺北敦理出版社出版。

　　　　　　　　編著《國台雙語辭典——台華雙語辭典》，由臺北敦
　　　　　　　　理出版社出版。

1993 年　5 月　13 日，〈烈火灰燼中，搜尋一點人道〉發表於《聯
　　　　　　　　合報‧民意論壇》11 版。

　　　　　10 月　16 日，獲臺南縣政府頒贈第一屆南瀛文學獎。

1994 年　3 月　28 日，開始於綠之鄉書店講授臺語閱讀及寫作。

　　　　　6 月　26 日，出席臺灣人聯合基金會於美國洛杉磯
　　　　　　　　Sheraton Norwalk Hotel 舉辦的「臺灣文化之夜」，
　　　　　　　　主講「臺語教育與臺語文字化的探討」。

　　　　　　　　28 日，於美國聖荷西臺美服務中心主講「臺灣教育
　　　　　　　　及臺灣文化的探討」。

　　　　　7 月　8 日，出席北卡臺灣同鄉會於美國喬治亞大學的美
　　　　　　　　東南區舉辦的臺灣人夏令營，主講「臺灣文化與教
　　　　　　　　育的展望」。

1995 年　1 月　《台語拼音伊讀冊訓練》、《境由心造》、《國中國文
　　　　　　　　台語注音讀本》、《高中國文台語注音讀本》、《大學
　　　　　　　　國文台語注音讀本》、《唐詩賞析台語注音讀本》、
　　　　　　　　《台語語彙辭典》、《佛經台語注音課本（上）》、
　　　　　　　　《佛經台語注音課本（下）》由臺北敦理出版社出
　　　　　　　　版。

　　　　　6 月　4 日，於臺北耕莘文教院舉辦「臺語書評論會」。

1996 年　1 月　《唐宋詞賞析台語注音讀本》、《台灣唸謠》由臺北
　　　　　　　　敦理出版社出版。

　　　　　8 月　15 日，〈不要重蹈平埔族的命運——我們需要臺華

雙語教育〉發表於《聯合報・民意論壇》11 版。

詩作〈月娘載我飛上天〉發表於《臺灣文藝》第 156 期。

9 月　　16 日,〈欖仁樹〉發表於《中國時報・人間副刊》 19 版。

《台語囡仔詩》由臺北敦理出版社出版。

10 月　　15 日,〈注音、拼音可以並行不悖〉發表於《中國 時報・時論廣場》11 版。

長篇小說《女企業家》由北京人民文學出版社出 版。

12 月　　11 日,〈是搖擺還是嬈俳?〉發表於《中國時報・ 寶島》18 版。

14 日,〈潛伏的陰影〉發表於《聯合報・副刊》37 版。

1997 年　　2 月　　14 日,〈死皇帝與活乞丐〉發表於《聯合報・副 刊》37 版。

5 月　　10 日,〈挑戰禁忌　母愛突破劣俗〉發表於《中國 時報・時論廣場》11 版。

9 月　　〈輾寶〉發表於《拾穗》第 557 期。

《台灣俗語辭典》由臺北敦理出版社出版。

10 月　　《台語散文》、《改變台灣歷史令文章》、長篇小說 《美麗島進行曲》(三冊)由臺北敦理出版社出 版。

〈南洋鯽〉連載於《拾穗》第 558、559 期,至 11 月止。

12 月　　5 日,〈廁所文化〉發表於《中國時報・人間副刊》 27 版。

		21 日,於臺北誠品敦南店舉辦《台語注音讀本》發表會,與會者有陳水扁、李鴻禧等。

21 日,於臺北誠品敦南店舉辦《台語注音讀本》發表會,與會者有陳水扁、李鴻禧等。

27 日,〈枵餓與飽飫〉發表於《聯合報‧鄉情》17 版。

本年　於臺灣師範大學人文中心教授「臺語讀冊、寫作與教學」,推動臺語語文教育的師資培訓。

1998 年　1 月　2 日,〈四配、四牲與四序〉發表於《聯合報‧鄉情》17 版「母語世界」專欄。

〈新頭港傳奇〉連載於《拾穗》第 561、562 期,至 2 月止。

8 月　2 日,〈民進黨「變相」成被革命的對象──致林義雄主席〉發表於《自由時報‧自由廣場》11 版。

21 日,〈作家生日感言〉發表於《聯合報‧副刊》37 版。

本年　接受新臺灣研究文教基金會「美麗島事件口述歷史工作室」訪問。

1999 年　4 月　11 日,〈ㄅㄆㄇ注音符號　遠勝羅馬拼音〉發表於《中國時報‧時論廣場》15 版。

5 月　《圍──楊青矗選集》由臺南縣立文化中心出版。

9 月　17 日,〈字詞辨正──艱苦債掛〉發表於《聯合報‧民意論壇》15 版。

11 月　20 日,獲第 11 屆臺美基金會臺灣人才成就獎之人文科學獎。

本年　開始於永和、新莊、基隆、大同、三重等社區大學教授「臺語讀冊、寫作與教學」,推動臺語語文教育的師資培訓。

2000 年　11 月　30 日,獲陳水扁總統頒贈第八屆全球中華文化藝術

薪傳獎之中華文藝獎。

2001 年	3 月	編著《客台華三語共用拼音與說讀》，由臺北敦理出版社出版。
	6 月	11 日，〈教育當然要與國家意識混為一談〉發表於《自由時報‧自由廣場》第 9 版。
2002 年	11 月	15 日，獲頒第 25 屆吳三連獎小說類文學獎。
	本年	同名小說改編電視劇《在室男》由民視文化公司發行。（徐忠華導演）
2003 年	8 月	編著《台詩三百首——台灣古典詩選台華雙語注音讀本》，由臺北敦理出版社出版。
	9 月	22 日，與顏建發合著〈奴化教育形成試題違憲的省思〉發表於《南方快報》「臺語文專題」。
2004 年	1 月	3 日，〈退伍將軍呼應國共製造臺諜〉發表於《自由時報‧自由廣場》15 版。
		4 日，〈臺語白痴的宋楚瑜與媒體〉發表於《南方快報》「臺語文專題」。
		15 日，〈電視媒體亂解李登輝的臺語〉發表於《自由時報‧自由廣場》15 版。
		20 日，〈法院，還是國民黨開的——從李子春的硬拗，談公務員的中立性〉發表於《自由時報‧自由廣場》15 版。
	2 月	3 日，〈公投是向全世界控訴——駁宋楚瑜與泛藍投票三不〉發表於《自由時報‧自由廣場》15 版。
		7 日，〈從陳由豪案看泛藍勾結的黑金土匪〉發表於《自由時報‧自由廣場》15 版。
		17 日，〈從陳由豪案看泛藍勾結的黑金土匪〉發表於《臺灣公論報》9 版。

18 日，〈問軍何必武陵回——從明末遷臺遺老徐孚遠的詩談認同問題〉發表於《自由時報・自由廣場》15 版。

3 月　8 日，〈殕是惡臭，非奧也非漚〉發表於《自由時報・自由廣場》15 版。

15 日，〈比較新加坡及連宋的跪吻土地〉發表於《自由時報・自由廣場》15 版。

4 月　11 日，〈選輸起屁面的吐血吐沱〉發表於《自由時報・自由廣場》15 版。

5 月　4 日，〈歡迎國民黨新生代在地化〉發表於《自由時報・自由廣場》15 版。

10 日，〈誰在搞民粹？——請尊重驗票結果　勿再製造混亂〉發表於《自由時報・自由廣場》15 版。

11 日，〈大腹肚仒攏褲無差——烏甕竄肚救阿扁總統一命〉發表於《自由時報・自由廣場》15 版。

15 日，〈連宋撕裂族群　為何要陳總統道歉？——族群平等立法，先清算國民黨五十年來對臺灣族群的壓迫〉發表於《自由時報・自由廣場》15 版。

20 日，與葉石濤、阮銘、金恆煒等獲聘為國策顧問，至 2006 年 5 月 19 日止。

31 日，〈臺灣地圖古時就橫面〉發表於《自由時報・自由廣場》15 版。

6 月　8 日，〈鼓吹大膽西進的人　該切腹謝罪啦！〉發表於《自由時報・自由廣場》15 版。

14 日，〈臺灣亂源就在菜菜花花〉發表於《自由時報・自由廣場》15 版。

19 日，〈國軍必須棄黃埔化　發揚臺灣精神〉發表

於《自由時報・自由廣場》15 版。

24 日,〈綠色執政　人事綠色天經地義〉發表於《自由時報・自由廣場》15 版。

27 日,〈經濟部勿猛送臺灣肉去飼中國虎〉發表於《自由時報・自由廣場》15 版。

7 月　5 日,〈中國以商逼政　我應緊縮開放政策──讓臺商股票回臺上市等於幫中國掏空臺灣〉發表於《自由時報・自由廣場》15 版。

10 日,〈生為臺灣皇帝　死為臺灣魂──兩蔣入土對不認同臺灣者的啟示〉發表於《自由時報・自由廣場》15 版。

11 日,出席金門縣文化局舉辦的「浯島文學教室」,演講「小說創作、臺詩三百首」。

15 日,〈呂副總統的移民說──移民政策與國土使用必須全面規畫〉發表於《自由時報・自由廣場》15 版。

19 日,〈投效敵國,送肉飼虎〉發表於《自由時報・自由廣場》15 版。

24 日,〈「子彈門」是國親的「小丑門」〉發表於《自由時報・自由廣場》15 版。

8 月　8 日,〈我看張惠妹事件　藝人的選擇〉發表於《自由時報・自由廣場》15 版。

27～28 日,〈晚漲三篙流潺潺〉連載於《自由時報・自由廣場》15 版。

9 月　1 日,〈臺灣人八成非「炎黃世冑」──臺灣國歌須重新創作〉發表於《自由時報・自由廣場》15 版。

9 日,〈百龍圖陣蛻化成百蟲　趲入死亡陣──民主

運動是除龍棄龍運動〉發表於《自由時報・自由廣
場》15 版。

14 日,〈嚴懲彭子文〉發表於《自由時報・自由廣
場》15 版。

18 日,〈唐山客褲頭顛倒揆──臺灣若有希特勒,
那就是蔣家父子〉發表於《自由時報・自由廣場》
15 版。

10 月　　1 日,〈屠脬正解〉發表於《自由時報・自由廣場》
15 版。

12 日,〈人民有權反抗太上皇惡法──真調會委員
勿為施行惡法的劊子手〉發表於《自由時報・自由
廣場》15 版。

21～22 日,〈蔣經國密令暗殺江南〉連載於《自由
時報・自由廣場》15 版。

26 日,〈人何寥落鬼何多──從陳總統慨嘆的引申
比喻與泛藍的囂豵做對比〉發表於《自由時報・自
由廣場》15 版。

29 日,〈鮑威爾促統乃出賣臺灣人權──全民起來
反對美國一中政策〉發表於《自由時報・自由廣
場》15 版。

11 月　　14～15 日,〈以文化產業開拓觀光　應建臺灣國家
美術館　無須古根漢〉連載於《自由時報・自由廣
場》15 版。

21～22 日,〈臺灣就是臺灣──去國民黨的奴化教
育才能建立臺灣主體性〉連載於《自由時報・自由
廣場》15 版「自由廣場」專欄。

30 日,〈車輾仔牌是奴化魔咒〉發表於《自由時

報‧自由廣場》15 版。

	12 月	7～8 日,〈《臺灣百合》演出的意義〉連載於《自由時報‧自由廣場》15 版。

18 日,〈抓賄不逮　買票有效　奇哉!貪污及賄選有案者或其家屬個個當選〉發表於《自由時報‧自由廣場》15 版。

2005 年	1 月	2 日,〈國文,有幾課臺灣本國國文?〉發表於《自由時報‧自由廣場》15 版。

10～11 日,〈建立四百年來臺灣文學的主體性　漫談臺灣古典詩〉連載於《自由時報‧自由廣場》15 版。

15～16 日,〈國共和談國民黨攏是衰尾腳數──臺灣須慎防被統戰缺堤而遭中國海嘯淹沒〉連載於《自由時報‧自由廣場》15 版。

19 日,〈違憲假調會胡言亂語〉發表於《自由時報‧自由廣場》15 版。

26 日,〈提升中學生能力的訣竅〉發表於《自自由時報‧自由廣場》15 版。

	2 月	22 日,〈電影‧電視‧聯電〉發表於《自由時報‧自由廣場》15 版。
	3 月	28 日,〈臺商肉票的告白〉發表於《自由時報‧自由廣場報》15 版。

29 日,〈聯電案突顯的問題〉發表於《臺灣公論報》9 版。

	9 月	《臺灣意識對抗中國黨》由臺北敦理出版社出版。
	12 月	短篇小說〈戒嚴第三十年〉發表於《鹽分地帶文學》第 1 期。

本年　　籌組臺北市臺灣心會，擔任創會理事長。

單元戲劇《文學過家・說演劇場 17 連雲夢》由臺北公共電視文化基金會製作發行。

2006 年　　2 月　　16 日，〈馬腳全都露〉發表於《自由時報・自由廣場》A15 版。

　　　　　3 月　　17 日，〈追想平埔祖嬤〉發表於《自由時報・自由廣場》A19 版。

　　　　　4 月　　10 日，應邀於臺北耕莘文教院演講「三小時學會各種臺語拼音法」。

　　　　　8 月　　5 日，獲頒鹽分地帶文藝營「臺灣新文學貢獻獎」。

27 日，與葉石濤、鍾肇政、鄭清文、李喬等人合撰〈藝文人士倒扁的良知是什麼？〉，發表於《自由時報・自由廣場》A19 版。

2007 年　　7 月　　傳記《楊青矗與美麗島事件》由臺北國史館出版。

　　　　　9 月　　擔任林榮三文化公益基金會舉辦的「臺語文欣賞與運用」研習班講師，以通俗文學角度教讀臺灣俗語、愛情唸謠及古典詩文等。

2008 年　　5 月　　14 日，獲總統陳水扁頒授三等景星勳章。

　　　　　12 月　　〈臺灣國家正常化的心理建設〉發表於《新世紀智庫論壇》第 44 期。

2009 年　　3 月　　11 日，應邀至彰化師範大學國文學系演講「寫實文學與工人小說兼論如何教新文學」。

　　　　　8 月　　31 日～9 月 1 日，〈坐監惜別群眾大會〉連載於《自由時報・副刊》D11 版。

母楊蔡紫菜逝世。

　　　　　11 月　　15 日，出席由敦理出版社於臺北市議會 B1 大禮堂主辦的「從民主革命到獨立建國──《美麗島進行

曲》演講會」臺北場，與呂秀蓮、姚嘉文、尤清、
向陽、艾琳達擔任演講者，由周柏雄主持。

23 日，應邀出席高雄市政府於捷運美麗島站舉辦的
「高雄市人權系列活動──美麗島 30 週年暨世界
人權影像展」開幕儀式。

28 日，出席由《南方快報》、敦理出版社於高雄中
信大飯店舉辦的「從民主革命到獨立建國──《美
麗島進行曲》演講會」高雄場，與陳菊、鄭正煜、
姚嘉文、吳錦發擔任演講者，由邱國禎主持。

2011 年	1 月	29 日，應邀擔任《文訊》雜誌舉辦的「漂泊舊事」講座主講人之一，主講「世界之心──從參與愛荷華國際寫作計畫談起」，與會者有吳晟、尉天驄等，由季季主持。
	9 月	4 日，應邀出席第六屆工人文學獎委員會於香港舉辦的「臺灣・左翼・基層──陳映真、楊青矗作品座談會」。
2012 年	1 月	《殯屍中國文化》由臺北敦理出版社出版。 15 日，出席於臺北偉成大樓臺灣國際會館舉辦的《殯屍中國文化》新書發表會，與張炎憲、邱榮舉、陳雨鑫對談，由李川信主持。
	3 月	29 日，〈一國兩區賣水果？〉發表於《自由時報》A17 版。
	7 月	5 日，〈跛腳馬〉發表於《自由時報》A15 版。
	夏	因腦部感染，罹患腦膿瘍，住進臺大醫院，後導致視野狹窄，眼睛半盲。
	8 月	22 日，擔任臺灣心會講座主講人，演講「臺語讀書與各種拼音法」。

2013 年	4 月	與女兒楊士慧接受人間衛視《知道》節目訪問，主題為「代言工農心聲　深耕臺語研究——楊青矗」。
2014 年	2 月	長篇小說《烏腳病庄》由臺南市政府文化局出版。
	5 月	16 日，應邀出席臺南市文化局舉辦的《臺南作家作品集》第三輯新書發表會。
2017 年	3 月	30 日，「外鄉女」系列小說由林佳慧、溫郁方改編為同名電視電影系列，由葉天倫、陳長綸導演，於臺北光點華山電影館舉行首映會。
	4 月	9 日，電視電影系列《外鄉女》於民視電視臺首播。
	5 月	14 日，接受民視「臺灣演義」節目採訪，以專題「工人作家楊青矗」於民視新聞臺放送，由胡婉玲主持。
	6 月	短篇小說集《外鄉女》由臺北水靈文創公司出版。

參考資料：

‧楊青矗編；方美芬增訂，〈楊青矗生平寫作年表〉，《楊青矗集》，臺北：前衛出版社，1992 年 4 月，頁 247～252。

‧英格麗舒著；劉美梨譯，〈楊青矗寫作年表〉《臺灣作家楊青矗小說研究（1975 年以前）》，臺南：臺南縣政府，2007 年 1 月，頁 239～253。

‧楊青矗口述、原著；陳世宏訪問、編註，《楊青矗與美麗島事件》，新北：國史館，2007 年。

輯三◎
研究綜述

楊青矗研究綜述

◎彭瑞金

一、楊青矗文學概述

　　楊青矗本名楊和雄，後以筆名為本名。1940 年出生於前臺南縣七股鄉的後港，是世代務農的貧農子弟。1950 年，因父親任職中國石油公司高雄煉油廠消防員，舉家遷往高雄市。他從國小畢業後就進入職場當學徒，初中、高中的學業，都是讀夜校完成的，所以他擁有比一般寫作者更多的生活技藝，他有超乎一般人的生活實務能力。楊青矗說：「我能做的行業很多，棉業、布類、服裝、沙發、裝潢、出版、印刷我都懂一點。」寫作之外，更準確的說法是寫作的同時，他開過出版社、西服店、女裝店，也曾在洋裁補習班當過老師。

　　1961 年的清明節，他的父親因煉油廠運載原油的油輪失火，救火時殉職。楊青矗以油廠撫卹因公殉職員工遺族的條例進入高雄煉油廠工作，迄美麗島事件發生止，共 19 年，負責事務管理的工作。楊青矗大約在服完兵役回到煉油廠上班後即開始寫作。他在接受李昂訪問時說，他可以從事的行業很多，卻從來沒有想過以寫作賺稿費過活，他說他和一般人寫作的動機不同，寫作既不是愜意的事，也不是消遣抒懷，都是因為不吐不快而寫的。正如他給自己取的筆名，矗是三個直，直、直、直，就是「直直的寫，直直挖。」他說，如果他一直住在臺南北門那一個臨海貧瘠的農村，他可能永遠只是一個草地人，就不可能踏上寫作這條路。不過，從草地人變成都市人，也就是他從十歲出頭的少年在進入青年成長的最重要階段，可以說親身經歷了臺灣從農業社會邁向工業化社會、變化最為急遽的階

段，因此，他雖然沒有深刻的農民家庭成長經驗，他的父親先是一個人到高雄謀職，後來才把家遷來，但農村的貧瘠、沒落，卻是印象深刻的。不誇張地說，楊青矗的直直直文學觀，是帶著為農村、農民的處境感到憤怒抱不平出發的。他說他自己從草地囝仔變成都市人的二十多年間，「看到鄉村的衰微，都市的垃圾地長高樓，市郊的農地變黃金、建工廠；年輕人一窩蜂往都市跑，鄉村僅剩那些『沒有出息』的老頭，拖著老命、荷鋤耕種，種糧給年輕人吃，給都市人吃。都市人肥得不知道怎麼減肥，他們卻瘦得不知道怎麼增胖。我每次回鄉，看到那些荷鋤的阿伯阿嬸，五十出頭臉皮就皺得可以夾死蒼蠅，我會覺得我每餐所喝是他們的血汗，吃的是他們的骨肉！」

　　誠然，這一切都是社會進化或衍化的過程中不可避免的陣痛，但楊青矗由於置身其中，忿忿不平的「難免」，正是他早期作品的寫作動機和動力。〈石女〉、〈鹽賊〉、〈在室男〉，這些最初期發表的小說，和稍後發表〈冤家〉、〈寡婦〉、〈兒子的家〉、〈在室女〉、〈綠園的黃昏〉、〈同根生〉等結集在《在室男》和《妻與妻》這兩本最早的小說集中的作品，大都就是發自對農村社會變成工業化社會、遞變過程中被犧牲的人的仗義之舉。楊青矗早期的小說，土性十足，除了他自己說的，直直直的本性之外，他還特別強調他不寫那不食人間煙火的無聊作品。他說：「也許我吃了太飽的人間煙火，我的作品頗多人間的煙火味，空靈不起來。自從五、六歲略懂事起，在家鄉常聽到父老們訴說被日本軍閥壓迫的憂傷；長大後從農村到城市，從商場到工廠，時時可看到人與人之間的糾紛，人人為生活的苦鬥……。這些人間的煙火事時時鬱積在我的內心，……」可見楊青矗的忿忿不平想拔刀相助的「對象」，並非人間不共戴天的血海深仇大恨，只是人間煙火。像〈同根生〉，是在為同父母的姊妹抱不平，只因父親勢利眼、嫌貧愛富。〈鹽賊〉不是賊，只是戰爭時期物資缺乏，鹽鄉的飢民求生之道。〈在室男〉寫述民間純純的戀情，酒家女喜歡洋裝店有酒窩的學徒，不惜當代理孕母去籌兩人的結婚基金。用戀情這張試紙去測試人間的貧富懸

殊，暗諷富人的「惡」。〈醋與醋〉寫雙妻和平共處的男子，還是難敵酒家女的誘惑。這些早期的作品，正如他的〈綠園的黃昏〉中所暗示的，綠園代表鄉村、代表農業，黃昏喻示沒落。黃昏景象的家園，是楊青矗文學很重要的思考基礎，也是他的文學的基調。從黃昏的感傷中，他把自己淬煉成仗義執言的代言人。他曾說：「寫作對我闖事業來講是很大的損失。」但「有一種使命感要我寫下這些，為類似的這一群人說話。」讓楊青矗成為作家，扛起寫作使命感的，就是黃昏綠園的那些人，一群生活在痛苦中的人。他也說，他寧願人世間沒有活在痛苦、矛盾中的人，讓作家找不到題材寫作，因為越是偉大的作家，看到的越是人間更大的痛苦、矛盾。

　　帶著和許多人不盡相同的寫作出發點，有人說，他的筆很像一把鏟子，不停地挖掘。挖掘靈魂，挖掘人性。他也相信他那支同情弱者的筆，可以使讀者潛移默化，使弱者變成強者，使社會人士重視那些生活在困苦中的人，讓他們吃得飽、穿得暖；使暴戾化為祥和，不公平的為之公平。大概也是這種異於常人的寫作功能的焦慮和對自己文學使命的高度期許，他在撰寫前述最早出版的兩本小說集──《在室男》、《妻與妻》的同時，就迫不及待跳出來寫了許多雜文，為自己的文學「宣道」。一如他為自己的小說寫的自序和後記一樣，楊青矗都相當急切地要把自己的獨物文學觀推銷出去。在寫《在室男》與《妻與妻》的同時，他也在進行他的工廠人小說。和「黃昏的綠園」裡的「阿伯阿嬸」一樣，楊青矗在他的工廠人周邊一樣也看到受到人間不公平不正義對待的工廠人。從《工廠人》系列小說發表的順序：〈工等五等〉、〈升〉、〈低等人〉、〈上等人〉，大致上呈現楊青矗工人文學意識形成的脈絡。和他一向秉持的為弱者說話原則，楊青矗任職的中油是國營事業，相對於 1970 年代臺灣工業時代初啟時許多民營事業工人，無論薪資、福利、工作保障都有天壤之別，以國營事業而言，升等關係到薪資多寡，其公平性，是否勞逸平均，升遷是否公平？一旦有人循不正當的手段升遷，主管升遷大權的人一旦徇私受賄舞弊、人事不公，在國營事業就是天理不容的惡行。比較起來，臨時工與正工之別更

大，臨時工的不被保障，等於國營事業的棄嬰，一旦離職、丟掉飯碗等於
一無所有，升與不升全在當權者的一念之間，問題也在「人為」之惡，和
升等一樣，有待正義之筆討伐不盡的人與事。〈低等人〉則是國營事業人
事最陰暗、最憂傷的角落。在公司裡當了三十年臨時工，負責清運員工宿
舍的垃圾的臨時工，由於沒有臨時工的退休制度，被迫離職時，一無所
有，由於工作性質和臨時工的身分，不僅年輕時找不到結婚對象，還因為
身分遭人排擠，離職後還有 92 歲的老父要奉養，讓他想到唯一的退路是
「因公殉職」，以撫恤金換取老父的養老金。相較於〈低等人〉的無助、
無奈，作為三家大工廠老闆的〈上等人〉，除了酒氣財氣、享盡人間榮華
之外，邊開車、邊玩女人，撞死趕早市的農夫還可以找人頂罪坐牢。楊青
矗說，他的小說都是人間真有的事。所以，即使發生在工廠裡的事也都真
有其事，只是人名、地名、工廠的名字換了，這些工廠裡發生的事，為他
贏得「工人作家」的名銜。1970 年代工業化時代來到，廣義的勞工就業
人口早已超過農業，勞工早已是臺灣人口結構中占最高比例的了，但有關
勞工的就業法令、規範、保障，卻完全闕如。整個國家和社會，大概也只
注意到工業化之後帶來的就業機會、經濟榮景、外匯進帳，相關的勞動條
件的設計，以及勞工因人力密集帶來的都會生活型態產生的交通、居住、
健康、衛生、教育、治安等問題都乏無對策，社會出現慌亂、錯亂的工業
化陣痛期，工人問題其實就是國家大事。因此，楊青矗的工人文學並不全
面，中油工人甚至是有人說工人中的「貴族」。即使不是勞工也都知道，
勞工問題僅依仗工會的努力並不能解決工業化社會的根本問題，應該從勞
工或勞動立法去尋求解決之道。

　　《工廠女兒圈》是楊青矗頂著「工人作家」名銜。走出《工廠人》，也
是走出中油，對勞工的另一層次的代言。楊青矗的《工廠女兒圈》跋題名
〈起飛的時代〉，即暗喻了他對工業時代來臨的傷感。他說，1966 年高雄
加工出口區成立，繼之帶動了針織、紡織、食品加工、電子、木業、塑膠
工業，製造業起飛代表的工業起飛，創造了許多白手起家的企業家富人，

和數以百萬計的各層級的勞工。勞工才是工業時代的功臣，但卻無法合理
得到勞動的利得。因此，勞資糾紛不斷，勞工問題日益嚴重。工人普遍都
有工字不出頭的感傷，創業卻不是想到創就創、人人都可以當老闆。工業
起飛的時代，在基層最飛不起來的就是工廠裡的女工了，她們進入加工工
業，和上一代的工人不一樣，由於分工精密，她們不具備也不需要專門技
術，自然薪資低，只能以勞動力和時間換取工資，但工資低廉，勞動就成
了賣命，用生命、用青春，甚至用健康、幸福（婚姻、家庭生活）去換取
微薄的金錢。《工廠女兒圈》小說集的前三篇小說題名——〈昭玉的青
春〉、〈秋霞的病假〉、〈婉晴的失眠症〉，就把工廠女兒圈的問題癥結全盤
浮現了。她們以青春換取的薪資，有人是從少女時代做了二十年、三十年
短僱的臨時工，到了老了，早過了婚期（有的結婚了就被迫辭職），離開
職場時一無所有。有的為了保住飯碗不敢請假，弄壞身體，病倒了，不能
工作了只能回家吃自己。整個勞工世界風景就是「龜爬壁與水崩山」的強
烈對比。企業主賺錢是水崩山，勞工賺錢像龜爬壁。

　　從《工廠人》到《工廠女兒圈》是楊青矗文學對勞工世界的全面關懷，
他為了言之有據，向工廠界的勞工夥伴不是登門拜訪就是展開問卷，除了關
心勞工在勞動場所的工作環境（工業災害、安全衛生）、待遇、人際關係、
工會運作、福利之外，也關心勞工的戀愛、婚姻、衣、食、住、行的生活實
務。讓他有更深、更重的，也是更全面的工人作家的使命感。顯然他當了十
年左右的「工人作家」之後，他發現工人的問題，不僅靠工會的運作、成長
緩不濟急，更不是工人文學、工人作家的狗吠火車所能為力，他準備投入立
法委員的選舉，他認為這是為勞工爭權益的最直接有效的途徑。1975 年，他
就準備好參加工人團體的立法委員選舉，「因石油工會第一支部遲送高雄市
之會員名冊，居住高雄市之二、三千名會員，因而失去選擇投入工人團的投
票權……」當然也失去登記為工人團體候選人的資格。楊青矗認為是工會刻
意做了手腳，使他喪失參選的機會，使他「未競選，先落選」。1978 年，他
捲土重來，因為有前一屆的教訓，及早做了防範，再加上前次事件發生後，

他控告了工會的相關人員，給他們打了預防針，也就能夠順利參選。由於他參加的是職業團體「工人立委」的選舉，選民遍布全臺，他去說服具終身職立委的黃信介出面組成楊青矗競選立委的助選團，團員皆黨外重量級人物，進行全臺助選，實際上是藉楊青矗的選舉舞臺，為全臺黨外人士助選。從選罷法留下的縫隙，替明顯居於宣傳戰、組織戰都是弱勢的黨外殺出一條生路來。但這次原本大有可為的選戰，在投票前夕爆發中美建交事件，選舉中斷。11 個月後，又發生美麗島事件，楊青矗在選舉中斷後，積極參與《美麗島》雜誌的運作，出任高雄辦事處主任，事件後，遭到軍法逮捕，經陳若曦向蔣經國說明事件的民間看法，楊青矗與王拓二人改由普通法庭起訴，判刑六年，入獄四年，1983 年出獄。

　　大體上，楊青矗入獄前，有《在室男》、《妻與妻》、《心癌》、《工廠人》、《工廠女兒圈》、《廠煙下》等六本短篇小說集。由於這些小說集，都由他自己創辦的文皇或敦理出版社出版，後來又有重新編輯改書名出版，小說創作仍未超出上述六本集子。此外，他還出了三本雜文集──《女權、女命與女男平等──稠羊閒咩》、《大人啊！冤枉》及《筆聲的迴響》，裡面有他自己的書序、後記，也有別人對他的訪談紀錄，他寫的書評、參與勞工運動的主張和經驗紀錄、社會評論等。跳脫小說創作的評論、論述，有助於了解楊青矗的文學觀及人生觀，也從中可以看到，由於寫作影響的心路歷程路徑。

　　美麗島事件則徹底改變了楊青矗的文學路徑。他在土城看守所時每天寫一封家書給自己的孩子，凡五十餘篇集結成《生命的旋律》，是楊青矗另類的作品。他的獄中創作《心標》和《連雲夢》這兩部長篇小說。楊青矗在「後記」裡說，他在 1975 年即構思這兩部作品，隔年也動手寫了一、二萬字。可見美麗島事件，或者說他的準備參選立委只是中斷了他的寫作並沒有打亂他的文學進程。這兩部作品是在 1982 年完成的，是他的獄中之作，但並未受到坐監的影響。《心標》和《連雲夢》，作者自行定位為「企業小說」，描述 1970 年代，臺灣社會進入工業化、已具工商社會雛型的年

代，大的資本企業尚未形成，不少人憑著赤手空拳也能打下一片天下的時代，出現的許多白手起家的企業強人。這兩部作品裡的人物和事務，雖然未能緊密地和他的工廠人小說連接，但楊青矗認為，自 1960 年代以降的三、四十年間的戰後臺灣經濟發展，固然是有不少企業家和勞工攜手共創了臺灣社會的榮景，不過，也有不少人從赤手空拳成為企業家或為暴發戶的過程，是由於汲取底層勞動者的心血付出，也就更別提多少人因炒地皮、搞房地產變成暴發戶的了。所以，他的小說在反映時代、反映臺灣社會工商業化的過程中，只寫勞工端是不夠的，《心標》及《連雲夢》》要從企業家端來反映以廉價工資犧牲勞工求經濟發展，勞工所受的不公平待遇。從他對獄中兩作的寫作動機和自我期許，他是認為就是他的勞動文學的延伸，只是從企業主的一端去看勞工而已。

　　1983 年 10 月 8 日出獄後的楊青矗文學，除了出版獄中家書及二部長篇小說連載出版外，大約可分為五個部分。一是，在 1985 年赴美國愛荷華大學「國際作家寫作計畫」，在這裡有機會見識來自世界各國的朋友，他把訪問成果結集為《楊青矗與國際作家對話──愛荷華國際作家縱橫談》出版。二是，他根據李昂小說作品〈一封未寄的情書〉，以四個不同的角色也是以小說形式寫了四封《覆李昂的情書》出版，嘗試不同的創作形式。三是，對臺灣福佬語（他簡稱臺語）文學的投注。楊青矗大概是年齡的關係，和一般主張、提倡臺灣福佬語寫作的作家和學者不一樣，他不是以華語為母語轉換的臺語文作家。1970 年代，他在接受李昂訪問時說：他「反對方言文學」，但李昂卻發現他早在 1970 年代剛開始寫作時，就是非常罕見的，能「將臺灣話用文字寫出來」的作家。他是主張用漢字寫出各種「方言」的漢字派，他說：「用方言我反對用『音譯』和別字寫進文章裡，……」「我小時候曾以臺語斷斷續續讀過兩年私塾，平時我看書大多以臺語默念，……」[1]可見，臺灣福佬語（楊青矗的閩南語）不僅是楊青矗的

---

[1]李昂，〈喜悅的悲憫──楊青矗訪問〉，《書評書目》第 24 期，頁 79。

生活語言，也是他的思考語言，出口成章也就不是什麼特異語言功能了。
他和以臺灣福佬語為臺語文學的沙文主義者最大的不同，在於他對漢字書
寫的堅持。所以，他在這方面的具體研究，《國台雙語辭典》——後來改名
《台華雙語辭典》，以及《台語三百首——台灣古典詩選台華雙語注音讀
本》、《楊青矗台語注音讀本》——有聲書，全套 15 冊，CD 43 片、《客台
華三語共用拼音與說讀》。15 冊注音讀本則包括了私塾教育讀的《三字
經》、《千金譜》、《增廣昔時賢文》，楊青矗自己的散文集《境由心進》、國
中、高中、大學「國文」選的注音讀本，唐詩、唐宋詞的賞析注音讀本，
《改變台灣歷史个文章》，《台灣唸謠》、《台語囡仔詩》、《台語語彙辭典》，
《台灣俗語辭典》、《佛經台語注音讀本》。四是，長篇小說《烏腳病庄》，
原題《鯤島烏雲》。楊青矗以他的家鄉鹽分地帶的烏腳病為主題。鹽分地帶
的居民，疑因長期使用含砷很高的地下水（井水）導致血管病變，血管末
梢壞死，手腳發黑、潰爛而截肢。這種病症發作十分痛苦，患者無不落入
無法工作貧病交迫的悲慘命運。《烏腳病庄》即以其中的一家人為例，描述
染病的慘狀。小說的另一個重點是，烏腳病患者的周邊就有香火鼎盛的鯤
鯓廟。但對這些遭受苦難的無助病患，率先伸出援手的卻是遠方來的上帝
——基督教會教徒的力量。楊青矗在這部作品裡，依舊保持了他初為小說
家、文學人時的為弱者發聲仗義執言的本色。五是，《美麗島進行曲》。他
為自己和美麗島事件的前因後果及經過，做了翔實的記錄，為這段歷史留
見證。

二、楊青矗文學研究概述

　　楊青矗文學研究資料，計有 368 筆，扣除內容相同、出處不同的，約
為三百筆。大約可以分為三大類：

　　第一類是研究楊青矗著作的學位論文及專書著作，計有八筆。有七筆
是碩士論文，分別是東海大學中國文學系的陳曉娟，研究楊青矗小說中的
抗爭主題；逢甲大學中國文學系侯如綺，研究楊青矗小說中呈現的臺灣社

會現代化過程；淡江大學中國文學系黃慧鳳，則是從楊青矗的文學連續到20 世紀的臺灣勞工文學；中正大學中國文學所的劉雅薇，以「底層」為主軸，探討楊青矗小說中的人物塑造及敘事全貌；彰化師範大學臺灣文學研究所的李坤隆，透過分析楊青矗《台詩三百首》回應「臺灣主體性」建構的問題；高雄師範大學國文學系的鍾怡君，從小說中的人物性格及愛情世界著眼，描摹出臺灣經濟起飛年代的勞動世界；而中興大學法律學系碩士在職專班的董學奇，則將小說與勞動法進行對照反思，呈現勞動法的演變歷程。另有一筆由臺南縣政府出版、劉美梨譯英格麗舒（Ingrid Schuh）著，1975 年以前的《臺灣作家楊青矗小說研究》。作者認為，1975 年是楊青矗小說創作生涯的一個斷點。

　　第二類是有關楊青矗生平的自述，作品自序、後記、跋，得獎感言，他述，訪談，對談，報導，作品討論會紀錄，年表，目錄，獎詞等合計約一百二十筆。其中，楊青矗的自述、自傳、序、跋、後記約占五分之一。

　　第三類是他人對楊青矗的作品評論，有二百餘筆。其中有人物論，評論或比較楊青矗作為作家的個人特質或其作品的綜合性討論，即作家論。其次則是作品論，作品論有綜合性的楊青矗文學論，也有單一作品的討論。

三、關於楊青矗文學研究資料彙編

　　楊青矗文學研究資料彙編重要評論文章選刊，是從 368 筆評論資料目錄中選出來的 18 筆。約略可分為四類：第一類是楊青矗對自己作品集寫的序、跋、後記，計五篇。第二類是他人對楊青矗的訪問紀錄或印象記，計有五篇。第三類是對楊青矗文學的討論會紀錄，計一篇。第四類是他人評論，計七篇。最後選定 18 篇是：

1.楊青矗〈《工廠人》序〉（自序，1975 年）
2.楊青矗〈起飛的時代——《工廠女兒圈》跋〉（自跋，1978 年）
3.楊青矗〈人間煙火——《同根生》跋〉（自跋，1978 年）

4.楊青矗〈在小囚房寫大時代——《心標》與《連雲夢》後記〉（後記，
  1987 年）

5.楊青矗〈《斡頭看文學路》——《囿——楊青矗選集》自序〉（自序，1999
  年）

6.袁宏昇〈楊青矗素描及其他〉（人物側寫，1978 年）

7.吳瓊垶〈鏡子　鑼子　漢子——速寫楊青矗〉（人物側寫，1979 年）

8.葉石濤口述；曾心儀採訪〈工人作家楊青矗的故事（節錄）〉（訪問紀
  錄，1983 年）

9.李昂〈喜悅的悲憫——楊青矗訪問〉（作者訪問紀錄，1975 年）

10.洪綺珠〈狂流，剪雲夢——〈連雲夢〉訪問錄〉（訪問報導，1985 年）

11.陌上塵整理〈工人文學的回顧與前瞻〉（座談討論紀錄，1985 年）

12.高棣民（Thomas B. Gold）著；津民譯〈楊青矗小說中所反映的「現代
  化」問題——譯者序〉（綜論，作品論，1978 年）

13.何欣〈論楊青矗〉（綜論，作家論，1983 年）

14.許俊雅〈從楊青矗小說看戰後臺灣社會的變遷〉（綜論，作家論，1994 年）

15.王拓〈當代小說所反映的臺灣工人——談楊青矗的《工廠人》〉（綜論，
  作品論，1979 年）

16.彭瑞金〈鳥瞰楊青矗的工人小說〉（綜論，作家論，1980 年）

17.葉石濤〈評《工廠女兒圈》〉（綜論，作品論，1978 年）

18.李魁賢〈《台詩三百首》出爐〉（作品評介，2004 年）

附錄：楊青矗〈我的煉油廠工作——1961～1979 年〉（自述，2017 年）

　　楊青矗的出版作品，大都由自己寫序、跋，更罕見的是文學同道寫
的，這是楊青矗對自己文學的自負。所以，他的作品集裡的序、跋或後
記，往往成為透露作家內心世界最主要的孔道。《工廠人》的自序，開宗明
義就舉出某個擁有五、六千名員工的大工廠的任銓課長，前來對他的工廠
人小說指陳工廠人事弊端表達折服與感恩，讓他能引以為愓。楊青矗這篇

自序，則藉之印證他的「工人文學」具有現時的即期功效，可以解救困境中的勞工。也代表楊青矗在他的工廠人文學高峰期的思維。〈起飛的時代〉是《工廠女兒圈》的「跋」，題目具有強烈的反諷的喻意。臺灣的製造業能在國際間打響 MADE IN TAIWAN 的品牌名號，只是少數的企業者獨享，犧牲最大的「工廠女兒圈」只能領取低廉的工資，而這一切又是建築在政府的經濟發展的政策性決策，那麼，社會繁榮只是不公平、不正義社會製造的假象。《工廠女兒圈》當然是為女工打抱不平，那個年代的女工，是勞工裡遭到剝削最嚴重的工人，楊青矗以文喻示他對 1970 年代臺灣勞工問題的基本看法，也就是，不是抗拒起飛，而是制度造成的水崩山和龜爬壁，是不能容忍的不公不義。《同根生》是他參選立委前將自己的作品重新整編舊作新出版，抽出和工廠勞工有關的納入《工廠人》，其餘的編成《同根生》與《那時與這時》，《同根生》則出自《在室男》。〈人間煙火〉為《同根生》跋，題名還是有強烈的反諷意味。先是自嘲自己吃了太飽的人間煙火味空靈不起來，其實就在強調自己從小就沾滿了人間煙火。連孩童時聽父老講日治時代的故事，他也會鬱積在心，也就不用提長大以後，在社會、人間走踏的見聞了。楊青矗此文固然是在強調自己的性格與文風，其實也重重地批判了當時文壇不食人間煙火的歪風，以「人間煙火」把兩個截然不同的文學世界區隔開來。〈在小囚房寫大時代〉是他的獄中作品《心標》與《連雲夢》的共同「後記」，在《臺灣文藝》刊出時，加了前面的題目。這篇後記說，他的獄中之作，是在 1982 年 5 月至 12 月，大約半年內完成，在一坪多的囚房地板上，屈膝以三夾板寫作，每天寫十幾小時。他還特別強調，這兩部作品是在 1975 年即開始構思，1976 年夏天即有部分完成。《心標》和《連雲夢》顯然是有別於他的工人作家勞工代言予人的既定印象的作品，他卻表示遠在美麗島事件發生的好幾年前，就有這樣風格內容丕變的寫作構思。這種主動尋求寫作題材，甚至敘事觀點的求新求變，代表作家隨時都保持寫作的旺盛企圖心，勇於不斷接受挑戰。後記顯然也預估到勞工文學的讀者會質疑美麗島事件影響到楊青矗的文學思維，

也質疑他是否因事件背景棄了勞工走向資本家、企業主。後記一石兩鳥，一方面表白「作品」出現在事件之前，非關事件改變他的文學思維，另一方面也強調他的不變。描寫企業主，只是把勞工問題延伸到業主的一端。〈《斡頭看文學路》——自序〉，是 1999 年 5 月，臺南縣文化局為他出版的短篇小說選集所寫的序文、選文都是舊作，只有序文以福佬語寫成。回頭看他自己走過的近 40 年文學路。他的 40 年文學路，曾經因為參選立委、美麗島事件、坐牢，以及出獄後籌組臺灣勞工法律支援而有停滯，但並未曾真正的中斷。有感於政治運動和勞工運動都不乏後繼人手，他乃投入臺語文的著作，從 1980 年代迄今已有六百萬字的成果，目的在搶救臺灣語文。楊青矗的五篇自序、跋或後記，是研究楊青矗文學的第一手資料。楊青矗的文學極罕見提及私領域的生活細節，除了提及他的父親任職中油公司消防員，因公殉職之外，他的序、跋文也僅提及他的學習及工作經歷，主要還都是圍繞著他的文學觀及人生觀。

　　袁宏昇的〈楊青矗素描及其他〉是楊青矗研究資料非常稀有少談文學多談情誼的人物描述。袁宏昇本名袁壽夔，任教陸軍官校，是機械專長的教授，也曾在私人工廠任職。他因為讀到《工廠人》系列小說而結識楊青矗，彼此交換工廠人經驗，而成為知交。他們二人出身、成長背景完全不同，卻因為「工人」這個共同的關懷點而有交集。袁文指出，他們曾一起去訪問不同的工廠。時間大概是《工廠人》和《工廠女兒圈》或《廠煙下》的寫作期中間。楊青矗大概還有為他的下系列寫作做準備的可能，袁宏昇則純粹是想了解臺灣的勞工，完全只是出於淑世的熱情。由他來素描楊青矗，對楊青矗的行為、抱負，也就多了一分「心有戚戚焉」。

　　吳瓊垿的〈鏡子　鑢子　漢子——速寫楊青矗〉是篇楊青矗報導，但標題名畫龍點睛，把楊青矗的人與文的突出特質敏銳地標示出來。鏡子是引用美國學者高棣民的論點，楊青矗最好的小說，代表了臺灣現代化的過程，像一面鏡子，照見時代的樣貌。鑢子是藉由楊青矗的自述，他說他的性格就是直、直、直，是指他的文學作品不重視文學的技巧，不擅長修飾，只是有話

直說，並有問題有窮追到底的堅毅。漢子是指他的人，他的文學反映的是他對弱者打抱不平的正義感，從文學到政治，都一貫是路見不平即拔刀相助的俠客，一條好漢。分由三個層面「速寫」楊青矗，對於釐清楊青矗的文學遞變，以及楊青矗其人其文，都是條理清晰的絕佳報導。

　　葉石濤講〈工人作家楊青矗的故事〉，是一篇既談人物也談文學的「綜述」。葉石濤認為楊青矗是擁有多種才藝、雙手萬能的，能同時兼顧多種工作的天才型人物，文學的才情也很高。雖然充滿改革、革命的衝動，但本性上和他愛讀演義小說一樣，他是篤信四維八德的、守舊的、純樸的草地囝仔。葉石濤說，文學和政治是衝突的，勸他不要參選，主要是看重他的文學才華，不希望看到他因為投入政治而失去文學。此外，他也十分推崇楊青矗對社會種種的敏銳觀察力。

　　李昂〈喜悅的悲憫──楊青矗訪問〉，是一篇書面訪問，訪問人擬好問題，交由受訪人作答。所以，這篇訪問既沒有追問問題，也可以說是楊青矗的作文。這樣的訪談，受訪人較能暢所欲言。李昂設問的題目多達二十多題，從他生長的環境對創作的影響，從事寫作的感想，如何從豐富的職業履歷去取捨題材，小說人物的多面性是否與豐富的生活經驗相關？作為作家會期待怎樣的理想寫作環境，小說人物與真實人物的關係，為什麼小說人物多中下層的臺灣鄉村人物？為什麼很少自傳性作品？為什麼不以知識分子的眼光看作品中的人物？為什麼可以將臺灣話用文字寫出來？你的作品用臺灣話讀是否更傳神？你受到哪些作家或作品的特殊影響？你對同樣以臺灣鄉土為題材的作家秉持怎樣的看法？當作家會失去生活的樂趣嗎？日後的寫作方向是什麼？作為作家你認為中國、西方、日本、何者對你的影響較大？你認為作家及其文學作品對時代負有什麼責任，對社會有何意義？請就你鄉土姓名明顯的作家談談當今大學生不喜歡描寫底層社會的作品？你對鄉土文學有什麼看法？未來的發展方向又是什麼？請談對「回歸鄉土」熱潮的看法，對整體臺灣文學的發展期望是什麼？偉大作品的條件有哪些？對於僅出版三本小說集的楊青矗，這二十幾個題目。遠遠

超過作家身分資格考。雖然楊青矗文學在這之後仍有很大的發展變化,但這肯定是迄今最完整最深入的楊青矗訪談錄。

洪綺珠〈狂流,剪雲夢——〈連雲夢〉訪問錄〉,是針對〈連雲夢〉開始連載發表的新聞訪問。主要是由楊青矗談這部作品的經過、抱負,以及人物情節代表的意義和自我評價。他認為,這部作品是他的精心傑作。他說,這部作品是他「站在一個超然的地位來記錄臺灣光復後三十年中社會經濟的轉變與人的價值觀的改變。」

楊青矗等著〈工人文學的回顧與前瞻〉,是楊青矗出獄不久,由《臺灣文藝》策畫、陌上塵主持。參與座談的有葉石濤、李昌憲、鄭烱明、莊金國、彭瑞金、陌上塵、楊青矗、許振江、陳坤崙、吳錦發、黃樹根。其中,陌上塵、李昌憲都是工人文學作家。話題大體都圍繞在臺灣工人文學的過去和前景。楊青矗認為他的小說中挖掘的工人問題,已引起學界、法界、勞方、資方,甚至國外研究者的重視。葉石濤等與談人士也認為臺灣有四、五百萬的勞工,連同勞工家屬,恐千萬人都是勞工人口,工人文學還有極為可為的空間。迄目前為止,臺灣的工人文學不僅遠遠落後先進國家,與第三世界國家如菲律賓,都尚有差距。工人文學是反映生活文學的一種,反映生活,描寫人性,也是普遍性的文學,只是匡定在工人的範疇而已。如果從普遍的人性、生活去看工人文學,工人文學的展望,也就是整體文學的展望。

高棣民〈楊青矗小說中所反映的「現代化」問題——譯者序〉,是他為《楊青矗小說選》中英對照版所寫的導讀。這是一本為英語讀者編選的楊青矗小說讀本。高棣民特別標示出楊青矗早期小說的時代性及社會性意義,在於記錄、批判這樣的一個時代和環境。而「現代化」則是這種批判的基準。從農業社會轉型為工業社會,家庭、社會都面臨解體後的重組,在過程中是否做到更公平、更合理、更正義的社會型態出現,是需要從各種角度去檢驗的。文學作品也是檢測的一種試劑。高棣民的文章,除了為英語讀者做的作者、作品簡介之外,就是提出「現代性」這個世界共通的

語言，為楊青矗小說在英語世界開光點睛。

　　何欣〈論楊青矗〉是作家論，是楊青矗文學研究資料中，少數由學院裡的學者撰寫的作家論。雖然是典型的、中規中矩的學人論述，但鉅細靡遺，涵蓋了楊青矗所有作品、甚至社會、政治、工人運動在內的綜合論述，最能呈現楊青矗文學的完整面貌。

　　許俊雅〈從楊青矗小說看戰後臺灣社會的變遷〉，也是一篇學者的楊青矗綜論。主要從楊青矗文學形成的外延，也就是文學產生的時代、社會背景去看文學，也就是從社會變遷現象去看文學。她認為楊青矗的小說，反映了藍領階層的生存困境、臺灣農村的變遷、女性地位的變遷等臺灣社會變遷現象。這篇論述歸結到，楊青矗相信文學作品產生的力量，足以讓在社會變遷中淪為弱勢的一群，從不合理的制度獲得改善。

　　王拓〈當代小說所反映的臺灣工人──談楊青矗的《工廠人》〉，是一篇兼具作家論的作品論。王拓和楊青矗同為崛起於 1970 年代的具有本土性的作家，也同樣是擁有實踐能力的作家，先後投入政治活動。這篇論文主要針對《工廠人》中的十篇小說做了詳盡的析評，也引伸討論了這些作品的時代、社會背景。王拓肯定楊青矗的工人小說「有明顯的寫實主義文學的特色及優點，忠實記錄了臺灣勞工的生活和心聲」，但他也同意他的文字、人物刻畫有待精進。

　　彭瑞金〈鳥瞰楊青矗的工人小說〉，是以《工廠人》切入的工人小說討論。本文指出工人文學的三階段，各有進境，《工廠人》局限工廠制度及人為弊端的批判，《工廠女兒圈》則是整體勞動制度的問題，到了《廠煙下》更跳脫「工廠」的範疇，還給工人文學真正的勞工定義。《廠煙下》象徵楊青矗工人意識的完全成長，也為他自己的工人小說開拓了寬廣的生路。

　　葉石濤〈評《工廠女兒圈》〉，本文雖為作品論，但開宗明義卻為楊青矗文學做歷史定位。葉石濤認為楊青矗在臺灣作家中的獨特性地位是空前絕後的，沒有一位作家能像他一樣，可以理直氣壯地代表屬於臺灣新興階層的四百多萬勞工，做他們心聲的代言人。其次，葉石濤指出，在臺灣歷

史上的勞動人群裡，婦女從未缺席，她們在養兒育女、操持家務之外，無論戰鬥、農耕，向來就不讓鬚眉。她們是無聲的一群，卻從未在勞動場域缺席。《工廠女兒圈》是女工一連串屈辱、挫敗的具體紀錄。楊青矗寫下這些，是為這些女性勞動者伸張正義。

李魁賢〈《台詩三百首》出爐〉，旨在肯定楊青矗投注臺灣漢語文言詩的辛勞及貢獻。

附錄楊青矗的〈我的煉油廠工作〉一文，係本彙編編竣後，楊青矗先生認為葉石濤口述、曾心儀採訪的〈工人作家楊青矗的故事〉一文，有若干記述與事實不符，特來文補正。事過境遷，已無法查證，特將楊青矗先生來文做為附錄，有助讀者閱讀參考。

四、結語

綜觀三百多筆的楊青矗文學研究資料中，能將楊青矗文學說得又精確、又完備的捨楊青矗別無他人。畢竟楊青矗的文學養分來自學校、書本的，遠遠不如來自他的生活經驗。所以，他的文學既無法用任何文學理論去解「套」，也不是和他相同人生經歷的人可以參照。誠如創作經驗、文學理論自成一套的葉石濤所感嘆的，他是「空前絕後」獨一無二的小說家類型。這種來自民間，從民情中汲取文學養分的作家，所談所論所議皆俗物與俗務，楊青矗以自己的作品人間煙火味太重自嘲，實為反諷。但他身上的人間煙火味，卻不是他人可以隨意炮製，畢竟人生的路是自己雙腳走出來的，不得由他人代勞。楊青矗說，文學可以有很多流派，作家可以有各種類型，不可能要求各種不同類型、氣質的作者都去扛沉重的人間十字架。作家可以選擇走自己的路，做不同類型的作家，不必強求一致。但楊青矗說，他選擇做關心所處的時代、肩負人類的苦難，為人類代言；反映人生，反映社會現狀，淨化人類精神，使人生活更好的作家。認為作家應以超然的立場透視他所處的時代，為正義而寫，不願做被奴役的政治傀儡。作家，人稱為人類心靈的工程師，既然有些偉譽，身為作家如何可以不負起人類心靈工程的建設使命。

輯四◎
重要評論文章選刊

《工廠人》序

◎楊青矗

　　有一位在一個擁有五、六千名員工的大工廠任任銓課長的先生來找我，他告訴我說：

　　「我經常讀你寫的〈升〉和〈工等五等〉這兩篇小說，我身為一個大工廠的人事主管，時時拿這兩篇小說來警惕自己不要做出〈升〉和〈工等五等〉裡面的事情來。在我職權管得到的範圍內，我也時時在提防各部門的主管，設法避免使他們有機會做出類似的事情來。在我們這個重人情的社會，很多事以人情去爭就能得到，不敢爭或沒有人情引導去爭的人就吃虧，我認為每一個有關人員都應該讀讀你這兩篇小說來引為警惕。」

　　這位課長的坦誠，使我感動得腑臟震顫，四肢痙攣。

　　我得寸進尺，笑著向這位課長說：

　　「你應該多讀幾遍我的〈低等人〉和〈麻雀飛上鳳凰枝〉引以取消貴廠的臨時工制度。有些臨時工和正工做一樣的工作，甚且工作比正工苦，但所拿的薪水只近正工的一半，臨時工工作沒有保障，年老退休又沒有退休金。只是臨時與正式的名稱之差，待遇就有天壤之別。一年半載的「臨時」或僱用前的試用，還說得過去，十年八年以上的長期「臨時」，實在是變相的低薪僱用工人。機關、公司、工廠既然要長期用人，就應該一律正式列入編制。沒列入編制以臨時的名義僱用的話，我認為臨時人員缺乏保障，薪資應該比正式員工高才合理。」

　　「你的〈低等人〉和〈麻雀飛上鳳凰枝〉引起我們對臨時工無限的同情。前幾年我們工廠的臨時工還不少，我受了〈低等人〉的感動後，在廠

務會議與公司的各種會議提出反映，得到了良好的效果，目前我們工廠除
了少數送公事的女孩子是臨時工之外，其餘技術工人養成期滿，工作成績
良好的就升為正工，以前那些一、二十年的臨時工大多編入正式名額升了
正工。」

　　他說的是實話，我有好幾位朋友在他們工廠工作，我本身也是工廠人
之一，對一般工廠的事情瞭若指掌。也因此我筆下的臨時工在〈低等人〉
中升不了正工，到〈麻雀飛上鳳凰枝〉中升了正工。我內心深處為拙作能
為國家社會盡一點言責覺得欣慰，但臨時工這個名稱未能完全絕跡，我還
是耿耿於懷，這要靠大家努力了，當經濟發展到了「事浮於人」之時，找
事容易，要以臨時工僱人沒有人要幹，就像工廠女工用的多，沒有人要當
女傭那樣使女傭近於絕跡。其實我們的經濟發展已有能力把臨時工一律改
為正工了。

　　幾年前有幾位在工廠工作的朋友告訴我，他們把我所寫有關工廠的小
說寄給有關單位，提供作為勞資問題的資料研讀，當時我暗自竊笑，我這
恨鐵不鋼的熱誠真摯所結晶的作品會有人垂青嗎？不久後偶爾在報章上看
到立法委員和某些有關人士檢討職務分類和工作評價的得失。在這以前有
關此類的消息報紙也好，開會報告也好，都是根據各方面「紙上文學」的
統計資料，有得無失，當有人針對問題實際檢討得失時，總令人覺得不諱
疾忌醫，能面對現實的欣慰。王安石變法失敗，不完全在於制度的不好，
而在於實施的不得法；改換一種制度，一下子要使人習慣那是困難的事，
工作評價與職務分類起初難令人如意，即在於薪水沒有獲得提高的人看到
有些人因改變制度而提高薪水而難於忍受，主辦人員對這種外國新移入的
辦法也缺乏經驗，所做的均難於令人口服心服，再加上我們中國人重人
情，對人不對事的因素，問題於焉而起。近年來各方面努力改進，漸漸行
出軌道，大家也較習慣了，但仍未能臻於完美。事在人為，有待專家們研
究與改進。

　　去年年底，李昂訪問我，曾問我對文學有什麼期望，我答以我對文學

很灰心，甚至懷疑文學在我們社會存在的價值。當我跟這位任銓課長談完話後，我覺得有修正這答案的必要。寫小說我已擱筆很久了，這一來像春臨大地，我本已萎縮的文學心花復甦怒放；我要振作而起，繼續創作，寫我所看所聞所思所感的，更要為與我有密切關係的工廠人用心寫。記得蔣院長出掌行政院之初，報紙報導他秉燭研究人事制度，為未能得到真實的資料而覺得苦惱，我為此感動得眼眶噙淚；某些人喜歡奉承上司，討好造假，歌功頌德的積弊已深。想及此，我這個生活在基層，整天與底層群眾接觸的人更應該本著良知埋頭寫下去。於是我把過去所寫有關工廠方面的小說收集成書，命名為《工廠人》，把它獻給為經濟發展默默工作的兄弟姊妹們表示我的敬意。同時我為了能更深入了解各工廠人的工作背景與心理狀態、生活情趣，勞資問題等，草擬了一份「工廠人訪問卷」附在本書之後，我擬寫一本「工廠員工的生活與工作背景之心理分析」，希望在工廠工作的兄弟姊妹們提供您親身體驗和寶貴的資料，給我做研究用。

　　《工廠人》書中各篇，是我從各工廠方面所看所聞所思所感，以儒家經世哲學思想及藉以探討在這環境下的各種人性而寫成的。像〈圍〉一文引起我寫作的動機是：我看到有一個不如意的工人經常埋怨「他媽的，我的命運總是操縱在主管的手裡。」而陷入痛苦的泥淖中無法自拔，又有一次我在報紙上看一個粗暴的工人與他的經理積怨而打死他的經理，我分析了一下，發現他們都過於受自己固執的想法做法所「圍」，而越陷越深，終成無救的精神癌症而產生悲劇，我根據這種人性而寫成〈圍〉。到底操縱他們命運的是誰呢？

　　先嚴生前在一家國營工廠任十幾年消防隊員，民國 50 年 4 月 5 日清明節凌晨，光隆油輪在高雄港機房爆炸，先嚴目睹這艘裝滿四千多噸汽油的油輪爆炸，假如炸及油艙，汽油飛噴，整個高雄市將成火海，於是不顧危險，手持水龍頭進入船艙搶救，不幸於第二次爆炸時為公殉職。那時我甫成年，十幾年來我已成家立業，先嚴生我育我之恩圖報無門，《工廠人》所寫的人物亦為先嚴所熟悉，是故也將本書獻給先嚴做為紀念，我以承歡膝

下的心情向先嚴細訴這些故事。

　　（1975 年 5 月 22 日深夜脫稿。發表於《中國時報‧人間副刊》）

　　　　　　　　　　　　　　　　──選自楊青矗《工廠人》
　　　　　　　　　　　　　　　高雄：文皇出版社，1975 年 9 月

起飛的時代
《工廠女兒圈》跋

◎楊青矗

　　大約民國五十二、五十三年以前，鄉下的女孩子到都市找工作，很少有就業機會，多數是當女傭。那陣子教育水準低，農家女孩國民學校畢業後，除非家境好，一般都沒有升學。家庭需要幫忙的，有的下田工作，有的十四、十五歲到都市給中上家庭煮飯帶孩子，每月賺個三、五百元（民國 50 年的幣值）。十八、十九歲長的漂亮的，到百貨行店當店員，能被僱為店員的女孩算是很神氣的。最普遍的是學一點技藝，洋裁、編織、繡花等補習班到處可見。少數人在織布工廠或成衣工廠當女工；那時的織布工廠還不多，成衣加工做整件的，必須具有做衣服的技術，一個女工要經過一年半載的學徒才能勝任。不像現在分工分的很細，不必什麼技術就能做，所以要到成衣工廠當女工並不簡單。女孩子也普遍沒有做事的觀念，在父母身邊幫忙家務等嫁人，二十歲左右就結婚了，二十三、二十四歲未出嫁已經算是老處女了。

　　民國 55 年高雄加工出口區成立，整群的女孩湧進加工區賺每月六百元的薪水。繼之臺灣的製造業起飛了，針織廠、紡織廠、食品加工、電子工廠、木業、塑膠……，工廠一家一家在市鎮、在郊外的路邊冒出來。年輕女孩從農村、從都市湧進工廠加入生產行列。本來只要中級職員以上的家庭，每月肯花三、五百元，就到處可僱到女傭，已開始發現女傭難求了，報紙偶爾可看到主婦不滿女傭態度轉變的報導，現在要當女傭的人極少，非上上家庭已僱不起了；中上家庭的主婦都要親自下廚、理家務、帶孩子，不可能再有女傭「頭家娘短，頭家娘長」，服侍得無微不至了。這是經

濟發展帶給人平等的機會。

這不能不感謝各界的奮鬥，把我們由落後的農業社會向前推進為開發中的工業社會，創造就業機會，使家家足以溫飽，教育水準提高，民智大開。繼之而來的是社會結構轉變了，價值觀念也轉變了；女權提高，女孩子跟男人一樣要有工作才算是正常的人，三十歲沒有結婚不再是老處女，工廠女工普遍是高中畢業知識豐富的人。

從民國 52 年至 62 年這十年間，是製造業外銷的黃金時代，MADE IN TAIWAN 的貨品暢銷全球。幾乎只要稍為有一點腦筋，能籌一些本錢開工廠的人，就能大賺錢。很多白手創業之人，蒙經濟起飛之賜，數年之間成為億萬富翁。只要您偶爾翻翻《經濟日報》的副刊，不時會碰到介紹創業天才者，在五、六年至七、八年之間，由「兩隻腳夾一個屪脬」（臺灣俗語一無所有之意），到創辦數家工廠，擁有幾億幾億的資本幾百至幾千的工人，身兼幾任董事長幾任總經理的過程。這些為數不少的創業奇才，都恨不得一個人拆開成為十個人，他們也有十個董事長總經理的職位好當。

而我認為這些奇才並沒有什麼了不起，除了「時勢造英雄」之外，應歸功於政府政策的輔導和女工廉價的工資。無以數計的女孩在她青春的待嫁期間，拿微薄的工資默默地為經濟發展貢獻個人的力量，使創業者賺大錢，累積資本造成奇才。換言之，也可說經濟發展的獲益分配欠平均，未能完全達到民生主義均富的理想目標。但這些奇才者對經濟發展的貢獻是相當大的，他們除了少數是舊地主轉移資本及某些繼承祖產外，有的擺地攤出身，有的做小生意出身，有的學徒出身。草創時期東借西湊，湊一些本錢買一塊地皮，地皮抵押貸款建廠房，廠房抵押貸款買機械，機械抵押貸款買原料。票期發薪期到了，到處借錢趕三點半。就這樣一塊錢做六塊錢甚至十塊錢的生意，青黃不接，勞心苦戰，不要命的向前衝，這份苦幹精神實在值得敬仰。

開發初期工人仍跟創業的老闆們一樣苦幹，沒有假日沒有星期日，趕工甚至做到三更半夜。數年後老闆飛黃騰達了，歌臺舞榭，一擲千金毫無

吝色，而工人仍然是「手面賺食」，仍然「兩隻腳夾一個屄脬」。

　　最笨的大概是我，十七、八年前我就進入工廠，比後起之秀的董事長們早七、八年知道工廠是什麼樣子。差別的是我進入工廠當工人，而董事長們將不成型的「小工場」造成「小工廠」，混成「大工廠」，滾成有一廠二廠三廠四廠五廠的「大總廠」。而我呢？十七、八年前進工廠時每月薪資九百元，不足以養家；十七、八年後的今天記不清有多少次的調整與升薪，現在每月領五千元，也不足以養家，這是鈔票貶值，不是我生活水準提高。但我下班後可以兼業，足以養家之外還有餘錢買摩托車，也算「有車階級」，只是不能與董事長們比。很多人不願像我這麼傻，安於工人的職位，想盡辦法籌資當老闆。最近與幾位董事長朋友交談，他們埋怨市場有限，老闆實在太多了，使他們生意難做！

　　董事長之輩在世俗眼光的判斷下，雖然錢多，地位高，但個人所得的多寡並不能代表一個人對社會貢獻的標準，各盡所能為人類服務，同樣具有他的價值。

　　我之所以寫這段，是太多的工廠員工寫信給我。認為他們的工作毫無價值，職位低薪水少，換工作換來換去也是如此，前途無亮，天天生活在苦惱中掙扎。在幾次與工廠女作業員的座談中，均有人向我訴說這些事，甚至有人激動地怪我未盡言責。當我寫這篇後記時，正好也接到一封這類的信，我照錄於後：

　　楊先生：

　　數年之前就聽過您的大名，因為一直很忙，未曾拜讀您的作品，實為遺憾，去年，《中國時報》刊登過顏元叔評我國當前的社會寫實主義小說的評文，裡面有一段是評您的，而當時我還在念書，大概是在準備二專夜間部聯考或基層特考，抽不出時間去翻那本《工廠人》，今天有位同事看見我在看書，就告訴我，她那兒有好幾本書，其中一本就是《工廠人》，好久以前就想看了，好不容易碰上這麼巧的機會，借了回來，連夜看

完，您寫出了隱藏在我們內心的話，平生尚未寫過信給作家，第一次動筆寫給您，恐怕有些僵硬，有些生澀，請別見笑。我是ＸＸ工廠的一名女工，高職補校畢業，去年六月分畢業的，現在正是有許多牢騷要發的年齡，我很有自知之明，知道自己平凡渺小，識陋寡聞，但絕不認為當女工是一件很沒面子的事，也不引以為恥，很感謝您為我們寫出我們心裡想說而沒說的話，雖然顏元叔先生的批評也有他的道理，他說：「您應該包容工人更廣泛的生活層面，把他們當做完完整整的人來處理，賦予他們更多與更大的精神與心智向度」，我不敢說他的批評不當，但身為工廠人的我，幹了三、四年的女工，深感精神壓迫非常的重，上司苛薄的言詞，簡直教你切腹自殺，如果說：「女人是弱者」為了上司幾句苛薄的話，也要去自殺，連昨天那一次，我恐怕已經自殺過八百次了，我常高唱：學校是我的天堂，那兒有慈祥和藹的師長，有天真無邪的同學，那兒沒有生活擔子，沒有精神負擔。或者「唱」得有些過火，精神負擔在學校也是有，只是比起公司輕了一萬倍。一天有八個小時是在公司，在公司裡，我們就像您筆下刻畫的那一群，有的人對上司的態度是唯唯諾諾的，而上司對資本主（日本佬）則逢迎諂媚，拍盡馬屁，哈彎了腰，點落了頭，處處替廠方講話，壓制工人，度量大得能「置別人死生於度外」，反正他自己升得上去就好，管他工人餓死、凍死、氣死、統統沒有關係，對工人儼如秦始皇二世，高高在上，不可一世，對日本老闆則唯唯是諾，彎腰哈背，唯恐打破了自己的飯碗，故百般討好，趨炎附勢、奉承阿諛，您筆下的莊慶昌還有大拍主任桌子的機會，我們就連開口的機會也沒有，主任首先來個「先聲奪人」，再則來個「大聲制人」，最後使出一招「不服從也得服從，我有權利支配你，我叫你到那個部門工作你得去，不服的話可以滾蛋」，因為夜已經很深了，我明天還要上班，操作機械要打瞌睡的話，恐怕十指不能保全。

祝

愉　快

　　　　　　　　　　　　　　　　　　××敬上 1978、1、10　　夜

　　這幾年來，我跑遍各地看各種工廠，訪問工人同伴，類似信中所述的
事不少。尤其是高中高職畢業的女孩，普遍有做女工委屈的心理狀況。這
急待有關單位設法輔導，工廠管理階層和作業員們，應該互相溝通，使勞
資和諧相處，共為生產努力。對青春期煩惱多的姐妹的心理，也應做適當
的指引工作。

　　工業社會工人是最多的一群，人總是要工作的，大家不做工誰來做
工？教育水準普遍提高了，以後連大學畢業的人也要做工的，職業不分貴
賤，如何使做工的人認識他工作的價值，不自卑，不覺得委屈，不致天天
為脫離工人圈子掙扎，這是刻不容緩的事。個人認為要精神與實質雙管齊
下才有效；提高工人地位與資方平等，調整待遇使工人認為他付出的勞力
所得到的報酬值得，最起碼要使其足以養家活口，才能安心工作。

　　國人自營的工廠，老闆對員工的觀念多數仍處於農業時代的舊觀念，
把員工有工作做，有一碗飯吃，認為是他所賜的；有些工廠公傷不負責，
工作時間沒有制度；我們經常可看到報紙上登某些工廠叫工人加班不給工
資而發生糾紛，我曾接到一些女工給我的信，抗議她們工廠一年之中只在
過年放兩天假，其餘都不放假。也有人向我說，她們工廠一天到晚要她們
加班，每天加到深夜十一、二點，她們一個月的工作時間，比每天上班八
小時的人多一倍。當然，這種工廠目前已不多了。

　　對這些，我們雖然訂有很多勞工法令在保障，但員工們都不敢檢舉，
執法單位又是被動的，所以幾乎等於虛有其法。

　　外資工廠最受詬病的是本國人經理，當然愛護本國工人的管理人員不
在少數，但多數為求升遷，刻薄自己的同胞處處求表現。也許這是自求多
福的人性。本書中有三篇是寫這種情況的，主旨在啟發這群人能發揮同胞
之愛。民國 66 年 3 月蔣院長曾要求稅務人員能潔身自愛，監察院監察委員
們也響應發言，我有所感而就熟悉的故事，寫了〈婉晴的失眠症〉。

　　引進外資創造了更多的就業機會，也啟發我們的經濟起飛。但我們所賺的只是賣勞力的血汗錢，大幅的利潤由外商賺回他們本國去，先進國家國民的享受，可說是剝削後開發國家國民的勞力。如何連絡韓國、菲律賓、印尼、馬來西亞等國家，對外資工廠採取同一的合理工資，不必在勞力上競相削價，應該是行得通的。我國民生主義追求的均富目標，應擴及國與國平均富有，人類都能安和樂利，守望相助，達到世界大同的境界。

　　一家外資公司大約有十個左右他們本國人，職位是總裁、經理、廠長之類的高級人員。他們的薪水每月有四千至五千元美金，房租津貼每月一千元美金，孩子讀書，公司一個一年貼一千五百元美金，他們每年有三個星期的休假可帶家眷回本國度假，公司支付全家來回的機票與旅費。一個外資公司付給他們在臺灣的經理人員的薪水及一切津貼，一年約有十萬多的美金，折合臺幣約四百萬元。我們的女工每月薪水臺幣兩千七、兩千八至三千元左右，他們十個高級人員的薪水可抵我們一千個女工的所得還綽綽有餘！

　　去年 11 月，美國基督教婦女團體，為響應卡特的人權運動，各州推派德高望重的婦女組團來考察東亞各國的女權問題，她們蒞臨臺灣時，我應邀去向她們演講外資在臺設廠及臺灣女工的情況，跟她們參觀臺中加工區及其他的工廠，參觀後主持她們的女工問題討論會，在會上我向她們說：希望她們回國後向國會建議，促請在臺投資的廠商發揮基督博愛的精神，多多嘉惠我們的女工。她們綻開一場微笑，我也會心一笑！我想這可能只是一笑而已。求人不如求己，國人應努力圖強，學習精密工業的技術，配合政府發展精密工業賺好賺的技術錢，不必光是苦賺賣勞力的血汗錢，將來外資廠商若不經營了，政府或民間能有錢買下來，轉化為國人的資本，所賺利潤在國內流通，讓國人共享。

　　幾年來我執著於寫工廠人的小說，有人說楊青矗的小說寫來寫去都是工廠人，甚至有人別具用心，故意張冠李戴。其實我的寫作宗旨，一直跟蔣院長時時刻刻要大家反應民間疾苦，不必說好話，說真話不謀而合。在

我已出的五本書中，只有《工廠人》與本書寫工廠人而已，其他的包含面仍然很寬。等我工廠這類的作品寫告一段落，我會寫漁村、農村、都市、商場、企業家等的作品。近四、五年來我對選舉有深入的觀察，如果我寫起選舉小說來可能要比工人小說好。

　　去年在臺灣研究女工撰寫博士論文的美籍學生琳達小姐，來高雄跑工廠做研究時，順便來找我。相談之下，我驚訝她對臺灣女工的了解幾乎無微不至；並且滿腦子說不完的女工故事。她說她要以小說體裁寫五十篇女工的故事，作為她論文的依據，並已寫了一部分寄回美國發表了。本國學者在這方面，我還沒發現像她那樣深入工廠在做研究的。她在女工宿舍跟女工們住在一起，記錄她們的言行與生活，發訪問卷挖掘她們內心所思所想，訪問女工家庭情況，派助手進工廠當女工體驗女工生活，觀察與蒐集資料。我們自己的事，做的不如外國人，實在汗顏！在寫工廠人的作品還沒有接棒人之前，我的工人同伴還需要我，容我再為大家盡一份棉薄的力量吧！

（1978 年 1 月 15 日脫稿）

——選自楊青矗《工廠女兒圈》
高雄：敦理出版社，1978 年 3 月

人間煙火

《同根生》跋

◎楊青矗

　　也許我吃了太飽的人間煙火，我的作品頗多人間的煙火味，空靈不起來。自從五、六歲略懂事起，在家鄉常聽到父老們訴說被日本軍閥壓迫的憂傷；長大後從農村到城市，從商場到工廠，時時可看到人與人之間的糾紛，人人為生活的苦鬥……。這些人間的煙火事時時鬱積在我的內心，因此我的作品所載的道（我把道泛指作品所表達的東西），是人間煙火卑微的道。假如您縱身一跳，脫離人間煙火，形而上起來捕捉我的道，您所捕捉的可能是一片空白；因為我無意為哲學演戲。

　　我常空思夢想：人與人，人與自然，能有一天沒有絲毫的衝突，使小說家抓不到一丁點題材來寫小說（小說必有衝突，無衝突不成小說），讓小說和戲劇湮滅。文人只有風花雪月的題材，歌頌造物者創造的美，沒有苦難憂傷等等所謂悲壯的事好寫，文學不再是苦悶的象徵。那這個世界多麼美好啊？願我這個小說集出版後，再也沒有人間的恩怨事來撞擊我提筆寫小說，我也可悠哉悠哉地學吟花弄月，不吃人間煙火，空靈羽化。

　　我是一個木訥的粗人，寫東西僅憑良知坦率地寫。本書有一兩篇東西我不避俚語；為要符合人物身分的口語，我不裝飾它；直直地寫，粗粗的寫。文學是可用俚語的，不能以人物的口語來論斷作品格調的高低。我所寫的在方言中是日常的口語，但在「貴人」的耳朵裡，可能會少見多怪。英國有一句諺語說：「粗俗的真話，勝於文飾的謊言。」我是抱著這種宗旨，在必要時以俚語來表達真情，在粗俗中有高貴的一面。

　　最後感謝一位幾年來一直指導我鼓勵我的前輩作家。我把他的名字記

在心裡，不記在這裡。感謝刊登拙作的幾位編者，和愛護我的讀者。

1970 年 10 月

——選自楊青矗《同根生》

高雄：敦理出版社，1978 年 6 月

在小囚房寫大時代

《心標》與《連雲夢》後記

◎楊青矗

　　我在高雄煉油廠工作 19 年，對工廠界及勞工生活相當了解，為了反映勞工的心聲，寫了五、六本工人小說。我寫勞工、研究勞工，當然也要研究企業家，下筆才不致於偏頗。所以對企業家也有所認識。同時在轉型期目睹不少認識與不認識的人赤手空拳踏著經濟發展的腳步，奮鬥發跡。臺灣的現代化，勞工與企業家有同樣的貢獻。為了反映時代，反映現代化的過程，光寫勞工顯然不夠，因此我在 1975 年就想寫以企業家為主角的小說，並開始蒐集資料與構思。

　　《心標》與《連雲夢》這兩本長篇小說就是我要寫的企業小說。我整整構思了七年才完稿，我盡量站在一個超然的地位來記錄臺灣戰後三十多年來經濟發展社會與人的轉變。1963 年後，臺灣的經濟由農業社會進入工商社會，逐漸起飛繁榮，多少人赤手空拳成為企業家，也多少人炒地皮，搞房地產變成暴發戶。直到遭受二次石油危機的影響，經濟不景氣，顯見建築業的起起落落，我記錄了這些，並探討企業家成敗的關鍵，也從企業這方來呈現在經濟發展過程勞工所受的不公平的報酬。另一方面以男女主角的愛情為經，親情為緯，我嘗試著探討由農業社會進入工商社會後，人生觀、愛情觀、價值觀與新舊文化的變化。

　　女主角朱琪敏的內心交雜著雙重性格的傾向，她一方面偏好藝術的精神性，卻也有企業的野心，其中舊男友宋經生與工廠小開洪耀全代表著這兩種不同的路線，她如何抉擇呢？這曾造成她很大的矛盾與苦惱，但畢竟家庭不富裕的她捐棄了藝術這一面，使她嫁給能完成她企業野心的工廠小

開，而在丈夫為潛入的女企業間諜的男友刺殺後，她的公公對她在公司裡處理業務必需交接的男人，所表現出來的嫉妒與不信任的態度，呈現舊文化對新思想的企業寡婦引起的衝突。

　　書中的人物宋經生與洪耀全父子，是臺灣第一代企業家白手創業的代表人物。朱琪敏、馮華卿、朱逸芬是女強人各種不同的典型人物。

　　這兩本書我從 1975 年開始構思，1976 年夏天寫了一、兩萬字。後來雜事多，只構思不動筆，1979 年我因美麗島事件繫獄，在獄中做工讀書之餘不斷醞釀，直至 1982 年 5 月 15 日再動筆撰寫，12 月 13 日坐牢三週年謄清脫稿。前後構思七、八年。醞釀多年，第二次動筆時，故事情節成熟得幾乎要爆炸，這七個月中我每天寫作十幾個小時，文思仍然洶湧澎湃，每天坐在吃飯、散步、運動、讀書、寫作都在同一塊一坪多的囚房地板上，屈起膝蓋，腿墊小三夾板寫稿，寫到深更夜半，寫得腰痠背痛，無法再支持才擱下板子躺下去，蓋上被子睡覺。

　　長篇小說許多人以三部曲來寫，即三部書各自獨立為一個長篇，但三部的人物、事均有貫連。《心標》及《連雲夢》與此類同，可說是二部曲吧；兩本各可獨立成篇，也可貫串為一。這兩本書當初每一個章節有一個高潮，均能單獨成立為一篇短篇小說，並能前後呼應貫串。人物觀點男、女主角兩線平行發展，有時交叉，有時分開。出獄後重讀，修改了兩次，因牽一髮動全身，所修改的僅是時空的調動與穿插。原本每一章以單獨的短篇小說處理，雙線交叉，男女主角輪流上場。修改後有少數篇章融入他章，不能單獨成為短篇小說。

　　這兩本長篇，從構思、撰寫、發表到出書，前後歷經十年有餘，臺灣在那段期間變化太多，我總算捕捉了一點白手起家的企業家創業與變化的事跡，為經濟發展做了紀錄。我個人一、二十年來投身民主運動而坐牢四年，我在獄中一共寫《生命的旋律》、《外鄉女》、《心標》與《連雲夢》四本書，這兩本長篇在獄中完成，見書即將出版，有無限的感慨。我們「美麗島」的朋友投下的民主之標，雖然還有幾位朋友長期繫獄，民主的道路

仍然坎坷，慶幸的是已見逐漸開放，繼起者已衝破了一部分言論壓制、組黨及戒嚴。今年的中央民意代表選舉，民主進步黨成立，初次形成政黨與政黨競爭的雛形，臺灣今後必然進入政黨政治的路線，這不只是臺灣的政治邁開一大步，也是中國有史以來劃時代的創舉，當初我們美麗島政團這群朋友所努力的就是這條政黨政治的民主路線，因而有無政黨之名的美麗島政團之結合。

　　　　　　　　　　　　　1986 年 12 月 10 日・國際人權日

　　　　　　　　　　——選自《臺灣文藝》第 104 期，1987 年 1 月

斡頭看文學路
《囡──楊青矗選集》自序

◎楊青矗

（本文以臺語語體文撰寫）

徑二十一、二歲開始學習寫作，一下晃，徑要四十咚也。三十咚前發表〈在室男〉，了後个四、五咚，一、二個月著有一篇短篇小說發表，這是我文學創作个旺盛期。佫來因為插勞工運動佮民主運動停筆幾偌咚。我一生上蓋轟轟烈烈个事業，著是 1978 年競選工人團體立法委員，由於選區全國性，我游說黃信介佮我組黨外助選團，成員攏登記做我个助選員，會當全島演講，替我助選，嘛替全島立委、國代个黨外候選人助選。助選團有黃信介佮當時 13 個黨外省議員參一寡黨外名人等等，登記做我个助選員，陣容之大空前絕後。助選團分二團，全島巡迴演講，由於是第一屆全島黨外各路英雄串連做伙，而且演講者攏是名喙，所到之處，聽眾每場攏有數萬人，人山人海，氣勢之盛席捲全臺。恆當時个國民黨看佮骹底起冷，蔣經國驚佮流清汗，驚選輸，利用中美建交，以總統緊急處分令，下令中止選舉。選舉選一半叫停，有夠屁面。若無我邝咚一定當選立法委員，黨外也會大贏。臺灣个民主骹步會緊十咚。

停選了後个隔咚，黨外助選團形成美麗島政團，歸咚南北奔波，攏徑做民主運動，創辦《美麗島》雜誌了後，我蹛高雄籌組美麗島高雄服務處，做主任。我突破戒嚴惡法的禁令，定定辦演講。12 月 10 日辦國際人權紀念日个演講活動，發生震驚海內外个美麗島高雄事件，被捕二百外人，判刑个有 41 人，就安呢，我坐政治烏牢四咚。

獄中我寫長篇小說《連雲夢》（女企業家）三十萬字，短篇小說十萬字，散文十萬字，總共有五十萬字。

出獄了後，我搬來臺北蹛，籌組臺灣勞工法律支援會（即馬个勞工陣線，十幾年來一直是執臺灣勞工運動牛耳），做二任會長。佫再來是參本土作家、詩人籌組臺灣筆會，擔任創會會長。旮段時間我寫了一本烏骹病个長篇小說《烏腳病庄》（鯤島烏雲），佫中篇小說《給臺灣的情書》（覆李昂的情書），另外有二篇短篇小說。

續落去，我看政治運動佮勞工運動有真濟人徛做也，逐家也敢做也，艙坐牢也，而臺語將亡，文化運動無人做。所以我淡出政治，專事臺語語文个著作，佫做臺華雙語教育个文化運動。這愛慶幸我細漢讀過私塾，會曉用臺語讀古文佮詩詞，抑會曉反切佮十五音及羅馬字个臺語拼音。恆我有基礎傴自細漢著研究臺語語文。

旮十幾冬，我个臺語語文著作總共有六百萬字，其中《台華雙語辭典》（《國台雙語辭典》）三百萬字；《楊青矗台語注音讀本》全套 15 冊，共三百萬字，錄音帶 43 卷。旮二大套冊，我寫 12 冬。每日工作 16 點鐘，早起時八點一下起床就開始研究佮撰寫，中晝食飯飽睏中晝一點鐘；暗飯食了，又佫睏一點鐘，了後就工作到透早四點則去睏。我是採取「熬夜短睡法」，用「三眠之義」个方式每日睏三遍，來長期工作。暗飯了睏一點鐘，就有精神做到透早四點則去睏。我並且無禮拜、無假日、無年節，逐日照常工作，歸年透冬攏無停睏，我做 6 冬个工作時間等於一般人做 15 冬；我做 12 冬等於一般人做 30 冬。

我這恁賣命徛拚，就是對趕緊搶救臺語唔傴恆國民黨个「國語」政策滅亡。即馬我已經為臺語个讀、講、寫，建立了一套從古文、詩詞、臺灣俗語、吟謠，囡仔詩、臺語語體文等个學習體系，佮臺語語體文寫作个範本，臺語音字佮詞句攏會當蹛《台華雙語辭典》內底搝著。我要呼籲逐家來推動復興臺語个運動，臺灣人个作家，多多投入臺語文學个創作，恆咱祖先優雅个臺語唔傴恆外來政權个「國語」滅亡。

　　有人為我惋惜，無佫再競選，若無也會當做立委。的確，伬美麗島事件去關个檯面人物，只有我一個在野，偆个，呣是做立委著是做縣市長。不過，我覕下 12 冬个時間撰寫《台華雙語辭典》叁《楊青矗台語注音論本》，全套 15 冊，呣做四任立委。會曉做立法委員个人蹋倒街；而有才調像我做這恁濟臺語語文開創工作个人，我是臺灣第一個。

　　嗎有人惋惜我，只寫臺語个物件，無文學創作。其實我《楊青矗台語注音讀本》內面个《台語囡仔詩》佮《台語散文》猶原是文學創作。「唐詩」佮「宋詞」各收一百首，除了原詩注臺語讀音佮註解、賞析之外，我攏翻成臺語新詩對照，這猶原是文學創作。另外呇套冊个《台灣俗語辭典》我收四千幾句，寫了四千幾句的臺語語體文个例句，這嗎是文學創作。四千幾句臺語語體文个例句，有二十幾萬字，有夠做臺語語體文寫作个範句。

　　我六十歲也，這兩年體力感覺衰退真濟，無法度佫一日工作十五、六點鐘。佫一、兩年我會恢復小說創作。我利用呇篇序講遮个話，向逐家表示，文學上我無做逃兵，也覕拜託逐家，做伙來做復興臺語語文个運動。多多教子弟講臺語。文化叁種族依附徑伊个語言，臺語亡，臺灣文化佮臺語智慧也亡，臺灣人種族會行上平埔族个命運，徑呇塊島上消失，變成北京語族。

　　過去我恆人稱呼為「在室男」佮「工人作家」，呇本短篇小說集，我是選各種類型結集，利用校對个機會讀遮個舊作品，驚覺一下晃，目一下瞬，遮個作品已經過去二、三十冬也，一個世代也。逐家會使由這了解一下呇幾十冬，臺灣是安怎行過來个。

　　呇本小說集攏是北京語語體文寫个作品，我深深感覺悲哀，過去臺灣人竟然無法度用家己的母語寫文學作品；伬个前輩作家，無為伬建立臺語語體文學（小說、散文、新詩）个範例。佫再來我嗎覕為建立臺語語體文个小說範本扑拚，也呼籲臺灣本土作家，做伙來做，恆臺灣文學有輝煌个臺語文學。

1999 年 5 月

——選自楊青矗《囿——楊青矗選集》
臺南：臺南縣立文化中心，1999 年 5 月

楊青矗素描及其他

◎袁宏昇*

一

　　第一次看到「楊青矗」這個名字是幾年前在《中國時報》副刊上的一篇小說〈工廠人〉。那時之所以深被這篇小說的故事所吸引，是因為我自己就是一個工廠人。

　　那年我正在一個規模不小的私人公司裡擔任技術助理，並且還兼任一個廠的廠長。這個公司有五百多名員工，在兩個工廠裡分別生產不同的機械產品，它是一個典型的臺灣家族公司，老闆是刻苦起家，十多年來規模日益擴張，已到達必用企業管理和科學方法才能有效營運的時機，但是老闆的觀念尚無法配合這公司的改進。因此內部的問題非常多，也非常複雜，財務情況很壞，人事困擾尤多。那一年適逢不景氣，造成時常發不出薪水的現象，員工的生活難以維持，工作情緒大受影響。董事長和總經理更是愁雲滿面，到處向銀行貸款也少有著落，整天為借貸發愁。不過我們的工人仍默默的工作，雖也表示了不滿，大體上還能體諒公司的困境。

　　在這樣一個環境裡讀到〈工廠人〉的小說，當然有異於常人的感受。我們的文壇站在勤苦勞工的立場寫他們的生活、思想的，實在太少太少，楊青矗可能是唯一的一個。我後來又讀到他出版的小說集《工廠人》，收集的全是以工廠為背景的故事，談的是工廠裡的人際關係，以工廠為背景的點點滴滴。當然使我這個生活在工廠裡的人讀起來分外親切。如〈升〉、

*袁宏昇（1937～1996），本名袁壽虁。文學評論家。發表文章時任教於陸軍官校。

〈工等五等〉、〈低等人〉、〈圍〉、〈麻雀飛上鳳凰枝〉等等，這些小說最大的特色，就是以一個最基層的工人眼光來看工廠內的形形色色。他捕捉了幾個重點，很清晰的表達了他的看法和觀念，以小人物的故事處理，寫人性的善惡，寫工人們的喜怒哀樂。使我這個學工程的、在工廠裡工作的工廠人，有著十分的偏愛。

那時我整天忙著處理大大小小的事情，看到大多數的工人們都辛勤努力於本分的工作，才有一件件的產品製造出來。也看到老闆們的努力於向銀行借貸、抵押、忙著找客戶出售產品。老闆們的收穫是豪華轎車與佳餚美酒的享受，而工人們的辛勞和加班，得到的只是溫飽餬口而已。楊青矗筆下的人物，盡是那一群辛勤刻苦的勞工大眾，他寫他們的生活，反映他們的情感，道出他們的心聲。

事實上，一個工廠的建立，從設計、規畫、建廠、安裝、試車、製造，到成品出產，要經過很複雜的過程，一定少不了投資設廠的老闆，也少不了各項專業的技術人才。由於他們的專業知識和經驗，完成建廠；同時更少不了從建廠到生產成品過程中的各種工人群。由於他們集體的努力辛勞，才會有成果。當然這份成果是應該由這三種人——更廣泛的說，應該是由全體參與的人共同享受。不過，事實上，今天絕大部分的工廠，很少能將成果分享給大眾；普遍的現象是：老闆們投資了錢，老闆們就應該得到大部分的利潤，而參與工作的工程師也好，忙於操作的工人也好，他們只能得到很有限的部分利潤而已。

二

認識楊青矗是在那幾個月以後的一個偶然機會裡。胖胖的他，個子不高，說話的態度很誠懇，言辭也實實在在，一看就是很忠厚的樣子。國語說得不流利，有很濃厚的臺語鄉音，從交談中才知道他是個道道地地的工廠工人，滿臉的風霜，可以看得出他早年辛勞的痕跡。

當我談到我也是個工廠人，對他的小說有偏愛之後，我們的友誼無形中

跨了一步。沒有虛偽，沒有客套，只有真誠與樸實，我們談了不少工廠中的種種。就這樣我們認識之後，交往得很頻繁，那一陣我比較清閒，剛好辭去工廠的工作，在大學教書，所以常在一起聊天。逐漸的了解到他的身世和家庭背景。他最難能可貴的是，沒有受到現有制式教育的汙染。他生長在臺南縣北門區七股鄉，一個貧窮的農村，因為近海，土地貧瘠多鹽，似乎種植不出什麼。他家世代務農，幼年貧苦的生活，養成他辛勤苦幹實幹的精神。臺灣光復以後，他才開始讀小學，在家鄉完成小學教育就隨家遷居高雄，謀求發展。那時候，臺灣社會已逐漸安定，都市正聚集較多的人口，工商業開始有較大的發展機會，農村人力漸向都市遷移。民國 42 年，他到高雄後就開始半工半讀，他的初中和高中就在斷續之中完成。家庭的經濟情況，不允許他幻想再去讀大學，但是他對於知識的喜愛不亞於任何人，他勤勉自勵，一方面工作，一方面不斷的進修。他讀書的目的不是為升學，也不為考試，為的是對於知識和興趣的追求。他生活的周圍，接觸的環境，全是純樸勤勞、刻苦自勵的廣大社會基層同胞，大部分是愚拙貧寒，謹守本分的勞苦大眾。他的努力上進，是秉承了先天的氣質，他終日隨著父親辛勤的作工，他的父親就是一位受人敬佩盡忠職守的模範工人，他擔任了十幾年的消防隊員，執行著堅定危險的救火工作。民國 50 年，高雄港有一艘光隆油輪不幸失火，如果油輪爆炸燃燒，高雄市將會一片火海，情況異常危急，就在這緊要關頭，他奮不顧身，親自登輪救火，火勢雖被控制，但他卻不幸因此而殉職。在這種環境和這種背景裡成長的楊青矗，怎能不為廣大的勞工們說話，怎麼能不反映勞工們的心聲？他努力、上進，但沒去惡補，沒去升學，沒去走那制式的、刻板的道路。相反的他從少年、青年而壯年，都在腳踏實地的貢獻自己的勞力、才智於他本分的工作，他從事過很多種行業，做學徒，做伙計，恪守本分；更由於他喜愛文學，從少年時就不斷的閱讀文學作品，先從我國的民間故事開始，再讀歷史小說和文學名著，他下的工夫相當的深，沒經過什麼良師的指導，他自修努力，領悟力特強，從文學作品的欣賞到文藝理論的書籍，他都下工夫研究，古典文學和翻譯小說，也都有興趣。逐漸

的，他也開始模仿著寫，他創作的題材，他寫的故事，必然的是他生活中的一部分，就這樣他旺盛的創作力和使命感，促使他寫出一篇篇屬於貧苦大眾的寫實作品，為我們這個時代，這一群默默貢獻的基層群眾，道出了他們的心聲。就這樣楊青矗以「工人作家」而享譽今日文壇。

三

　　我和楊青矗有很多次一起去訪問不同的工廠。每次我們都找不同的人交談：和老闆們談的是他們的生意好壞，談他們的投資和賺錢；和工人們談的是他們的工作、生活和感受。很多感人的故事、很多不同的經歷都是我們平時不易知道的。臺灣社會在過去二十多年來，由於全民一致的努力，經濟的發展非常快速，經建的成果和進步，很值得政府引以自豪。在發展的過程中，造就了不少所謂的「企業家」。實際上，不少人是暴發戶，這些人物最容易利令智昏的欺壓工人，他們無視於政府的勞工法令，不管什麼勞工保障、什麼勞工福利，往往置之不顧。而勞工們大部分來自鄉下，沒受過什麼教育，保有純樸的可貴氣質，他們多半凡事忍讓，過著最起碼的生活，除非被壓迫到不得已，很少會反抗。

　　有一次我們到一家紡織廠，找到一群工人閒聊。楊青矗很容易的和他們打成一片，傾心而談，我看得出他們之間流露出真情與信賴。他也很能領悟出他們的喜怒哀樂。我們從那些實際的經驗中，了解了很多的故事，那些都是真實人性的表露。楊青矗就是善於捕捉這些人性深處的重點，將它串連起來，形成一篇篇的作品。

　　最近他完成的《工廠女兒圈》，道盡了這一代女工們的辛酸血淚。這群女工們對社會的貢獻不可謂不大，但受到社會的照顧卻很少。楊青矗從南到北訪問過許多大小不同的工廠，與女工們聊天，然後由他經營成一篇篇的作品，每個故事都能刻畫細微，入木三分，忠實的表露了女工們的心聲。使那群默默工作，盡忠職守的女工，活生生的呈現在我們面前，使社會對她們有較深一層的了解和關切。

有一次他很自然的談到他的創作慾望和作家的職責問題。他說他寫這些故事，似乎是他職責的一部分，一種使命感促使他不停的寫，將他所見到、聽到的故事，屬於與他相同背景的人，立場一致的人，有關他們的矛盾與問題，用小說表達出來。他不會站在有錢老闆立場，也不是站在做官的立場來說話；他就那些千千萬萬的容易被人們忽視的社會貧苦勤勞的大眾們，寫出他們的心聲，期望我們的社會能給予這些人更多的照顧與尊重。

四

不久前文壇上興起了一陣對鄉土文學的批判，有不少人認為楊青矗的作品，大多描寫社會的黑暗面，寫工人的貧苦無告，未免偏激。說這種話的人，多半是生活在所謂「上流社會」的人物，他們富裕的生活和逸樂的享受，早已超越這個社會的水平之上。他們所能看到的，接觸的和追求的是另外一個物慾世界，那一群人多半是既得利益的階層，並且自稱是所謂高級知識分子，他們的心態受到歐風美雨的浸洗最多。當聽到有關楊青矗筆下所描述的人物與故事，總會有兩種基本的反應：一是這種人物早就該被淘汰了，寫這些有什麼用！另一種認為，臺灣今天已經是個安和樂利的社會，哪有這種事發生，這根本就是別有用心的人在故意歪曲事實，存心製造矛盾！

事實上，只要這些人能改一改他們的心態，不要把自己的心智只用在自己私利的追求上；回過頭來看看現實社會，多發揮一點愛心，多關切一下社會，多到基層角落走動走動，多去了解一下那些給社會貢獻最多的貧苦勞動者，就不難發現楊青矗筆下的人物，沒有一個不是活生生有血有肉的典型人物，只是他們多半愚拙貧寒，受到的教育有限，難以表達他們自己而已。透過楊青矗的筆，才能將他們活生生的呈現在我們面前。如果我們真是要將我們的社會，建設成一個三民主義安和樂利的平等社會，就應該掃除那種只為私利的個人主義思想。要多緬懷我們先哲們所教誨的，多為群體的利益著想，深入的去研究，如何才能有效的去協助這些貧苦大眾，如何從教育著手，盡早改善他們的生活，給予更多實質的照顧，建立

真正均富的社會，而不只是口號上的均富社會。

我常常想，不知道為什麼，在今天的社會上，有很多受過高等教育的知識分子，還有那種瞧不起貧苦大眾的現象。他們滿腦子西化、美化和現代化，盲目的追求「進步」。認為我們應該快快學美國式的民主，美國式的自由和美國式的工業化。這些人都是中了崇洋媚外的遺毒，他們根本不了解　國父孫中山先生所呼籲國人要建立起我們民族自信心的遺訓。所以我們的社會今天多的是在追求奢侈腐化的生活，報上常見到的是有八百萬元一棟的高級公寓；有幾十萬元一套的沙發；有十幾萬元的抽水馬桶；有上萬元一桌的酒席，這些人的生活早已脫離了社會群體大眾的生活。

楊青矗就是因為沒有受過高深教育，也沒跟在這西化的留學潮中，到美國去鍍金，所以被今日文壇上稱之為「土、土、土」。土有什麼不好？就因為他土，才保留了我們民族光榮的一面，他滿腦子也在想進步，想的是在全民努力下一致的進步，而不是洋化的進步，他的民族意識很強，土並沒有減低他作品的水準，相反的他的作品是健康寫實，他沒有半點虛假。就因為他土，才能寫出腳踏實地的鄉土人物，寫出屬於廣大工人群眾的心聲，而不是洋化了的買辦和自命高等華人的洋派人物。

一棵樹必須要有很深厚的根，吸收很多的養分，才能茂盛茁壯。一個國家，同樣的也要有很深厚的根，深入蔓延才能進步。鄉土就是國家的根，人民就是促使根能成長茂盛的養分和原動力。如果那些深受社會所賜，能有機會享受高等教育的人，反而不能回到自己的鄉土，貢獻自己的心力，謀求改善我們的社會，那根本就是一種罪過，對我們的社會毫無幫助。遺憾的是，過去我們教育所培養出來的，大公無私的人少，自私自利的人多。我們的現實社會又是在盲目追求物慾和享受，這些與我們要建立起安和樂利的平等社會的目標，是背道而馳的。

五

楊青矗對很多事都有很濃厚的興趣，做事幹勁十足，也肯嘗試新的經

驗。他在一家規模很大的工廠做工，每天固定要上八小時的班。他自己辦了一個文皇出版社，在高雄也是數一數二的出版社了，三年多來出版了九十幾本書。他的出版社並不像臺北一般的出版社，聘有固定的編輯、會計、發行、收帳的專人；事實上文皇出版社的大小事物，全由他一人辦理，當然也得力於他太太的辛勞協助。除了出版社，在家裡還開了一家西服店，由他和他太太裁製西裝，楊青矗的手藝也不亞於名裁縫師。除了所有以上這些工作之外，他還要不斷地創作小說。他有三頭六臂嗎？沒有！他和你、我、任何人一樣，只是他能掌握時間、充分利用罷了。你可以了解，他生活在我們今天的現實社會中，絕不是一個只坐在寫字檯上的作家，僅憑想像而寫出作品來，他廣泛地接觸社會，了解社會，深入體會，領悟這個社會的真相。從這個角度，你能了解，他絕不是言之無物或無病呻吟的作家，他切切實實的反映了現實社會的廣大面。

　　他雖然經營了那麼多的事業，並沒有賺了多少錢，他的生活簡樸，事母至孝。賢淑的妻子料理家務，並且照應三個小孩，二個已經就讀國小，一個還在幼稚園。

　　今後臺灣的經濟發展，勢必依賴更多的勞工，而勞工人口早已占總人口的多數，無疑的，他們是基層社會的中堅和主流，我們應該確立起對勞工更多的保障，讓他們享受更多的社會福利與應有的照顧。而作為勞工代言人的作家楊青矗，豈不值得令人敬仰和重視嗎？

——選自《臺灣文藝》第 59 期，1978 年 6 月

鏡子　鏟子　漢子
速寫楊青矗

◎吳瓊琈*

　　就當代文壇的年輕作家來說，楊青矗可以稱得上是個異數！

　　在住著大多數勞工市民的苓雅區（高雄市），一條繁華的巷弄裡，我們來到了楊青矗的住所；樓底是西裝裁縫店，樓上卻堆滿了「大量」的新書。我說「大量」一點也不誇張——因為楊先生本人也同時經營著出版的事業，他有用不完的精力。

　　三、四坪大的前廳，桌子、椅子、地上都被書所占據。才出版兩天的《楊青矗小說選》中英對照本整齊的排列著。雖然太陽剛剛下山，華燈初上的時刻還是有點兒悶熱，這位朱西甯筆下「土土土的楊青矗」為我們理出一席之地，打開話匣子，就從這本書談將起來，而立地的風扇也開始轉動著。

現代化過程中的一面鏡子

　　「我們完全同意他（高棣民）在譯序中所提出的論點。」楊青矗這本小說選是由執教於哈佛大學的高棣民（Thomas B. Gold）教授就「楊青矗部分最好的小說」和「代表了臺灣現代化的過程」而精譯的五篇佳作編輯而成。這些作品都是高氏在課堂上研究臺灣當代文學時所譯就的教材。他和學生們也藉此了解「臺灣從日本的農業殖民地變遷到現代化的工業社會」的整個過程。這本書不久也將在香港出版。

　　這位 1940 年出生在臺南縣北門郡一個臨海的貧瘠農村——七股鄉的作

* 發表文章時為上海恆南書院副院長，現為中國政法大學臺灣研究中心特聘研究員、《公共事務評論》編輯委員。

家說：「如果我一直住在鄉下，那麼我可能不會踏上寫作的道路，我可能永遠只是一個『草地人』。」楊青矗在 11 歲時便舉家遷到高雄定居，他的父親是一位救火員，在一次輪船的爆炸中「為搶救而殉職」，楊青矗曾寫〈一縷香語──悼先嚴〉來悼念其父，並詳細追憶這宗爆炸事件。

由於他處身市井，所以總是「不以知識分子高高在上的地位來俯視小人物，能以平視的眼光來寫小人物與他們的悲苦。」他時時警惕自己不要把小人物當木偶來耍弄。他說：「影響我最大的不是書本，而是臺灣的民情。」楊青矗從民間的生活、思想和他們對人間煙火的欲求來構成他的作品。這個經驗使得他的作品在現代化問題的展現中，比起那些只有理論而無事實經驗，高高在上的觀察家們更有意義。

楊青矗分析他的寫作動機是：「具有一種不吐不快的使命感。」他曾經說過：「這是一個變遷的時代，我從『草地囡仔』變成都市人。二十多年來，時時看到草地人變成都市人的各種過程，看到鄉下的衰微，都市的垃圾地長出高樓，市郊的農地變黃金、建工廠；年輕人一窩蜂往都市跑，鄉村僅剩下那些『沒有出息』的老頭，拖著老命，荷鋤耕作，種糧給年輕人吃。」「都市人肥得不知如何減肥，他們都瘦得不知怎樣增胖。」一股熾烈的使命感自楊青矗的胸臆間燃起，他要「為這一群人講話」，楊青矗有一篇作品〈綠園的黃昏〉就是臺灣城鄉關係的轉變和農村人口外流的寫照。他說：「我用『綠園』代表鄉村，以『黃昏』象徵它的沒落。」這些現象正是臺灣走向工業化、現代化所呈現的典型問題。

一般提倡「現代化」的人，以為「傳統」和「現代」是對立的，因此，也就刻意地摧毀傳統，扭曲現代化的真意，他們經常以概念化的思考方式對臺灣的社會問題濫加分析，但因缺乏（或忽略）普遍的經驗事實作基礎而少有助益。事實上，這些掛著「現代化」標籤的「西化」論調在本地社會文化背景下總是格格不入，遑論其他。而楊青矗的小說正是此類問題的反證。他的作品有如一面鏡子，深刻而廣泛地反映出當前臺灣現代化問題的真象。「成為現代歷史的重要成就。」他的小說告訴我們，在急速的

社會變遷中，個人怎樣向混亂的環境挑戰，或者是如何的接受他的蹂躪。從這個意義上看來，這些故事的價值，遠超過他們的文學成就。專題研究楊青矗文學的高棣民如此推崇著。

楊青矗的讀者群，從計程車司機到家庭主婦，從大學青年到風塵女子，從經濟官員到市井小販都有。當然，這中間是少不了勞工的。每當他知道因他作品的提示而改進了某種弊病時，他總會大感安慰。這也顯示臺灣民眾在社會的角色上終於逐漸培養出一種概念了。

除了一本雜文集外，到目前為止，楊青矗已出版了五本小說選集。在他的筆下，有關工人、農人、家庭主婦、妓女，在面對變遷中的社會之衝突上饒富意義。這不僅是整個社會在邁向現代化的過程中，也是個人的現代化──從農業社會到工業社會，從傳統到現代──使得每個人生氣蓬勃的進步努力。而楊青矗本身的現代化──從鄉村到城市，由貧苦無依到獨立自主──也正是一般民眾在邁向現代化的過程中的一個典範。

直直挖的一把鏟子

有人批評楊青矗的文體雜亂無章，結構不統一，缺乏文學義涵。然而，楊先生有他自己的看法：「我想在某種程度內，還是直言不諱較能盡致。」他率直的解釋著：「我不喜歡什麼象徵不象徵的說法。」當然啦，楊青矗寫作自有他的一套，他在作品中多多少少也用一點象徵，用一些技巧的。自然而不誇張的象徵技巧、倒敘的手法、時間與空間的轉換運用，在他的作品中也是經常出現的。

「楊和雄」是「楊青矗」的本名，他自己說：「『矗』就是直直直！直直挖！」楊先生再一次分析：「我翻字典，看到楊與柳的解釋。楊，直而上；柳，垂而下。我取名楊青矗，就是代表我這株楊是直的，青翠矗立的。」

「『矗』的含義，就是要『直直的寫，直直挖。』」直直挖的筆法不僅是楊青矗文學表達技巧的主要特色，他更強調：「與我的性格有關。」楊青矗也經常撰寫其他的雜文，評論得失，這與他撰寫小說的精神是別無二致

的，也許與他的「直直直」個性有關吧！其實，就名字於他本身而言，這「青矗」二字倒是十足地富有象徵意味的。此刻，楊先生雖笑而不語，臉上卻寫著「象徵」的眼神。

　　有人認為，文學本身就是最崇高的目的。就此而言，楊青矗並不是一個有野心的作家，他寧願不是作家，也不希望用別人，或自己的痛苦、衝突來形成作品。不論作品多偉大，畢竟是建築在不幸上面。他有點激動的說：「一個時代有一個時代的文學。也許我的作品不會有永恆的價值，但是，我只要盡到了時代的責任就可以了。」他並不輕視文學的永恆價值，也並不以為文學在求功用，但他期望他自己的作品能對社會有些貢獻，至少能為社會留下一點生活痕跡。他說：「文學作品表現恰當，也會有一定的社會功用的。」

　　「至於人性嘛！」立起身來，腳步移動一下，似有所思又坐下來。「我覺得人性挖來挖去就那幾樣嘛！」語調輕輕鬆鬆的。有人也批評楊青矗的「工廠人」只是「工資人」，似乎只強調了工資問題，缺乏工人普遍生活問題的探索。楊先生說：「工資影響到工人的生活，這是極重要的問題。」他所呈現的工廠問題，在當前的工業化過程中展現了相當重要的社會意義，可以說是整個臺灣工業化過程中的縮影。事實上，楊青矗筆下的勞資雙方及其衝突，經常是和諧而有路可循的。楊先生很欣慰的說：「年輕一代的勞工們，現在比較不像上一代的勞工，畏縮而不知保障自己應有的權利。現在他們大部分都有清楚的意識，知道如何謀求權利的保障。」不過，他覺得工會的力量還是太薄弱了。

　　近來，文壇的主要傾向逐漸回到批判的寫實風格。楊青矗不是關在屋內憑想像創作的作家，他用功而嚴肅，楊先生說：「我寫工廠問題，到處做調查訪問，與老闆、工人、管理人員面對面的談，有時有許多動人的故事。」而自己更廁身於工人行列，每天在煉油廠上班。讀書、寫作、處理事務忙得一天只睡四、五小時，但他卻樂此不疲。他強調：「我是慣於吃苦耐勞的人。」楊青矗的作風一向如此。他是一把鏟子，直直挖，直直寫，他將對著人們內心的靈魂深處和社會的現實生活，無盡的挖掘下來。

打抱不平的一條漢子

　　楊青矗發表的第一篇作品，是民國 52 年寫的散文——〈購書記〉，敘述他在服兵役期間，等候船期外調金門，在有限的時間裡，溜出營區購書的緊張情形，描述生動。從民國 42 年起，楊青矗利用夜間上課，斷續完成了初、高中的學業，然而「社會」是他最重要的學校。他不為升學，不去惡補，只為了追求知識，滿足讀書的興趣所以能突破「新式教育的汙染」，而卓然有成。他博覽群學、無所不讀、不抽菸、不喝酒，一有空閒看書和思考「就有滿腦子的題材在打轉。」

　　少年時代的楊青矗很愛讀中國古典的演義小說，對於他初期的寫作裨益甚大，對於他本身的評論道德觀也極有影響。作家及文藝評論家葉石濤說：「他的正義感和小說的基本道德便是建立在這些忠孝仁愛信義和平的演義小說上。」

　　楊青矗的作品中，在適當的位置上，經常出現傳神的「方言字」，那真是「音」、「義」都恰到好處的一種功夫。楊先生溫和地談道：「我小時候曾以臺語讀過兩年私塾。」平常看書也常以臺語默唸，修養了他駕馭方言的功夫。他雖反對方言文學，但贊成將全國各地經民間錘鍊的方言妙語以「正確」的文字寫出來，來豐富國語的辭彙。使文學的語辭更充實。

　　楊青矗的小說有一種自然主義的寫實風格，作品中沒有無聊的濫情、感傷文字。雖然他擔心農村經濟的沒落，但不是反工業化的，他的作品經常預示著現代與傳統的調適，追求社會進步的希望，這些希望喚醒了他實現社會參與的念頭。三年前，他出馬競選工人團體立法委員，由於包括他在內有三千多人的會員名冊，在工作人員的故意忽略下，喪失了競選資格，他的心願被潑了一桶冷水。今年他又部署參加了。楊青矗說：「他在作品中提出了許多社會問題後，獲得相當的啟示，他準備以政治方式來謀求解決。」楊先生認為：「從文學到政治之路，對他強烈的使命感而言，實在是一條路的始點與終端。」他充滿自信的說：「在文學中發掘問題後，便要

在政治上解決問題。」

楊青矗自嘲是個「雙腳踏數隻船的人」，因不甘心只當「自命清高，一無是處的文人」所以時時想開一點事業。棉業、布類、服裝、沙發、裝潢、出版、印刷他都懂一點，搞出版社、開西服、女裝店、做過毛線加工、洋裁、補習班的老師，洋洋大觀不一而足，但是為了寫作，為了寫出勞工的心聲，搞事業並不很專心，所以一事無成。最後只好全部放棄，白天上班，晚上寫習。他多年前有一個夢──開女裝工廠。問他現在還夢不夢。楊先生咧嘴笑道：「現在沒時間啦！」他對男女服裝頗有心得，有篇膾炙人口的短文〈在室男〉，說的便是女裝店小學徒的故事。

在文學與政治兩個截然不同的世界中，楊青矗嚴肅的使命感卻也將兩個世界調和起來。他常說作家固然要寫社會光明面，也應該針砭社會的黑暗面。社會的黑暗面應該挖出來曬曬太陽，見見陽光，讓大家面對現實，謀求改進，使做黑暗事的人無法遁形，讓黑暗面在陽光下化為光明。他這一招叫做「以毒攻毒法」，就是以子之矛攻子之盾。找出病源，重重一擊，讓他心痛吐血，痛定思痛然後霍然覺醒。古之俠客，路見不平拔刀相助。他是正義世界的一條漢子，打抱不平的漢子，這也許是他從政的理由之一吧！

這些年來，楊青矗所反映的主題，擴大了、豐富了臺灣的中國新文學底內涵與視野，同時嚴肅、深刻的討論了臺灣現代的一些動向。人們稱他為「工人作家」，他一點也不為忤。他笑著說：「也許以後我要寫寫選舉小說、政治小說，我的興趣很廣。」詢以競選的勝算如何？他以「八成」勝算相告，信心十分昂揚。

楊青矗最後告訴我們一個大家關心的問題。他說：「最後我還是會回到文學世界裡來的。」

（原載民國 67 年 10 月 5 日《民眾日報》）

──選自楊青矗《大人啊！冤枉》

高雄：敦理出版社，1978 年 12 月

工人作家楊青矗的故事（節錄）

◎葉石濤口述*
◎曾心儀採訪**

文學篇

楊青矗具有文學天才，他是一個雙手萬能的人！

我認識楊青矗在民國六十年前後，到現在十多年了。他說他在煉油廠當工人，我不太清楚他當什麼工人，前後只有一次機會，他帶我到煉油廠參觀他的工作場所。我才知道他在煉油廠裡有一個特別的房間，有很大的桌子，四周圍排列著書，外面的大廳放了縫衣機，原來工廠裡一些布的加工剪裁、縫縫補補就是由他來做。做這工作只有他一人，他就是這個部分的主持人。似乎還過得不錯，沒有工作時他可以看書寫作。後來他漸漸參加工人運動，煉油廠當局就把他調到另一個單位，是看管有關煉油廠的歷史。就在快要發生美麗島事件的前幾個月，他決定要參加立法委員競選時，就把他調過去。

他在煉油廠時，煉油廠當局大概對他很不錯。對他不錯的理由我起先不太知道，後來我才曉得本來他的爸爸就是煉油廠工人，有一次高雄港發生大火，油輪著火非常劇烈，他爸爸奮不顧身撲火死在火裡。為了煉油廠，他爸爸奉獻了生命，因為有這個關係，廠方對待楊青矗相當不錯。不

*葉石濤（1925～2008），臺南人。散文家、小說家、翻譯家、文學評論家。發表文章時為高雄縣橋頭鄉甲圍國小教師。
**作家，現為臺灣文化資產搶救協會執行長。

過，廠方對他不錯，他自己也有安定的工作，為什麼他會產生為工人謀福利的心意？

　　楊青矗這個人，你不要誤會他是一個前進的、特殊的工人，其實他完全不是。楊青矗這個人是相信四維八德──忠、孝、仁、愛、信、義、和、平、禮、義、廉、恥──他最信了。他出生在純樸的農村，就是臺南縣佳里附近的鹽分地帶，那裡沒辦法謀生，於是他爸爸放棄田地，帶他們搬到高雄，他爸爸當了煉油廠的工人。他出身農村，從小信仰的道德就是那個舊道德，並不是新的。為什麼一個信舊道德的人，反而被人家認為是前進的人？這實在是一個悲劇。他從小相信盡忠、盡孝是做人的基本道理。我這樣講不是挖苦他，也不是標新立異，他這個人就是忠厚到這個地步。

　　他參加政治後，我們告訴他，文學和政治要分開，屢次勸他不要參加競選，一個作家參加了政治，要回過頭來是不可能的事情。因為現實的磨練，衝擊太大了。作家大概要有作夢的時間。你參加了實際的政治，不管那磨練對你有什麼好處，最後你會放棄當作家。因為政治家聽掌聲很容易，作家要聽到掌聲是不容易的。作家本來就是默默坐著寫的人，和群眾直接接觸的機會少。如果你習慣當政治家，以後要回來寫小說就沒辦法了。而且他的天才在小說，我看他這樣忠厚的人當政治家也沒有什麼希望。

　　很多作家朋友都勸他不要參加競選，但是他看不慣，看不慣工人在臺灣這樣的政治體制之下，工人被剝削，工人受到虐待、被欺凌的待遇。他是工人的一分子，他要為工人謀福利的決心和信念非常的強。這種強烈的信念，並不是相信了共產主義、社會主義那一套理論性的東西，也不是接受了西方的人權理論，或西方的民主思想，而是我剛才所講的舊道德給他的。他為工人抱不平，他認為人對人應該和善，不應該剝削別人。這種抱不平是我們中國舊傳統的精神。很多人誤會他，我一點都不誤會他。

　　後來他參加了政治，他對我說明了好幾次，說非參加不可。他出來競選立法委員，他沒有費用，沒有人支持他，他必須和黨外在一起，黨外的人可以幫助他。他第一次參加競選登記沒有成功，原因是廠方沒有把名單

報上，使他沒有辦法成為工人團體的候選人。第二次廠方可能沒有辦法控制他，所以他能順利登記成功。剛好碰到黨外運動非常激烈的時候，他不得不和黨外在一起。他始終相信黨外運動並不是什麼造反。他說黨外的政治運動對國家是有利的，在法律允許之內。他向我強調了好幾次，說這是憲法以內的活動，不是法律以外的，所以他放心參加。他說，他絕不會做犯法的事情，他的決心堅定。和黨外站在一起，後來又當上高雄服務處主任。我向他勸告了好幾次，但是他都不聽，不聽的理由很簡單，因為他說這是合法的，沒犯錯，不違背他那個忠孝仁愛信義和平的信念。結果呢？大家所知道的，鋃鐺入獄。

　　想起這許多年來他參加文學活動、政治運動，我始終認為他參加直接的政治是錯的，因為他的天才並不是在這裡。他的演講並不吸引人。連煉油廠裡，除了一小部分人會投票給他，大部分的人都不會投票給他。煉油廠的工人吃得飽，他自己並沒有想到這一點。大多數職業工人投票時會考慮很多因素，並不一定他喜歡你，就投票給你，現實上的限制很多，不一定會投票給楊青矗。他認為煉油廠是鐵票的話，觀念是錯了。有工會的地方，多少會有若干限制，不會是楊青矗的票源。其他做散工的，既然沒有登記工人團體，他可以投給一般區域性的。所以，前後考慮起來，他那時候會不會當選很有疑問。他的努力是白費的。不過，他的精神可佳。但是現實上有盲點，他沒有了解到這一點。不但是他本身的能力問題，還有社會環境的因素，總總的問題他沒有考慮清楚。

　　今天講這樣的話，也許對他很殘酷。我希望他服完了刑出來以後，放棄政治，回到本行來，我們臺灣文學界需要他這個工人作家。世界上的工人作家很少。日本以前有個工人作家小林多喜二，他寫過《蟹工船》，他並不是工人，他是老師，是出身於小資產階級的知識分子。只有一個德永直是工人出身，寫《沒有太陽的街鎮》。楊青矗是中華民國唯一真正從事生產的產業工人，並且代表工人寫作。他寫作的潛力很雄厚。他寫了幾本短篇小說，還沒有發展到長篇小說。他腦裡還有很多小說，沒寫出來前就去坐

牢，還好再過一年他就要回來了。他出來以後我對他唯一的希望是放棄政治，好好寫小說，為我們臺灣文學有更大的貢獻。

我和楊青矗本人沒有私交，我從來沒去過他家，他與我接觸是他有時候下班時到我家來聊天。我對他的家庭生活不了解，只知道他最近寫什麼、將來寫什麼、他對社會的感情、對國家民族有什麼看法這些大題目。

講到楊青矗的小說，到了他出名變成國際性的作家以後，他免不了有些心浮氣躁。對這一點我常常給他忠告，告訴他，作家的偉大並不是由別人批評、讚揚來決定的，你本身不努力不行。但是他也不顧別人的意見，他雖然那麼忙，他繼續寫小說，寫到底，從來沒有偷懶過。他實在是一個努力奮鬥的人。他有天才，他相當聰明。現實社會上要謀生的技能他都有，樣樣會，他實在是雙手萬能的人。他常常講：「我不做工人，明天來剪衣服，做電器工人我也會。」

他坐牢以後，他那個小小的西裝店關門了。關門大吉的理由很簡單，他的太太只能做西裝褲，一套西裝都是楊青矗畫樣本、剪好了，他的太太才會縫。楊青矗走掉了，他的太太根本沒有辦法畫樣本，也沒有辦法剪。從這個例子來看，他是多才多藝。他的多才多藝不是說藝術方面多才多藝，是他的實際生活上有各種技術，凡是能換到飯的工作他都會，所以他何必參加政治呢？

不過，並不是說我否認政治的價值，黨外對我們的貢獻很大，這是歷史的潮流。但是人有時可以跟著那個潮流一直去，有時要做旁觀者，作家就是旁觀者。旁觀者清，他自己投入那個政治活動裡，就看不清楚自己。楊青矗就是迷失了，搞不清自己的立場和自我的能力，這是很可惜的事。

曾心儀（以下簡稱問）： 您從那些方面看到他寫作的天才？

葉石濤（以下簡稱葉）： 第一、他有敏銳的觀察力，這一點是每個作家必須要有的。還有他能夠把故事的情節處理得乾淨利落，他能夠用小說很積極地表現工人的生活。他的小說幾乎每句話都是現實生活，很少有

幻想，很少脫離現實生活。不過，這樣對一個作家也是一個缺陷。因為好的小說，一定是現實和浪漫統合在一起。偉大的小說，必須有個理想主義，有浪漫的胸懷，有強力抓住現實描寫的能力，這些配合起來才行，楊青矗缺少浪漫。

問：他對文字的駕馭如何？

葉：這是見仁見智。我從來不注重文字，因為這是我本身的問題。我沒有受過中文教育，我的中文是自己學的。楊青矗的文字對我來說是完美的。但是很多人都說他的文字拙劣。楊青矗對我的文章很不客氣地改了好幾次，有時候改得很有道理。

問：您常說一個偉大的作家要有世界性的哲思、眼光和胸襟，您認為楊青矗離這個目標有多遠？

葉：一般的看法，小說有三個階段，每一個階段都可能有傑出的小說。

第一個階段大約是指身邊的雜事：兒女、家庭、工作場所，寫進小說裡，比如說西卡爾（Erich Segal）的《愛的故事》。

第二個階段的小說是關於國家民族的思想，整個社會、時代改變的歷史。臺灣較傑出的小說是屬於這個階段，如白先勇、陳若曦等。白先勇在小說裡描寫中國的資產階級、貴族階級的沒落。他在小說中不直接指明，讀過後就能領會他所描寫的是那個時代和社會。陳若曦寫大陸和臺灣，探討國家民族未來走向那一條路。

第三階段的小說，不僅包括國家社會，並達到世界大同的哲理。哲理性思想很豐富。很多拿到諾貝爾獎的作家不一定有這樣偉大的思想。達到這種階段的作家沒幾個，我認為杜斯妥也夫斯基是這樣的作家。他的《卡拉馬助夫兄弟們》分三代，老卡拉馬助夫是舊俄羅斯要毀滅的形象，他的三個兒子，三兄弟中，大哥特米脫里是舊俄羅斯的，二哥依凡表現虛無思想，接近共產主義，老三阿萊克意是整個俄羅斯希望的寄託。阿萊克意代表上帝存在的斯拉夫思想，斯拉夫民族必須有一個上帝，在上帝的關照下，人為了愛而生存。看完了《卡拉馬助夫

兄弟們》，我們的胸襟就開放到包括宇宙。它描寫人性的深，已經深到
深淵，潛意識的深淵都描寫出來。這是第三個階段的境界。

作家就一生的努力，也可以在第一、第二個階段寫出好小說，並不一
定流傳後世，但對社會人生是有貢獻的。楊青矗的小說可能會達到第
二個階段。他以工人的生活來觀察整個臺灣幾十年來社會的歷史、時
代的轉變。雖然他完全站在弱者的立場來看整個社會的轉變是不是
對，還有問題。作家的關懷只想到工人還是不夠的，富人也有悲劇。

問：我國傑出的作家僅達到第二階段，是否受到什麼主客觀因素的限制？

葉：可能是我們的作家從小缺乏哲學思考的訓練。

問：我國的小說是不是還在起步階段？

葉：不要說和西方比，就和自己國家的歷史比吧，曹雪芹已經死了兩百多
年，我們到今天還沒有寫得比曹雪芹好的小說。西洋 19 世紀的巴爾扎
克寫得很好，很多作家已經超過他了。曹雪芹的《紅樓夢》是清朝時
候寫的，我們現在中國作家的作品，有那一部比得上《紅樓夢》？

問：李喬的「寒夜三部曲」呢？

葉：李喬是臺灣作家寫得最好的，但是「寒夜三部曲」的廣度、深度離
《紅樓夢》還有好一段距離。《紅樓夢》裡有所有中國古來的思想；道
教思想、佛教思想……，無論從那個角度看，都經得起看。現在經得
起看的小說有幾本呢？有人說魯迅的小說好，不過魯迅的小說就那幾
篇，合起來不到十萬、二十萬字，這麼少的作品來談一個作家的偉
大，實在是沒有什麼。寫得最多的是無名氏，……（葉先生表示不願
批評。）

問：楊青矗的作品最早引起您注意的是那幾篇？

葉：〈在室男〉、〈同根生〉、〈工等五等〉。

——選自《臺灣文藝》第 82 期，1983 年 5 月

喜悅的悲憫
楊青矗訪問

◎李昂[*]

李昂（以下簡稱李）： 談談生養您的環境，它們是否有效的促使您成為一個作家，並在您的創作上造成怎樣影響？

楊青矗（以下簡稱楊）： 我出生在臺灣省臺南縣七股鄉的一個小村莊——後港。附近幾個鄉鎮舊稱為北門郡，以佳里為交通出入門戶。後港我們姓楊的只有三、五家，在我高曾祖時從鄰村「後港腳」遷來的，後港腳姓楊的據說是從鄰村的「番仔寮」（屬於佳里鎮，全村姓楊）遷過去的，我的祖先在鄭成功時代是從福建的哪一個地方遷來的，由於沒有族譜我毫無所知，我曾打開祖先數代的神主牌來看，也無從查考。

先祖與大多數的農村人一樣務農為生，我們莊上也與大多數的臺灣村莊一樣是「窮莊」。據說大陸鄉村的土地好廣好大，到底大陸每一戶農家能擁有大到什麼程度的耕地，生活情形怎樣，我沒有去過，無法了解。臺灣農家擁有的土地若要與大陸比，可能是小巫見大巫，以我鄉北門郡來講更是少的可憐；耕地有一甲以上的人家很少，大多是三、四分，有六、七分地已算不錯了。靠農生活一家沒有一兩甲地實在難於活下去，如果每戶人家只死守祖先遺留下的幾分地來耕種為生，那生活就要成問題。所以我鄉外出謀生的人在日據時代就不少，光復後尤甚，遷居都市成為風氣，草地人對市內人的觀念是「吃好穿好工作輕鬆」。土地多的富戶更是到市內去創業。華僑遍布全球，而北門郡人

---

*本名施淑端，作家、小說家。曾任教於中國文化大學中國文學系文藝創作組，現專事寫作。

遍布全省，高雄市近百萬人口，北門郡人幾乎占一半。這些「出外人」像華僑在國外一樣，大多幹得不錯，巨商富賈、企業名家、政壇聞人遍布各地，至少外出也可擺脫家鄉的貧瘠，回鄉時亦能以都市人的身分向故鄉的草地父老揚眉吐氣。在我鄉困守家鄉的人變成沒有出息的人！

我 11 歲時家遷到高雄居住，我住在鄉村，只是從出生到 11 歲這段童騃無知的歲月，我對童年覺得沒有什麼值得依戀的，也沒有什麼值得回憶的，但這段時間卻有我一部分作品的根。

這是一個變遷的時代，我從「草地囡仔」變成都市人，二十多年來，時時看到草地人變成都市人的各種過程，看到鄉村的衰微，都市的垃圾地長高樓，市郊的農地變黃金、建工廠；年輕人一窩蜂往都市跑，鄉村僅剩那些「沒有出息」的老頭，拖著老命，荷鋤耕種，種糧給年輕人吃，給都市人吃，都市人肥得不知道怎麼減肥，他們卻瘦得不知道怎麼增胖，我每次回鄉，看到那些荷鋤的阿伯阿嬸，五十出頭臉皮就皺得可以挾死蒼蠅，我會覺得我每餐所喝的是他們的血汗。吃的是他們的骨肉！

有一種使命感要我寫下這些，為他們說話。

假如這些促使我成為一個作家，我寧願不做作家，我不希望用別人或自己的痛苦、衝突來形成作品，不管作品有多偉大，畢竟建築在不幸的頭上。蘇俄出了一個偉大的索忍尼辛，畢竟他的偉大是多少蘇俄國民和他自己被壓迫的結果。我在《在室男》後記寫過：「我常空思夢想：人與人，人與自然，能有一天沒有絲毫的衝突，使小說家抓不到一丁點題材來寫小說（小說必有衝突，無衝突不成小說。）讓小說和戲劇湮滅。文人只有風花雪月的題材，歌頌造物者創造的美，沒有苦難憂傷等等所謂悲壯的事好寫，使文學不再是苦悶的象徵。」其實這是不可能的。

李：寫作對您是一件很愜意的事嗎？

楊：寫作對我來講不能算是愜意的事，只是在作品發表後，有了給人家某
　　些東西的反應時，自己會覺得安慰。我從來不存以寫稿賺錢的念頭，
　　我寫稿多數在不吐不快下寫的。我有點事業頭腦，我能做的行業很
　　多，棉業、布類、服裝、沙發、裝潢、出版、印刷我都懂一點。我的
　　興趣也廣，我搞過出版，開過西服店，開過女裝店，做過毛襪加工，
　　在工廠幹過十幾年的事務管理，曾以夜間在一家洋裁補習班擔任過三
　　年的老師；我經常是個雙腳踩數隻船的人，我不甘心只當自命清高，
　　一無是處的文人。我時時都想創一點事業，也經常在闖，只是喜歡看
　　書，又有必須寫的使命感，所以搞事業不專心，到現在三十出頭了還
　　一無所成。寫作當構思進入情況時，會恍恍惚惚生活在作品中，其他
　　事業的事就置之度外。所以寫作對我闖事業來講是很大的損失。前
　　三、四年我放棄搞事業的念頭寫了三本書，一年多來我又在搞事業
　　了，寫作不得不叫停，這一年來只應「人間副刊」小說大展之約寫了
　　一個短篇和一兩篇散文。以前我經常打算開小型加工廠做流行的女裝
　　發行給百貨店賣，也因寫作關係，一直未能將計畫實現。對於男女服
　　裝，我下過相當長的時間浸淫過，我編寫過男裝裁剪的書，對女裝，
　　我也能教能裁能做能設計，這幾年為使寫作能專心，全部放棄，有一
　　天我還希望實現開女裝工廠的夢，一件女裝從設計到完成，等於完成
　　一件藝術作品。

李：您曾從事過許多種各式的職業，當中的經驗，您以怎樣的態度、方式
　　來吸取它們成為您的小說題材？您隨時在小心的觀察嗎？

楊：不錯，我從事過許多種職業，這些經驗使我對各種各樣的人看得廣，
　　對人的了解也較深，我時時在注意人們站在他各自的立場，所表現出
　　的言行、欲求，和對善惡是非所下的判斷，這些有時會成為我寫作的
　　題材和主題的藍本。

李：您小說人物的多面性，包括層次範圍的廣大，是否與您豐富的生活經
　　驗有關？這些生活經驗，在您創作中是否絕對不可或缺？

楊：我的小說的多面性，與我的生活經驗有關，但不是絕對的，這與個人的氣質有關，在這個時代，生活經驗比我豐富的人多的是，他們也能寫文章，只是他們對身邊所發生的事缺乏尖銳的敏感性，視若無睹。

李：您以為一個作家最好的寫作環境是什麼？經濟情況的好壞，是否影響到您的作品？

楊：環境對作家的影響問題，我認為不能一概而論。太窮為生活擔憂會沒有心情寫作，有的人太富有被花天酒地、歌臺舞榭所腐化也無法寫作。環境與經濟情形是否影響到作品，這要看個人的性質而定。我從來沒有窮過，也沒有富有過，有自己的房子住，吃穿足以溫飽，我不抽菸、不喝酒；不看電視，很少看電影；不聽歌也不會跳舞，生活享受沒有什麼欲求，只是看書寫作和忙於應付好幾種工作，沒有體驗過經濟情況對作品的影響。不過我認為最好的寫作環境是要有適當的空閒，我經常是一個忙人，深深經驗過忙會殺死靈感，一忙整個腦子裡就被事情占據，不可能思考寫作的事，只要我有空閒看書和思考，就有滿腦子的題材在打轉。

李：您小說中的角色，是不是大多從現實生活中，以實際的人物做式樣寫成的？

楊：我小說中的角色，有些是現實生活的實際人物，有些是有了題材再找現實中適合的模特兒來套的，有些是為了表現某種思想，以各種熟悉人物做依據創造的；大部分是根據題材的需要創造出來的。

李：談談什麼樣的原因，使您小說取材，都是中下階層的臺灣鄉村人物？對這些角色，您有怎樣一份情感？

楊：我不只寫鄉村人物吧？可能我寫工廠和都市的人物要比鄉村人物多。你所問的可能與我出生至成長中所看到的變遷有點關係。至於何以取材中下階層的人物較多，這是我認為我需要為這些人物說話，記錄他們不受人注意的生活、思想、行為和情感的關係。這些人的人生觀、宇宙觀、宗教觀與處世接人的行為是出之他們生活的真實體驗的結

果，比知識分子得自書本來得真實，來得有價值。另一方面我的筆是
同情弱者的，我一直奢求我的作品能使讀者潛移默化，使弱者變成強
者，使社會人士重視那些生活困苦的人，讓他們吃得飽、穿得暖；使
暴戾化為祥和，不公平的為之公平。

「上等人」有權力和能力處理自己的事，「低等人」沒有權力，能力也
較弱，所以我對他們每有所感就為他們寫下來。

我很討厭把人分上層、中層、下層，在我的眼中人都是社會中的一分
子，人人平等。以一個大公司或大工廠來講，董事長總經理之類的人
我認為他的價值與一個掃廁所的工友同等，董事長與工友只要盡其所
能為他的公司做完各人應做的事，兩者同樣盡了為人服務的價值，不
應分為上下而有所歧視，人的成就決定於才幹，但有時免不了有點機
運和命運與個性的影響。會鑽營的人，或有背景的，有的才能很平
凡，地位卻很高，大部分的人智能都差不多，某些人他有那種地位就
有那種智識可處理他應做的事，沒有地位的人，有的並不是才幹不如
人，一個工友送好公事、做好他的清潔工作，要比只靠地位蓋瞎眼印
章的主管有價值，所以人是平等的，不應以職位的高低來分階層。

李：我能不能說，您不使自己太介入小說人物中。而且，您作品很少給人
　　有自傳性的感覺、成分？

楊：我很少拿自己的事來寫小說，我認為寫自己的事沒有什麼意思，有時
　　一涉及寫自己的事，就有一種出賣自己的靈魂的感覺。

李：有位批評家曾以為，您很少以知識分子的眼光來看您作品中出現的小
　　人物，對此，您是否同意？

楊：不知道是否如此，有幾位在美國研究文學的朋友也來信說過這一點，
　　他們說我的作品的可貴在於「不以知識分子高高在上的地位來俯視小
　　人物，能以平視的眼光來寫小人物與他們同悲同喜。」到底是否這樣
　　我未加注意過。不過我發現某些人寫小人物，高高在上，把他們當做
　　布袋戲的木偶在耍弄，這一點我是時時在警惕自己。

李：您怎樣將臺灣話用文字寫出來？是否遵照以往的記載方式，還是個人
有新的創造？方言對一般讀者的了解不無困難，如何克服？您可否將
臺語與國語作一個比較，再談談它與作家寫作的關係。再者，您以為
所謂的方言文學，會有限制嗎？

楊：我反對方言文學，但我贊成把全國各地方經過民間千錘百鍊的方言妙
語以「正確」的文字寫出來，來豐富國語的語彙，使文學的語言更充
實。我們中國語文的妙就妙在於語言不同，文字相同，一篇通暢的文
章，不管看的人以國語、臺語、客家語、福州語、廣東語、上海話甚
至日本話來讀，意義都是不變的，也就是說中國有多少方言，漢字每
一個字就有那麼多的方言讀音，包括日本人用的漢字在內。（據說日語
也算是中國的方言，要研究中國的古語，日語是不能缺乏的。）所以
只要你寫的方言是「正確」的漢字，不懂這方言的人也能以上下文的
關係「感」出意義來。

用方言我反對用「音譯」和別字寫進文章裡（偶爾在非用不可時，當
然可用）。男人的陽物不用火燒，也不爛也不焦，報紙上經常把它寫成
「爛焦」？臺灣話的「不知道」一般人生吞活剝，硬把它寫成不殺羊
（莫宰羊）。這些實在太「不像話」，找不出正確的字可寫的方言，作
者假如沒有辦法把它巧妙的表達出來，個人認為還是少用為妙，勉強
「音譯」用上去，因為與字義不同，讀起來彆扭又不知所云。（在我以
往的作品有幾句這樣「音譯」用過，以後假若有機會重新排版，我要
一一改正。）

我小時候曾以臺語斷斷續續地讀過兩年的私塾，平時我看書大多以臺
語默唸，所以大多數我要用的臺語我自信能找出它正確的字寫出。如
果我腦子裡沒有這字時，我會去找臺語字典，往往為了找出一句臺灣
話的正確的字，翻了好幾本字典。日據時代以臺灣方言寫成的文學作
品「音譯」的別字太多不足效法。

臺灣話（閩南語）是中原古語，一般臺灣話大多有字可寫，只是我們

未加整理把它荒廢了而已。妙的是很多臺灣話只要你能找出正確的字寫出，它就是國語，至少意義也不相差。譬如「在室女」（處女）國語說「閨女」；「在室」不等於「閨房」嗎？再說「在室女」只是臺灣話嗎？商務印書館出版的「國語辭典」就有「在室女」這個名詞。華聯出版社有一本「莊子註解」裡面對「處子」的註解即寫「在室女」，這本書是數十年前的大陸版拿來影印的，註解的人一定不會是臺灣人吧？

以「拍馬屁」的臺灣話「扶屢脬」來講，《官場現形記》（或《儒林外史》，忘記了）就用過「扶屢脬」（好像他寫的是「扶卵泡」，看過太久了，記不起來）。有一次我在泰國的中文報《世界日報》看到一個方塊標題是「論扶」；這個「扶」字即是「扶屢脬」。難道這兩個作者都是臺灣人？「屢脬」是男人的陰囊，一般人都以「音譯」亂寫，於是一種名詞有好幾種「音譯」，好像不是中國話，類似的字，一般臺語字典，或康熙字典均可查到，收字多的國語字典也不難查到。像「猵人」（瘋子）的「猵」，國語字典就可查到，註解的意義與臺語完全吻合，類似的例子不勝枚舉。有人把「猵」音譯為「肖」字，音雖同，字義有天壤之差。方言大多有字可寫，以「音譯」亂用，糟蹋漢字和歷代祖先千錘百鍊的語言，又遺害讀者。

國語跟方言比，國語的語彙可說很貧乏。三歲的小孩看到三個池塘，向他媽媽說：「媽媽那裡有三個『水』」；要媽媽拿毛巾給他，媽媽拿乾的，他拿還她說：「我要『水』的」。前者小孩的腦子裡沒有「池塘」這個語彙，以「水」來代替「池塘」；後者他不會說「濕」，以「水」來代替「濕」。小孩雖然表達出他的意念，但他的話似嫌籠統。（以詩的語言來講，這種孩子話很詩。）國語一跟方言比，國語就會很多地方有類似的貧乏和籠統。試舉例——

人四肢著地的行走，國語叫「爬」，蟲走路國語也叫「爬」：前者國語與臺語同，後者臺語和客家語都叫「趖」。爬山、爬高國語與四肢著地

並行的「爬」同音同字，臺語爬山的「爬」比匍匐的「爬」音重。人爬、蟲爬、爬高，國語同樣是一個「爬」字，很籠統；臺語就「爬」、「趖」、「爬」（重音）分得很清楚。國語這三樣的「爬」，我學了十幾年國語後才摸清楚（因為有臺語爬、趖、爬（重音）的紛擾）。

國語對瓜果藤蔓爬纏的架子叫「棚」，牛羊豬的房子也叫「棚」。臺語就不是了，前者與國語一樣叫「棚」，後者叫「稠」——牛稠、羊稠、豬稠。

再以呵人發笑的「癢」來講，它和皮膚「癢」需要抓的「癢」國語同音同字。假如說：「我癢得會癢」實在難於令人分出前後兩個「癢」字，各屬於哪一種「癢」，而這兩種癢是截然不同的。光說「我會癢」，不會使人曉得是痛癢的「癢」或是愛笑的「癢」。臺語這兩個「癢」就分得很清楚，前者音：「chiūⁿ」，後者音「ngiau」（以廈門語的羅馬音注音）。

像「扭傷」來講，國語無論走路踩歪了腳受傷，或被人扭而受傷，無論哪個地方「扭」傷，都叫「扭傷」，臺語就分得很清楚，只要你說出傷的名詞人家就知道，那個地方受傷，因何而傷；腰轉彎扭傷叫「閃著（傷）」。腳踩歪了扭傷叫「跩（音：Goáiⁿ）著」。

有些意念臺語只要說出一個字就行，國語就要用「解釋」的才能表達出那種含意。像走路不正臺語叫「跛」（音：hoaihⁿ），國語如果完全表達這個「跛」的行態必須意譯為「歪斜拐扭地走。」

像以上類似的例子不勝枚舉。

「趖」、「跩」、「稠」、「跛」等這一類字，可說經常掛在嘴上的閩南口語，因我們文章的「通順」以國語為準，這些天天掛在嘴上的臺語寫出來後懂的人不多，竟成為「冷僻」字。其實在臺語的語言中，它是最「熱門」的。

我偶而用上類似字，是為了保持小說人物的語言的真實，和國語無法表達出的語言含意。

因為方言對一般讀者的了解不無困難，所以凡能以國語表達的神態，我盡量不寫臺語。以方言寫出來比國語傳神我就用方言寫，有些句子是我以方言為底子經過再創作的。

至於如何克服讀者了解的困難，我認為只要應用的巧妙，讀者雖然不能全部了解，也能「感」出它的韻味，能「感」就夠了。有時不懂方言的人，對方言的感受比懂方言的人深刻，試舉一個例——

川端康成得諾貝爾獎一年多後，寫了一篇〈一把長髮〉（「髮は長く」），我讀後在《中國時報》寫了一篇讀後感，其中有幾句大意說，寫那種七、八十歲年老人想處女的東西如果在我們這裡可能會被衛道先生罵為「老不修，老牛想吃幼竿筍」，余阿勳在日本訪問川端時告訴他我這篇讀後感，並會錯了意，告訴川端說我批評他「老不修。老牛想吃嫩筍。」川端哈哈大笑，說海內外的批評家，沒有人用過這麼妙的句子來批評他（見余阿勳寫的報導，刊於《中國時報》）。其實這句話在臺灣是毫無味道的方言，何妙可言，但未聽過這句方言的川端的感受竟是那麼深刻。（我猜想川端說這句話妙，不一定是真心話，如果不是真心話，這句方言給他的感受也是很深刻的。後來川端自殺，我為此內疚，我在這篇讀後感說他已江郎才盡，一再重覆他那種寫處女的題材。）

全國各地的方言是我們中國文學語言的寶藏，有待我們作家努力去挖掘。

光復後受過日本教育的臺灣人，能以中文寫作的人寥寥無幾，並不是他們學問不好，或創作力不夠。有的人古文造詣深厚，能以中文寫古詩，但一要寫小說就用日文寫，再請人翻譯為中文。原因在於他們不懂國語，無法寫出「我手寫我口」的白話文。一個作家小時候所學的母語，和他在校的語文教育有關他的創作命運。二、三十年來，我們的國語教育普遍，省籍作家人才輩出，這是可喜的現象。

李：您是否要求讀您作品的讀者，有些地方用臺灣話讀會更傳神？

楊：小我幾歲的本省人國語比臺語說得好，整天生活在學校的學子，與社
會的接觸面小，除了在家裡跟家人說臺語外，其餘在學校大多說國
語，因此有些俚俗的臺語他們很可能不太懂。他們讀字都以國語發
言，很難用臺語發出正確的讀音，本省人尚且如此，何況外省人。當
然，我的作品的某些地方用臺語讀會更能傳神，但用國語我認為也不
怎麼差，讀慣了，也可把方言變成國語。臺語就有很多日本的外來
語，像「飛行機」（飛機）、「看護婦」（護士）、「辯護士」（律師）等。
讓國語與臺語融合為一，這有助本省人與外省人的互相了解。

李：您受到那些作家或作品的影響較為特殊？

楊：我看的書範圍很廣，只要我看得懂的書，我都想看，我每天看書都是
利用零碎的時間，書看過就往書堆裡丟，看得沒有系統，也沒有像做
學問的人，把書的內容筆記整理，所以很難說受那種作品的影響較
多。在我十五、六歲到二十歲這段期間，對章回小說興趣很濃，每天
花五毛錢去出租店租書，有空就看，經常看到深夜一兩點。在這段期
間我打下了駕馭文字的基礎。起初習作受章回小說的束縛很大，不久
看多了世界名著和國內作家的東西，就脫離章回小說的束縛。

李：對同樣以臺灣鄉土為題材的作家，您會有種競爭的心理或文人相輕的
感覺嗎？

楊：寫作不像爭皇位，皇帝的位置只有一個，只容一個人坐。寫作可各人
發揮各人的路線，互不衝突，不會有競爭心理。同樣在臺灣生長，鄉
土色彩難免雷同，只要作品不同即可。

李：作為一個作家，您以為會失去生活中一些其他的樂趣嗎？您以為創作
是否是種全然毫無保留的奉獻，是種可以去獻身的工作？

楊：我的生活很簡單，不求物質享受，也不耍派頭，看書是我最大的娛
樂，不會因寫作而覺得失去其他的樂趣。創作是可毫無保留的奉獻，
這種獻身不只是甘於寂寞、甘於清寒即可，必須具有大智的才氣，大
仁的心懷，大勇的魄力，才能燃起照耀人類心靈的火炬。像我碌碌庸

才，不敢對自己有所期望。

李：談談您往後寫作的方向好嗎？

楊：一年多來我對寫作有點灰心，我時時問自己，我的作品能給人一些什麼？個人才氣不夠，難於實現自己的文學理想，文學在我們這個社會裡，有時我也懷疑它存在的價值。我們的社會不像日本每一階層都在看文學作品；我們作家的作品對社會的影響力不大。我看過好多日譯中的知識性的書，書裡很多引用文學的句子和觀點。可見日本作家在知識分子間的影響力之大；石原慎太郎光靠其讀者群就能當選國會議員，三島由紀夫在日本學潮的暴亂中光靠其演說能擺平學潮的暴亂。可見其讀者群之多，影響力之深，這些我們都不能跟人家比的。

我一向認為作家應該一面以工作來吃吃人間煙火，採取人生的養分，一面寫才對。閉門造車的職業作家除非他前半生有豐富的閱歷，讓他取之不盡用之不竭，否則所寫的作品可能會貧血。我又不甘寂寞，所以一直在想搞一點事業，今後我擬事業與創作雙管齊下，能寫什麼算什麼，當然希望思想能臻於成熟，對人間看得更透澈，有新的路線出現。

李：像您這一代三、四十歲的臺灣人，處在變遷很大的社會中，就您是個作家而言，您覺得受到中國、西方、日本何者影響較大？

楊：我在民國 29 年出生，臺灣光復時我才五歲，童幼無知，沒有見過日本人的真面目，對日本人的行為都是聽來的。我寫過幾篇日據時代的小說，也是聽老一輩的人閒談從中取材寫成的。鄭清文、李喬等人大我六、七歲，讀過日本書，看得懂日文的文學作品，我想他們多少能從中直接吸收日本人的東西。四十四、五歲左右受日本教育的人，我接觸的不少，這些人日本思想相當濃厚，他們了解日本人，也了解中國人；時代的嬗變使他們感性敏銳，凡事都會拿中國人的作法和日本人的作法來對比，對是非的判斷往往依據他們那一套日本精神的看法。他們厭惡日本人欺壓我們同胞的行為，但也懷念日本人的好處，他們

精通日文，卻無法用中文寫簽呈或公文，更無法以中文來寫出他們對
事情的看法；對這他們很納悶，社會上貪汙，或其他他們看不順眼的
事情，他們會以他們的日本精神藉聊天來發洩他們的看法。這些，我
聽得太多了，我未成年時對這些人覺得他們「強國奴」的劣根性難
改，慢慢年歲漸長，自己能獨立思考和判斷，我能了解他們，他們嘴
說是日本精神，身做的是保住飯碗的可憐相，我藉他們這面對比的鏡
子透視了我身為中國人的真面目。至於日本文學中譯的作品，大多是
軟性的東西，我不重視這些東西，所受影響甚少。

我沒有出國喝過洋墨水，讀的是中國書，三者之中當然以中國的影響
較大。但以文學作品來講，我無法讀到 1930 年代的中國作品，翻譯的
世界名著倒看得不少，小說的寫作技巧和某些觀念受西方不少影響。

影響我最大的不是書本，而是臺灣的民情，我從民間吸收養分，我的
作品是民間的生活、思想和他們對人間煙火的欲求加上我自己的「本
性」寫成的。

李：您以為一個作家要對他所處的時代負什麼樣的責任？寫成的作品會對
　　社會有何種意義？

楊：藝術也好，文學也好，我贊成各種流派都存在，這樣可以相輔相成，
　　藝術與文學才能顯得多采多姿。每個作家按他自己的稟賦去寫，只要
　　能寫出好東西即可。李後主不關心他的江山，寫不出「揮淚對山河」，
　　可是他能寫好「揮淚對宮娥」，給我們留下了相當好的作品。

　　但是假若作家們大家都「揮淚對宮娥」，沒有人「揮淚對山河」那就缺
　　乏陽剛性，文學也就只有抒情而已，了不起再來一番不吃人間煙火的
　　形而上，與民生無關痛癢，無法為生民立命，這種文學可有可無；沒
　　有這種文學，人依然會生活得很好。

　　假若李後主一開始就能「揮淚對山河」，關心他的江山，關心他庶民的
　　生活，可能他不會成為宋太祖階下囚的亡國奴。

　　作家應該把他所揮的淚（感情）加入知性，關心他所處的時代，肩負

人類的苦痛，為人類代言；反映人生，反映社會現狀，淨化人類的精神，使人生活得更好。作家應站在超然的地位透視他所處的時代，為正義而寫，不被奴役為政治的傀儡。

我們不能要求每個作家都具有這種氣質，假若某些作家不喜歡這些，或認為人已生活得很好，他能寫好風花雪月，陶情養性，不吃人間煙火，羽化空靈的東西也是不錯的。

不過，作家被譽為人類心靈的工程師，既然接受了這個美譽，就應該做些心靈工程的建設工作，身為一個中國作家，有責任醫治中國社會的心靈病態。作家固然應該寫社會的光明面，但也應該針砭社會的黑暗面。對社會發生的事，對就說對，不對就說不對，不應粉飾黑暗，昧著良心只寫不著邊際的假幻象。粉飾黑暗，即是放縱做黑暗事的人再做黑暗事，黑暗會變本加利；社會的黑暗面應該挖出來曬曬太陽，見見陽光，讓大家面對現實，謀求改進，使做黑暗事的人無法遁形，讓黑暗面在太陽光下化為光明。

李：一般大學生較喜歡白先勇那種貴族社會的作品，而比較不喜歡低層社會的作品，可否就您是個鄉土性的作家，談談原因。

楊：這就像青春期的少男少女，夢想愛情，追求愛情，因而他們喜歡看愛情小說來滿足他們對愛情的夢幻（言情小說能暢銷，原因亦在此）；他們正處於多夢的年齡，所以他們也喜歡有浮面美感和帶有飄渺夢幻的散文來滿足他們的需要。同理一般大學生都是從溫室中長大的，他們對低層社會的勞苦生活不會有興趣，也不想去了解；他們憧憬上流社會與貴族生活，他們會想了解上流社會與貴族生活，因有這種需要，所以他們比較喜歡貴族生活的作品。

以上所說的是以一般人的需要為觀點來說的，如果純粹以興趣文學的觀點來讀作品，就不會有這種差異。

李：您將您的作品歸入一種鄉土文學嗎？對所謂鄉土文學有什麼看法？以為該有怎樣的方向與發展？

楊：我寫我想寫的、我所感觸的、我應表達的，無所謂鄉土文學或「都
市」文學。廣義地說，鄉土文學是富有地方色彩和民族性的文學，不
是鄉村和都市文學之分。一般說，別的東西可以放之四海皆準，文學
不行，必須具有民族性。但我認為假如你能寫好世界性的文學，不妨
走國際路線。

李：請談談您對前陣子成為一種熱潮的「回歸鄉土」的意見。

楊：無所謂回歸不回歸，對鄉土不關心，對鄉土不了解，寫出來的是假鄉
土——就像某些不吃「農村煙火」的人，只靠心造的幻境，所寫出的
農村，給真正了解農村的人的感受是浮面的「農村展覽」，和無關痛癢
的夢囈；「回歸鄉土」問題在於作家對鄉土是否有一份血肉相關的愛
心。關心鄉土了解鄉土寫出的作品就回歸鄉土。

李：您對整個臺灣文學的發展，抱怎樣的期望？

楊：我不敢抱有什麼期望，我們的作家缺乏三島由紀夫那種敢於切腹自殺
的狂熱，也沒有索忍尼辛那種為正義把他槍斃掉還是老樣子的精神。

李：您心目中最偉大的文學作品，該具備那些條件？

楊：索忍尼辛的文學藝術，不管他是否臻於完美，他的文學精神是偉大
的。間接引起美國南北戰爭的《黑奴籲天錄》，儘管它現時已不入流，
但它使無數的黑奴得到自由，它是偉大的。其他偉大的作品必須具有
超然的智慧涵蓋人生的廣度和深度的反映，淨化社會的罪惡，把人生
導入真、善、美的境界。

附記：

　　這是一篇筆談訪問記，問題回答部分，皆由楊青矗先生親自寫下。

　　我很高興在這次筆談裡，楊先生給了我一個機會，來與前次所作葉石
濤先生筆談訪問相比較。由此我發現，這種形式，在顯露出各個作家獨特
的個性與風格，的確有它的獨到之處。但是也有它特殊的困難。

　　以往提著錄音機到被訪問者家裡去進行訪問，能隨對方回答方向，修

改原先準備問題的輕重比例，有時侯訪問作成後，原預定的題目反而大半未用，談的多半是被訪問者興趣的話題。筆談則缺乏這種隨機應變，在了解對方上，不免或有隔閡。因而在擬題時，我遭遇許多從不曾料到的困擾。

　　雖然作葉石濤先生的訪問同樣是筆談，但從葉先生評論集子裡，多少我覺得比較容易把握住他的風範。而僅從楊先生三本小說著作，要試圖了解這樣一位從事過這麼多不同的職業，絕然不同於多數拘限於小小知識圈的作家，尤其要適當提出問題，令楊先生能盡致回答，的確十分不容易。

　　然而我很欣慰我畢竟努力試過，而且有相當滿意的成效。有些問題，楊先生的確回答得十分出乎我意料，但也因此，我更能體會出這位鄉土文學作家，自然與生活性的一面，以及不論在他的作品或這次筆談資料裡，所懷有的旺盛生命力與愛心。我總覺得，甚至在楊先生悲憫的情懷裡，也永遠有著一份信心的喜悅。

1974 年、12 月

——選自《書評書目》第 24 期，1975 年 4 月

狂流，剪雲夢

〈連雲夢〉訪問錄

◎洪綺珠[*]

　　八月底，作家楊青矗將與詩人向陽前往受邀的愛荷華國際作家寫作班作三個月的研習，起程之前，把他的巨作〈連雲夢〉交給《自立晚報·自立副刊》發表。評論家葉石濤看完楊青矗的這篇〈連雲夢〉時，曾說這是一部人物刻畫鮮明活現，意象深入突出的小說，是楊青矗再一次表現出他不平凡的創作才能，顯見〈連雲夢〉是部值得細心品閱的上乘小說作品，下面以電話訪問的方式，請作者楊青矗談談他的這篇不平凡的創作〈連雲夢〉。

洪綺珠（以下簡稱問）：談談你這篇小說為何三易其名，當初你選用它們作為文章的主題目的原因？

楊青矗（以下簡稱答）：這篇小說最初定的主題目是為「流轉的地靈」，因為對於裡面男、女主角有很深入的三種涵義與象徵性：第一是指男主角本身是個企業家、建築商，他設計出一個整套的企業案，運用到那沒有人要的偏僻地方，使它繁榮起來，這等於是創造了那個地方的地靈。第二在我們中國天代表男人、地代表女人，而地靈的另一象徵即是文內女主角所具有的靈氣與智慧的一種特質個性。第三對於男、女主角由白手起家創立企業至最後的回歸繪畫與感情生活的種種轉變都是地靈流轉的樣貌，並且亦象徵臺灣光復後三十年來經濟發展與社會的轉變。其實以「流轉的地靈」作為主題目是我覺得最滿意的名稱，

---

[*] 發表文章時為《自立晚報·副刊》編輯，現已退休。

但因有人說這名稱容易使人誤會為描寫風水地理的一部作品，所以就更改為「暴流」，這是象徵臺灣的經濟發展與社會變遷是宛如從一個流帶起一個流，並且其中的滄桑像是歷經了一場狂風暴雨似的流，所以更名為「暴流」。但是又有人說這會令人聯想是在探討黑社會暴力的小說，因此也就再易名為現在的「連雲夢」了，它象徵男、女主角把他們的企業發展至相當大的高峰，就如同連雲一層層地達於上天，而男主角在這時為了建築一棟「連雲大樓」而促使他的財力垮塌下去。女主角則在遭遇丈夫被刺殺婚姻破碎後而成為一名寡婦，引起她對企業的灰心與放棄，這種種就像在訴說著一種人生的「連雲夢」一樣。以上是這部作品為何三易其名的理由。

問：在這篇長達三十萬字的小說中，你主要想表達的與探討的是什麼？

答：這部長篇小說可說是我的「精心傑作」了，我整整構思了七年才動筆，主要的我是站在一個超然的地位來記錄臺灣光復後三十年中社會經濟的轉變與人的價值觀的改變。光復後，臺灣的經濟由農業社會進入工商社會，經濟逐漸起飛繁榮，直到遭受第二次石油危機的影響，造成不景氣，顯見建築業的起起落落，並探討企業家存在的關鍵。另一方面以男女主角的愛情為經，親情為緯，探討由農業社會進至工商社會後，人生、愛情與新舊文化變化的一切轉變。

問：對於女主角琪敏你賦予她有喜好藝術的傾向，但後來卻捨棄窮畫家的舊男友嫁給庸俗的工廠小開，這種安排，具有什麼意義？

答：其實女主角琪敏的內心交雜著雙重個性的傾向，她一方面偏好藝術的精神性，卻也有企業的野心，在這其中從內文的發展，就可看出舊男友即男主角經生與工廠小開代表著這兩個不同的地位，她如何抉擇呢？這會造成她很大的矛盾與苦惱，但畢竟家庭不富裕的她淹棄了藝術的這一面，使她嫁給了能完成她的企業野心的工廠小開，而在丈夫為潛入的企業間諜的男友刺殺後，她的公公對於她在公司裡所必須交接的事業人員，所表現出來的是一種介意與不信任的態度，這也探討

著舊文化對寡婦的影響。

問：這篇作品裡，很明顯地看出有主要的兩條主線在交替進行，這是否有特殊的用意？

答：這是一個經過我安排的特殊技巧表現方式，這整部長達三十萬字的小說中，我分為 21 個章節，每一個章節有一個高潮，均能單獨成立為一篇短篇小說，但卻能前後呼應貫串。以男、女主角的人物觀點作兩線平行發展，有時交叉，有時分開，侵入到人物的描寫刻畫，有時是男主角的立場，有時是女主角的立場，在單數章節以男主角為發展主線，在雙數章節則以女主角為發展主線。

問：最後，這部作品將來是否也會像〈在室女〉、〈在室男〉，被拍成電影？而當初你寫的時候是否考慮到這個問題。

答：這篇作品是我在監牢裡寫成的，所以並沒有想到要不要拍成電影，只是就臺灣從民國五十五、五十六年——民國七十年左右企業家與建築業的流變發展來寫此小說故事。這本小說前後花費了我七年時間的思考，而在十年前就曾經動筆寫成了大約二萬字，這可說是一本精力的結晶，因為這樣，所以我認為就它的內容或者就它的題材來說，將來若能拍成電影，必定比我其他任何一部作品更精采、更豐富、更吸引人。

——選自《自立晚報》，1985 年 7 月 1 日，10 版

工人文學的回顧與前瞻[*]

◎陌上塵整理[**]

陌上塵：各位文學先進，大家好，很抱歉占用了各位寶貴的時間。因為此
次座談的主題是「工人文學的回顧與前瞻」，所以我們選擇了勞動
人口密集的都市作為此次座談的地點。關於「工人文學」一詞，
我想在這裡提出說明：「工人文學」應該是屬於「文學」的一部
分，描寫工人生活、人性的文學作品將之統稱為工人文學，是毋
庸置疑的。

在臺灣楊青矗先生開了工人小說的先河，而且已經有大量作品產
生，由於他的出現，使得一向不被重視的勞工朋友們獲得了被肯定
的機會，至少以工人為題材的小說已經能夠在讀者眼前展示，大家
也因而開始注意到工人的生活方式，包括他們的愛情生活，這一點
對工人來說產生了極大的鼓舞。最近一些年輕的寫作者也已經注意
及工人的層面，紛紛以工人為題材寫詩、寫小說，這是一個可喜的
現象，當然這些年輕作者們，或許也面臨了前輩作家們相同的難題
與困境，有鑑於此，我們便有一個構想：希望藉此次的座談，請各
位文學先進來共同探討「工人文學」，相信以各位寶貴的經驗、豐
富的學識，定能灌概出一片繁花似錦的工人文學園地。

下面這個階段，我想請楊青矗先生，李昌憲先生以及我本人來說

---

*本次座談由李喬策畫，1984 年 12 月 11 日於高雄市舉辦。與會者有葉石濤、李昌憲、鄭烱明、莊
金國、彭瑞金、陌上塵、楊青矗、許振江、陳坤崙、吳錦發、黃樹根。

**本名劉振權。詩人、小說家。發表文章時為中國造船公司（今臺灣國際造船公司）高雄總廠技
工，現專事寫作。

明個人寫作工人小說、工人詩的動機與經過，然後再請各位發表高見。

楊青矗：我最先寫工人小說差不多與〈在室男〉同一時期，最早一篇東西是〈工等五等〉，以及陸續好幾篇，大多是國營機構為主，因為在經濟部所屬工廠工作的人數很多，其企業包括：臺鋁、臺鹼、中油、臺電、臺糖等。鐵路局、郵局、公路局雖然是省營的，但也屬國營的一種，起先我是寫初期臺灣一些工人所受制度的不平等待遇，我所寫的大多以臨時工為主，在臺灣無論是工廠也好，政府機關也好，很多機構都有雇員，雇員其實就是臨時員工，經濟部所屬工廠的臨時工在民國 55 年以前待遇菲薄，每個臨時工日薪為二十元左右，待遇差不多是正式員工的一半，連交通車也無法乘坐，正式員工所享受的一切福利，包括：子女獎助學金、電影欣賞等，他們都無法獲得，因為臺灣有許多工廠是日據時代留下來的，因此有許多臨時工是從日據時代開始幹起，很多人在日據時代已經工作持續有十年以上，光復後再繼續下去，臨時工沒有退休給付，只有勞保。在那時如果有正式工的缺，便有許多人競爭得很厲害，很多人走後門，拍主管的馬屁，無非是為了那名正式的缺額。因為其時的升遷制度相當紊亂，因此很多人都送紅包，而臨時工的待遇又少得可憐，我因為長期在中油公司服務，一些臨時員工的遭遇我看的、聽的很多，要從一個臨時工升上正式工要費很大精神，甚至於還無所獲，有許多人幹到退休仍然兩手空空，所以我寫許多臨時工的故事，藉以抗議制度的不公平。民國六十一、二年間臨時工逐一擢升為正式工，現在已經可以說沒有臨時工這種制度，一些臨時性的工作，大都發包給包商，目前大概只有臺糖季節性製糖時採用臨時工。

政府機關的臨時雇員仍然存在，但升遷機會可能比國營機關還多，以前一些工廠的臨時工年資計算比較不公平，其計算方式是

升上正式工後的年資方始計入，現在則有所改善；即使你退休前兩個月才獲准升為正式工，但先前的臨時工年資仍然計算在內。我一系列寫工人為題材的是《工廠女兒圈》，以及《廠煙下》，後來寫的〈外鄉女〉我就沒有編入工廠小說之列，其實〈外鄉女〉可以說是《工廠女兒圈》的延續，〈外鄉女〉是描寫外鄉來的女孩，她們來到都市以後，不能適應工廠的工作，有的便離開工廠到百貨公司或者餐廳服務，這些外鄉女的主角都曾經在工廠工作過，〈外鄉女〉已經不是勞資糾紛的範圍，而是她們在工作範圍內所發生的一些事，以一個外鄉女的觀點看整個花花綠綠的都市，現在已完成四、五篇，因為最近較忙未能繼續動筆，這幾個月將盡量抽時間完成其他幾篇。

我的工人小說已經引起學者專家的注意，中央研究院有個民族研究所，裡面有一位徐正光先生曾經找我，他在主持一項工廠研究，大約七、八年前他邀集一些大學生研究勞工問題，他找我談過勞工問題，並派一些學生進入工廠研究、調查，與工人一起生活蒐集資料，探討勞工問題，我這些作品多少涉及勞動基準法立法的問題，很多參加勞基法草案的人看過我的作品，其中有一位參加草案的律師也曾經要我寄一些有關勞工方面的作品供他參考，我想這方面多少直接間接有點影響。施明德的太太艾琳達在美國伊利諾大學攻讀博士，她博士論文是研究臺灣的女工，我的《工廠女兒圈》有一澳大利亞博士翻成英文，他是專門研究第三世界的女工，地點是香港、新加坡、馬來西亞，他說我的《工廠女兒圈》與上述各地區的女工情形大同小異，所以他選擇了我的《工廠女兒圈》譯成英文，我說這些是說明了我的工廠小說已經能夠拋磚引玉引起一些學者專家們對勞工問題的研究。

李昌憲：我寫詩、散文，小說未曾寫過，我寫詩時，也有朋友提議我那些詩的題材應該寫成小說，本來我的詩、散文比較傾向於抒情之

類，而為什麼我會轉變以工人為題材，畢業、服役後有一段時間留在農村，那時侯便有一種感覺：那就是農民的收成大部分被中盤商剝削，就像宋澤萊《打牛湳村》內所描寫的一樣。後來我進入加工區工廠裡當技術員，在一次偶然的機會讀了楊青矗的工廠小說，使我意識到我也應該注意工人的問題，想以加工區為背景，寫一系列有關加工區的詩，當詩集要出版時，我本來是想標出「實驗詩」的。因為畢竟寫工廠方面的詩太少，在表現上，就很難有所借鏡，完全靠自己在暗中摸索、實驗，因此在詩集中留下了不少粗拙的痕跡。

在《加工區詩抄》中，我寫的大部分是女工的感情生活，有一部分則是眾所周知的如丟鑰匙遊戲；有時也介入老闆與工人間微妙關係。我自己曉得這些詩感傷的成分很重，但我始終無法採用輕描淡寫的表現方式。加工區是很特殊的一個環境，投資經營者大部分是外國人，而實際從事管理、生產部分的都是本國同胞。這種微妙的關係，引發了許多事件，諸如：待遇、裁員、加班、調薪等等。在這些工人中，又以女孩子占大多數。我在加工區擔任小主管，負責管生產流程，因此經常去面對、處理這些女工所遭遇的種種問題。這些問題帶給我很大的衝擊，雖然我明知自己無法去改變她們的命運，同時在寫詩的過程中也會遭到一些無謂的騷擾，但是我決定把它寫出來，不管寫得是好、是壞，總是生命歷程的紀錄。

今後個人的創作方面將有下述幾點做藍本：1.在工人詩方面，試圖從心理出發，把工人對抗現實，試圖改變命運的掙扎與努力刻畫成詩。2.在題材方面也將擴大為各種勞工階層。3.至於詩的社會功能，並不可強求，我也未曾想過，也許詩只是一種社會發展的過程而已，我記錄了它們黑暗的一面，也希望這個社會能更健朗，更光明，使生活在這塊土地上的人們更活潑、更和諧。

以上是我從事《加工區詩抄》寫作的報告。

陌上塵：我開始寫有關勞工生活型態的作品，是從「黑手詩抄」開始，後來發現要徹底表現勞動者的心態，生活方式及他們所受的種種不平待遇，並非一首短短的詩所能表現的。於是在楊青矗先生暫時離開的這段時間，我開始立志寫小說，最早的一篇小說是收集在《思想起》裡的〈逝〉，〈逝〉描寫一位造船工人因公死亡的故事，因為在他死後卻不能得到優厚、合理的撫卹，我認為這對死者非常不公平，我將它記錄下來，為的是替死者抱不平，雖然於事無補，但至少已經向世人申訴了勞工的不平待遇。接下來寫的是〈失落〉、〈血蠅〉等一系列收在《夢魘九十九》內的短篇，這些篇章全部以勞動者為對象，我認為關於勞工的題材還有許多尚未被發掘，今後我想往這方面發展。

除了小說之外，還有〈造船廠手記〉長篇散文的寫作，計畫第一階段為十萬字，目前已完成發表的約八萬字左右，這篇散文主要是敘述我個人 16 歲進入船廠開始，至目前的心路歷程，當然這其中包括了我的生活狀況、愛情以及遠赴日本接受造船訓練，與日本勞工們一起生活的情景，內容當然無所不包，但後半段大部分以批判勞動界不公、不義的事件為主，我想這也是當初我撰寫這部長篇散文的目的。

目前手頭上正在寫的一些短篇仍然未脫離勞工的範圍，但方式有所不同的是：這些短篇我想以「點」來著手，從一點去描述，發掘一些背後隱藏的問題，因為我發現即使在 1980 年代的現今，有許多楊先生時代所存在的一些勞動階層的缺失，仍然存在，因此我在未來的小說裡仍然會繼承以往的精神，繼續發掘隱藏在背後裡的瘡疤，其目的不外是為了能夠引起社會大眾的共鳴，而共同攜手來改善它，若果不能獲得反響，就當作是一種社會的反映吧。

以上是我個人寫作以勞工為題材作品的經過。

葉石濤：照理說，目前臺灣大約有四、五百萬的勞工，以此推論，大約有一

千多萬的勞工家屬，在這些龐大的勞工人口中，應該有非常蓬勃發達的工人文學才對，讀者也該很多，因為工人本身所寫的作品給工人的感受會比較深入，但事實剛好相反，臺灣自光復以來，真正大量從事工人文學創作的大概只有你們三位，至多也不會超過五、六位。以工人的生活為主題仍然問題很多，像楊先生那個時候是以產業工人為主，到了陌上塵、李昌憲這個時代則變為技術工人為主，靠技術生活占多數，將來會變成專科學生來操作機械，所以將來的工人文學會比目前更發達、更壯大。事實上在 1980 年代即將過去一半的現在，臺灣的工人文學比第三世界要落伍，這問題牽涉到社會結構的關係，因為工人運動不發達，工人的意識無法提高，因此工人只得通過小說、詩來表達心聲。到目前為止臺灣的工人小說、詩與第三世界菲律賓等國家還有些差距，還趕不上人家，與先進國家的差距則更大，所以以後工人文學的領域，應該由他們三位主將鼓勵更多新人，來使之發揚光大。

工人文學是人類文學的一種，是反映現實的生活，描寫人性是不錯的，不過限定於工人的範圍，譬如說：勞力與資方的對立，機械來控制人的生活，機械化的生活使人心靈麻木，像李昌憲所說輸送帶那種無情機械控制下人性的痛苦，較有特殊的題材，如說特別要標明什麼工人文學，大概是不存在，工人文學屬於整個文學的一環，但描寫特殊的層面是對的，我希望你們三位較努力些，培養更新的工人作家，讓工人文學向前跨越一大步。

吳錦發：剛剛聽楊青矗談到他的小說對社會的影響，以社會學的觀點來看我認為並沒有那麼大，我如此說可能會給你一些挫折感，我們的統計資料顯示，工人的數量一直在增加，以各行各業來看，工人的數量是占最多數的，在社會變遷過程中工人占大多數的情況下，他不得不研究工業問題，而研究工人問題時他必須蒐集許多資料，在文學方面他必然會注意到楊青矗。我倒覺得是社會問題給他一種壓力以

後，才把你的小說收入為他研究的對象之一，倒不是文學使他來研究這個社會。我很意外臺灣的工人文學為什麼起步那麼晚，在文藝社會學裡面有個重要的說法：文學是反映一種社會現象，透過文學了解那個時代的社會背景和那個時代人的生活狀況，在臺灣現階段十幾二十年間，靠工人維生的人口那麼大，整個生產形式和工業有關係，為什麼我們的文學沒有幾個和它有關係，工人文學是一個社會變遷之下所產生的一種文學形式，沒有什麼敏感或不能談的問題存在，對工人文學應該多多鼓勵。

對於工人文學我所下的定義是：現階段我們所看到的楊青矗的工人文學也好，陌上塵的工人文學也好，李昌憲的工廠詩也好。楊青矗最近所為的一些有關「外鄉女」的作品，我覺得是一個非常好的領域。現在臺灣的工人文學，大部分描寫還是局限在工廠裡面，一些勞資雙方的問題，其實工人文學是很廣的。日本的源氏雞太所寫的，一些日本大企業裡小職員的家庭生活，或感情生活，他就是反映了一些小職員的家庭與感情生活，這是一個值得研究的問題，工人文學還有很大的領域還沒有完全開拓，工人的愛情、婚姻各方面都可以寫，這樣來看工人文學會較周延些，除了勞資的關係以外，還反映許多工人的文化特色，各層面都可以去研究。

我認為文學應該是走在時代前端的，一個文學家應該能夠預測未來，尤其是現在我們這個所謂開發中國家，人家走過的路我們已經看到許多，我們可以在他們的例子中看到將來的去向，而我們這裡的工人文學也好、農人文學也好，都是走在時代的後面，很多評論家已經談過的問題，文學家才開始覺醒。在西方工業自動化的時侯，他們有關這方面的電影和文學作品馬上就出了。現在臺灣所面臨的問題：資訊的侵入，機械人的侵入，將來工廠裡會用很多機械人，工人失業的問題便會產生，所以說工人文學的前瞻性，工人作家早就要有所發現，除了寫實性外，更須要注意其前瞻性。

葉石濤：現在所談的工人文學，本來並無必要標明工人文學，那是整個文
　　　　學的一部分，現在他們三位所走的路不是這樣，因為他們生活在
　　　　工廠裡面，因此作品也限定於工廠的範圍。

楊青矗：我同意葉先生的看法，若要替工人文學下定義的話，要有一個限
　　　　定，像我的〈外鄉女〉我不把它列入工人作品裡面。其實人性都
　　　　是一樣的，只不過他的職業是工人，而其他並無兩樣。

　　　　我大部分工人作品都是探討制度的問題，以及一些不公平的待
　　　　遇，真正要涉及到整個工人的面相當廣，剛剛葉先生講臺灣大部
　　　　分人靠工人來養活，這樣龐大的人口的文學，就不能限定工人文
　　　　學的範圍。

　　　　剛剛李昌憲所說他寫詩和一些工廠女工的情況，有些我也寫了。
　　　　還有他講有關丟鑰匙的遊戲，這個問題我以前也曾寫過。

吳錦發：其實丟鑰匙遊戲並不是女工才有，許多中學生也常玩這種遊戲。

楊青矗：對女工的故事我有一點保留，不去寫是顧慮到女工的形象，有篇
　　　　東西莊金國曾和我提及說那是不可能發生的事，就是那篇〈陞遷
　　　　道上〉，描述一位工廠裡的女領班，被她的主管邀去郊遊而遭強
　　　　暴，其實像這類事件很多，有的尚未寫成，有的是顧及形象問題
　　　　不願意寫，工廠裡有許多應召女郎，茶室的賺食查某，她們都是
　　　　找工廠當掩護，她們都是白天在工廠，而晚上兼特種營業，像這
　　　　種故事存在於女工群中相當多，如果將之寫出來，對多數規規矩
　　　　矩的敬業女工無疑是一種打擊。

　　　　現在還有一個問題存在女工群中，她們的婚姻問題也漸漸形成一
　　　　種社會問題，她們因為整天待在工廠裡，而耽誤了婚期，也因而
　　　　產生了許多適婚而未婚的女孩，目前三十多歲未婚的女工很多，
　　　　遲婚形成一種怪僻，像這些都是工人文學很好的題材，只是因為
　　　　顧及女工的形象，此類題材，暫時不寫。

陌上塵：剛才吳錦發談文學前瞻性的問題，我在兩年前即已思考過，也因

此而有〈失去的城堡〉，這種預言在資訊時代來臨時，工人將被大量遣散的作品產生。

在勞基法以及一切法律無法保障勞工的權益，而勞工們又無任何有力支撐，以致於如楊先生〈工等五等〉裡，那種不公平的升遷制度尚存的今天，要我們談工人文學前瞻性的問題，我想這不是急切的任務。在屬任何法律條文能夠保障勞工權益的情形下，工人文學作品是替工人申冤的最佳武器。有時候在他們受到不平待遇時，他們總會刺激著我說：「喂！ＸＸ，你怎麼不把它寫出。」由此可見，他們也將之視為傾吐的對象。

波蘭工運領袖華勒沙，因為他有強大的工人群眾做後盾，而可以很勇敢的從事工運，由於環境的束縛我們沒有這種條件。而在工人的滿腹苦水尚未吐盡之前，突然轉向於「前瞻性」，或許會淪於「空中樓閣」之譏。當然，文學不能沒有前瞻性引導，但我們是不是能夠也顧及「反映現實」這個問題上。

楊青矗： 我很同意陌上塵的講法，我第一次發表〈工等五等〉時是經濟部所屬機構開始實施工作評價的時候，有一些報表都是虛構的，很多不切實際的做法搞得大家怨聲載道，制度儘管有多好，實施有偏差的話，這個制度將變成亂七八糟。而當時這種情形沒有人寫，當這篇小說發表在《新文藝》月刊後，我帶了兩本到廠裡面傳閱，大家看得不亦樂乎，後來這件事傳到廠長那兒，他大發雷霆，立刻組織一個調查委員會，要查明寫這篇小說的動機。

那個時候工人的知識水準不太高，有許多不滿，他們不敢講，只不過在私下發發牢騷而已。而那時候一些學者專家都在打瞌睡，不像現在有許多社會學家在研究。據我所知目前文化大學有個勞工研究所，以及一些政治系教授所組成的勞工研究團體，勞工問題也才逐漸被重視。

目前政府方面對文學尺度已經放寬很多，也因此鄉土電影能夠大

量上映，如黃春明的《兒子的大玩偶》等。

有許多不合理的現象，也有一部分已經獲得改善，如以前有些工廠並沒有每週日都放假，現在比以前好多了，工人可以有休閒時間。工人文學作品，如果能針對制度的不完滿，以及一些不公平的待遇來下筆，相信勞工階層在讀了這些東西之後，能夠注意及切身權益，而做適當的爭取，使得我們的社會走入更公正的境界。

葉石濤：所以我說現階段臺灣工人文學，是在促進勞方與資方的和諧，使臺灣工業更向前推進，在內部諸多問題尚未解決之前，來談工人文學的前瞻性未免太早了一點。現在工人文學只靠三位來寫，而你們的生活環境又都限制在工廠內，難免要受到種種限制。

楊青矗：這點沒有錯，但在勞動人口眾多的今天，並非每個勞工都限定在工廠裡，如果我們以一個「點」來寫，以一名泥水工做題材，那麼泥水工他本身的待遇就沒有工廠勞工的待遇那樣好，他的不公平遭遇，政府很困難協助他找老闆處理，因為泥水工散落各地，比較沒有組織性。

吳錦發：我剛剛說的意思是說：現在的工人作家要寫什麼他們已經很清楚了，可是怎麼寫又是一個問題，我看陌上塵和楊青矗的小說，感覺的味道就不一樣，楊青矗小說社會性目標的使命感很強，陌上塵本身是一名工人，他的小說比較豐滿，在心靈方面的描寫，還有工人在那個環環下心靈的扭曲，心理的反應，內心的徬徨，他都整個將它們纏繞在一起，繞到最後變成很複雜。我看工人小說的問題是複雜性太過於簡單化了，除了薪水等問題外，還有很多應該被重視的東西，我看這是目前工人文學較缺乏的，也是今後應該注意的問題。

楊青矗：我想目前有關工人的薪水和制度問題是比較重要的，至於心靈方面的問題不一定工人才有，一般人也會有心靈生活，因此有關描寫心靈方面的作品，我不將它歸類為工人小說。

葉石濤：剛才吳錦發所說的，描寫科幻、潛意識等，我們的工人文學將來
　　　　有可能走向尖銳的小說。但是目前還是楊青矗的理論較為正確，
　　　　因為工人本身的問題尚多，只能限制在很窄的範圍裡。

吳錦發：美國經濟大恐慌時也裁員裁了很多工人，但他們的小說裡面，不
　　　　只是寫資本家可惡的嘴臉，他就寫那種工人被裁員後無所事事，
　　　　價值觀念混亂的情形，但那個控訴力量並不弱，其控訴力量比直
　　　　接描寫要凌厲得多。其實工人內心的掙扎，被壓迫的感覺也可以
　　　　寫下來，工人文學並不一定只寫薪水，當然薪水也很重要，其他
　　　　方面也兼顧，用文學的感染力，而不是用社會學家的觀點來處理
　　　　工人文學，我的看法是如此。

莊金國：吳錦發所說的問題，最主要關鍵是誠如葉老所說，臺灣寫工人小
　　　　說的最多也只有五、六位而已，其範圍必然會狹窄，如果更多的
　　　　人來寫，其範疇必定加大，吳錦發所說的是工人文學相當蓬勃發
　　　　展的情形下發生的，但每個人的生活觀不同，如楊青矗已經出一
　　　　個局面出來，工人小說的範圍不僅僅只屬於楊青矗，也不是只屬
　　　　於陌上塵而已。

吳錦發：我的意思是說，他現在的小說在臺灣文學史上的重要性已無可否
　　　　認，我認為還可以表現的更好。

莊金國：這是對的，楊青矗並不一定只寫工人小說而已，也許將來他的傳
　　　　世之作是早期的其他作品。

楊青矗：到目前為止我的工人小說占不到一半，差不多三分之一而已。

莊金國：有些人是專心致力於工人小說的寫作，你的要求也許他們能辦
　　　　到，但問題是太少人去寫了。

葉石濤：吳錦發所說的我了解，他是說像《一九八四》那種小說，但我們
　　　　尚未走上那種境界。

莊金國：鄉土性的小說較接近這種要求，因為寫的人很多，包括老、中、
　　　　青三代的人，短、中、長篇小說都有，這樣來要求則比較合理。

楊青矗：前幾天我看了一部日本電影叫做：《紅燈籠》，它描寫一個汽車修理廠的工人，有一天他遇見一個十六、七歲的少女出來流浪，後來同居了，他們第一次租住的房子臨鐵路邊，每天晚上火車叫叫的響，根本都無法睡覺，後來搬到火葬場的旁邊，那兒較清靜，但火葬場的房東又吵擾了他們，有一天一個騙徒闖進他們那兒住，並且鬧鬼鬧得很厲害。就這樣他們一處換過一處，大約搬了五、六遍，所賺的薪水都用在搬家上面，他的這位同居女孩對雞毛有一種敏感症，最後一次所居的地方，在他們之前住這房子的人，戶主吊死在房中，老婆孩子也都死在房中。有一天，他的同居人看見一片雞的羽毛飛入房中，再加上以前房客全家自殺的恐懼感，逼得她終於發瘋了。住在醫院裡，這位男主角又要開始搬家，而現在搬家只剩下他和背上的小孩，妻子尚在醫院裡，無法隨他走，他本來在汽車廠當車床工，像這位男主角的身分純粹是工人，日本電影少以工人當主題的，其所表現的是工人的生活，描寫工人為了居住四處遷移的那種痛苦，這種題材的電影，你也可稱之為「工人電影」。像電影中所敘述的情景，完全是人口擁擠所產生的後遺症，日本與臺灣的情況差不多，在日本租房子，可以說根本都無浴室供你洗澡，日本東京此種現象極多，不是工人獨有。我的意思是說工人小說可以有其他的範圍，並不一定是局限在某一限定範圍裡，工人小說不應該是狹窄的。

吳錦發：表現手法的多樣性，這是我特別強調的一點。有部電影叫《岸邊的老婦》，心靈被扭曲，愛情被扭曲的工人家庭的故事，好動人，家庭的孝道觀念，包括對工廠的控訴都在裡面，其感染力特別強，他因為做錯了工作以後人格被扭曲，夫妻關係，子女關係都受到影響，他在工廠裡又被剝削，我們看到的是一幅活生生的人，他所面對的問題很多，所有發生的問題都是工業帶給他的，這種制度帶給他的，其複雜性我覺得是現階段文學應特別加強的。

葉石濤：工人占據多數的環境裡，產生不了幾位工人作家，這種比例太小，一般知識分子也一樣，各階層應該不分階級，各自反映他的生活環境。

彭瑞金：我認為工人文學是階段性的文學，這話有種意思，第一是說工人文學在某階段只為工廠工人講話，但這不一定界定專為工廠工人講話，可以將它擴展至廣泛的工人定義上。第二就是說：描寫內容不一定只限定改善工廠制度，工人待遇的問題，也可以寫像吳錦發所說更廣泛的工人世界的問題，但那可以說是那一個階段的工人文學而已。楊青矗所寫的工廠人的時代，從社會的意義來講，當時臺灣增加了很多工人，這些工人在沒有勞基法、工廠制度的保障下，楊先生在工廠人裡所反映的問題，在那個階段有充分的意義，也就是落實了「工人文學」這個名詞。也許經過十多年後，再談工人文學，我們可以朝著吳錦發所說的方向來努力，剛剛陌上塵也講過工廠工人的問題還有很多未經開發的，這些問題由楊青矗先生、李昌憲先生、陌上塵先生三位去寫會比較熟悉，但如果是廣泛的工人包括根本沒有工廠制度保護的工人如：泥水匠、木匠等等，甚至於我覺得我們這些當教員的也屬於工人，（眾人笑）這樣廣泛的工人範圍，應該由所有作家來分擔，比如說許振江、吳錦發他們也寫到工人的題材，工人文學端看我們從狹義或廣義來看，狹義的就是工廠工人，廣義的則是所有從事勞動的人皆是。

許振江：談到工人文學，我是贊同吳錦發的看法，最近我看了一部電影，珍‧芳達主演的，叫做《北狐》，也是一部以工人工運為題材的電影，但全片之中，卻絲毫也沒有工廠的鏡頭。珍‧芳達飾一名北邊來的鄉下女子，她抱著小孩到城市去求醫，醫治好孩子的病後，她先生因為在家鄉鬧了些事，便決議到工廠找工作，當他們到達工廠，看到一排排單調的建築之後，整個人都傻住了，因為那與

他們過去的生活環境大不相同，他們在那裡住了一段時間，之後那家工廠發生暴亂，她先生也因而失去了工作，從此她先生很少回家，有一天有人找她先生外出，隔不久有人送她受了傷的先生回來，其實它裡面即已潛存著工運的風波，而電影並沒有很明白的描述出來，觀眾很容易便能知道，工運結束後，她先生恢復上班，她的孩子康復後很快樂的在住家附近玩耍。這就正如吳錦發所說是工人生活的一部分。因此，我贊同他的看法；就是工人小說不一定要針對制度來寫，寫工人內心的掙扎，生活型態也可以包含很多東西。

黃樹根：以目前臺灣工人文學發展的階段來看，像楊青矗所堅持的立場、態度，直接以他們的工人身分來寫工人作品，當然這樣就無法達到吳錦發所強調的，那種非常豐富的文學生命，可能在文學價值來說較短暫，其價值是斷代的寫實的價值，其代表那一時期工人的生活型態，裡面確實隱藏了許多問題。

目前我們這裡也出現了一些政治小說、政治詩，而事實上工人文學就是非常強烈的政治作品，政治的範疇很廣，工人問題也屬於政治的一環。目前工人的許多問題仍然停留在勞、資糾紛上，因此工人文學的境界，無法達到如吳錦發所講的那個層次，但他們三位以身為工人的立場來寫工人文學這樣很好。現階段每個人如果都就自己所處的環境來寫切身問題，匯聚起來就是一股很大的力量，工人文學如果要擴大範圍，不一定要工人本身來寫，有時候是「只緣身在此山中，不識盧山真面目。」工人本身可能知道問題的存在，但基於種種原因，他沒辦法直接去寫。吳錦發如果他來發現工人問題，了解工人問題，以他的文學修養來寫工人小說，其意境當會更深更遠。

另外，讀者的回響也是問題，楊青矗寫了那麼多關心工人的小說，那麼他的讀者到底有多少，我們只是躲在象牙塔裡面關心，

實質上所產生的效果幾乎等於零，這等於是無病呻吟，這樣一點
用處也沒有。如何喚醒讀者，讓他們知道他們的問題有人在關
心，讓他們來讀工人作品，這是值得我們重視的。

吳錦發：那倒不是楊青矗他們的問題啦！

黃樹根：寫的東西沒人看，等於失去作用，像〈在室男〉拍成電影後有人
看，能夠讓更多的人來接受，這點很重要。

吳錦發：我看了《在室男》之後，也注意到這個問題，我倒不是說楊青矗
他們的文學怎麼樣，以未來發展工人文學的前途來看，我之所以
提出寫作技巧的多樣性，是因為我發現許多人寫工人文學時總是
扳著臉孔，好像很嚴肅的樣子。但《在室男》為何能讓很多人接
受，就是因為它很幽默、很有趣，所以大家看了後會哈哈大笑。
同樣表達一個工人問題，可以用反諷的，很幽默的方式來寫，這
樣會吸引更多的讀者。還有，剛剛黃樹根所談的是工人的問題，
不是文學家的問題，是整個社會層面的問題。

楊青矗：現在整個臺灣的文學教育制度可以說完全沒有。

吳錦發：連教書的老師都沒有幾個對文學有修養的，何況是工人，這是整
個文化層面的問題。

楊青矗：我為什麼寫了《工廠人》之後，再寫《工廠女兒圈》，主要是因為
收到太多女工、男工的來信，信中他們吐露許多心聲，於是我便
根據這些到全省各地訪問他們，這表示他們讀過我的作品。

黃樹根：是啊！這就表示你的東西產生了影響力。

楊青矗：話說回來，臺灣那麼多工人，看的人其比例並不算很高，但有部
分人在看，是可以肯定的，這是第一點。另外一點；知識分子在
看我認為也很重要，知識分子是推動整個社會發展的原動力，工
人制度由知識分子來了解，有助於勞工法的草擬，當然這些知識
分子包括了一些學者、專家，有許多參加勞基法草案的知識分子
也曾看過我的工廠小說。能夠讓所有工人都看工人文學作品，那

是最理想的，文學不比電影，電影所接觸的面比較廣，但以目前臺灣的電檢制度，工人文學要搬上螢幕似乎很困難。

工人文學最好能以很好的藝術手法來處理，而有很完整的藝術性，藝術性的感染力會更強。

鄭烱明：談到工人文學的問題，目前此地的工人文學仍然停留在反映勞、資雙方的糾紛，或者不平等待遇、挫折感、感情生活等方面。基本上我認為工人文學在臺灣還是有發展的潛力，我比較同意吳錦發的看法就是：如果臺灣的工人文學層次想要提升，應該注意其複雜性，不要使其單純化，這是第一點。第二點，李昌憲說他覺得用詩的形式來創作工人文學，他遇到了一些困難，他希望改用小說來表現。這顯示了一個現象，即他將工人文學限制在一定的範圍內，如果他以工人內心的問題來發展也可以，但如果用詩來表現勞資糾紛，不平等待遇等龐大問題，我想頂多寫幾首詩便完結了，但若以工人內心生活的追求為題材，比較不會有這種困境。

陌上塵：關於詩的問題，我提示一點意見，李喬先生最近正在提倡敘事詩，他一直強調敘事詩的重要性。我建議李昌憲也可以用敘事詩來描寫工人的生活情狀，至於詩的長短倒可以不必計較，長的數百行，短則十數行也無所謂。

至於工人文學前瞻性的問題，我以為除了建立引導性的權威之外，在反映現階段工人生活之餘，作家絕不可輕易和「企業家」妥協，絕對不能同情「企業家」。我之所以提示這項呼籲，並非有意加深加大勞資雙方的裂痕，事實上今天換了我們自己當老板情況也將一樣，資本家之所以投資「賺錢」是他的主題之一，在這種情況下我們不能奢望他們能夠給我們多少好處，也許企業家在賺錢賺昏了頭之際，作家們發掘了他需要改善的地方，企業家可以很清晰的發現自己的短處，加以改善之後，可能因而帶給他更大的財富。

有一個很嚴重的問題已經在我們四周形成，那就是資訊時代的來

　　臨，將來企業主寧願花一億臺幣買一百部機器人，他也不願花同
等額的金錢僱用一千個工人。因為，機器人永遠沒有病痛以及人
事紛爭發生，它頂多只需要維護或修理費，但人事紛爭這個讓老
板頭疼的事，卻永遠不會發生在機器人身上。所以，工人文學應
該從這方面著手，讓每個工人能有所警覺，不要再將精力浪擲在
互相爭鬥的無謂紛爭中。許多人為了升遷的機會，而大肆破壞了
人與人之間的親善關係，為了個人的利益，不惜撕破顏面的你爭
我奪，這是一大危機，潛藏在任何一個角落裡。而這引導性的任
務應該由作家來擔負，透過藝術的感染力來改善工人的體質。

吳錦發：一個工人作家應該從人性方面去探討、挖掘，至於工人人事紛爭
的問題，那是不健全制度惹出來的。

黃樹根：人事糾紛是普遍的人性問題，不只在工人世界才有，我們幹教員
的也是這樣。

吳錦發：機器人的時代馬上就會降臨在我們身邊，這倒是切身問題，像日
本他們就已經開始大量引用機器人。

陌上塵：這是一定的啦！不要講日本，現在我們所提出來所謂的「生產自
動化」，就等於是機器人時代的縮影，本來兩、三個人做的事，現
在簡化成一個人，而節省下來的人呢？不知將何去何從？懵懵懂
懂，不知團結，仍然在爭鬥中過日子。

莊金國：不過將來機器人時代，人與人之間的爭鬥會更形惡化，因為他不
知道自己何時會遭遣散。

吳錦發：甘迺迪說過一句話，我覺得很有意思，他說：「我沒有辦法保護多
數的窮人，我就絕對沒有辦法保護少數的富人。」很簡單的一句
話，多數窮人你沒辦法保護的話，會形成一股社會的反制力量。
大家都失業了將鬧出許多社會問題，也因而將使社會動盪不安，
抵消了經濟的成長，對整體經濟而言是不利的，這是角度問題。

黃樹根：工人文學應該追根究柢，形成事件的主因我們要將它找出來，是

　　整個制度的問題，還是另有其他原因，工人文學要將它挖掘出來，這樣才有其永恆性。

吳錦發：宋澤萊的《打牛湳村》，是相當好的文學作品，其實以現實觀點來看，賣水果的小攤販是剝削階層，而事實上這些小攤販也是被剝削者，小說裡面將他塑造成剝削者，而他背後隱藏著一層一層的剝削者。

楊青矗：每個人就一個「點」來寫，然後集「點」成「面」，將形成一個很大的「網」。

莊金國：我現在來談談李昌憲所提，他寫的詩包括烱明所說的「困境」，和陌上塵言及敘事詩的問題。臺灣寫工人詩的，大概要數葉香最早，她所寫的工人詩的效果比李昌憲還要好，我們現在是就事論事啦！並不談及其他，當然她所寫的數量並不多，約五、六首而已，不似李昌憲那麼有系列的寫，可惜，她沒有繼續寫工人詩，否則她會是臺灣寫工人詩的姣姣者，因為她當初也是加工區的女工。像李昌憲所說的困境，當然我不能說你面臨的困境，後繼者也將發生類似情況。

　　陌上塵寫了一個階段的工人詩以後，他認為不用小說難以表達他所想表現的，很多詩人遇到觸及「問題」層面時，到後來他會發現用詩無法表達自己的意願。我不是在「老王賣瓜說瓜甜。」我認為這是涉及個人追求的態度問題，許多第三世界的詩人，他們的詩或許已經達到較為圓滿的地步，只是你未曾注意到，這也或多或少涉及個人才氣，功力等問題，或者在某一階段自我設限，而造成的瓶頸，並不一定真正是因為詩無法達到你的要求，像李喬改寫自「寒夜三部曲」的那首九千行長詩〈臺灣，我的母親〉，兩者相較之下，他的小說必然勝過他的詩，因為在他完成這部長詩之前，他是寫小說的，在過去二十幾年間可能讀過許多詩，但畢竟不常磨練，一下子要要求其長篇巨著能十全十美那是不可能

　　的。現在臺灣還沒有有才氣的詩人出現，但以後可能會有，我相信詩和小說具有同等的效力。

葉石濤：真正出錢買書的是詩的讀者，小說讀者他不必花錢買小說，因為報紙副刊可以讀到一些小說，（眾笑）其實讀詩的人口比小說還多。

莊金國：尤其是近幾年來。

許振江：但有一點是，詩的讀者不知要到何處去買詩集。

李昌憲：並非詩無法表現工人文學，詩仍然可以很直接的表現工人問題，我也曾經用敘事詩表現工人問題，但要刻畫問題點，小說可能比詩要管用，詩與小說的語氣完全不同。

莊金國：最近烱明、曾貴海常以醫生的眼光看病患，來寫成詩，也許這題材用小說可以表現得更好，但他們用詩仍然表現得很成功。如曾貴海一首描述一位山東患者，他以一滴淚滴落成一幅地圖，大意好像如此，這首詩非常成功。如果你以一首詩想要挖掘一個問題而已，那你會感到相當困難。文學作品勢必要顧及藝術功能和社會功能，應該用藝術功能來帶動社會功能，而不是以社會功能去追求藝術功能。如果只一時追求社會功能，倒不如以社會新聞方式報導來得快速，效果也更好。

　　鄉土文學也好，工人文學也好，許多人在默默地耕耘，但絕不可能每一個人都像黃春明、楊青矗一樣，每一項題材總會塑造出幾個明星人物。有時候其實也不必去理會讀者回響與否的問題，像我寫詩多年，除了詩人朋友的回應之外，尚未曾接獲任何一位讀者的來信。

鄭烱明：我看日據時代也有人寫工人詩，桓夫他也譯過一系列工廠詩，可能那時的環境不一樣，讀後予人的感覺又不一樣，如果我們以一個客觀的角度來描寫工人問題，當讀者在讀這首詩時，他可能就不會很直覺的認定那就是工人詩。

莊金國：我也寫過一些工人詩，但我的取向是帶有些許的趣味性，不一定

是勞苦的取向，他們也可以苦中作樂，像拋鑰匙、拋內褲等遊戲，雖然這會演變成許多社會問題，但也是一種發洩方式。

吳錦發：楊青矗的小說最感動我的地方，不是小說那方面，而是人物遭遇的問題，其人物就好似生活在我周遭一樣，那種感覺非常生動、活潑。

莊金國：他寫工廠小說與他早期小說不同處，在於前者的社會理念較重，為了挖掘問題，小說人物的塑造在我的感覺裡，就沒有早期小說那麼鮮活。他描述人性問題最成功的當推他的〈天國別館〉，他寫下層人物寫得非常成功。

楊青矗：其實〈天國別館〉也屬於工人小說，廣義的工人小說，我的〈在室男〉也屬之。

莊金國：讀〈在室男〉時有種苦中作樂的感覺，裁縫的行業本來是很枯燥的，但你的取向不是故意去挖掘那些問題，表面上雖然安排得很浮面、很熱鬧，但暗地裡卻隱藏並挖掘了一些問題。

吳錦發：許多人觀賞完《在室男》電影之後，都覺得人物的塑造相當生動。

陌上塵：討論至此結束，現在我們請楊青矗先生就工人文學的回顧與前瞻做一個結論。

楊青矗：工人小說基本上有它共同的人性在，不管是狹義、廣義的，其描述工人內心扭曲、心靈生活並不衝突，只是所劃分的定義有所不同而已。廣義者應從工人各方面的生活角度去寫，我初期的工人小說只限定一些工廠人的問題，其實我其他的一些作品也可以視之為工人小說，因為不那麼明顯限定工廠，因此使人誤解那不是工人小說，作品取材不論詩、小說，都要注意藝術性，這樣它才能比社會新聞或者報導文學更具有震懾、感染力，反映現實的作品想要具有永恆性，更需講求藝術性。這是今天談論工人文學的一點個人看法。

陌上塵：謝謝各位在百忙中抽空來參加今天的座談會。謝謝！

——選自《臺灣文藝》第 92 期，1985 年 1 月

楊青矗小說中所反映的「現代化」問題

譯者序

◎高棣民著*
◎津民譯**

一

　　「現代化」是個相當模糊而又無所不包的概念；多年來，社會科學家不斷嘗試著要為這概念下定義，要賦予它特定的內容。他們——社會學家、政治科學家、經濟學家、人類學家及心理學家們——運用了由馬克斯‧韋伯、通尼思‧巴森思等作者首先提出來的概念及範疇，也把他們自己的世界觀及偏見夾帶進來；所謂的「現代」，因而便有了基本上不同的指涉：它基本上指涉的可能是一種社會結構的現象，可能是政治的，經濟的，也可能是一種人類學的，或者是社會心理學的現象。

　　於是乎，對某些作者來講，所謂「現代」，它的意思便是說：在一個社會裡，居住在都市的人口比居住在農村的人口還要多，產業工人比農民還要多，而它的教育普及，一般人民都識字、能閱讀等等。

　　或者，所謂「現代化」也可能指的是社會上大多數人在政治決策過程中越來越多有意義的參與；而在這樣一個社會裡，人們對國家的忠誠比他

*1977 年於哈佛大學攻讀社會學博士期間來臺研究臺灣的現代化與企業家的興起，後將楊青矗的數篇短篇小說譯成英文，出版《楊青矗小說選》(*Selected Stories of Yang Ch'ing-Ch'u*)。現任教於加州大學柏克萊分校社會學系。
**本名王津平。曾任淡江大學英文學系教授、中國統一聯盟主席、中華基金會董事長。

們對親族的忠誠還要重要，而且社會中的每一分子都有平等的機會擔任公職。這樣的一種社會通常的模範便是西方各國的民主政體。

對於經濟學家們來說，「現代化」便是指：在「全國生產毛額」的比率上，工業產品大於農產品；「全國生產毛額」每年持續不斷地上升；科學管理代替了家庭裙帶關係式的管理；消費必需品供應充分；還有，在這樣的一種經濟體制下，原先它需要仰賴進口的產品，現在已經可以自己製造了。

人類學者在努力為「現代化」下定義的時候，他們所研究的則是家庭與農村生活群的解體，以及人民在生活上各種忠誠行為及介入行為。

至於心理學家呢，他們認為：如果社會中個別的個人是「現代的」，那麼，這樣一個社會便可以說是「現代的」了。他們衡量所謂現代的準則不外乎：人們對工業化的態度如何，工廠生活的紀律如何，對於科學之是否取代了迷信，以及對於個人在社會中所扮演的角色看法如何。

以上這些見解可以說是過分簡化的說法；不過，也許我們可以從以上這些過分簡化的說法概略地了解到的確有許許多多問題——自從第二次世界大戰以來，就有一種顯然遍布全世界的「過程」，當我們試圖要為這樣一個「過程」下定義的時侯，我們勢必要碰到這許許多多的問題。那就好像「盲人摸象」——每一個盲人都可以把他所熟悉的那一部分說得一清二楚，卻沒有人可以把這隻大象完整地描述出來。

以上所述及的社會科學及它們的各種定義事實上也只代表了一面——由美國的社會科學所打出來的那一面。自從大戰以來，約有二十年以上之久，美國這方面的理論可以說控制了學術界，也控制了非學術界。一直到美國在越南吃了一場敗仗，美國這一面的理論也才跟著敗退下來。這樣一種理論反映了美國人的種種偏見、種種限制及美國的種種政策——美國人簡直就相信：所謂「現代」，意思就是「與美國類似的那麼一回事」。結果呢？他們的分析的範疇及批評基準全都淵源自他們的美國式教養及美國式環境，而且與這些東西無法區分開來。這些社會科學家們在全世界各開發中國家成為當地政府的顧問，自然而然地便把他們的那些理論硬生生地加

到無數的當地人民身上——他們錯誤地相信：美國經驗有它的普遍性，可以通行全球；這樣的一種美國經驗應當要運用到全球的每一個角落，而且可以不經過多大改變就運用到全球的每一個角落。

與這樣一群思想相對立的是馬克思主義者及其他批判性的社會科學學派——他們堅決地以為：所謂「現代化」相當於獨立、反帝及社會主義。他們認為：只有當這些條件都符合的時候，工業化、工人階級的產生及群眾的政治參與等等才有可能發生。這種思潮在二組人群之間產生了嚴重的分裂——一種是支持蘇聯社會主義建設的理論的，另一種則認為真正的答案在於中共的範例。他們在信念上之不同處還有：是否這世界上將只有一種社會主義或共產主義社會，或者說每一個國家將會根據它獨特的文化及社會傳承而發展出一套屬於它自己的東西？

以上所述，代表了二種基本的——雖然未免太過於簡單化的——對於「現代化」的觀點。近年來，也有人昂首闊步地想要把這二種觀點混合起來——從每一種觀點各取出一部分，而發展出一個新的、混合的說法。

然而，在這兒，我們又發現到：如果我們嘗試要為「現代化」下一個可以通用到包括像寮國、賴索托及波利維亞這樣不同社會的定義的話，那我們所能得到的結果將會是個模糊不清的定義——甚至，它將模糊不清到一概不管這些國家有沒有什麼不同之處，甚至於它還可能搞得一點意義也沒有。再說呢，它們主要地是描述性的，而不是解說性的；也就是說，它們只是把正在發生的事物指給我們看，卻不為我們解釋那到底為什麼是這麼一回事。

社會科學家還有他們更進一步的問題：他們過分依賴理論，而且跟他們所生存於其中的真實世界缺少接觸。當我們在讀那一大堆堂堂皇皇的「現代化」理論的時侯，作為讀者的我們經常會想到、問道：到底這位理論專家有沒有離開過他美國某大學的辦公室？要是說這位理論大師真的曾到開發中國家訪問，那麼他經常也只不過是訪問了政府官員，收集了官方資料，而光憑這麼一點點東西，他也就認為他自己已經認識這個社會了。如果這位理論專

家發現到某事某物在名稱上或表面功能上與他自己的社會中的某一個現象相類似的話，那他會認為那是完全類似的二種結構體。而實際上呢，「工會」也者，「政黨」也者，也只不過是表面文章，而對於在不同的國家取用類似名稱的實體的真實內容，則並沒有解說出什麼意義來。

　　至於臺灣當地的社會科學家們也難得好到那裡去。他們通常來自上層階級背景，他們一向瞧不起那些用雙手出賣勞力的人。他們大多接受西方教育的訓練，深受西方影響，浸染於西方社會科學的諸般分析工具及分類範疇——而這些西方的東西，他們毫無保留，毫不批判地用於他們自己的社會裡。因此這二組人看待社會變遷的方式通常是從社會的頭部頂端看下來，而不是從那些真正體驗這種變遷的社會大眾的觀點來看。這個缺點正在改變之中——當各個社會生產了更多的財富，發展了當地的教育制度，也訓練了他們自己的專家幹部——這些專家幹部也許將會比較能夠了解、親近他們所生活於其中的現實。

　　除了社會科學以及社會科學對這世界的種種看法之外，還有另外一套經常為人所忽略的有關現代化的主要資料——藝術。當一個國家逐漸擺脫了殖民主義的束縛，而努力奮鬥要建立一個新的社會、經濟、政治制度的時候，它同時也會產生出一種相當程度地反映出種種社會變遷的藝術。這當然不是一成不變的死硬規律。在許多社會裡，藝術與它所生存的社會很少有什麼關係，甚至毫無關係。這種藝術是刻意地逃避主義的，怪誕不經的，它故意創造出一個不真實的世界，好讓人們從日常生活的種種掙扎及種種挫折中逃離到那兒去；它同時也為商人們——大眾品味的裁判官們——賺取了大量的金錢利益。或者呢，藝術也可能在政府的認可下成為脫離現實的逃避主義——因為官方怕藝術會成為啟蒙民眾的工具，會使民眾認識到他們真正處境，從而鼓舞他們採取行動。

　　然而，當大多數的民眾獲得了基本知識，而且對於他們自己在社會中的角色培養出一種概念的時候，他們之中有很多人就開始產生出比較反映出他們日常生活的藝術了。這種藝術也許是鬱悶的；也許是昂揚的；也許

是臣服性的；也許是反叛性的；也許是消極性的；也許是積極性的。無論如何，這種藝術確然存在。在某一個階段，大多數的人們將會有能力拿起筆，產生出他們可以了解、可以欣賞的藝術，說出他們的需要及他們的願望的藝術，既有娛悅性又有知識啟發性的藝術，以及那種在他們與急速轉換的世界奮鬥掙扎的過程中可以引導他們往前走的藝術。

這個現象存在於臺灣。最具代表性的藝術工作者之一便是我們的短篇小說作家──楊青矗。

二

一般人提到楊青矗這三個字，常常會脫口而出說：「噢！他不就是那個工人作家嗎？」在某個意義上，這種說法是正確的，因為他最近出版的二本書裡所寫的都和工人有關。但僅僅把他當做是一個工人作家，將會忽略了他較早期的，就某些方面而言更為豐富的作品。如果把他的所有作品作個綜觀，我們倒覺得說他是個「現代化問題」作家，反而更為貼切。在他作品本身裡具體地反映出，臺灣從日本的農業殖民地變遷到現代化的工業社會。這種變遷過程在他的作品裡反映得比一般社會學專論還多。

楊青矗是楊和雄的筆名。他在 1940 年出生於臺南鄉間。12 歲時，他和家人遷移到高雄，白天他工作，晚上上夜間部，他先後完成了初中和高中的學業。目前，他在中國石油公司高雄煉油廠工作，同時兼顧家裡的裁縫店。

楊青矗並沒有受到正規的作家訓練。在他成長的 1950 年代裡，很少有典範讓他學習，也很少有人教他。因為在國民政府遷移來臺初期，1920 和 1930 年代的大部分大作家都還留在大陸，結果，他們的作品在臺灣都被查禁。在日本統治下，少部分臺灣人也寫了一些小說，但這些作品是用日文寫的，因而不宜於當時新的中國文化環境，在 1950 年代，大部分文學作品都是那些能以中文寫作的大陸來臺作家所寫的。（在 1895 年到 1945 年，臺灣是日本的殖民地，臺灣人都是接受日文教育。中文難於運用自如。）

大部分大陸來臺作家所寫的，都是有關懷鄉的大陸生活，他們並不關

注臺灣的現實。對他們而言，臺灣只不過是國民政府的臨時所在地。他們認為，當共產政權瓦解後，他們將能很快地回到他們的家鄉。即使他們也寫臺灣，他們所寫的都是與社會現實無關痛癢的閒情文學，他們並不寫幾乎占有人口百分之八十以上、根生於其上的大多數人們的臺灣。這些作家對於上一代的大作家和外國小說家都已經很熟悉。

在 1960 年代，臺灣出現新的一群作家。他們以「現代文學」為中心。他們之中，有許多人是臺大外文系同學。他們接受了臺灣所能給予的最高教育。有許多人甚至還到美國去接受更高深的文學和寫作訓練。他們作品的焦點擺在臺灣，同時也反映出他們的高深教育和對於大部分現代文學技巧的熟悉，如「意識流」、「內在獨白」、「斷碎的時間順序」、「故事中的故事」和「象徵主義」等等。

楊青矗則代表一個大大不相同的背景。他沒有受過大學教育，他也未曾出國。他不懂外文。他唯一的訓練是大量閱讀世界偉大作家的翻譯作品，博覽群書，不斷的自我摸索，自我訓練來使中文臻於成熟。

在 1970 年代初期，他和其他臺灣本地作家開始出版小說。他們較少在以西方文化為取向，只有少數讀者，類似《現代文學》的雜誌上發表文章。他們的作品多數在大眾化的報紙上發表。這些報紙都有副刊專門刊載小說之類的作品。

這群作家，大多出身貧窮，所受的正規教育也很有限，同時也都不曾出國。因此他們所寫的主題和表達形式相當有限。他們是受豐富的生活經驗及強烈的使命感和創造力的靈感所驅使而從事創作。他們寫的小說是有關於他們實際經歷到的以及他們現在所知道的生活。他們的文字沒有像大學畢業的作家們那麼嚴密精鍊。他們小說中的結構不一定嚴嚴謹謹，情節也不一定完完整整。但這特性使得他們的文學更能反映他們的世界，而且更為生動活潑。

最近，在臺灣，這類文學掀起了一場辯論，同時因某些理由被統稱為「鄉土文學」──這意味著有濃厚鄉土色彩的傾向。大部分的這類作品所

描寫的大多是在現代化的臺灣生活較令人不愉快的一些層面——諸如家庭破裂、窮困的農民和漁民、毫無保障的工人、都市化、妓女和小人物的下層社會等。這些故事著重在描寫臺灣底層社會的疾苦，不去歌功頌德。他們寫出了社會的種種衝突、缺點與不公平，提出問題讓專家或讀者去尋求解決的方法。

　　像現在的臺灣這樣的社會，存在這一切的一切，可以說是非常自然的事。在僅僅三十年的短暫時間內，臺灣從第二次世界大戰飽受轟炸的農業社會進步到工業社會。它對於世界經濟的影響超出自然給予它的限制。人民的生活水準平穩地提高了，財富分配比其他開發中國家平均些。每當一個時期成熟時，政府就採取一些步驟去解決矛盾，使臺灣能更上一層樓。因此，臺灣不經流血地完成了土地改革，促使農業增產，且為工業界提供了資金和勞力。臺灣工業化的第一步驟的重點是傾力製造目前還仰賴進口的日常用品，好減少外匯消耗，以便能有剩餘資金去做別的用途。當國內市場已達飽和狀態，而且輕便日常用品的進口代替已發展到最高點時，政府開始著重於產品的外銷，開始改善投資環境，好刺激國內企業家及外商的投資。在度過 1973 年至 1974 年的石油危機、經濟不景氣及通貨膨脹之後，政府致力於經濟的穩定成長、多樣化生產和尋找不同的市場，並促使生產和管理合理化。政府已從事大規模的投資以便現代化本島的基層結構，和輔助未能趕上時代急速變化的各個社會層面。

　　然而，話又說回來，一個政府，在急速的變遷之中，要維持一個安定的社會而獲得這許多成就，要不是有人民大眾的合作是不可能的——人民大眾那樣賣力地工作，而且在消費的基本物質條件還沒有創造出來以前那樣地節約消費，可以說是經濟成長的基本因素。在這同時，收入增加了，醫療改善了，壽命延長了，文盲也消除了，人民得到了基本的義務教育和休閒時間，他們的需求也就更不容易滿足了。而新的社會問題也因此而產生了——這與這類發展模式的設計者們的預言可說是相當一致。

　　當這些問題產生時，便很自然地被以這一種或者那一種形式表現出

來。臺灣社會已達到相當驚人的穩定，甚至——除了極少數的幾個例外——避免了暴動，而且很成功地藉著其他方法解決種種問題。但新的一些問題緊接著又產生了，同時也必然引起了當政者的注意。臺灣的報紙一貫地不做調查報告，結果，這一來小說作家就站出來，成為最堅忍不拔地指出這些問題的代言人。當然啦，他們在寫作時一定會加入些想像，但這並不減少他們作品裡所表達的社會問題的重要性。他們的文學作品告知某一階層的人們，其他階層的人的生活狀況是怎麼一回事，讓他們知道還有其他的人和他們一樣有相同的問題存在。同時也呼籲當政者去關注由於急速變遷過程所產生的種種社會問題——那些要求當政者不得不正視的種種社會問題。當這群作家繼續發表他們的文章，而且為人所注目的時候，臺灣在通往民主的大道上將會邁開大步向前進。在此，我應該附加一句：作家們也應該改變他們一貫只關注於種種否定層面的方向，而花點力氣去指出許多臺灣人民生活上的種種肯定層面。

　　楊青矗的生活很容易被認為是一種臺灣生活的典型。當經濟繁榮，大眾可獲得新的機會時，臺灣的民眾，像楊青矗，就從鄉間搬到城市，由農人轉業為工人，由文盲轉變為識字者，渴望去滿足基本的物質享受。而且，他將改變以往對於變革的消極態度，而確信一切進步掌握在人民大眾的手中。

　　他的作品反映出他個人的現代化和臺灣的現代化。他最初的兩本集子——《在室男》（1971 年）[1]、《妻與妻》（1972 年）[2]——敘述了包括許許多多階層的群眾如何使臺灣現代化——諸如日本帝國主義奴隸下的臺灣農民，以及在光復後的農人、工人、企業家，妓女、知識分子、中產階級等等人物。許多故事呈現出他對於一個人面對著社會現象的觀察。這種傾向在他的集子——《心癌》更進一步地被列舉出來。在這集子裡的每篇故事都是一篇寓言，他描寫人性癌症，有的是由於制度與環境形成，有的是由

---

[1]1978 年春季，楊青矗將他作品全部重新編排，並改換書名，本文中說《在室男》改為《同根生》。
[2]1978 年改版，與《心癌》合印為《那時與這時》。

於個人的江山易改，本性難移的壞習性──如賭博、墮落、貪慾──而遭致身敗名裂。

在 1975 年，他收集早期作品中有關工人的故事，出版了《工廠人》這本書。從此，他就被歸類為工人作家。他最近出版了一本完全描寫女工生活的集子──《工廠女兒圈》──更加深這印象。然而，楊青矗的全部作品實在有它們更大的義涵。

我之所以挑選五篇小說來翻譯，是為了要展示他的作品裡有更豐富的主題。這不僅因為它們是楊青矗部分最好的小說，同時也因為它們代表了臺灣現代化的過程。這個現代化的過程是居住在臺灣的人民所經歷到的。在某一個格式上，它們描寫的比任何社會學專論更為活潑生動。它們告訴我們：在急速的社會變遷中，個人怎麼樣去向混亂的環境挑戰，或者是如何被它蹂躪。從這個意義上來看，這些故事的價值遠超過於它們的文學成就──它們已成為臺灣現代化歷史的重要資料。這些故事大部分所描寫的，雖然僅有關一個或兩個人，但小說中，主人翁所發生的事情都與讀者有關，以致於我們會跟作者一樣地同情他們，並且站在他們的那一邊。

至於說在寫作技巧方面，楊青矗所使用的技法，或許說不上具有什麼領導地位。雖然他常常運用「倒敘」的手法來呈現小說中的人物，但他的作品大部分都平鋪直敘，甚至某些故事的發展漫無目的，有的跟故事的結尾與整個情節的發展不能緊密連貫在一起。但他相當成功地使用「內在獨白」，來傳達故事主人翁在面對著種種困難抉擇和挫折時的思想過程。他的技巧在對話中最能顯現出來。他掌握了日常生活的種種韻律和語言上的村野趣話。他在對話裡為使人物生動，使用了一點臺灣國語。讀者必須要懂得一點方言才能完全地了解和欣賞。他的描述段落經常是詩意盎然的，在這些描述性的段落中，他擺進了一些在一般文學作品中所找不到的方言字詞──這種做法，當然也可能讓一些讀者在閱讀時感到吃力。然而他也從來沒有展露他能像《臺北人》作者白先勇一樣的使用中國古典文字的種種格式和韻律──這種東西是像白先勇這類著名的文體家的散文與眾不同的地方。

三

　　在最後這一部分，我將概略地介紹一下這一本書中的小說的社會及背景歷史關聯。

（一）〈綠園的黃昏〉

　　臺灣的經濟發展，原先是建立在一種原理上——這種原理認為：首先應該優先考慮發展農業基礎，剩餘的才用來支持工業成長。依照順序來看，工業，在初期階段，是建立在支持不斷的農業成長的基礎上。首先要發展的工業是建立在食品加工的基礎上的種種輕工業。這些輕工業繁榮了，種種工業也就跟著發展了，它們會漸漸製造出、生產出原先仰賴進口的當地生產的貨品。紡織業是其中最重要的一個好例子。

　　一場成功的土地改革在 1950 年代初期執行完成了。其中的一個結果便是提供了大地主們資金及四大公司的股份，好鼓勵他們轉換到現代工業區域去。雖然只有一少部分人做了這種調適，然而，無論如何，資本到底是被導引到另一個方向去了。

　　〈綠園的黃昏〉告訴我們一個農村家庭在崩解過程中的故事。標題明顯地指出了：一度曾經可以從農業導引出來的繁榮生活，已經被工業所取代了。當工業快速成長的時侯，越來越多的農民離開了土地，變成了雇傭工人。這樣一來，沒有人留下來耕田，土地就給賣掉了，甚至挖成魚塭養魚。

　　楊青矗以一個愛情故事穿插進這個過程裡，表現農業社會農地多的農家子弟，女孩爭著嫁他；工業社會因田多，女孩子怕種田反而娶不到太太，來象徵農村的沒落。在故事的結尾我們比較關心的不是愛情故事，而是那些土地。楊青矗在這篇小說裡運用的一個象徵——在〈同根生〉一文裡又再度使用這個象徵——是一個家庭，其中的每一位兄弟姊妹各代表了臺灣的現代化過程中的不同階段。在這兒，世榮的爸爸留在農村裡不遺餘力地工作，而他的兄弟們卻在工業上發達起來。同樣地，世榮和他妹妹惠芬也留在農村裡，好讓另外二個較年輕的弟妹能接受高等教育，而這一

來，這二個較年輕的弟妹就全然地從那哺育他們的土地上割離開了。

　　然而，楊青矗並不會對於鄉間生活有不必要的濫情、感傷。他詳細地告訴我們一個農人的生活會有多麼的困苦。他也不是反工業化的。他在告訴我們種種在這樣一個猛衝向工業化的社會裡某些人的挫敗與苦痛，小說的結尾是社會進步的一場勝利，但對主角個人而言則是一場失敗。

　　這篇小說出版以後，使得政府幾年來花費了很大的努力及資金，在改善農民生活及促進農業機械化上。況且，石油危機所造成的失業問題，也使得大量的青年返回他們的家人尚未轉讓的農村去。而且工業拓展到臺灣島的每個角落的結果，造成了不尋常的、驚人的土地價格上漲，許多農家成了暴發戶。

（譯者附註：一甲地等於 0.97 公頃，等於 2.4 英畝。一分地等於 0.1 甲，等於 0.097 公頃）

（當楊青矗這篇小說寫就的時候，美金一元等於新臺幣 40 元；貶值之後，美金一元，等於 37 元九毛五分。）

（二）〈在室男〉（橫渡愛河）

　　這篇小說的中文名字叫做〈在室男〉，也是小說集子的書名。但是它的英譯翻成 "Virgin Boy"，可就不大對勁了。因此在英譯我把它改名為 "Crossing Love River"。愛河是高雄真正的一條河流。在這篇小說裡，它象徵了天真無邪與通曉世故，一位少年至成人的長大過程。這篇小說的歷程就好像是一場原始祭禮：一個天真無邪的童男，與一位在人生中打滾，純粹肉體質素，比他年長的酒女開了竅，引導他進入各種成年人生活的神奇境地裡。在他與她相處了幾次的經驗之後，酒女犧牲了，這位少年由此長大成人，在這世界上開始擔當他的職分了。

　　事實上，更簡單地來看待它，這篇小說所講的也可以說有關於都市生活對於一個天真無邪的鄉村少年所造成的腐蝕性的影響。

　　這篇小說的語言粗得很，充滿了臺灣人的黃色語言，也準確地抓住了大部分臺灣人在聊天時的口氣。有些高雅的批評者對這種東西很吃不消，

很反感。然而，我們要知道其實這種東西才是這篇小說之所以成為臺灣現代小說典範的諸多原因之一，也是這篇小說的主要優點之一。

（三）〈同根生〉

　　這篇小說也是運用了同樣的方式：讓一個家庭中的每一分子代表臺灣現代化過程中的一個不同的階段。它描述了一位成功的企業家的經驗——這位企業家憑藉著技巧、勇氣以及對市場的敏銳了解，建立了一個相當有利可圖的企業。他的財富使他在社會上獲得了一個新的地位，也使得他企圖把他從前貧困生活所遺留下來的種種痕跡全部塗抹乾淨。他想要運用他的錢財來追求合法地位。

　　春雲，那位最年長也最漂亮的女兒，代表了他的過去。她和她丈夫無法適應現代社會。她丈夫的職業是三輪車伕，那是在變遷過程中被淘汰掉的許多行業之一。他既不識字，無法通過汽車駕駛執照的筆試。而他的自尊心不容許他伸手接受他岳丈的施捨。

　　春英是個過渡型的角色，在新舊環境中都覺得自自在在。作者把嘲諷的對象擺到春蓮這位新娘子身上——她既不漂亮，也不聰明，只是靠人為的手段來使她自己看起來既漂亮又聰明（化妝及家專的文憑）；她同時也靠這些人為的手段來釣金龜婿——釣的是一個留學生，一個到頭來可能遺棄她，要到亞美利加新世界，新天堂去的大學生。

　　小說中那個大擺場面，無聊透頂的婚禮，成為這位父親誇耀他自己的財富機會，他也趁機誇耀他自己如何成功地為最小的女兒找到理想歸宿。這篇小說可以說是楊青矗所有作品中嘲諷最銳利也最動人的幾篇小說之一了。

（四）〈升〉

　　就目前來說，工業對國民生產總額的貢獻比農業還大，而受僱於工業部門的也比受僱於農業部門的人為多。臺灣的大企業是在各種條件都不足的環境中成長起來的。那種成長環境簡直就好像是在開發邊疆——在那個時侯，企業家只要他能夠拚命工作，而且天不怕地不怕，甚至會鑽營苟

且，會鑽法律漏洞，那他就可能出人頭地。許多企業家都在這種條件下發跡起來，他們並不知道別種做生意的方法。然而，一旦這些成長條件穩定下來，而現代工業管理方法產生全面影響的時候，政府就插手進來把那些養肥早期企業家們的漏洞一一填補起來。雖然這麼說，在這同時，傳統中國社會的一個陋俗卻一直革除不掉——一個要飛黃騰達的人，對他來講，更重要的是上上下下大送其禮，拉好關係，好運用種種關係來打通關節。

這篇故事呈現出那些工業管理的正式法規和工業理論之間如何各行其事，大不相同，也同時呈現了以往做生意的老套如何流連不去，該死而不死，故事中的林天明一直是個循規蹈矩的人，卻一而再、再而三的失敗；當他接受了同事的勸告，打算改送「紅包」來打通關節的時候，他還是失敗了。這篇小說並沒有為我們點明：到底有沒有那一條路是為這樣一個渴望向上爬的臨時工人打開的？

在這故事裡，楊青矗再一次展示出運用語言的維妙維肖。他真是把日常生活語言中那種粗俗有趣，那種坦白率真準確地抓住了。他同時也在小說中為我們介紹了一種最普通的借貸方式——「標會」，銀行借錢給人家是要抵押品的，而大部分的臺灣民眾以「標會」張羅金錢，以應急需或以備不時之需。〈升〉贏得第三屆吳濁流文學獎。

（五）〈工廠的舞會〉

把零件加工組合起來的許許多多工業，占臺灣工業的一個重要部分。這些零件來自於國外或與外商合作的國內工廠。這些被加工出來的產品主要是為了要外銷。這類工廠裡工作者幾乎完全是年輕的女工。她們在完成初中和高中學業後，為了賺錢養家（她們家裡往往是種田的）；為了積蓄嫁妝，結交新的男朋友或女朋友，她們到工廠工作一段時間。女工的流動性通常很大，她們在一個工廠工作不到幾年，廠方常常為她們舉辦一些康樂活動——像歌唱會、縫紉班和舞會等等。他們的用心可能是良好的，但往往會造成——像這篇小說所描寫的——對女工的蔑視和羞辱。

雖然她們也想認識一些男朋友，因此也想參加舞會，但她們可不願被

看待成下人——她們不願去娛樂那些丟糖果給她們的管理員;她們也不願成為男工的性慾玩物。同時也由於工廠裡男工較少的原故,所以他們能夠輕蔑地在女工中任意挑選他們的玩伴。

歐巴桑(日本人對上年紀婦人的稱呼)在工廠裡像她們的母親一樣,但歐巴桑不會了解這些女工要人家尊重她們獨立自尊的人格。〈工廠的舞會〉這篇小說中的作用是:它成為整個社會各個階層及他們之間種種人際關係的一個縮影。

這篇小說充滿了種種衝突,而且一度又在曖昧不明中結尾。

楊青矗的這些小說處理了社會科學家在他們嘗試要為「現代化」下個明確的定義,面對所需要處理的一些問題。在我們讀完了這些經過「小說化」的「真真實實」的紀錄之後,我們也許再也沒有什麼要加以闡揚的理論了。但我們卻已經了解到:在社會變遷之中受到沖激的這許許多多人到底有些什麼樣的衝突,又有些什麼樣的鬱悶苦痛。

四

我們實在應該了解「現代化」——許許多多錯綜複雜的變遷過程全部加起來的一個通稱名詞——到底是怎麼一回事。正在體驗種種變遷的生活,每個層面受到困頓流離的低開發社會的人民,也實在需要搞清楚這一切發生在他們頭上的到底是怎麼一回事;他們也需要學會如何去適應這一切變遷,同時還應該要弄清楚他們現在過的到底是怎麼樣的生活。這些國家的當政者也需要把這許許多多變遷過程搞個清楚,這樣他們才有辦法成功地領導他們的人民,建設富強康樂的國家。這樣他們社會每個人所扮演的角色和彼此間的關係雖然正在改變中,但在整個過程中也不致於把國家帶向自我毀滅的道路。已開發國家的政府和它們的人民,也需要搞清楚正在發生到底是些什麼事情,這樣才能避免由於他們對開發中國家錯誤的判斷,而定出一些比以前甚至更加錯誤的政策。這樣他們才會更進一步了解到:他們的所做所為對於比他們落後的國家潛在著種種破壞性的影響。

　　自從第二次世界大戰結束以後，這些年來已產生了一個新的世界性制度。在這種制度裡，世界上每個國家的經濟和社會在某些程度上是交織在一起，是相互影響的。在美國，一個跨國公司總裁所下的決定，會深深地影響到他自己國家和許許多多國家經濟的穩定與社會的安定。同樣地，一個開發中國家，如果把原料價格和工資提高，也會深深地影響到已開發國家的政策，而這些政策反過來又會影響到許許多多國家。

　　在這世界性的制度裡，各階層的人士相互間的溝通是很重要的。我已經嘗試指出：美國的社會學說對開發中國家的「現代化」所下的種種分析和種種預言，是如何的大錯特錯、是如何的不著邊際，而且又如何的光只是從文化角度出發。我們很有必要把這種種錯誤一一駁正，這樣我們才能把美國社會學上的那些謬誤的泛論，永遠消除得乾乾淨淨。

　　這個責任，有一大部分落在正在「現代化」的國家的領導者，和他們人民肩上。像楊青矗這類的寫實作家描寫了工業化、農村人口外流、科學管理、私人企業、知識水準等等，這一類普遍的現象，在特定的社會及文化背景之下，是如何地經歷了一場變化。楊青矗從一個較低的層面，給我們提供了一些資料，告訴我們有關工人們、家庭主婦、農人、以及妓女們是怎麼樣地受到社會變遷的衝擊，又是怎麼樣地面對這些變遷，他把這些人的生活生動活潑地帶進小說裡，使我們讀了不忍釋手，當這些小說人物在與這世界對抗的時侯，我們不知不覺跟他們站在一邊。像這樣的寫作技巧，在臺灣，甚至在別的國家，幾乎還找不出第二個人來跟他相比。在動盪不安的世界裡，了解人民大眾並幫助他們解決痛苦，帶領他們度過難關這一方面，楊青矗的成就不下於當今的社會學家、藝術家以及政府或社會上的領導者；事實上，楊青矗的成就對於這些人應該可以說是一種挑戰。

——選自《楊青矗小說選》（Selected Stories of Yang Ch'ing-Ch'u）
高雄：敦理出版社，1978 年 7 月

論楊青矗

◎何欣[*]

一

　　在過去的近三十年中，臺灣的經濟和工業的發展，由於政府和人民的不懈的努力，有了卓越的進步和成就，世界上的人都稱之為奇蹟，這是值得我全民自豪的。在這快速的發展過程中，的確產生不少的優秀的企業家，建立了很多規模相當大的工廠；但是我們這些暴發戶的企業家中，有些根本不了解現代企業精神和企業管理的技術。這些老闆們仍是滿腦袋的舊觀念，一切是為了賺錢，把勞工視為無生命的機器的一部分，政府保障勞工福利的那些法令，他們一概不聞不問。勞工們沒有工業先進國家那種為他們爭福利的工會，只覺得付出勞力賺些工資，對於其他的福利，也不主動去爭取，或爭取的結果是自己被解僱，或環境迫使你非辭職不可。政府主動的干涉和在勞資糾紛中訴諸法律的事，還是晚近的現象。對於這工人群的生活情況，作家們有的開始注意到了，也為工人們做了呼籲；但真正能了解他們的作家、能和他們溝通的作家並不多，楊青矗是這少數作家中最傑出的一個，他懷著同情去觀察他們，以真誠的態度為他們講出他們要講的話。在這方面，作為作家的楊直矗是值得敬佩的。

　　楊青矗這個人，據袁宏昇的記載¹，生長在臺南縣北門區七股鄉，一個貧窮的農村，這一帶的土地貧瘠而多鹽，出產不多。他家世代務農，生活

---

[*]何欣（1922～1998），河北深澤人。散文家、翻譯家、文學評論家。曾任國立編譯館編審、政治大學西洋語文學系（今英國語文學系）教授、《國語日報》資料室主任。
¹袁宏昇，〈楊青矗素描及其他〉，《臺灣文藝》第 59 期（1978 年 6 月），頁 253～258。

自然相當艱困，但這艱困卻養成他的苦幹精神。臺灣光復之後他才開始讀小學，後來隨家人遷居高雄，在高雄他半工半讀，完成初中和高中教育。因為經濟關係，他沒有能力進大學，便開始工作。他的求知慾似是相當強的；在人格的修養方面，他的父親可能是他的楷模。他的父親，一位盡忠職守的模範工人。做過十幾年的消防隊員，且在奮勇地救火工作中殉難，這實在是一位典範人物。楊青矗既然生活在這個以勞動者為主要分子的社會裡，在情感上自然是他們中間的一個，而且他的職業沒有使他脫離他們，他彷彿沒有「流」到大都市裡去不擇手段地往上爬。他開始寫作時並不曾先入為主地想成為工人們的代言人，他只是寫他熟知的一群，不為他們的痛苦講話，他也許覺得是一種罪惡，一種墮落。就這樣，他逐漸地被稱為是工人作家了。這位工人作家懷著一個目的在寫作，就是希望通過他的呼籲而使有良知的工廠主人能夠改善工人們的生活，使工人們享受人的生活，而不單純是個螺絲釘。

二

　　楊青矗已經出版過五本短篇小說集，即《在室男》（1971 年）、《妻與妻》（1972 年）、《心癌》（1974 年）、《工廠人》（1975 年）和《工廠女兒圈》（1978 年），他迄今發表的短篇故事約計四十多篇，這些故事裡的人物很多，並非都是取自某一個階層或某一種職業圈子，不過他集中於工廠裡的工人罷了。試看下列的統計。

1. 直接敘述工廠工人的有：〈工等五等〉、〈升〉（《在室男》）、〈低等人〉（《妻與妻》）、〈囤〉、〈麻雀飛上鳳凰枝〉（《心癌》）、〈掌權之時〉（《工廠人》），另「工廠女兒圈」系列故事有：〈昭玉的青春〉、〈秋霞的病假〉、〈婉晴的失眠症〉、〈龜爬壁與水崩山〉、〈工廠的舞會〉、〈自己的經理〉、〈陞遷道上〉、〈外鄉來的流浪女〉等。

2. 敘述工廠高階層管理人物的有：〈上等人〉（《妻與妻》）、〈龍蛇之交〉、〈工廠人〉（《工廠人》）、〈陞遷道上〉（《工廠女兒圈》）。

3. 敘述非工人的從事其他職業的卑微人物的有：〈兒子的家〉、〈在室男〉（《在室男》）、〈天圜別館〉（《心癌》）、〈那時與這時〉（《妻與妻》）等。

4. 敘述家庭生活與親族關係的有：〈同根生〉、〈成龍之後〉、〈冤家〉（《在室男》）、〈醋與醋〉、〈在室女〉、〈綠園的黃昏〉、〈雨霖鈴〉（《妻與妻》）、〈切指記〉、〈海枯石爛〉、〈官煞混雜〉、〈樑上君子〉（《心癌》）等。

　　前面的分類只是為了行文方便，恰當與否不必去管它。從這裡我們可以看到楊青矗所寫的人物和生活層面相當廣泛，單純寫工廠工人者並未構成他作品的主要部分。我們為甚麼要給他一個招牌，死死扣住他，說他只是寫工人小說且是臺灣工人的代言人呢？他寫過許多「人間小角色」，這些小角色的生活、思想、行為有的寫得也維妙維肖，頗具個性，頗饒趣味。但說他們都有「自己站出來講話的能力，為他們的處境鳴不平，改善自己的環境」[2]，恐怕也不盡然。

　　在工廠中工作的「工人」應該是直接參加生產的技術工人[3]，他們的待遇與享有的社會地位由他們的技藝與成績決定。〈工等五等〉裡的陸敏成是電氣技工，他畢業於高工夜間部，還考上大學夜間部的電氣機械系。他受過專門訓練，有五年以上的實際工作經驗，是個真正的工廠工人。〈升〉裡的林天明是個木匠，工作是工廠裡建造廠房或其他建築物的木工工作，以及整理職員宿舍中的花圃之類雜工，他的工作不是直接參加生產，不能算是技術工人。〈麻雀飛上鳳凰枝〉裡的潘柱是個臨時工，擔任甚麼工作，沒有說明。〈低等人〉裡的董粗樹是在一家工廠的宿舍裡拖垃圾車的，當然不能算是工人。〈圜〉裡的史堅松只是「栽種花木，修剪樹形，編製花籃，調整盆景的姿勢」的負責園藝工作的園丁，在一個擁有五、六千名員工的塑

---

[2]蔣勳，〈臺灣寫實文學中新起的道德力量——序王拓《望君早歸》〉，《望君早歸》（臺北：遠景出版公司，1977 年 9 月），頁 1～13。

[3]當然一個工廠的建立，從設計、規畫、安裝、試車、製造，到成品出產，要經過很複雜的過程，一定少不了投資設廠的老闆，也少不了各項專業的技術人才。由於他們的專業知識和經驗，完成建廠，同時更少不了從建廠到生產成品過程中的各種工人群（引自袁宏昇文）。但一般人所謂的「工人」，多是指直接參加生產的技術工人。

膠公司中，園丁不能算是正式技術工人。如果說臺灣工業化了，臺灣的勞工人數已近四百萬之多，勞工階級自有他們的問題，他們是在不合理的管理制度下被剝削的工人群，那麼，生活貧困的潘柱、史堅松們不能作為代表，就連〈外鄉來的流浪女〉中的田原卿也不能，洗洗整整蘆筍的工人不是產業工人，而且這位流浪女只是個玩票的工人而已。她以電話約總經理到冰果店裡責備他未能為工人的福利著想的幾句話，以及總經理的唯唯諾諾，她好像是內政部派去的視察員。這些臨時工職業沒有保障，不能享受正式員工的福利——而正式工人的福利是很好的，有宿舍，有醫藥費，有勞保，有退休金——他們的生活都很苦，他們唯一的希望是升等，升為正工，獲得一種可免於飢寒的生活。但升等的大權操在小主管手裡，要想升等就必須賄賂他，就必須送紅包拍馬屁。有些人為小主管所不喜，便休想升等，於是永遠做臨時工，這一肚子怨氣無處發，便只有怠工。這就是楊青矗最喜歡寫的主題。所謂工人有站出來為自己講話的能力表現在〈圍〉裡的史堅松和〈工等五等〉裡的陸敏成，他們敢於頂撞他們的上司，其結果是陸敏成辭職不幹，他還有能力去奮鬥，做自己的事，頂壞還可以「為同業打打散工」。史堅松更大膽地拍桌子向主任咆哮，甚至高舉起椅子「無頭無面地打下去」，他也知道打死人會受法律的制裁，這些洩憤，雖然讓人感到痛快，但我覺得，還不如老粗樹伯為了五、六萬元撫恤金養活年邁的父親而故意讓汽車碰死，這無聲的抗議更有力量，更能給讀者一種揮之不去抹之不盡的印象。真正敢於代表工人講話的有〈陞遷道上〉裡的藍瑞梅，她「好像是她們默推出來頂她的代言人」。在領班很威風地向工人們吼叫時，藍瑞梅敢抗議管理人員的作威作福，因為她「是班員中無形的龍頭，班員尊重她，沒有不聽她的。搞不好，她相邀一下，整班被帶著跳槽到別家工廠去」。她能召喚她的班員們追隨她，也就是她背後有工人們的支持，她才硬得起來。她對升為經理的林進貴，一個流氓，深為不滿，所以寫匿名信給他，指斥他不顧工人的生活，一切均是滿足私慾等。這篇故事中還有個女工侯麗珊，為了能升組長，甚至為林進貴所姦汙，雖然她心不

甘，但為了升等，只好容忍。她升組長後，也開始擺出組長的架子，後來看到藍瑞梅的作為，最後看到「全廠的作業員……沒有人不佩服藍瑞梅」的，她「終於鼓起勇氣」，要去洋人總裁那裡告林廠長。最後她了解「他們利害相關」，一定互相袒護，她決定不去找總裁而「跟藍瑞梅商量，直接找林進貴算這筆帳」的經驗使她醒悟了，知道一切應享的權利必須去爭取，想讓這些工廠主自動關懷工人實在是夢想，金錢已經蒙住了工廠主的眼睛啊！

　　寫工人的典型似乎應該從大塑膠廠、大紡織廠、大鋼鐵廠等擁有數以千計的工人群去塑造，這些直接參與生產工作的勞工們的工作環境如何，他們的工作情緒如何，他們的家庭生活如何，他們的升等加薪是依賴技藝與成績呢還是靠拍馬屁送紅包。他們與管理階層的關係如何，在管理方面他們有沒有發言權，他們的人格是否受到尊敬，他們的勞力所換來的是否每月只有二、三千元，「工作評價」這種制度是不是壓迫工人的有效辦法等等，才是核心的問題。從楊青矗的故事中所見到的正式工人，也就是技術工人，並沒有感受到許許多多的壓迫。也許楊青矗所接觸的工廠多是小規模的，這些小工廠的老闆還能面對有人格的工人，大工廠的管理階層則把工人們當作一個整體了。這些小工廠裡確有令人不滿的地方，不公平的地方，在《工廠女兒圈》裡幾篇故事中，描寫女工的遭遇與待遇的較多。這些女工是被無理剝削的，雖然政府訂立了勞工法，但工廠根本不理甚麼法不法，而造成工人們默默忍受這些不公。例如工人因病請假不發薪水（〈秋霞的病假〉），工人在工作中受傷，老闆不按勞工法規定，而隨便給幾個布施錢，就算完事（〈龜爬壁與水崩山〉），漫無限制的加班使工人身心疲倦（〈陞遷道上〉）。主管有傳統的自私與跋扈，對於工商管理方面的知識一竅不通，毫無現代知識，只知道一味的賺錢，在工人面前耍威風，把員工看成下人，看成奴隸。工廠完全是家族經營。楊青矗認為這些可以由認真實行政府的法令而獲得解決。例如田原卿向廠長提出的建立健全的制度，實施現代的管理，施行保護勞工的政策等，都是要以漸進的改革使工廠現代

化，使工人生活能在法律保護下得以改善，使工人在社會上受到應有的尊敬等。

　　楊青矗憑著他個人的經驗和理解，以樸素平實的風格描繪這些小人物的貧困生活，寫得倒蠻能感動人的，他有時能夠選出極細微的小事，表現出很深刻的意義。〈低等人〉這一篇裡隨處都可見到。我個人很喜歡這一篇，雖然裡面有一些不必要的敘述，如粗樹伯所見到的職員宿舍中每家生活情況，從任何角度看，它都是篇相當完整的極好的短篇小說。

　　楊青矗也很突出地刻畫了經理、科長這類上等人的生活，他們是剝奪工人勞力以自肥的階層，但在楊青矗的幾篇有關工廠主階層的生活裡，我們所見到的不是「剝削者」冰冷冷的猙獰面孔，在金錢的控制下，人性全失。〈上等人〉裡的余總經理是「軀體被地位名譽灌得胖皮胖皮的」、「舉止不失為風流倜儻的公子派頭」，他玩女明星，玩舞女，玩名門淑女和歌星。現在他又同他的女祕書孫妍綾──一個「鮮豔的肌肉結結實實的」姑娘，「人也窈窕靈活」，帶她出去玩樂冶遊。余經理和他的員工關係如何？他對他的事業和工人們的前途是否關懷？他是否不把他的員工當做有人格有自尊的人看待？這篇故事裡沒有任何敘述。一個有錢的風流倜儻的經理同一位自願奉獻的女祕書有些曖昧的關係，也沒有甚麼值得深責的。他開車在路上碰死一個挑籮筐的苦力，雖然他的女祕書叫他「開車跑罷！」他知道終久必會查出來的，他沒有逃，而叫他的私人司機陳永福來出事地點，並商量由陳替他頂罪坐牢。這種動機實在是很自私很卑鄙的，但這並不是余經理那個階層的特殊屬性，任何人都可能有這種想法，只是有的做得到──如有特權勢者，有的人做不到而已。雖然陳司機「不敢說不字」，但他的屈服不是受到壓力而是受到誘惑，「出獄後平白得到一輛計程車，做什麼能比這個好賺？」而且他有「在獄中期間我每個月貼你一萬元」的允諾。陳司機覺得余總理「一向對他實在不錯，過年過節人家送的東西，吃不完都叫他搬回去，他有困難總經理都能幫忙他」，他並非不願報答這位待他不錯的上司。對於苦主，余總經理也「盡量按照苦主的需求賠償，公司有的是

錢」。他碰到送葬的行列時還想「法院傳審陳司機時，他要挺身去自首」，這是一種內疚，表示他是個有責任感的人。作者對他的譴責是他自認對社會貢獻很大，能「充功補罪」，所以「在公祭時默禱致哀一分鐘，以後就像什麼也沒有發生一樣，再也不會難過」而繼續同他的祕書去夜總會跳舞。這譴責中沒有憤怒的咒罵，沒有暴行，但卻非常有力量，對審判余總經理的責任交給讀者的良心與道德。〈陞遷道上〉裡的林進貴先是經理，後來又升為廠長。他對於美色的女工都打壞主意，先有侯麗珊被他在一次員工郊遊時姦汙了，他抓住侯麗珊的弱點，當時侯麗珊「閉上眼睛隨他去吧！想著要再掙扎，又想讓他高興一下他會升我當組長！」後來廠裡來了一位女工施妙惠，在侯麗珊的那組，長得很秀美，許多女工都被她迷住了。當了廠長的林進貴便要把她調到他的辦公室去做祕書，雖然她「不懂英文，不會打字，不會速記，對處理文書也沒有經驗」。但這個女孩子拒絕了，她不要做花瓶。曾有被辱經驗的侯麗珊同情她，唯恐她上了當。但施妙惠知道林廠長居心不良，而辭職了。這對林進貴而言也是一種抗議。她的辭職也能增強其他女工對林進貴的憤恨。工廠大老闆皆是些「飽暖思淫慾」之徒，誘惑女工是他們的「罪」，如此而已，然而這不只是工廠主，別的「主」也不乏這種人的。

　　公司裡的「小主管」有些非常驕橫，有些非常自私，有些非常無能，這些都表現在為工人們升等的事上。楊青矗對這個階層的狗仗人勢的人描寫得較多，也描寫得較深入。這些人，如〈囿〉裡的吳主任，〈外鄉來的流浪女〉裡的領班魏月嬌等，都以虐待工人為樂似的。但也有些主管很同情他們，在可能的情形下就幫忙他們。例如〈囿〉裡的王主管，但是他們不願為了工人的事而去和同事爭，是發生不了作用的善良人。這類善良人還有〈低等人〉裡的總工程師，他曾對粗樹伯說：「等一下上班，我下令你們主管申請購買一部加蓋的垃圾車……到時你就隨車工作，不用再辛辛苦苦地拖車了」。然而粗樹伯沒有能站在汽車上面享受一番。〈龜爬壁與水崩山〉裡的黃宿嘉，大學畢業生，也同情苦命的女工們，他也有自己的夢想

安慰女工:「我假如有能力開工廠,我一定高薪僱用女工,每年把所賺的錢分紅利給員工;我的企業目的在於造福員工,讓每個員工以薪水、年資或紅利入股當股東,是工人也是老闆,資本大眾化,賺錢大家分。我要做到『工者有其廠』,這樣才能達到民生主義的均富目標。」黃宿嘉對故事中的主角表示了無限的同情與安慰。他曾向她說:「是工人也是老闆,妳等著瞧,我一定要為工者有其廠奮鬥,把它實現」。〈陞遷道上〉裡的王瑞方主任也敢有限度地為工人講話,例如他曾反駁林進貴說:「只要她們不妨礙工作,講話可以調劑工作枯燥的情緒,我是同意她們偶而輕聲聊一兩句。」和「經理,你機臺的變動和人員的安排程序不太合理想,浪費人力,也容易造成工作上的錯誤,能不能照我過去的方法安排?」和「程序不理想,要作業員趕產品,累死了也趕不出來。」他們這些人有同情之心,但卻都為了自己的位置而不敢做有力的抗議。我們看到最有效的抗議是〈秋霞的病假〉中秋霞的哥哥蕭毅夫。秋霞因為工作過度患貧血症,在浴室內跌破頭,住進醫院。蕭毅夫到秋霞服務的電子工廠去要勞保住院單,發現那工廠規定「住院期間是否發工資欄」中填的是「不發」;蕭毅夫懂得勞工法令,他知道「一年內病假不超過 14 天,工資照發。超過 14 天到一個月內發半薪」,所以他決定要力爭,根據法令力爭。他打電話到社會局,社會局自然是「懶於管閒事」推諉。蕭毅夫說要到立法院告社會局,他們才告訴他說去找加工出口區管理處,他去管理處很幸運地「碰」上一位具有「正義感」的人吳先生,把董事長,一個日本人,工廠的負責人,召集一起,迫使他們依勞工法發給秋霞半個月薪水。蕭毅夫勝利了,這勝利是他主動地不懈地爭來的,因為他不是這家電子工廠的工作人員,他才敢指斥不講理的何課長說:「你是臺灣人,日本侵占臺灣 51 年,好不容易打了勝仗脫離他們的侵略。現在你當課長的,不為自己同胞的勞工姐妹說話,還幫日本人經濟侵略,剝削我們的女工。難怪在日本人開的工廠工作的女工都罵中間幹部的中國人課長、經理、主任是哈巴狗,只顧自己的升遷討好日本老闆,幫他們設想剝削的辦法,不為自己的女工同胞爭取福利。」

　　楊青矗喜歡的另一類題材是在我們這個工商業日漸發達的社會裡，金錢財富腐蝕了人心，破壞了傳統的道德，不但人與人之間的關係疏遠，就是親子之間，也沒有親情了。〈同根生〉裡的父親從一個「在路邊給人補破鍋、破鋁桶」的三餐不飽的窮人，由於偶然而非奮力苦鬥的結果成為一個「擁有鐵工廠製麻廠」的老闆，金錢使他的長得頗不美麗的小女兒嫁給一個神采逸逸的美國留學生，但他卻看不起大女兒和大女婿，因為大女婿是踩三輪車的，雖然他是個非常正直的靠自己的勞力養家的人。〈成龍之後〉裡的阿泰伯到都市裡找他的成龍的兒子，卻受到過著相當豪華生活的兒媳的冷落與輕視，「菜都配好了，盛些給他吃就缺菜了。客人吃過了再吃罷。」這個「土里土氣的長相」的老農最後只有悄悄離開兒子兒媳，挨著餓回家去。「這年頭娶了一個媳婦等於死去一個兒子」，老農無奈地想！

　　隨著工廠的大量建立，農村的人口被誘著往都市去，逐漸地，很少人願意在農村生活，只有在都市裡才能創業和謀求發展。這是開發中國家的普遍現象，年輕人去都市和工廠，並不一定是為了生活舒服，因為農村沒有他們發展的機會。楊青矗也處理了這個問題。〈在室女〉比〈在室男〉寫得更有意義便是因為這篇故事裡討論了都市的誘惑，雖然作者處理得非常凌亂。在鄉村中生活的惠芬長得是「帶有靈氣，鼻、嘴明豔動人」，但她「五隻手指很粗糙，指頭鈍圓粗大，指甲縫隙有些微的汙黑」，她是「四點多就起來煮豬料和早飯」，是「養豬、曝穀子、煮飯、洗衣、到田裡去幫忙」；瑩秀在都市工作，她的回來，使惠芬想離開家，她曾說，「這一次我已下定決心不想呆在家裡了。」她正在懷春的年紀，作者使她也陷於受異性的誘惑中，她心目中的嚴光儀到城市工作之後，不久交到了女朋友，他的回鄉來看惠芬和給她照像，只是激起她找異性的需要，她乃決定跟許慶達的母親上新竹看許慶達。交交朋友，玩一玩，不一定要答應他的親事。她不喜歡許慶達，她大姐也在信中勸她不要去看許慶達，「不要落入他們的圈套，以致生米煮成熟飯」。這恐懼使她最後說：「還是不要去好。」這篇故事本來可以寫得很好，但作者似乎把握不住主題，也沒有明顯的衝突，

因此寫得頗不集中，顯得凌亂。〈綠園的黃昏〉也是寫農村的沒落——綠園無限好，只是近黃昏。故事中女主角林郁華的家「是村裡少有的清閒斯文的家庭。她家不種田，父親原在鎮上的電信局做事，已經拿一批（筆）退休金退休了。退休後買了一塊一分多的菓園，種種柳丁、番石榴、柚子消遣。她大哥在縣政府做事，二哥是一家國營工廠的職員，已出嫁的大姐任小學教員」，是個公務員的家庭。男主角世榮家則是村中首富，世榮在家裡幫父親種田，雖然他的妹妹惠芬和弟弟世隆都在臺北讀書。世榮對在家務農並沒有絲毫抱怨，但是同郁華接觸後，他感到種田這件工作不再受人尊敬了。郁華勸他「上市內找一個固定職業，或是向你爸爸拿些本錢出去創創事業」，「男子漢大丈夫，志在四方」。郁華不願同世榮談論嫁娶，因為她「不嫁田家郎」，她也看不起「挑糞的種田人」！勤奮的種田人辛勞的結果常為天災所毀。有一次世榮的父親因為噴農藥中毒，這位以前堅持「那有自己的產業不經營而去當人家夥計的道理」的老人經他的在外經營工商業的弟弟們的勸告，了解「孩子們你想留他們在家種田，已經不合時代了」，他不但把農田改為做魚塭養魚，也同意世榮去經營工廠了。世榮最後留戀地站在魚塭的高岸上，看到「魚頭成群的浮在水面，張著口吧吧吃水，有的魚潑刺潑刺出水面又潛進水裡」，它們代替了「一片綠油油的田野」，他為那田野唱了最後的輓歌。這時，騎著機車的郁華招呼他，他「別過頭裝著沒有看見她」，只見她「肩上的頭髮一飄一飄的，背後，車輪沿路揚起了灰塵」，車輪與灰塵代替了綠油油的稻田！世榮終於屈服於工商業的侵襲！這是一組很好的主題。

三

惻隱之心，人皆有之；是非之心，人皆有之。同情受苦難的人，受不公待遇的人，都是源於這惻隱之心，當今我們的社會上，雖然工商業的發展與社會結構的改變在威脅著、破壞著我們的許多優良的傳統美德，但每年都有那麼多的好人好事受到獎賞，就證明這些傳統美德之火焰仍在人們

心裡燃燒著、點亮著。作家是更富同情心更有是非心的人，他們的心更容易為受苦難的人們而跳動。從寫童話的安徒生同情一個賣火柴的小女孩到托爾斯泰同情那些非人的俄國農奴，哪一個作家的作品裡不流露著悲憫與同情，哪一個作家的作品裡不充滿著對於不公不義的抗議呢？生活環境使楊青矗接觸到這些值得同情的人物，而具有強烈道德感和人道精神的楊青矗就受著良知的促使來為這些人呼籲了。可能因為他太熟習他們，太同情他們，太急於要改善他們的工作情況，他便整個投身於他們之中，所以在描寫報導他們的生活、感情、想法時，未能保持相當距離，也就是做一個比較客觀的冷靜的觀察者，以致在不少的故事裡，有過多的感情主義的成分。

　　有些評論家認為楊青矗太強調了文學作品的社會功能而相當程度地忽視了藝術氣氛，故有「流於粗糙」之嫌[4]，認為這些作品中「好像欠缺什麼，技巧上沒有多大的變化」，技巧指的是什麼？範圍甚廣，而技巧的適當運用，要同內容密切配合。楊青矗對這個問題的答覆是「我多多少少也用一點象徵、用一點技巧的」，和「我寫的時候，還是盡量以藝術手法來處理的，如果這裡面含的藝術氣氛不夠，那是個人的才氣不夠。」楊青矗是一位天生的講故事者，才氣夠是沒有人懷疑的，他所欠缺的也許是沒有接受一套短篇小說寫作技巧的專業訓練，也許有人會勸他讀一讀那些學者們為大學一年級學生編寫的「了解小說」或導讀一類的教本，吸取一些「技巧」。但我認為楊青矗是一位寫實主義者，而傳統的寫實主義者對於「技巧」是不太注意的，認為這是「彫蟲小技」。[5]楊青矗的短篇故事中，有些寫的非常好，雖然裡面只用「一點象徵，一點技巧」。當然我也同意，楊青矗仍需要一段時間的磨鍊，他會摸索出適合於他的作品內容的「技巧」，技巧也者，並不是加一點兒象徵，或用一點兒意識流、觀點法之類。沒有人

---

[4]請參看《臺灣文藝》第 59 期，「楊青矗文學研究專輯」中之討論。
[5]參看拙著〈寫實主義的得失〉，收於《中國現代小說的主潮》（臺北：遠景出版公司，1979 年 3 月）。

不承認莫泊桑的藝術成就的，雖然他還不曾聽說過現代文學批評中使用的那些名詞。

我在前面的分析中曾強調楊青矗的惻隱之心，不僅這一點，他還認為「一個作家發掘問題，最好能指出解決的路來」[6]。在「解決」勞資問題上，他不是一個激進主義者。葉石濤說他是「一個純粹的三民主義作家」，因為「他主張勞資協調，和平共存，勞資雙方能夠攜手」。張良澤說：「而且你可以發現楊青矗的精神，很富有中國儒家道統的那種精神。這不能光看他的表面，他的內心是這樣的，所以他完全走的是中庸的，他並沒有要激起階層的對立，他是希望盡量能夠和諧、調和，這完全是三民主義的主張。」誠然如此，楊青矗一點兒也不反對管理制度本身，如許南村所說的，他反對的是這制度的管理者的愚昧無知與腐化，他們一點兒也不懂得現代管理制度應該怎樣去實行，他們一腦子是舊日家族工廠的觀念。要改善工人生活，楊青矗不只一次地說明，要真正地確實地實施政府頒布的勞工法；政府應該加強監督，使勞工法能夠有效地實行。他在《工廠人》的自序中說過，「不完全在於制度的不好，而在於實施的不得法。」在〈秋霞的病假〉裡，我們就看到法乃良法，而實施者不盡力的情況。實施者如係善良的人，工人能獲得實惠；實施者如係擅權、貪汙、任用親信、善於逢迎的小人，工人便得不到法律的保障。楊青矗把工人的不公待遇歸之於人，而非制度，而非法律，他一再地強調「依據政府的法令」來「合法競選」，來「把工會搞好」，因此他特別強調了道德問題。我們看到他所刻畫的經理階層的人物們的玩弄女孩子的嘴臉，這完全是屬於道德與人格的問題。楊青矗，也和美國小說家德萊賽一樣，把我們社會上受尊敬的有地位的中堅人物的腐化墮落揭露出來，為了使社會進步，為了使社會純潔，為了使社會和諧，這自然也是必要的。這些經理仍然是人，他們可以「懊悔」，而了解自己的錯誤。在〈工廠人〉裡，總經理在被調職之後，曾最後

---

[6]參看前面提到的《臺灣文藝》，以下引文，除特別註明者外，均出自這本雜誌中的「研究專輯」。

依戀地把工廠區和宿舍區巡視了一遭，發現工人宿舍區環境的改善，覺得可慰；他看到工人們頗有秩序地指揮工人，使他不期然地走向曾受他迫害的工人莊慶昌，去拍拍他的肩膀。這就是一個「懊悔」的例，也是尊重工人的例。楊青矗可能說指出勞資雙方取得和諧之路吧。

　　一位作家必須能夠創造出活生生的人物。但這並不是一件容易的事。許多作家能夠講出有趣味的感動人的故事，但卻不能刻畫一個典型性的人物，這樣的作家只是成功了一半。在當代作家中，筆者認為，白先勇和黃春明都創造了令人難以忘記的人物。作為工人小說家的楊青矗在這方面還沒有傑出的成就。斯坦貝克在《憤怒的葡萄》裡創造了不朽的代表美國精神的「媽」和「湯姆」，成為貧農們的精神代表。楊青矗還沒有創造出一個能代表著我們的道德力量的人物，不論是經理階層者或工人階層者。他應該在這方面努力，而不是「多用一點兒象徵」之類。粗樹伯具有了典型人物的因素，他的形象可以存在下去，但還不夠突出鮮明。

——選自何欣《當代臺灣作家論》

臺北：東大圖書公司，1983 年 12 月

從楊青矗小說看戰後臺灣社會的變遷

◎許俊雅[*]

提要

　　1965 年美援終止，臺灣產業結構有了重大變革，為了彌補出口逆差，積極發展以出口導向的經濟發展策略，其中，設置加工出口區的構想，成為變革的指標。1966 年高雄加工出口區落成，加上高雄擁有的中油、中船、中鋼等公營事業，高雄自是臺灣工業的重鎮。此時經濟的變革，加速了臺灣社會的轉型，農村移往都市的人口遽增，在經濟、社會、文化、人際關係各方面明顯受到衝擊、激盪。工人也取代農人成為社會下階層的多數，楊青矗小說適逢其時崛起。雖然楊氏非出生於高雄，但高雄此一都會區素來為鄰近縣市人民移居謀生之要地，楊氏於 11 歲全家亦移居來此，高雄已是他生命中的故鄉。他所寫的作品，又呈顯了臺灣社會由農業到工業轉型的訊息，記錄了臺灣勞工者的心聲及勞資爭議諸問題。易言之：楊青矗的小說如實地反映了轉型期的高雄生態。本文處理重點即在於探討其小說中的社會與歷史背景之關聯，及其小說如何反映了個人（農人、工人、妓女……）在社會變遷中的觀察、衝突、挑戰，或鬱悶苦痛。他的作品可說是社會轉型期的時代抽樣，令人為之注目。在 1990 年代的今天，勞工人口遠比 1970 年代高，就業人口結構也有很大的變化，然而這方面的作品反而較少，是值得我們深思的。

---

[*]發表文章時為臺灣師範大學國文學系副教授，現為臺灣師範大學國文學系教授兼系主任。

壹、臺灣社會變遷的解釋

對臺灣社會變遷（social change）現象的解釋，過去主要有兩類學者提出，一是本地的社會學家，二是本地和來自美國的人類學家。臺灣本地社會學家對戰後臺灣社會的討論，集中於描述各種社會變遷的面向，如人口變遷、都市化、鄉村生活改變、職業結構的轉變、家庭分工的轉型……等。本地和美國人類學家的研究則偏重於不同文化生態模式的變化，尤其是小社區和家庭的演變。這兩類學者對臺灣社會變遷所從事的研究，其結論相當類似，都視社會變遷的結果為現代化過程之表徵。

較早期的社會學研究，並無極明顯的價值判斷，然而其結論則對於社會的變遷如都市成長、人口增減、職業結構改變等現象，給予正面評價，且視之為現代化的、進步發展的趨勢。至於人類學的學者，則往往關懷傳統生活型態的鉅變、社區的發展和衰退、地方政治和派系的日趨複雜、村落認同的式微、大家庭的解體……等問題，行文之際，念舊懷鄉之情，溢於言表。人類學家把「地方性社會體系」當成分析單位，並以「開放體系」視之，若「地方性社會體系」屬「開放體系」，則必無法避免受到外來力量的滲透與衝擊。社會學家則以「巨觀社會體系」為分析單位，且視臺灣為「封閉體系」，以為所有的變遷都由其內部而來。人類學家觀察到的地方變遷肇因於外在衝擊，而此「外在」的地域和空間極限卻只是社會學家眼中的「封閉社會體系」──臺灣本身。

早期的社會學和人類學研究雖然提供了很具體的描述，保留了戰後臺灣社會變遷的概括紀錄，然而草萊初闢，尚有許多問題值得探討。1980 年代依賴理論與世界體系理論傳進臺灣，開始以另一種範型的角度來看戰後臺灣的變遷。[1]研究者很自然注意到臺灣所處的外在全球政治經濟地位以及核心國家與臺灣日益加強的外在連繫，並從其間找尋各種線索。大致來說，臺灣戰後

---

[1]蕭新煌，〈對「臺灣發展經驗」理論解釋的解謎〉，《中國論壇》第 319 期（1989 年 1 月），頁 158。

發展可以分成兩個階段，一是土地改革（1949～1953 年）完成之後的「進口替代工業化階段」（Import Substitution Industrialization, ISI），這一階段大約到 1960 年為止，另一個是「出口導向工業化階段」（Export-Oriented Industrialization, EOI），約自 1960 年代延續到 1970 年代。

　　1950 年代臺灣尚屬農業社會，政府首先實行土地改革，安定農村社會，奠定「以農業培養工業」的基礎；並在美援配合下，選擇電力、肥料、紡織等三項重點事業力謀發展，此一時期以開發民生必需品與進口替代工業為主；特別是紡織業（初期工業化國家主要工業）確實帶動臺灣之經濟發展。1960 年代，美援終止，為彌補出口逆差，於是積極發展以出口為導向的經濟發展策略，訂立各項獎勵投資的財經條例，諸如：減徵生產事業之營利事業所得稅額，免徵營利事業所得稅，加工輸出及國內企業在外國之分支機構免稅，進口生產機器稅捐延期繳納……等租稅減免手段，以優渥的投資條件，改善投資環境，並以獎勵儲蓄等方法鼓勵投資，吸收僑、外投資。1956 年起，提出的設置加工出口區的構想，是這項變革的指標。

　　1966 年，高雄加工出口區成立，加工出口區是由政府在港口都市附近興建標準廠房、提供電力、給水、通訊等各種公共設施，及港口倉儲設備，吸收僑、外投資，而以出口為導向的經濟策略下的重要產業型態變革。事實證明這項變革，的確帶動了臺灣經濟起飛，促進了社會繁榮進步。加工出口區只是一項經濟策略的指標，但加工區開工之後，臺灣對外貿易即持續成長，並且自 1971 年開始，出現貿易首度出超的經濟新局面。到了 1973 年，紡織品、電器機械及工具、塑膠製品、合板及木製品等產業，占出口金額的前五位，其中紡織品金額更超過美金 12 億元。

　　1960 年代中期這有計畫的產業結構改革，加速了臺灣社會的轉型，然而變革的速度太快，幅度太大，於是引起經濟、社會、文化的鉅變，造成了農業必然性的危機。1961 年，農業與工業產品的出口值是 59 比 41，到了 1973 年，農工產品出口值的比例則為 15 比 85。自產業結構可明顯看

出，約在十年之間，臺灣社會業已完成遞變。[2]

　　高雄為臺灣工業重鎮，也是此一鉅大變遷的重心。除率先成立前鎮加
工出口區之外，復因申請廠家過多，而於 1969 年與臺中潭子加工區的開設
同時增設楠梓加工出口區，高雄這兩大加工區足足可以容納八萬名左右的
員工。更擁有中油、中船、中鋼等公營事業機構，鄰近尚有林園、仁武兩
大工業專業區，與散處各地的近三千家大小工廠，其工業包括鋼鐵、造
船、紡織、電子、食品……等。此地不但集工廠型態之大成，也是工業從
業人口百分比最高的地區。自 1960 年中期開始，十年之間，至少有 40 萬
人湧向高雄這個大都會，到了 1970 年代結束時，高雄市與其衛星鄉鎮的工
業從業、兼業人口，不下百萬人。此種由工業之發展而產生的由鄉村快速
往都市集中的大量移民潮，促使整個都市受到很大的衝擊而轉變不已。[3]

　　1970 年代以後，臺灣工業急速發展，以家族為經營中心的中小企業如雨後春
筍，紛紛成立。中小企業對勞力的需求孔亟，卻又須降低成本，以求生存；於是
婦女常被僱為臨時工或廉價勞工。此一時期的婦女勞工主要集中於技術水準不高
而屬勞力密集的早期製造業。許多農村婦女即於此時離開傳統農業，而投身於製
造業。社會變遷中的臺灣女性，即由傳統的妻母角色融入了職業角色。

　　這數十年來一連串的變遷與衝擊（1970 年代，臺灣的政治、經濟、外
交挫折、退出聯合國、尼克森訪問中國大陸、日美等國承認中共、石油危
機引起的世界經濟衰退），使文學界在現代主義的迷炫之中，猛然覺醒。許
多文學家與知識分子紛紛關懷社會，回歸鄉土，以敏銳的觸角探索社會中
的各種問題，如工業社會對農村所造成的影響，社會經濟結構的改變使得
純樸的農民無法適應，生產與分配的不協調，農民被商人剝削、都市中人
情的淡薄……等，這許多問題在文學作品中，可謂司空見慣。

　　楊青矗的文學作品以工人、工廠為主要題材，描寫工人的生活，吐露

---

[2] 蕭國和，《臺灣農業興衰四〇年》（臺北：自立晚報社文化出版部，1987 年）。
[3] 彭瑞金，〈臺灣社會轉型時期出現的「工人作家」〉，《鄉土與文學：臺灣地區區域文學會議實錄》
　（臺北：文訊雜誌社，1994 年 3 月），頁 103。陳震東，《高雄市人口變遷之研究》（高雄：高雄
　市文獻會印行，1988 年 6 月）。

工人的心聲，論者往往以其為高雄工業化之後小市民的代言人，及當年臺灣四百多萬勞工階層心聲的傳達人。[4]

貳、關懷社會的勞工代言人──楊青矗

楊青矗，本名楊和雄，1940 年出生於臺南縣七股鄉後港。他的先祖與大多數的農民一樣，世代務農，但因土壤貧瘠，耕作所得，不足以為生，許多村民於是到都市謀生。11 歲那年楊青矗全家遷居高雄市。他的父親為某國營工廠的消防隊員，1961 年清明節參加光隆油輪救火行動，英勇殉職。因家庭貧乏，使他艱苦備嘗，半工半讀，終於念完中學。父親過世之後，經濟更拮据，無法攻讀大學，於是加入工人的行列。他曾經從事出版業，經營西服店、女裝店，做過毛襪加工，在工廠中任事務管理十多年，在某洋裁補習班任教三年，因此他常以「雙腳踩數隻船的人」自我調侃。

他從小熱愛文學，其文學知識全由刻苦自修而得。「15 歲到 20 歲這段期間，對章回小說興趣很濃，每天花五毛錢去出租店租書，有空就看，經常看到深夜一兩點。」他也廣泛搜羅世界名著的中譯本，用心閱讀，但是，楊青矗接受別人訪問時，曾特別強調：影響他最大的並不是書本，而是臺灣的民情。他說：「我從民間吸收養分，我的作品是民間的生活、思想和他們對人間煙火的欲求加上我自己的『本性』寫成的。」[5]

楊青矗懷著強烈的責任感和使命感踏上文學之路。由於他的生活經歷，使他親眼看到臺灣社會的不公平，憤慨之餘，他以文學作品表現自己的正義感；為苦難的民眾鳴不平；他想假借文學作品闡明自己對生活的評價，並促進社會的改革；從他的作品，可看出社會變遷的軌跡。他曾說：「這是一個

---

[4]英格麗舒著；劉美梨譯，〈楊青矗對文學與社會的觀點〉，《民眾日報・鄉土文化》，1992 年 8 月 5 日，17 版。彭瑞金亦說：「楊青矗的工人小說是建築在轉型社會工廠文化基礎上的工廠人文學。他的文學記錄了 1970 年到 1977 年間，以高雄這座工業城為模型的工廠文化現象，反映了勞工工作法令不周全、缺乏勞動條件保障下勞工的工作現象。」彭瑞金，〈臺灣社會轉型時期出現的「工人作家」〉。
[5]李昂，〈喜悅的悲憫──楊青矗訪問記〉，《書評書目》第 24 期（1975 年 4 月），頁 84。

變遷的時代,我從『草地囝仔』變成都市人,二十多年來,時時看到鄉村的衰微,都市的垃圾地長高樓,市郊的農地變黃金、建工廠;年輕人一窩蜂往都市跑,鄉村僅剩那些『沒有出息』的老頭,拖著老命,荷鋤耕種,種糧給年輕人吃,給都市人吃。都市人肥得不知道怎麼減肥,他們卻瘦得不知道怎麼增胖。我每次回鄉,看到那些荷鋤的阿伯阿嬸,五十出頭臉皮就皺得可以挾死蒼蠅,我會覺得每餐所喝的是他們的血汗,吃的是他們的骨肉!有一種使命感要我寫下這些,為類似的這一群人說話。」[6]

「楊青矗」這個筆名是他自己取的,他曾說明其含意:「矗」就是直直直!直直挖!向生活的深處直直地開掘。像楊,直而上;像柳,垂而下。這個名字既反映了楊青矗的個性,也體現他作品的風格。同時又反映出他的作品和生活是血肉相連的。楊青矗說:「也許我吃了太飽的人間煙火,我的作品頗多人間的煙火味,空靈不起來……我的作品所載的道(我把道泛指作品所表達的東西),是人間煙火卑微的道。假如您縱身一跳,脫離人間煙火,形而上起來捕捉我的道,您所捕捉的,可能是一片空白。因為我無意為哲學演戲。」

較諸其他作家楊青矗可說是一個異數,其異在於:第一,他所受教育不多,而勤於自修,終能有成;第二,寫作題材以工廠、工人之環境、生活為主,為典型工人作家;第三,從事政治活動,因「高雄事件」而招致牢獄之災。

美國人 Thomas B. Gold 曾英譯楊青矗的小說,並稱之為「現代問題專家」,由此也可以知道他的作品所關懷的問題。楊青矗的小說廣泛而深入的反映出臺灣社會從農業生產型態演變成現代工業社會的過程,同時,其所反映的問題,是遠超過社會學的專門著作所探討的內容。其作品往往刊載於報紙,大聲疾呼「當政者去關注急速變遷過程所產生的種種問題」。[7]

楊青矗為現實主義作家,現實主義也稱寫實主義,此派作家的創作動機

---

[6]李昂,〈喜悅的悲憫——楊青矗訪問記〉,頁 75。

[7]Thomas B. Gold 著;津民譯,〈楊青矗小說中所反映的「現代化」問題〉,原刊《臺灣日報》,1978 年 6 月 5~7 日,後收入楊青矗《在室男》(高雄:敦理出版社,1984 年)及《楊青矗集》(臺北:前衛出版社,1992 年 4 月),頁 230;頁 229。

在於表達其對社會黑暗面之不平與憤慨；毫無隱諱的據實直書社會面貌，是現實主義作家所特別強調的。許南村曾經指出：「楊青矗是三十年來臺灣第一個以現代產業工人為主人翁；以工廠為背景，以工廠中人的葛藤為內容的小說家」、「意味著臺灣的中國新文學民主化的趨向──使小說的內容，從其一向反映中間城市市民的生活，擴大到反映大量集結於城市工廠的工人生活」。[8]但是，就因為其作品所寄託的社會意圖相當明顯，致招「工農兵文學」、「左翼文學」之嫌忌，而被視為深具普羅色彩的作家。實則楊青矗的每一部小說都具備相當嚴肅而有意義的主題，如果他在創作時，能盡量冷靜、客觀的鉤勒出小說人物的生命型態，而不只囿於社會現象的描述；則其作品之格局必將更開廓，視野將更為廣大，層次也將更形深入，而其對讀者、對社會所產生的啟迪與淨化（Catharsis）的功能也將更加彰顯。

　　楊青矗陷圄圇前的作品以中、短篇小說為主，已經出版的有《在室男》（1971 年版，1978 年再版時改名為《同根生》）、《妻與妻》、《心癌》（此二集分別出版於 1972、1974 年。1978 年兩集合印，名為《這時與那時》）；及其主要代表作：《工廠人》（1975 年）、《工廠女兒圈》、《廠煙下》（皆 1978 年）。此外，尚有散文集《女權‧女命與女男平等》、《工廠人的心願──大人啊！冤枉》和重編散文雜談集《筆聲的迴響》。在牢獄期間，他創作了兩部長篇小說：《心標》、《連雲夢》，描寫 1960 年代前後臺灣工商企業發展和房地產蓬勃興起的故事。出獄後又出版了《覆李昂的情書》、《女企業家》等書。

參、社會變遷所衍生的社會問題

　　變遷是指由於內外各種因素的影響，（尤其是經濟型態的改變），而在社會上所引發的具有重大階段性意義的結構變化。臺灣的社會變遷非常複雜，而且其影響的層面也相當廣泛，本文僅就楊青矗小說所呈顯者，從事

---

[8]許南村（即陳映真），〈楊青矗文學的道德基礎──讀《工廠人》的隨想〉，《臺灣文藝》第 59 期（1978 年 6 月），頁 215。

探討，提出一些基本看法。

1970 年代以後，臺灣地區的社會學者所關注到的社會問題，較 1950 年代更為複雜而深入。這些社會問題與「由於工業化和經濟成長所導致的社會變遷」息息相關。這些社會問題大多產生於 1960 年代，諸如：高、低階層民眾的所得相差懸殊。色情日益泛濫、勞工問題、勞資糾紛、經濟犯罪、青少年犯罪之比例激增、老人問題、都市住宅價位偏高、鄉村的農業經濟問題、環境汙染、自然資源的過度浪費、政治權利之移轉與分配等問題，可在楊青矗的小說中找到一些。[9]

一、勞工問題──藍領階層的生存情境

楊青矗勤於觀察分析，也長於挖掘批判問題。閱讀他的作品，可以了解到一位作家對社會現象與社會問題所作的深密思考，進而探索社會變遷的軌跡。他是典型的社會問題小說家。他在小說中所探討的問題大多數與工人、工廠有著密切的關係。楊青矗有 18 篇工人小說，分別收於《工廠人》及《工廠女兒圈》兩本短篇小說集。《工廠人》是以他長期服務的中油煉油廠為工人小說的主要背景，同時也是以這個國營事業工廠發生的勞工糾紛作為探討勞工問題的主要依據。收集在《工廠人》裡的十篇小說。不外以「工作評價」、「臨時工」、「勞資雙方的矛盾」、「工會自主性」等四大主題，反映工人的勞動情況及其家庭生活、經濟生活。《工廠女兒圈》則藉敘述婦女勞工所受到的歧視、侵犯、和許多不合理的待遇，反映婦女勞工的各種問題。

社會學者對於這些社會現象所作的觀察，也可以在楊青矗的小說中找到驗證。他在〈工廠人〉這篇小說中，描寫工廠人經由工會自由，突顯工會功能，保障會員權利，提高勞工地位的工運理想。由於實施戒嚴法，嚴禁罷工，使得勞工階層從未匯集成一股力量。另一方面，連帶地使得臺灣的勞工階層普遍缺乏勞工意識，勞工的流動率一直很高，工人辛勤工作，忍受資方的剝削，存夠了錢，就想自己開店當老闆，躋身中產階層。「……

---

[9]蕭新煌，〈臺灣社會問題研究的回顧和反省〉，《臺灣與美國社會問題》（臺北：東大圖書公司，1985 年），頁 17。

由於勞工對法律的無知，不知道自己應有的權益是哪些，因而橫遭僱主隨心所欲任意侵犯、踐踏，這是一項殘酷的事實，我們的經濟發展就是因為他們犧牲了權益換來的」[10]楊青矗認為「工會必須健全，為工人爭取權益。達成勞資協調，才可能給勞工帶來光明的遠景；而且唯有開明的政府用法令和實際行動來保障勞工，勞工才不受欺壓」。[11]畢竟，像〈工廠人〉中的工人，宿願終償，趕走 one man 經理，工會也能發揮其正面機能，這種情形在現實社會實為罕見。其實，臺灣的許多工會組織不但不能替勞工爭取權益，反而卻成為資方壓迫勞工的工具！

　　楊青矗筆下看似一個個獨立的人物，集合起來適足以突顯這一群小人物的集體困境與悲哀，而這正是楊青矗的企圖──以文學作品揭露社會的黑暗與不公。

　　文學的本身或許只是文學家虛構出的一種事件，但其事件卻往往是社會上許多問題的抽樣。虛構的故事本當建築在現實的生活上才容易引起共鳴。小說家的觀察力特別敏銳，因而極易察覺各種社會問題。雖然小說家對於社會問題的指明、判定、敘述，不如社會學者之縝密而有系統，客觀而具體，且較具說服力；但是社會問題之為大眾所矚目，常是肇始於某些感覺特別敏銳的人先行發現，體認和詮釋，然後宣之群眾，逐漸形成共識，從而正視此一社會問題。楊青矗以小說之體裁揭示社會問題，正屬此類。而其作品所提供的有關社會問題的資料，其內涵與價值，並不遜於社會學者之專著。再者，社會學者從事研究，必須嚴守「價值中立」之學術規律，呈現調查的實然面，力求客觀。而文學則不然，不輕易予以應然面的價值判斷。小說家泰半愛憎分明，深具人文關懷，因此其社會內容頗多值得社會學家參考。

（一）升遷道上──一條遙不可及的道路

　　工作評鑑不公，尤其讓作者憤憤不平。〈工等五等〉描寫在實施工作評

---

[10]張曉春，〈守法就沒有勞資問題〉，《中國論壇》第 237 期（1985 年 8 月 10 日），頁 20。
[11]葉石濤，〈楊青矗的《工廠人》〉，《夏潮》第 2 卷第 4 期（1977 年 5 月），頁 68。

價新制度的工廠裡，工資待遇由四等至十二等，差別極大，工作被評定為五等的工人，其收入不及十二等的一半，工等五等，全家大小只能吃個五分飽，工作評價太低或不滿意的人只有怠工，以消極抵抗，或是上班時間兼做副業，勉強維生。

本來流弊的產生不在於制度，問題出在工作評價是「人治」，技術高、手藝好或盡忠職守的人不見得獲得合理的工作評價；反之，走後門、送紅包、拍馬屁、有背景的人，上班混水摸魚，仍然可以得到高評價，工作評價制度被譏為是交情評價、背景評價；「課長要給你幾等，工作表就填幾等評分的工作項目。」（〈工等五等〉）結果宿命地接受不滿意評價的人，只有消極怠工，因為不管怎樣力爭上游，他永遠出不了頭。

臨時工的存在，使轉型後社會出現的工業化社會最不公平正義的一面──資本家、公營工廠中有權有勢者片面訂立不合理的勞務條件，職員掌控勞工命運……突顯出來。正如楊青矗在〈魚丸與肉丸〉[12]一文中所論述的，職員與勞工的世界壁壘分明，工人以當工人為恥，對自己的身分感到自卑，看不起自己工作的價值，一有機會，便想往上攀。這種情形造成勞工世界的分崩離析，也留給資方更廣闊的予取予求的空間。

〈龍蛇之交〉和〈掌權之時〉也都是在這種只有人情沒有制度的工廠世界裡譜出的亂世變奏曲。前者寫工人為了和位高權重的總經理攀交情，圖晉陞跟蹤總經理，卻反而惹來「企圖謀殺總經理」的嫌疑。〈龍蛇之交〉雖然以諷刺之筆調侃工人不自量力夤緣權貴的可鄙可笑，但掌權者的擅作威福，又何嘗不是真正的罪魁禍首？〈掌權之時〉所敘述的以掌有部屬的考評、升陞以及出國賺外快的大權，盡情索賄的事；甚至如〈上等人〉中以權位逼誘女工、女職員，其所暴露的豈僅是片面的、單向的工人放棄自己的尊嚴，拍馬逢迎而已？〈掌權之時〉的結局令人啼笑皆非，狡猾的工人因所求未遂，利用機會，連本帶利的把送出去的賄款收回來，固然予人

[12]楊青矗，《筆聲的迴響》（高雄：敦理出版社，1978年），頁47～51。

——工人終於揚眉吐氣的小小快感，但卻破壞了紅包人情世界的「道義」，而無法得到同僚的認同。這也正如〈樑上君子〉的情節，工廠待員工極盡苛刻之能事，反而形成人性上永遠填補不了的貪欲的藉口，從上到下，大家都有一套揩公家油的手段：有人溜班開小差，有人專拿公家的衛生紙，有人竊取交通車的汽油，有人虛報加班，有人勾結包商浮報工程款……，這些問題都透露出不合理、不公正、不平衡的勞務制度，實際上是百弊叢生，亟須改弦更張。

〈低等人〉則反映了「臨時工」問題，臨時工薪資低，又完全沒有房租、水電費、宿舍分配、年終獎金、升等……等等津貼、福利，他們不能搭乘交通車，沒有保險、沒有退休金，做的往往卻是最辛苦，最危險的工作，很顯然的，「臨時工」遭受到資方最無情的剝削。

臨時工制度是作者最關切的問題之一，它與工作評價制度同樣都出現在「人治」的問題上，像「低等人——粗樹伯」一生的命運，完全繫於課長一個人的筆尖。他長年累月「臨時」下去，終於釀成人間悲劇。因此，這樣的「人治」自然出現許多由於人性弱點衍生的弊病。在〈升〉這一篇作品中，一個幹了 16 年臨時工，幹得頭都抬不起來的「林天明」費盡心機走後門，好不容易搭上總管理師太太的線，利用工餘時間義務幫她搭花棚、做家事，總管理師答應幫他升為正式工，他從妻家預借了六千元做紅包酬謝總管理師。不料，弄巧成拙，適得其反。新到任的總管理師拿他送的紅包作為逮到「建務課」升正工需送紅包證據，訓斥課長，到手的正工飛了，他急得暈死在地上。作者一再強調臨時工制度的不當，其用心相當明顯。他指斥這種長期的「臨時」工，實是變相的低薪僱用工人，不僅是一種剝削勞工的行為，而且扭曲了人性，造成人情的澆薄、現實、勢利。

（二）嫁給藍色輸送帶的女工

在臺灣經濟成長過程中，父權體制（Patriarchy）與資本主義（Capitalism）透過家庭結構、產業組織、和政府政策，強化了對婦女勞動力的啃噬。在小說中，我們可以看到婦女扮演著廉價勞工（cheap wage workers）的角

色。

　　1966 年至 1973 年期間，是婦女勞動力顯著增加的時期，這是因以勞力密集為主的出口加工業，亟需一群數量龐大、薪資低廉、以及招募解僱容易的勞工，而婦女勞動力正符合這些條件。楊青矗《工廠女兒圈》反映的是轉型後社會更不人道、更不正義的一面。工廠老闆喜僱用女工，加工區女工占絕對多數，即是貪圖女工工資低廉。同時性別作為生產領域的整合與衝突的切分線，也隱然有浮現的跡象。生產線上的女工與男工雖屬同一階層，但男工與男性管理階層也可能形成支配剝削女工的另一種惡勢力。在〈龜爬壁與水崩山〉中，作者以一個女工日記的形式，深刻地揭露了資本家食骨吸髓的徹底剝削。「龜爬壁」與「水崩山」所象徵的貧富不均，本來並非女工所獨有之特殊問題，然而對清蘭這樣的女工來說，卻更形殘酷。她不習慣日夜顛倒的工作，又想起長披頭男工的強吻，於是發生流血事故，乃是勢所必然。小說不僅呈現勞資、醫療問題，且寫出女工在情愛方面的渴求，不過，她們面對的仍是以男性為中心的社會，不被尊重是可以理解的。

　　女性勞工中最常被忽略的是色情勞工。從 1950 年代起，臺灣一直被視為男性觀光客的天堂。在色情交易中，傳統觀念女性的自我犧牲及順從，扮演著主要的角色，年輕婦女多半為了家境不佳或供給弟妹教育經費而進入色情場所。在臺灣，女性色情勞工與其他勞工一樣，一直是經濟成長、開發策略下被剝削、被犧牲的對象。在 1960、1970 年代短篇小說以風塵女子為題材者真是指不勝屈，可說是此一社會性意義的呈顯。楊青矗小說中如〈在室男〉、〈兒子的家〉都曾探討這一類社會問題。

　　獄中楊青矗創作了《心標》、《連雲夢》兩部長篇小說。如果拿這兩部小說與他前期的作品相比，更可看出勞工在經濟發展過程中所付出的大量勞力與精神，與其所得到的報酬太不成比例。草創時期的民營工廠，員工毫無保障與福利，幾乎沒有勞保，也沒有退休制度，政策上也是維持廉價的工資，犧牲勞工，以求經濟發展，這些問題在他的小說中都有所表達，他也特別寫到女企業家朱琪敏為此心懷愧疚。書中復寫及工人因不滿工廠

在經濟不景氣時，裁減員工卻不付資遣費，任意用調職作為逼迫員工離職的手段，因而產生工人懷恨在心，火燒工廠的悲劇。

　　紮根於勞工生活，屬於勞工成員的作家楊青矗，他所描繪有關工人世界的小說，見證了臺灣現代化的過程，刻畫了臺灣社會轉型時的種種弊端及勞工現實生活層面的悲苦。他的小說透過低等的工人、臨時工、女工在升等、待遇方面所面臨的重重困境，指出臺灣勞工制度的不合理性。有效於幫助勞工省察自身問題癥結所在，指出了勞資協調求得和諧才是解決勞工問題的主要精神。

二、臺灣農村的變遷

　　人口遷移是社會變遷、轉型的重要徵象。臺灣經濟，從 1953 年到 1965 年，在接受美援、日援之後，進入外人投資階段，1966 年高雄加工出口區的設立，及工廠的大量建立，造成大量農村人口湧入都市謀求發展，尤其鄰近縣市外出人口到高雄市最多，造成農村逐漸沒落，農村人力不足，然而，湧入都市的人，因出賣勞力所賺取的金錢流回故鄉，又讓農村生活獲得改善，這種「吃好穿好工作輕鬆」的都市生活，對於鄉村人是深具吸引力的。

　　在這轉型期的臺灣農村情景，我們可從楊青矗的〈在室女〉一窺究竟，在小說中，他描寫一對堂姐妹分開多年後見面的情形：「妳我的命可從兩隻手看出來。讀小學時我們還沒有分家，我們兩個天天背書包一起上學，一起回家。祖母常說我早生妳半年，比妳懂事，處處要我照顧妳。小學五年級那年，我們分了家，大伯父、三叔、四叔各分各人的市內經營的工廠，我爸分家裡的田地。一分了家我們的命就不同了。三叔把妳轉學到市內去，妳變成市內人的千金，我是鄉下種田人家的女孩；妳能讀到大學畢業，我必須在家幫忙。這幾年工商發達，你們都大賺錢；種田不賺錢沒有人要種，我們須自己為十甲多的地拖磨。當初如三叔分家裡的田，我爸分你們的工廠，現在手指頭粗的是妳，不是我了。」表現了鄉村女子對都市嚮往的心情。都市生活的富裕，使得農民漸相信都市生活「好賺食」、「舒適輕鬆」。甚至擁有大片土地的農民也承認辛勤的耕耘只能換來少量的收穫。他們自我解嘲，不再把

耕種看做是榮譽的職業。楊青矗在〈綠園的黃昏〉以淒美而短暫的「黃昏」，暗示了那一片綠意盎然的農地，在農業返照的現實裡是無法久存的——綠園無限好，只是近黃昏。故事中女主角林郁華的家「是村裡少有的清閒斯文的家庭。她家不種田，父親原在鎮上的電信局做事，已經拿一批（筆）退休金退休了。退休後買了一塊一分多的果園，種種柳丁、番石榴、柚子消遣。她大哥在縣政府做事，二哥是一家國營工廠的職員，已出嫁的大姐任小學教員」，是個公務員的家庭。男主角世榮家則是村中首富，世榮在家幫父親種田，雖然他的妹妹惠芳和弟弟世隆都在臺北讀書。世榮對在家務農並不抱怨，但是同郁華接觸後，他感到種田這件工作不再受人尊敬了。郁華質問他：「呆在家裡種田有什麼前途呢？我看你還是出去創業好。」她勸他「上市內找一個固定職業，或是向你爸爸拿一些本錢出去創創事業」，「男子漢大丈夫，志在四方」。郁華不願同世榮談論嫁娶，因為她不嫁「田家郎」，她也看不起「挑糞的種田人」！勤奮的種田人辛勞的結果常毀於天災。有一次世榮的父親又因噴農藥中毒，這位以前堅持「那有自己的產業不經營而去當人家夥計的道理」的老人經他的在外經營工商業的子女的勸告，了解「孩子們你想留他們在家種田，已經不合時代了」。他說「啊！人都是扶起不扶倒；工商業興起，年輕人要求工作輕鬆，待遇好，容易發財，都上市內就職工商界，沒有一個願意為農村出力吃苦。我實在也沒有理由留世榮在家種田。」他不但把農田改為做魚塭養魚，也同意世榮去經營工廠。

肆、臺灣女性角色的變遷

在臺灣由傳統農業朝現代工商社會轉型的過程裡，許多農村的女孩，因農業社會的式微，而進入城市的工廠，出賣勞力，賺取微薄的工資以養家活口。她們之所以進入都市和工廠，基本上並不是為了生活的舒適，而是因為農村沒有發展的機會。在 1960 年代末期、1970 年初期，臺灣正值勞力密集的加工出口擴張期，各類工業區正大量開發，紡織與新興電子兩大工業亦大量吸收農村勞動力，特別是以年輕的女工為主。婦女在此時廣

泛地投入社會生產、製造、服務，成為推動臺灣經濟搖籃的手，不過她們實際的地位卻只是生產系統的小小零件。工廠老闆並不重視她們的尊嚴與生命，一個零件損壞了，短少了，馬上會有另一零件取而代之，工廠的運轉照常進行。因而屬於她們的辛酸悲情，也就較男性更令人重視。

　　楊青矗在寫過〈工廠人〉之後，為要更深入體驗各種工廠人的生活，他經常利用假日到各工廠打零工。他從南到北訪問過許多大小不同的工廠，與女工聊天，然後經營成一篇篇的作品。道盡了女工們的辛酸血淚，她們對社會的貢獻不可謂不大，但受到社會、政府的照顧卻很少。[13]在 1975 年底，他以高雄加工出口區的女工為對象，寫了一篇〈加工區的女兒圈〉在《中國時報》發表，他陸續寫下〈昭玉的青春〉等篇，這些作品後來集結成《工廠女兒圈》。這八篇小說涉及的工廠種類和性質都不同，有公營的事業機構、電子工廠、電器公司、食品工廠、針織工廠、化學工廠，網羅了當時臺灣女工賴以謀生的各式工廠，也反映了臺灣女性勞工受到的剝削、歧視、凌辱；及請假、遣散制度的不合理，待遇的不公平，都遠遠超過男性勞工。

　　〈昭玉的青春〉（1976 年）昭玉是個 39 歲的女人，17 歲就進工廠當臨時工，足足當了 22 年，一直升不上短僱工。總經理認為女工都要結婚，結了婚，生小孩又請產假，上班不專心，還時常溜去買菜，乾脆不升女性。而且女性升了正工，薪水高、有保障，非幹到退休不走，臨時工一結婚，大多辭職，去當家庭主婦。昭玉將她一生的青春「賣」給了工廠，說穿了，就因為她是女兒身，加上受的教育少，才倍受歧視。最後，她雖得到總經理批的「可」字，但那是四處求人的謙卑，加上 22 年的青春換來的啊！怎不令人為心酸。

　　臨時工的工資經常不及正工的一半，而臨時工之中多數是女工，她們既面對不合理的制度，有時面孔漂亮的，老闆就像蒼蠅盯著血一樣牢牢的盯著。〈陞遷道上〉說明了力爭上游的女工侯麗珊犧牲貞操、美貌，換來的卻是心靈的落寞、疏離感。〈婉晴的失眠症〉裡的婉晴為了幫助公司逃稅，

---

[13]袁宏昇，〈楊青矗素描及其他〉，《臺灣文藝》第 59 期（1978 年 6 月），頁 255。

把自己當作交際花，陪喝咖啡、跳舞，任憑查稅員尋開心，更使她良心不得安寧，結果她得到的是失眠、焦慮，以及精神崩潰。小說結尾，她只好逃離工作場所，奔向加工區當女工。〈秋霞的病假〉寫電子公司不守勞工法令，工人請病假不給全勤獎金。〈龜爬壁與水崩山〉描寫女工待遇微薄，以及公司為了省勞保費，未替勞工投保，一旦出事，連醫藥費都付不起。〈自己的經理〉寫外資工廠裡的中國經理，為了討好上司，刻薄自己的員工，將因公受傷住院的女工解僱，使其失業又失去保險。〈工廠的舞會〉寫女工生活的枯燥、乏味，她們也想認識一些男性朋友，但她們仍有尊嚴，不願被歧視，也不願娛樂、取悅男性。

這些作品從女工的待遇、升遷、福利、醫療、愛情、友誼、娛樂等方面刻畫了女工的理想和失望。從這些作品可以看出臺灣婦女相對於男性而言，是處於經濟附屬地位，男性與女性在勞動市場上有顯著的性別隔離現象存在，這也是女性被邊緣化（marginalization）的現象。

在加工區，女工占了大部分，這些女作業員大多是國中剛畢業的女孩子，她們年紀輕、學歷低，對於愛情與婚姻較一般女性有著更多的徬徨與困惑。這群女孩有的在生活中掙扎，為愛情婚姻而煩惱、苦悶；有的離鄉背井，內心充滿了鄉愁。面對劇烈的「角色衝突」，她們多麼期待目前女工的身分是短暫的，但是未來做妻子的主要角色似乎遙不可及。在 1970 年代，加工區女工的社會地位既受人輕視，又往往被歪想成「落翅仔」，提親時則屢因女工身分而遭回絕。〈外鄉來的流浪女〉呈現了社會一般人的偏見：「家人對我如此，主要是感染社會上對女工偏差的流言。他們根深蒂固的認為女工懶散，男女關係很隨便；一般人就常說：『工廠女孩難做家』，『要嫁好丈夫，要好媳婦，就不要到工廠去做工人』。」楊青矗曾說：

　　對女工的故事我有一點保留，不去寫是顧慮到女工的形象，有篇東西莊金國曾和我提及說那是不可能發生的事，就是那篇〈陞遷道上〉，描述一位工廠裡的女領班，被她的主管邀去郊遊而遭強暴，其實像這類事情很

多，有的尚未寫成，有的是顧及形象問題不願意寫，工廠裡有許多應召女郎，茶室的賺食查某，她們都是找工廠當掩護，她們都是白天在工廠，而晚上兼特種營業，像這種故事存在於女工群中相當多，如果將之寫出來，對多數規規矩矩的敬業女工無疑是一種打擊。……她們的婚姻問題也漸漸形成一種社會問題……遲婚形成一種怪僻，像這些都是工人文學很好的題材。只是因為顧及女工的形象，此類題材，暫時不寫。[14]

　　遠在 1969 年楊青矗在《中國時報》發表的〈在室男〉一篇，即記錄了社會變遷對女性衝擊的現象。經濟漸起飛之際，有許多賺錢的人，流連酒家、茶室，視女人為玩物。加上轉型的工業社會裡，流入城市的單身男性增多，性問題亟待解決，無一技之長或追求物慾享受的女人，因而淪為酒女、娼女，走入色情的行業。〈在室男〉中的大目仔即此一飽受滄桑的風塵女子，內心空虛，對感情有一企盼。〈兒子的家〉亦記錄了女主角上了男人的當，只有忍受母子分離的慘痛。

　　不過，經濟結構的變遷，使我們看到了男性的挫敗。過去男性是家庭經濟的重心，傳統又賦予背負家庭經濟重擔者以較多的威權，一旦這份威權因種種因素（如物質條件的喪失、女性經濟的自主、環境的挫敗……）而遭到質疑或瓦解。

　　楊青矗〈寡婦〉（1970 年）一作，在四個女人身上所素描出的是「守寡是女人分內的事」她們「一雙軟弱的手，在各人不同的環境中去做男人的事」，其刻苦、艱辛和毅力，足讓挫敗的男性（父親）永無翻身之日──他們從頭至尾只是四塊墓碑而已。不僅此也，我們看金薇。「守寡八年來，整天跟那些房地產的男掮客混在一起；她變成了一個男人，在男掮客的面前，你不堅硬一點，共同介紹的買賣，你免想分到一毛錢的佣金。」不過，她仍不免有舊社會的思想，想讓女兒招贅，還好黃鳳勸她說：「時代已

---

[14]陌上塵整理，〈工人文學的回顧與前瞻〉，《臺灣文學入門文選》，（臺北：前衛出版社，1989 年 10 月），頁 262。

不時興贅婿了，有骨氣的男人，很少有人要贅到女家去。招進那種不正經的男人，想依靠他，反而會被他搞垮。……不如盡量培養她們讀書，長大了都把她嫁出去。」女子的困境大多肇因於知識不足，可喜的在此時期女子已日漸覺醒。〈同根生〉（1970 年）春雲的貧窮，連帶使她的兩個小孩都不受別人尊重。她的母親也防著她，「母親怕我知道，因二妹的出嫁，一家人把我看做可畏的外人！好像我是會偷三妹嫁妝的賊。」[15]

隨著春雲的回憶，我們可進而了解她悲傷的原因：

> 八歲起就沒給家裡吃過死飯；大弟揹大了，揹二弟；二弟會走路了，三弟出生了；二妹三妹一直揹下去……學校的老師來勸祖母給他讀書，祖母說：「女孩子讀什麼書，有再好的學問還不是嫁人生孩子煮飯。」

時代進步了，她祖母「女子無才便是德」的觀念也改變了。看到春雲因沒讀書而嫁不到體面的丈夫，她後悔良深。一回娘家，祖母就三百五百往孩子身上塞。姐妹中誰表現出一絲看不起踩三輪車的姐夫，祖母的拐杖就往誰身上抽。……祖母臨終時，留給她最後一句話：「春雲，祖母……最遺憾……的……沒給你讀……。」[16]

楊青矗筆下的女性形象，大都是堅毅辛勤，克苦耐勞的，此等對女性的陳述，如果把它放置於臺灣「人工便宜」時期考察，性別隱藏意義是很明顯的。在此一權力結構下婦女逐漸成為政治、經濟擴張之重要角色，婦女被形塑成理家、育子，參與社會生產的「現代女性」。因而在楊氏作品裡，本來農業社會跨入工業社會，家庭結構由農業時代的大家庭制度，漸轉變成工業社會的小家庭，「女性意識」的抬頭，女性的家庭主導角色的興起，本是不容忽視的。但楊氏 1970 年代的作品尚不足以明顯看出此一角色的變遷。

楊青矗在 1986 年出版的長篇小說《心標》與《連雲夢》，除了記錄臺

---

[15] 楊青矗，〈同根生〉，《同根生》（臺北：遠景出版公司，1982 年），頁 137。
[16] 楊青矗，〈同根生〉，《同根生》，頁 143。

灣經濟發展企業家創業的過程，也探討了轉型期女性的愛情觀、價值觀。
作為女性，在開創事業上所面臨的困難遠遠多於男性。她們不但要迎接來
自行業之間的挑戰，而且要承受由於家庭、婚姻等精神拖累而帶來的心靈
創傷。這種以女企業家為主角的創作，也許更能反映出創業者艱難曲折的
心靈歷程，表現臺灣轉型時期新舊思想文化的矛盾與衝突。例如《連雲
夢》中的女主角朱琪敏，她投下的人生大標是走企業家的路。她擔任大豐
紡織廠總經理後，對該廠進行科學管理，生產出現了前所未有的新氣象。
身為女性有她無法排解的沉重精神壓力，翁姑的舊觀念無法容納她的言行
──社會道德倫理與家庭世俗觀念的紛擾。身為大工廠的女總經理，她有
創業的浪漫精神，也有愛情的渴望、掙扎。她畢竟是女人，而且是一個年
輕的寡婦。她追求自身發展的理想，但與公公之間的矛盾與日俱增，後
來，獨生子又不慎溺水身亡。她對洪家完全絕望了，終於憤然離開，著手
籌辦屬於她自己的企業公司，展開新的奮鬥。朱琪敏與洪天榮的矛盾，正
是臺灣社會轉型時期新舊思想文化衝突的必然現象。在現實人生、婚姻上
她們（朱琪敏、林逸芬、馮華卿）也許是挫敗了，但她們都是有獨自個
性，勇於開創新局的現代女性，對昔日以「男性為中心」的社會，具有挑
戰與反抗的能力，都是令人驚喜的。

　　從楊青矗的小說我們可以看到女工、妓女或女企業家是如何地受到社
會變遷的衝擊、時代環境的影響，與她們在社會變遷之中的種種衝突、鬱
悶、苦痛，以及經濟繁榮所導致的眼花撩亂而「迷失」的悲情。

伍、時空變遷下的疏離

一、　作家本人的疏離感

　　楊青矗小說揭發、抨擊了社會種種醜態，關注整個社會疏離的現象，
期盼能為人們建立和諧公平的社會。但是由於現實之限制，作品影響力不
如作者想像得那樣深遠，他心中不免灰心失望。他在接受李昂訪問時就曾
說，他一度對文學甚感灰心，懷疑文學在我們社會裡存在的價值，而「三

島由紀夫在日本學潮的暴亂中光靠其演說能擺平學潮的暴亂」[17]卻是他所相信的文學功能。楊青矗自然懷有淑世精神，但把社會轉型的整個痛苦加諸自己身上，卻束手無策時，作家也不免深受文學無力感之困擾（企圖透過文學作品促使廣大民眾覺醒，甚至有所行動，顯然是不易達成）。這便註定了遲早要與寫作疏離。其間雖也曾有過「本已萎縮的文學心花復甦怒放」。確認自己是勞工代言人，又不滿現實，因而認為文學的影響速度太遲緩，挺身躍入政治活動。1978 年楊青矗參加了因中美斷交而中斷的那次選舉，出馬競選職業團體工人立委，因涉及 1979 年底高雄美麗島事件繫獄數年，迄 1984 年出獄，他仍不忘情政治活動，企圖喚醒更多人加入改革行列，他參與了中央公職選舉。數次的挫折，久而久之，作家也可能漸與政治疏離。李喬曾對他說：

> 你充滿了愛心，又已經接觸這麼廣大的面，有一天，你一回頭，發現人生的哪一個角度，都非常無能為力。不管你是從事於哪種參與，或者政治，或者社會，當然文學也包括在內，在人生各方面，都相當的無能為力之下，你會發現，你這完全文學的東西，在這完全無能為力的情形之下，這還是很划得來的一行。[18]

李喬這段話或許也說明了作家最有資格來刻畫社會中普遍的疏離、異化現象。alienation 一字本有疏離、異化、孤立、不和等義，隨著時代的演進，各時期有不同的解釋。[19]「alienation」已成為當代社會中人的中心問題。人在工業社會生活過程中，將疏離推衍至生命的各種領域。科學愈進步，人類天生本能的失落也就愈多，人的勞力愈「社會化」（socialized），更多的個性將會消失，人之疏離乃無可避免。

---

[17]李昂，〈喜悅的悲憫——楊青矗訪問記〉，頁 83。

[18]洪醒夫策畫，〈社會的關切與愛心——楊青矗作品討論會紀錄〉，《臺灣文藝》第 59 期（1978 年 6 月），頁 207。

[19]見 *International Encyclopedia of the Social Sciences*（New York: Macmillan, 1968），vol. 1, p.264.

二、臺灣勞工的疏離（Alienation）

在追溯疏離（或異化）的根源時，馬克斯對此早有精闢的解說。他指出市場經濟下的人性困境說：精密的分工、單一的勞力，使財貨的創造者淪為製造者，工人對工作的關係趨於分隔，遂與他生產的財貨疏離，得不到工作中的自我實現；另一方面，勞工本身成為市場上一種商品，由付出勞力取得價值，他為社會創造了愈多價值，就愈貶低了自己的價值，工人在工廠中只是重覆單調與刻板的動作而已，他們失去了自由，做機械的工具，沒有能力的意識可言。人遂與自己疏離了，人成為他自己的「個體生存的工具。」（a means of his individual existence）。[20]

當代社會學家則將疏離的根源歸因於人喪失了對價值的實踐，對規範的順從，以及對角色的責任。[21]作為一種社會現象，一種心靈狀態，疏離尤其困擾了缺乏生產工具的一般大眾。因此很自然地，他們成為大部分臺灣短篇小說的主角；他們經常是遭受歧視和被犧牲的疏離、異化者。

工業化促成了臺灣勞苦大眾的疏離、異化。當臺灣社會以新科技取代人力操作的工具時，也剝奪了一些人的謀生工具而使其產生異化。楊青矗的〈低等人〉（1971 年）寫社會邊緣人的異化，一位清道夫（董粗樹）如何為自動化垃圾收集系統所取代，而飽受失業的威脅，他發現他終究無力對抗現實，他連最基本最廉價的生存都無法擁有，他逐漸疏離了四周的環境，為了父親日後的生活他終於決定選擇死亡（death）。故意以身撞車，製

---

[20]Marvin B. Scott, "The Social Sciences of Alienation", in Irving Louis Horowitz（ed）, *The New Sociology*,（New York: Oxford University Press, 1965）, pp. 239-251. 此處轉引自許達然著（許玲英譯），〈當代臺灣小說裡的異化〉，《新地》第 2 卷 3 期（1991 年 8 月），頁 171。又，疏離一詞，是由英文名詞 alienation 翻譯而來，又譯作「離間」或「疏遠」。這個名詞在德文方面和黑格爾（Hegel）所用的 Entfausserung 一詞同義，又是費爾巴哈（Feuerbach）和馬克思（Karl Marx）所用的 Entfremdung（英譯作 estrangement）的同義詞；而 Entfremdung 的中文意譯就是「異化」。又：疏離（或異化）這個觀念屬於一個巨大和複雜的問題，有著長遠的歷史。對這個問題的關注──形式由聖經至文學作品，以及在法律、經濟及哲學等論文方面──反映歐洲發展的客觀傾向，即從奴隸制度到從資本主義走向社會主義的過渡年代。見 Lstv'an M'esz'aros, *Marx's Theory of Alienation*（London: Merlin Press, Forth Edition, reprinted January, 1982）, p. 27.
[21]Bernard Mottez 著；黃發典譯，〈疏離與工人意識〉，《工業社會學》（臺北：遠流出版社，1994 年），頁 91～107。

造殉職的意外事件，藉以換取保險金。他的父親的確得到一筆撫卹金，但人也瘋了。〈同根生〉（1970 年）裡的三個女兒，巧妙地隱喻著臺灣現代化變遷過程中的不同階段。大女兒春雲代表過去，她和她的丈夫是臺灣現代化的挫敗者。三輪車夫——在社會變遷過程中被淘汰的許多行業之一。他想棄舊從新，可是他沒有文化，又無法通過汽車駕駛執照的筆試，全家生活無著落，他的自尊心不容許他伸手去接受岳父——企業界新貴的施捨。

〈圍〉（1972 年）的主角史堅松，對一再被壓抑的不公平待遇，把「等數吃虧悶在心裡的鬱結，爆炸為憤怒的火焰」，他自我崩潰了（ego-disintegration），憤而打死了阻他命運的路障：

> 按評價制度，工作不變是不得升等的，而六年來原本與主管有交情等數高的人，職位不變，而等數提升的大有人在，原來沒有辦法的人，等數偏低也一直偏低不動。這種情形在史堅松的心中早已生了憤懑的情緒。
>
> ——〈圍〉，《工廠人》，頁 107

如前所述，疏離是工業化社會的一種現象。（其實非工業化社會同樣免不了這種現象）在單調的工作過程中，他們對自己的活動和生產出來的貨品越來越陌生；他們經驗了工作的異化，深覺無力量、無意義、孤立無援而且自我疏離、隔絕（self-estrangement）於社會。他們有很深的無力感，因為管理者將他們視同機器。他們感到無意義，他們的工作相當零碎；他們將零件加以組合，卻無緣見識成品。他們的工作和他們自身都被視為商品，他們在生產線上，並沒有獨立自主的成就感與價值感，他們幾乎不屬於自己。他們更感到孤立，因為這種工作的本質排除了人與人之間的互動關係，而且他們還被迫互相競爭，以求工作績效，於是他們視工作為手段，而非目的。因而他們喪失了工作的熱誠，工作不等於事業，工作只是賺錢餬口的「差事」，他們只對「差事」感興趣。懷著害怕失去差事的心情工作，他們長期生活在不安

定和焦慮之中。[22]在楊青矗短篇小說〈工等五等〉（1970 年）中工作評價偏低的電氣技工陸敏成，白天工作，晚上加班，卻發現自己僅能勉強養活一家七口，以致情緒不佳。他的挫折有時爆發成對任勞任怨妻子的咆哮。他動輒和上司吵架，他的怨恨因藍領和白領工人之間的差距而加深，他消極怠工，因為他們工作相似，卻支領相差懸殊的薪酬。

三、都會的夢魘──城市的異鄉人

農耕的收穫難以預估成效，自然促使鄉村人口大量外移，湧向主要城市。外資湧進，工廠林立，工廠的勞力既大部分來自農村，使得農村人口銳減導致農村大家族制度的瓦解、社會結構與文化迅速地解體、萎縮（atrophy），年輕子弟因多不具深厚的農村情懷，對家鄉的倫理觀念也日趨淡薄，傳統價值觀亦逐漸鬆動，這造成了他們在都市中產生各種新的社會問題。尤其遷移者一旦到了陌生的環境，立即面臨調適問題。他們喪失了熟悉的社會和地理環境的支持；也喪失了長期建立的人際關係與價值的支持。他們可能接受新刺激與機會而興奮，也因新威脅與未知狀況而心生畏懼。這亦是 1980 年代人際疏離的要因。

當物慾蒙蔽了本性，名利盤據了心靈，儒家的孝道便難以維繫人心了。王拓筆下的金水嬸遭到兒子的鄙棄；王文興《家變》中的都市知識分子，不僅否定孝親，甚至以羞辱父親為樂。楊青矗的〈成龍之後〉，則是鄉村的知識分子在都市文明的漩渦中，娶了都市的富家小姐之後，轉而嫌其辛勤撫育、變賣田產供其讀書的老父（阿泰伯）「不體面」，而棄置不顧。老人只好無奈的喟嗟：「時代變了，這個年頭娶了一個媳婦等於死去一個兒子。」在新文化的沖擊之下，年輕的一代變得以自我中心，從家庭的原初連結（primordial bond）疏離出來，甚至連「親情」都揚棄了。工業化促成了臺灣大眾的異化，在城市裡，他們成了異鄉人。在〈狗與人之間〉（1974年）這部小說裡，作者批判了都市人虛偽做作、趨炎附勢、崇洋忘本、頹

---

[22]見 *International Encyclopedia of Social Sciences*, vol. 1, p.175.

唐佟靡……的生活與觀念，對照了農村居民的相濡以沫與都市人的相互爭利，藉著一隻無法適應都市生活的土狗，透露出舊社會與新文化格格不入的現象。

《心癌》之作則揭露了社會道德危機，解剖了都市人精神的「癌病」。〈天國別館〉（1973 年）敘述殯儀館兩個工人——羅漢腳瘸手仔馬坑，以館為家，好吃懶做，日日與賭博、性、死亡為伍，過著浪蕩和無聊的生活。寫出了城市邊緣人的遭遇。

陸、相關的一些問題

若仔細閱讀楊青矗的工人小說，可以清楚地看到，這和高雄所展示的臺灣工業化指標進度是一致的，雖然楊青矗的小說，從他服務的中油煉油廠出發，不免稍微受到某些經驗的局限，但從 1960 年代到 1970 年代快速發展漸具規模的臺灣工業社會的各種現象，卻蘊含著許許多多的問題，這些問題包括：工人的社會定位、工作的保障與安全、工作條件與尊嚴的確立，勞動法令的修訂、工會的組成及健全等，皆有待大家齊心協力，求其合理化，以促使工業社會日趨和諧安定。

如果論及勞工的現實，我們仍須注意作者所掌握的是 1980 年以前的狀況。1984 年 7 月 30 日總統令公布之〈勞動基準法〉，不論就社會立法或經濟秩序而言，皆跨越出劃時代的一步。[23]〈勞動基準法〉第一條第一款前段說明了該法之立法目的：

> 為規定勞動條件最低標準，保障勞工權益，加強勞雇關係，促進社會與經濟發展，特制定本法。

---

[23]以生產領域而言，1980 年代中期以前，臺灣的「勞資」關係，假如由下往上看，往往是以父權制的老闆與「工人弟子」這兩種「地位團體」為骨架所建構的。在楊青矗小說所描繪的所謂「勞資衝突」，建立於有工廠自然有此現象，實則如以 1980 年代後期，透過工運的初步發展來看，「勞資關係」才以現代階級的形式出現，主客觀上皆成立的勞資衝突，其實是一歷史建構的結果。

可見國人對勞工權益的關注，已通過法律的形式的顯現。在〈勞動基準法〉第一章〈總則〉中規定了禁止強制勞動[24]、禁止抽取不法利益[25]，雇主有提供工作安全之義務[26]等保障勞工權益的通則，至於楊青矗作品中出現頻繁的女工問題，在該法第五章〈童工、女工〉裡也羅列了許多保護的法條，如第 49 條規定女工深夜工作之禁止及例外，第 50 條規定分娩或流產之產假，第 51 條規定妊娠期間得請求改調輕易的工作，第 52 條規定女工有未滿一歲之子女時，於正常休息外，雇主應每日另給 30 分鐘的哺乳時間兩次。此外，對於勞工的勞動契約、工資、工作時間與休息、休假、退休、職業災害補償[27]均闢專章以規定之。〈勞動基準法〉的落實，誠然有待主管機關清廉剛正地監督執行，與勞資雙方共同協調、踐履。

　　勞基法雖保障勞工權益，而相對的，勞工亦須克盡其義務的，不能視勞基法為護身符而不盡責任。尤其面臨資訊時代的到來，將來企業主寧願花較多成本買機器，也不願多僱員工，以提高生產品質與效率，並減少人事紛爭。勞工朋友應有此警覺。在楊青矗一系列工人文學作品裡頭，許多人為了升遷，而破壞了人與人之間的情誼，為了求取個人利益，不惜你爭我奪。在小說裡可以看出勞工流動率高。雇主既未把勞工視為自家人，勞工對雇主也不易建立感情，只要其他雇主所出工資較高，立刻毫無顧忌，掉頭而去，因而使我國勞工的流動率每年高達百分之三十以上。同時由於勞工對雇主缺乏向心力，對減少浪費，提高生產力，開拓銷路等事，亦漠不關心。由於勞工的流動率高，及勞工對雇主的缺少向心力，直接間接造成對雇主相當大的損失。由於雇主經常要召僱新勞工，其所花訓練及廣告費用，亦頗為可觀。

---

[24]〈勞動基準法〉第五條：「雇主不得以強暴、脅迫、拘禁或其他非法之方法，強制勞工從事勞動。」

[25]〈勞動基準法〉第六條：「任何人不得介入他人之勞動契約，抽取不法利益。」

[26]〈勞動基準法〉第八條：「雇主對於僱用之勞工，應預防職業上災害，建立適當之工作環境及福利設施。……。」

[27]見〈勞動基準法〉第 9 至 20 條，21 至 29 條，53 至 58 條，59 至 62 條規定。

再者，政府自民國 78 年 10 月開放引進外勞以來，外勞人數在國內不斷的成長，對本地勞工造成相當大的威脅。政府當初基於重大公共工程的考量，在國內一工難求的情況下，引進外勞。但演變至今，除了所謂三 K 行業（工作具骯髒性、辛苦性和危險性）對外勞需求殷切外，由於外籍勞工的薪資僅及國人的五成五左右，因此各行各業莫不爭先恐後，極力爭取。從而許多國內勞工的工作機會，在成本低廉的外勞競爭下紛紛被「替代」掉了。若干公司在引進外勞之後，便藉「業務緊縮」等名義解僱本國勞工，國內勞工的就業機會岌岌可危。

外勞的引進，由當初「補充」國內不足的勞力，演變至今成為「替代」國內的人力，這一偏離航道的外部效應（External Effect）尚不僅於此，在外勞薪資偏低的情形下，多數廠商幾乎都有延緩自動化的趨勢，此一現象對我國經年推動的產業升級無異背道而馳。而在長期薪資偏低下，外勞遲早也將為此一歧視性待遇表達不滿，因此所引發的勞資糾紛與社會問題，在外勞持續大量引進後必然接踵而來。

在 1990 年代的今天，勞工人口比例遠比 1970 年代高，就業人口結構又有很大的改變，勞資雙方的和諧亦日趨重要。工人文學宜具備前瞻性發掘問題。進而透顯此類問題，而從事文學創作時，亦應具備前瞻性的眼光，更深厚的人文關懷，以觀照社會，呈現問題。

柒、結語

「小說對於楊青矗而言，似乎已不再是駕馭文字以表現或幻想的形象化，而是一種行動化的實踐過程。他夢想著依靠小說來『喚起民眾和政府』，以便有助於改善勞工的生活」[28]，「他寫作的目的是希望他的作品能產生一種力量——從同情和悲憫中迸出的力量，促使那些不合理的制度能獲

---

[28] 葉石濤，〈評《工廠女兒圈》〉，收入楊青矗著《在室男》（高雄：敦理出版社，1984 年），頁 278。

得改善」[29]。這使他成為深具文學使命感和社會改革信念的典型人物，也成為鄉土文學運動中的激進角色。

　　楊青矗的小說大半偏重於反映勞工面臨人事制度所產生的不公以及他在生活壓力下所嚐受到的痛苦和創傷。楊氏的作品尚不足以涵蓋臺灣勞工生活的形貌，他採取的角度集中於勞工辛酸的情緒面，勞動者生涯中或許也有甜美、和諧與滿足的一面，他的小說卻未曾觸及（也許臺灣的勞工真的太淒慘了）。但是，他能夠將勞工生活、加工區女工的悲情，這個極具時代意義的素材溶入自己創作的核心，以切身的經驗掌握住藍領階層的生活剖面，確實難能可貴。畢爾・羅逖（Pierre Loti, 1850-1923）在《冰島漁夫》（*Pêcheur d'Islande*）一書中，將自己的海洋經驗和對漁民的同情結合在一起；在《工廠人》、《工廠女兒圈》裡，我們也發現楊青矗運用自己的勞工經驗以及對勞工的關懷，完成了工人的代言人一部部寫實性極為強烈的說部。

　　雖然小說泰半屬於虛構，但其時以寫實主義掛帥的工人小說卻與社會變遷有著十分密切的關係。彭華侖（Robert Penn Warren）說：「小說隨著世界的變遷而變化，每個時代產生它自己的小說。」[30]1970 年代左右的臺灣小說給這段話做了最佳的注腳，因為楊青矗的小說確實是社會變遷、轉型過程的精髓，充分把握住時代的脈動，也是當時臺灣社會具體的縮影與摘要。

參考書目

・楊青矗，《工廠人》，高雄：文皇出版社，1975 年 9 月。

・楊青矗，《工廠人的心願》，高雄：敦理出版社，1978 年 3 月。

・楊青矗，《廠煙下》，高雄：敦理出版社，1978 年 3 月。

・楊青矗，《同根生》，臺北：遠景出版社，1982 年 7 月。

・楊青矗，《工廠女兒圈》，臺北：遠景出版社，1982 年 9 月。

---

[29] 何欣，〈七〇年代的使命文學——論楊青矗和王拓〉，收入李瑞騰編《中華現代文學大系（臺灣 1970—1989）評論卷（壹）》（臺北：九歌出版社，1989 年），頁 368。

[30] Cleanth Brooks & Robert Penn Warren, *Understanding Fiction*（New York: Appleton-Century, 1979），p. 1.

・楊青矗，《在室女》，臺北：敦理出版社，1985 年 4 月。

・楊青矗，《心標》，臺北：敦理出版社，1987 年 1 月。

・楊青矗，《連雲夢》，臺北：敦理出版社，1987 年 1 月。

・楊青矗，《覆李昂的情書》，臺北：敦理出版社，1987 年 3 月。

・楊青矗，《楊青矗集》，臺北：前衛出版社，1992 年 4 月。

・古繼堂，《臺灣小說發展史》，臺北：文史哲出版社，1989 年 7 月。

・成露茜著；熊秉純譯，〈婦女、外銷導向成長和國家：臺灣個案〉，《臺灣社會研究季刊》第 14 期，1993 年 3 月，頁 29～76。

・何欣，《當代臺灣作家論》，臺北：東大圖書公司，1983 年 12 月。

・何欣，〈七〇年代的使命文學〉，李瑞騰主編，《中華現代文學大系（臺灣 1970—1989）評論卷（壹）》，臺北：九歌出版社，1989 年 5 月。

・李文朗，〈臺灣都市化與人口變遷〉，蔡勇美、郭文雄主編，《都市社會發展之研究》，臺北：巨流圖書公司，1978 年 8 月。

・李美枝，〈社會變遷中中國女性角色及性格的改變〉，臺灣大學人口研究中心編，《婦女在國家發展過程中的角色研討會論文集》，臺北：臺灣大學人口研究中心，1985 年。

・李師鄭，〈談楊青矗的三個短篇集〉，《書評書目》第 23 期，1975 年 3 月。

・金泓汎，〈臺灣經濟的「轉型」機制探討〉，《中國論壇》第 373 期，1991 年 10 月。

・花村，〈從《心癌》論楊青矗的文學素質〉，《臺灣文藝》第 59 期，1978 年 6 月。

・林燿德，〈藍色輸送帶──論李昌憲詩集《加工區詩抄》〉，《不安海域》，臺北：師大書苑公司，1988 年 5 月。

・季季，〈關於《六十五年短篇小說選》──楊青矗的〈昭玉的青春〉〉，《書評書目》第 49 期，1977 年 5 月。

・紅河，〈楊青矗與工人文學〉，胡民祥編，《臺灣文學入門文選》，臺北：前衛出版社，1989 年 10 月。

・洪銘水，〈楊青矗小說中的「認知」〉，《臺灣文藝》第 59 期，1978 年 6 月。

・英格麗舒著；劉美梨譯，〈楊青矗對文學與社會的觀點〉，《民眾日報・鄉土文化》，

1992 年 8 月 5～11 日，17 版。

• 高天生，〈工人小說家楊青矗〉，《臺灣小說與小說家》，臺北：前衛出版社，1985 年 5
月。

• 葉石濤等；陌上塵整理，〈工人文學的回顧與前瞻〉，胡民祥編，《臺灣文學入門文
選》，臺北，前衛出版社，1989 年 10 月。

• 袁宏昇，〈楊青矗素描及其他〉，《臺灣文藝》第 59 期，1978 年 6 月。

• 柴松林，〈眼淚、血汗、豐收——序楊青矗著《工廠女兒圈》〉，《夏潮》第 4 卷第 4
期，1978 年 4 月。

• 柴松林，〈敲開女強人愛情與事業的標箱，探討企業家標箱裡的人生底價——《心
標》與《連雲夢》序〉，楊青矗，《心標》、《連雲夢》，臺北：敦理出版社，1987 年 1
月。

• 許南村，〈楊青矗文學的道德基礎——讀《工廠人》的隨想〉，《臺灣文藝》第 59 期，
1978 年 6 月。

• 許素蘭，〈論楊青矗小說裡的人際關係〉，《昔日之境——許素蘭文學評論集》，臺北：
鴻蒙文學出版公司，1985 年 9 月。

• 許達然著；許玲英譯，〈當代臺灣小說的異化〉，《新地文學》第 2 卷第 3 期，1991 年
8 月。

• 黃俊傑，〈戰後臺灣的社會文化變遷：現象與解釋〉，黃俊傑編，《高雄歷史與文化論
集》，高雄：陳中和翁慈善基金會，1995 年 11 月。

• 莊義仁，〈臺灣「轉型期」社會問題剖析〉，《中國論壇》第 373 期，1991 年 12 月。

• 陳震東，《高雄市人口變遷之研究》，高雄：高雄市文獻委員會，1988 年 6 月。

• 彭瑞金，〈鳥瞰楊青矗的工人小說〉，楊青矗，《廠煙下》。高雄：敦理出版社，1978
年 12 月。

• 彭瑞金，〈工人作家陌上塵〉，《瞄準臺灣作家》，高雄：派色文化發行，1992 年。

• 彭瑞金，〈臺灣社會轉型時期出現的工人作家—— 楊青矗的工廠人文學〉，封德屏主
編，《鄉土與文學：臺灣地區區域大學會議實錄》，臺北：文訊雜誌社，1994 年 3
月。

‧張曉春,〈從勞基法立法旨意論勞資關係〉,蕭新煌、張曉春、徐正光編,《社會轉型
——一九八五臺灣社會批判》,臺北:敦理出版社,1987 年 4 月。

‧葉石濤,〈楊青矗的《工廠人》〉,《夏潮》第 2 卷第 4 期,1977 年 4 月。

‧葉石濤,〈《夢魘九十九》序〉,陌上塵,《夢魘九十九》,臺北:前衛出版社,1983 年
10 月。

‧楊添源,〈幾點瑕疵——評楊青矗的《妻與妻》〉,《書評書目》第 4 期,1973 年 3 月。

‧廖正宏,〈臺灣農業人力資源之變遷〉,瞿海源、章英華主編,《臺灣社會與文化變遷》
(上冊),臺北:中央研究院民族學研究所,1986 年。

‧劉映仙,〈臺灣經驗論析〉,《中國論壇》第 373 期,1991 年 10 月。

‧隱地,〈楊青矗《在室男》評介〉,《幼獅文藝》第 212 期,1971 年 8 月。

‧蕭新煌,〈對「臺灣發展經驗」理論解釋的解謎〉,《中國論壇》第 319 期,1989 年 10
月。

‧蕭蕭,〈楊青矗筆下的工廠人意識〉,《臺灣文藝》第 59 期,1978 年 6 月。

‧邊裕淵,〈婦女勞動對經濟發展之貢獻——臺灣之實證分析〉,《婦女在國家發展過程
中的角色研討會論文集》,臺北:臺灣大學人口研究中心,1985 年。

‧黃拔光,〈臺灣著名工人作家楊青矗〉,《福建文學》第 77 期,1982 年 6 月。

‧黃重添,〈臺灣企業家的心路——評楊青矗新作二部曲《連雲夢》〉,《臺灣研究集刊》
第 4 期,1988 年 11 月。

‧潘翠菁,〈疾首砭時弊,揮淚書民情——評臺灣作家楊青矗〉,《學術研究》第 4 期,
1981 年 7 月。

‧Bernard Mottez 著;黃發典譯,《工業社會學》,臺北:遠流出版社,1994 年 4 月。

‧舒詩偉譯著,《美國工運史》,臺北:臺灣工運雜誌社,1993 年 12 月。

‧王育德,「鄉土文學と政治——王拓と楊青矗を中心に」,『明治大學教養論集』第
152 號,1982 年 2 月。

——選自許俊雅《臺灣文學散論》

臺北:文史哲出版社,1994 年 11 月

當代小說所反映的臺灣工人
談楊青矗的《工廠人》

◎王拓[*]

一、楊青矗——臺灣小說界的異軍

　　臺灣已經從農業社會漸漸變為工商業社會，工人的數目因為經濟發展的需要而較以前有大幅度的增加，依據最保守的估計，目前臺灣的勞工人數大概有一百七十萬至二百萬人之多，如果每一個勞工平均需要負擔養育的人數為四人，則全省大約有將近八百萬人口的經濟來源是依靠勞工的工資。這個人數已經約占中華民國總人口數的一半，數量不可謂不大。同時，臺灣幾年來在經濟上的成長與繁榮，是依靠所謂勞力密集工業，也就是依靠臺灣的勞工出賣他們的低廉勞動力所造成的。因此，在臺灣的經濟繁榮聲中，占大多數人口比例的工人及其家庭的生活，雖然較過去有或多或少的改善，但是真正工商業進步繁榮的成果，卻大部分被極少數的公司或廠場老闆們所壟斷，而工人所得僅不過是出賣勞力後的微薄、廉價工資而已。

　　像工人及工人家庭這樣龐大人口數的經濟情況與生活情況——他們的勞力所得是否公平、子女教育是否完善、日常生活是否不虞匱乏、工人福利是否普遍得到保障、保險是否獲得實益等問題，在報章雜誌上雖時有報導與討論，但大部分都僅是浮光掠影地談到一些表面現象，作一些口頭的呼籲而已，至於工商社會裡勞資雙方利害關係的本質問題卻很少被徹底地

[*]王拓（1944～2016），本名王紘久，基隆人。小說家。曾任政治大學中國文學系講師、光武工業專
　科學校（今臺北城市科技大學）講師、國民大會代表、立法委員、文建會主任委員。

討論過。這當然與政府的勞工政策有關，為了求取安定而不得不如此。但是，這種常見的浮光掠影的報導與討論，總比完全不聞不問的態度要好得多。在臺灣為數頗多的文學作家群中，對於臺灣勞工的生活及他們所面臨的問題，不但連浮光掠影的反映與描寫都沒有，甚至大部分的文學作者對這商題恐怕連想也都沒有想過吧？推究臺灣文學作家們之所以對為數眾多的工人及其家庭生活的情形如此冷漠、如此欠缺關懷，主要大概有以下幾個原因：

1. 由於輕視

中國傳統的讀書人一向是所謂四民之首，社會地位高於一般民眾；同時儒家又特別強調所謂「勞心者治人，勞力者治於人」的思想，因此就養成讀書人普遍地輕視非讀書階級、輕視那些幹粗活作莊稼等出賣勞力的勞動者。而這種傳統思想的遺毒，也隨著現在不很健全的教育跟社會風氣，普遍地散布在我們的社會裡。特別是那些平時躲在自己的書房裡閉著眼睛不問世事的文學作家們，只局限在自己偏狹的世界裡，以為自己即是知識唯一的壟斷者與創造者，而在心裡鄙視著那些身上流汗、雙手黑汗的勞動者，「這些人能有什麼知識呢？能懂得什麼呢？」他們以為文學就是美的、才子佳人的、風花雪月的、鄉野傳奇的、或其它什麼的，而絕不是描寫那些幹粗活賣勞力的人的生活，「這種人整天為了生活而愁苦，寫起來有什麼情趣呢？寫這種人的故事怎麼能成為文學呢？」類似這樣的思想恐怕不只在我們社會初學寫作的文學青年群中相當普遍，即使在我們成名的文學作家群中恐怕也是相當普遍的吧。

其實人類能有今天的文明，正是靠了這些動手動腳出賣勞力的勞動者所推動的。沒有奴隸來操作幹活，那會有早期希臘羅馬的文明？沒有那批人數廣大的勞動者，又那能有今天的金字塔與萬里長城呢？而今天我們所引以為榮的臺灣經濟繁榮，主要的也是靠了這些默默在廠場裡工作的工人們努力的結果。同時，這些平時努力工作卻仍然生活艱苦的人們，他們的掙扎、奮鬥與他們的生活、思想、感情，應該也是文學上最動人、最值得

掌握與挖掘的題材。但是由於我們淺見的文學工作者的這種鄙視勞動者的思想，卻使他們輕易地放棄了這些文學上可貴感人的題材，使得我們至今的文學創作嚴重缺乏這方面動人的作品，這應該是文學界一種重大的損失。

2. 由無知事

　　中國傳統的讀書人一向是自成一個高高在上的階級，很少與工人、農人大眾混在一起，因此傳統讀書人對農人工人的生活與感情一向也是極無知、極不了解的，所以像「孤舟蓑笠翁，獨釣寒江雪」這樣的詩，才會被千年以來的讀書人一廂情願地當作意境高遠的神妙佳作來欣賞，而完全忽略了那個坐在孤江邊的蓑笠翁，可能是為了三餐釣不到魚而只能釣雪時那種被生活所熬迫的愁苦心情。什麼樣的人過什麼樣的生活，就會有什麼樣的思想，這是一個普遍的事實，人的思想與意識型態是被他的現實生活與社會地位所決定的，因此在社會上不同類不同等級的人的思想往往是不會相同的。因此，如果不是經過現實生活的教育與啟發，而自覺地去接近、去關心不同的人的生活，是很難對自己以外的人有所了解的。特別是作為一個文學創作者，如果無法深入到他所要描寫的人物的生活裡，是無法以閉門造車的方式把人物的性格與思想生動地反映給讀者的。而今天在臺灣的文學創作者，不論在生活上、教育上或思想上，無可諱言的都與一般的勞動者有著很大的不同，因此，文學創作者之不了解為數眾多的工人們的生活與願望，便成為必然的現象。因為這種無知，當然也就無法創作出反映工人生活的作品了。

3. 由於恐懼

　　我們的社會普遍地流行著一種非常偏差的觀念，以為共產黨是最善於利用工人被剝削的事實來鼓動工人、組織工人以從事反抗現有的社會秩序、破壞社會安寧的，因此便把凡是反映工人生活，同情並支持工人爭取他們合理的利益的人，都看成居心叵測、思想有問題的危險人物。因此，這樣的作品便也被認為是具有毒素的東西，而刻意地加以防範與排斥。其

實這樣的看法是很表面而且也是很錯誤的，首先，除非我們承認共產黨的
確是為工人的利益而奮鬥的政黨，否則我們沒有理由將申張社會正義，保
護工人利益的正當工作拱手讓給共產黨；正相反，我們要主動起來，真正
關心工人的利益，維護社會正義，以杜絕共產黨煽動的口實。其次，問題
絕不在於是否反映了工人的生活與願望，而在於它所反映的問題是否屬
實，如果工人真的被公司或廠場老板所剝削，我們對這樣的文學作品不僅
不應禁止和害怕，反而應該大加鼓勵才對。但是長期以來，由於政府的政
策要求安定，而嚴厲地禁止工人用各種激烈的行動來要求他們合理的利
益，因此也便不歡迎作家們去反映工人的生活與問題，唯恐這種作品會激
起工人的騷動，引起社會的不安。其實，工人們對他們自身的利益之是否
得到合理的照顧是比任何人都更自覺、更清楚的。只是在政府的政策與工
會、老板的遊說下，暫時退縮容忍而已。事實是最好的說明與教育，如果
工人的利益真的得到合理的照顧，即使再多的文學作品也激不起他們的共
鳴與擁護，又怎麼會引起社會的不安呢？如果工人的利益真的被有錢的老
板所剝奪了，沒有文學創作者作品的激勵，他們也一樣是終於會有高度的
自覺與認識的，法令的禁止只能暫時不使問題發生，但絕不能消滅被抑
壓、被剝奪者的反抗。政府這幾年來對這個問題的看法與態度顯然已經有
了很大的進步，所以許多雜誌報紙也不時可以看到討論工人問題的文章，
蔣院長更不諱言工人的所得偏低，因此也努力在為人數眾多的工人的幸福
多方設想，如鹽工的生活得到較好的照顧便是最好的說明。只是我們的文
學創作者，似乎老是在一種不可見的陰影籠罩下，不敢去碰這類應該被關
心、且可能成為偉大的小說題材的工人生活與問題，以為寫這類作品便會
有被扣上「左派作家」帽子的危險，結果便造成今天臺灣文壇，嚴重缺乏
這類反映工人生活的作品的現象，而成為文學史上重大的損失。

　　在這種情形下的臺灣文壇，近幾年來竟然會出現像楊青矗這種對臺灣
工人投注了深刻的關切，大量以工人生活為寫作主題的小說作家，實在是
一個異軍，一個很值得喜悅與興奮的異軍。楊青矗不但努力寫工人小說，

並且也以臺灣工人的代言人自居，他甚至還想透過民主社會合法的競選去爭取立法委員的當選，以便替臺灣工人做更多的服務與貢獻。他這種熱誠的服務精神與敢於擔當的勇氣，是值得佩服與學習的。

二、《工廠人》所反映的臺灣勞工

《工廠人》是楊青矗所寫的一系列工人小說的結集，總共收了十個短篇，其中除了一篇〈上等人〉外，都是直接描寫臺灣工人生活實況的小說。在這些小說中的臺灣工人主要有兩類，一類是臺灣公家工廠低等的正式技工，一類是公家工廠中所僱傭的臨時工。在沒有正式談到楊青矗的《工廠人》之前，我們必須先粗略地談到民國58年行政院人事行政局所頒行的「職位分類」與「工作評價」這個制度。這個制度在經濟部所屬的公家機構被廣泛地採行著。「職位分類」適用於一般職員，所評的是「職等」；「工作評價」則適用於一般技術或非技術的工人，所評的是「工等」；而等級劃分的標準原是根據職位的重要性與工作人員技術的高下來劃分的，設立這個制度的原始構想似乎不錯，是為了追求一種真平等的理想而設立的。但是這個制度卻在開始時即把職員與工人分別起來，「職等」的人薪水都遠比同等位的「工等」人高得多，這正是傳統重視「勞心者」賤視「勞力者」最典型的表現。而即使是同為「工等」的工人，在評定「工等」的等級時，由於執行時完全是由單位主管所組成的「評議委員會」所操縱，因此便不免為主管個人的好惡與私心所左右，而造成極多不公平的現象：原來年資高、技術較好的工人，因為與主管的關係沒有搞好，所得的等級反而往往比一些年資淺、技術差而專會搞關係的工人低。得到高等的人收入好，便歡天喜地；低等級的人收入少，便憂愁怨恨。「臨時工」則是在正式工之外，為了工作上的需要而臨時僱傭的工人，他們的收入比正式工少得多，既沒有公司的福利可享，又沒有退休制度作為保障。其實這種臨時工人所負責的工作與正式工沒有什麼差別，只是為了限於公司的預算或為了節省開支，而設計出來的權宜辦法，因此有許多臨時工

「臨時」了幾十年還在「臨時」，永遠得不到升為正工的機會。筆者於民國
50 年與 51 年間曾在臺電公司深澳發電廠當臨時工人，對此事頗有實際的
見聞與了解，因此對楊青矗在《工廠人》中所描寫的工人的心情頗能深入
體會。

　　收在《工廠人》中的〈工等五等〉與〈圍〉，這兩篇小說寫的是低等正
工的故事；而〈低等人〉與〈升〉則是寫臨時工的故事。楊青矗本人是在
高雄煉油廠辦理文職而被評為「工等」的「白手」工人，他只坐在辦公室
裡工作，不必到工廠裡參與粗工操作，雖有點不同於一般「黑手」的工
人，但他對這些工人的生活與心情確有很實際的了解與體會。他的小說發
生的地點雖然篇篇不同，但是整個背景大體看來卻沒有什麼不同，恐怕都
是以高雄煉油廠為模型的。他的小說中所描寫的人物故事，有一大部分恐
怕也正是他自己的遭遇與心情。不論是〈工等五等〉中的陸敏成、張永
坤，或是〈圍〉中的史堅松、石清泓，或是〈升〉中的林天明，或是〈低
等人〉中的董粗樹，他們都有一個共同的願望，都在做一種共同的努力與
掙扎，就是想努力突破他們生活上的貧困與艱辛，熱切地盼望著能升到他
們所希望的高等位，以便改善他們的家庭生活、提高他們的社會地位。在
這些故事中，我們清清楚楚地看到這些被長期壓制在低等的正工與臨時工
們的血淚、辛酸與憤怒。

　　　陸敏成穿好布鞋子，正要往桌子上拿便當預備上班，他太太從房間衝出
　　來問：
　　「有沒有錢？家裡沒有菜錢了。」
　　「妳到底要多少錢才夠買？」
　　陸敏成下意識地嚷起來；袋子裡有三百塊錢，本錢連利潤收了七八天才
　　積下來的，預備納人家的利息，又要菜錢了！
　　「都不要買，都不要吃！」陸太太眼眶紅紅的含著整泡淚水。……（中
　　略）

「放心吧，我不會偷積私房錢的。要偷積私房錢，陪嫁來的四萬塊不會在五年中貼光光的。一天的菜錢四十塊，扣你的帶飯錢五塊，剩三十五塊。三十五塊要買一家七口的菜和油鹽，很困難的。一個月菜錢最省也要一千二，米錢四百五，房租五百，小孩的牛奶一百，水電費一百，瓦斯三個月燒二瓶，一個月攤一百。肥皂、味素，雜七雜八的，人情世事的紅包白包，稅金……有時過年過節，一個月兩千五還不夠，你是吃米不知道米價的。」

　　　　　　　　　　　　　　——〈工等五等〉，《工廠人》，頁 9～10

　　這裡所寫的是一個大工廠裡的五等正式技工家庭的生活與經濟困境的實況，大概是臺灣一般低收入者最低的家庭生活水準了。由於連維持這種低水準的生活要求尚且還捉襟見肘的困境，使得一向恩愛的夫妻也難免要發生磨擦與口角，真是「貧賤夫妻百事哀」了。但是還有比這種低等的正式工的生活更困苦的臨時工，像〈升〉中的林天明，每天的工錢只有三十塊出頭，一個月的收入頂多也只有一千塊左右，還要撫養五個孩子，生活的困苦就更能想見了，因此林天明的太太阿花只好每天去磨鐵銹賺外快來貼補家用，而把五個孩子丟在家裡任他野去了。而〈低等人〉中專門靠拉垃圾每天二十塊錢的工資，來養活九十幾歲的瞎眼老父的臨時工董粗樹，所過的是「一碗飯一小塊拇指大的冰魚就吃完了。沒有買菜時，攪些鹽，喝兩口隔天的鹹湯也吃飽一頓飯」的生活，平時在人們眼裡，甚至連有錢人家所豢養的貓狗都不如。

　　（粗樹伯）三十二歲那年母親患胃出血逝世，埋葬費使他和他父親背上了一筆債，三十五歲進入宏興公司做臨時工拖垃圾，三年後他父親年老眼瞎無法謀生，他以臨時工微薄的收入奉養和攤還埋葬母親積下的債。這段時間有人介紹一個寡婦給他。寡婦帶有一個男孩，同居了兩個月，嫌日子過的窮苦，帶著男孩下堂求去。之後，年紀漸入中年，再也沒有

結婚的機會。

——〈低等人〉,《工廠人》,頁 30

粗樹伯家住距離宏興公司十多公里的鄉村,他家鄰近的兩三個村莊在宏興公司的工廠工作的有六七十人,宏興公司每天有交通車接送上下班。但公司不發乘車證給臨時工,他沒有資格乘交通車。其實,其他沒有乘車證的臨時工也與正工們一樣乘交通車上下班,偶爾查票員上車查票時,向他求求情。查票員大多能通融過去。但粗樹伯不敢乘交通車……(中略)最使他難堪的是他一上車,就有人摀住鼻子,他坐的座位周圍的幾個位置,沒有人願意坐,大家寧願跑離他較遠的地方去站著。他知道身上發出的垃圾臭味給人難受。整天跟垃圾混在一起,沒有辦法不沾臭味。他的衣著也是獨特的,穿的是人家不要的破舊衣服,不是沒有領子,就是沒有袖子,不是人家給的,就是從垃圾箱撿來的。頭戴一頂破斗笠,加上黑銹黑銹的蟾蜍皮,車裡就有人向外吐痰。

——〈低等人〉,《工廠人》,頁 29

在這樣沉重的生活壓力與卑微的社會地位下,不論是低等的正工或不入等的臨時工,想要突破這種生活困境,當然唯一的希望是能升上所欲的高等位置或成為正工。但遷升的權力是掌握在頂頭上司的課長或主任的手上的,如果與上司的關係沒有搞好,即使是有再優異的技術或再好的工作表現,想升等也是比登天還要困難的。因此,如何投主管上司所好,如何去拍主管的馬屁,便成為想遷升的人共同了解的最好的途逕了,大家以此互相教育、鼓勵,也互相以此來揶揄、傷害對方。

「升了沒有?」每次去女人的娘家,岳父母總要這樣問問。

「還沒有。」畏畏縮縮地答,下次去可大聲答:升了!

「真笨,別人在工廠做臨時工頂多一年半載就能升正式的了,你已幹了十幾年的臨時工,還是永遠的臨時。每天賺個三十來元,怎麼養家

哦！」

岳母埋怨完後，岳父感嘆地鼓勵：

「多多向上司扶扶屪脬，你都不知道這是扶屪脬的時代。」

怎麼不曉得這是扶屪脬的時代呢，十幾年來的經驗，岳父鼓勵的話確實不錯；要升光憑認認真真工作，光技術好是不行的，反而被人視為憨牛一條，別人不肯賣命的工作因你只做不吭氣主管就盡量派給你，而升正工總是那些會扶屪脬的拿去。

　　　　　　　　　　　　　　——〈升〉，《工廠人》，頁84～85

前次落取後，白萬山曾偷偷罵他：

「你呀，要想考上就得大方一點，像你這樣十二月霜凍沒死的凍霜（吝嗇）鬼，永遠沒有出頭的日子；老是屪屌（音ㄐㄧㄠˋ）[1]攦住十一指，放怕飛，攦緊怕捏死，考個鬼哦。我那時過年過節一定去拜拜，考前請班長上飯店，請總領班和主管上酒家，帥的酒女叫給他們去釘，紅包分別送四千，總領班不收，他推託課長有意安排給黃海明，我就知道我送的比黃海明少，回去後又送上三千，又往課長的家走動了幾次；總領班把他要出的技術工作偷偷告訴我，要我多練習，你一文不花就想考上，沒有那種天掉下來的好事。」

「沒有錢從那裡去花起？」

「借也得借來用，考上後每月多領一些錢，慢慢還，夠利息的。」

　　　　　　　　　　　　　　——〈升〉，《工廠人》，頁85～86

　　為了遷升，送紅包當然是拍馬屁很有效的方法，而替主管上司做免費的勞役，例如到主管家整修庭園、當跑腿做雜役等，也是另一種拍馬屁的方式，功效與送紅包相同。〈升〉中的林天明為了能升為正工，所走的便是這種雙管齊下的方法。平時的家庭經濟已經困窮到三餐不繼的地步，還得

---

[1]筆者按：臺語發音指男人的生殖器。

像男傭一般去替主管接送孩子上下學，還得抽緊腰帶以高息去標會、去借債來籌措紅包。從這裡便可看出我們這個社會已經腐敗到何種地步，便可看出一個原本立意良善的制度因為有權有勢的人的敗德，而變成一個多麼可怕的人吃人的制度。可見一個社會如果要改良、要革新，只憑藉一些紙面的政令與指示，而不知從最根本的社會教育來進行徹底的改革，是完全不可能成功的。〈升〉中的林天明在這種殘酷的現實生活長期壓迫性的教育之下，到底見機得快，雖然等了漫長的 16 年，總也學了乖，改弦易轍地扶起主管的屁脬來了。命令發布，果然要升他了。這樣的一個人物也許在某些作家的筆下會變成被嘲弄、被諷刺的對象，但是在楊青矗的小說裡，他卻使我們深刻地感受到林天明的辛酸，他違背了自己一向硬朗的正直的個性去拍主管的馬屁，無非是為了改善妻子兒女的生活，這使我們體認到殘酷的現實生活裡，人性是多麼軟弱，多麼可怖地被歪扭著，因此，我們對林天明這樣的人只有感動與同情。

> 升了，升了！正工了，正工了！我是正工了！萬歲——等待十六年，我是正工了……他停頓了一下，心肺陡地沿著氣管緊縮幾下，長長地吁了一口氣，淚水癢癢的滾出眼眶。
> 我是正工了，從明天起不是「假工」了；幹伊娘哩，總也等到了出頭的一天了！他抬起兩手，用袖管一手一眼擦著眼睛，頭左右偏轉著。
>
> ——〈升〉，《工廠人》，頁 84

但是生活情況類似林天明，而又不能像林天明那樣見機學乖去向主管拍馬屁的人如陸敏成（〈工等五等〉），雖然工作努力，並且低聲下氣地去向主管要求從新申覆，結果不但不能改等翻身，主管甚至以申覆結果說不定還要降等來威嚇他。在這種情況下的低等工人的前途只有三種可能，一種是像陸敏成一樣冒著失業的危險，辭職不幹；一種是像「憨牛」廖寅（〈工等五等〉）一樣，為了怕失業只好懷著滿肚子的不平與辛酸繼續待下去，直

到退休為止，〈低等人〉中的董粗樹則只有被解僱連拿一點退休金的資格都
沒有；另一種則像張永坤（〈工等五等〉）或史堅松（〈圍〉）這種人，在長
期被壓迫而不能翻身的情況下，激起他們的反抗——由發牢騷、怠工到口
頭上向主管據理力爭、到忍無可忍，失去理智，以暴力對付那個直接對他
施以迫害的人而致誤干國法。

> 初行評價時，張永坤拉陸敏成到課長室理論，問他同樣工作為什麼有五
> 等的有九等的，也有十等十一等十二等的。課長老謀深算的眼珠盯著張
> 永坤說：
> 「修電工場須要留一個五等的職位，陸敏成年資最淺，所以由他頂。其
> 餘十等以上的評分都比你高。」
> 「我年資比他們深，原來的薪水比他們高，而且做一樣的工作，評分哪
> 會比他們低？」張永坤憤憤地問。
> 「我沒有向你解釋的必要，你好好幹，將來有機會，我給你想辦法。」
> 貓哭老鼠的安慰。
> 「我已經好好地幹了二十年；憑良心講二十年來我沒有不為廠裡認認真
> 真地賣勞力的；哪裡有越幹薪水越低的。不平則鳴；這裡是工廠不是軍
> 隊，你沒解釋的必要，我也沒有絕對服從的必要，工作評價是要求同工
> 同酬，都被你們這些王八蛋搞壞了；掛羊頭賣狗肉，人事評價，哪裡是
> 工作評價……。」張永坤臉色發青，嘴唇抽搐。這些話都是在氣憤之下
> 硬充大膽，冒丟飯碗的危險硬迸出來的。
> 「混蛋！你要幹就幹，不幹就滾。我一個月再少四百五百來請人，也有
> 的是人。」
>
> ——〈工等五等〉，《工廠人》，頁 15～16

　　這樣冒著丟飯碗的危險去據理力爭的結果是顯而易見的，因為真正在
壓迫人的是整個制度與社會風氣，那些主管者個人充其量也不過是這種壓

迫人的制度與社會的代表者而已，因此他們的力量是巨大的、頑強的；而反抗者如張永坤、史堅松等人，在他們所追求的還只是個人的升遷與前途時，他們彼此之間就無法產生深厚的同類意識，就無法團結為一體，因此他們的力量也就成為分散的、個人的。因此在與代表那個制度與風氣的主管者對面相持時，他們的力量就相對地微小脆弱，結果陸敏成就只有冒著失業的危機辭職不幹；廖寅只有認了命，忍氣吞聲地等待退休；張永坤大概也只有繼續發牢騷、繼續怠工下去了。總之，這些低等人至少在目前是暫時被徹底地擊垮、打敗了。即使以〈圍〉中的史堅松被壓迫之深——先是要求申覆不准、再來是要求調單位又不准，最後他想透過考試來力爭上游，努力進修了一年多，結果又不准他參加考試——所激起的憤怒與怨恨，終於導致他用暴力來對付那個直接對他施以壓迫的主管吳豐祿，但是結果他還是失敗了，他仍然沒有掙脫吳豐祿的掌握，因為他必須因為殺死吳豐祿的罪名而坐牢，而他一心一意要使她得到幸福的妻子，反而失去了丈夫，兒子失去了父親。他們往後的日子將比以前更痛苦了。

　　這樣的結局是很悲慘的。造成這種慘痛的悲劇的原因不在於個人，而是在於這個不合理的管理制度。如果在公平合理的社會與制度下，像史堅松這樣技術優良的工人，是不必付出坐牢的代價去爭取他的權益的，他反而可以把他優良的技術充分貢獻給這個社會。而這種壓迫人、剝削人的制度之所以能夠存在的基本條件之一，就如〈工等五等〉中那個課長口中所暴露的，是由於我們這個社會有大量的失業人口，所以他才會那麼霸道蠻橫地吼說：「混蛋！你要幹就幹，不幹就滾。我一個月再少四百五百來請人，也有的是人。」意思是說：你不幹有別人幹，反正社會上找職業的人多的是。在這種情況下的工廠老板及其代表者，當然就可以盡量壓低工資，延長工時，加倍地壓抑和剝奪勞工，因為他不怕找不到工人。而工人為了生活，害怕失業，也只好忍氣吞聲任其剝削了。而社會之所以會有這樣大量的失業人口也是現在這種工商社會的既有的結構與其運作機序所造成的。一切的生產設備與原料都是老板所有，利潤所得也絕大部分屬於老

板,老板為了追求更多的利潤,便要盡量擴充、更新設備,以擴大再生產,提高生產率;而設備的更新使工人的操作簡單化,因此原來需要一百個工人的工廠,因為機器進步可能變成只要十個人即可;而機器的操作比手工技術更為簡易省力,因此老板為了降低成本,又改僱工資低廉的童工與女工,結果便造成大量成人工人的失業,而替工商社會的老板準備了任意支配工人的有利的剝削條件。

當然,老板為了保證他的利潤,不能完全無視於工人的生活,起碼他得維護工人可以繼續生存下去的最低物質條件,否則如果沒有工人,他的投資便不可能有利潤產生,產品終究還得依靠工人的勞力才行。所以老板偶爾也得增加工資,提高工人福利,但是這些加薪與顧及工人福利所用去的錢,在老板的利潤中只占極小的比例而已。同時,就像楊青矗的許多小說中所寫的,加薪的標準是依據原來薪資的比例增加的,結果是所得的差距越來越大;而所謂工人福利通常也只有老板與那些高級幹部——老板的代表——才有機會享受,至於一般低收入的工人是享受不到的。

> 這個工廠的環境像公園。每年淨賺十幾億,難怪派頭大;在市內沒有一家戲院的裝設能勝過廠裡的中山堂,全省無與倫比的游泳池;綠絨絨的高爾夫球場;雄偉的體育館;斥資千餘萬興建的保齡球館,真正結冰的溜冰場;風景綺旎的山麓公園;家家高樹蔽天,花草葳蕤的職員宿舍。儘管美如仙境,而陸敏成所領的薪水只能吃個五分飽,另外五分需在下班後回家兼副業才能勉勉強強飽過去。環境好是廠的空殼派頭,對薪水填不飽肚皮的他是無法去享受一下。……(中略)這些建築都是員工的福利金。陸敏成常想與其斥資億萬元的福利金來興建這些自己無法享受的大建築,不如把它分掉來得實際,對生活有幫助。而主辦人員總不會那麼傻,跟你分一樣多的福利金;動輒千萬元的建築,包商的送禮抽成至少可多分到大家分的千萬倍。

——〈工等五等〉,《工廠人》,頁 11~12

在我們這樣的工商業社會裡普遍地流行著一種觀念，認為被僱佣的員工辦事做工，大老板就給他們薪水工資，如果認為薪資太少，員工盡可辭職不幹，而以為這是一種公平的交易。因此受僱的員工不應該為他們的待遇而有所抱怨和反抗。其實這是一種虛假的公平，因為大老板投資於購置設備、原料與員工勞動力的資本，如果沒有員工們來替他辦事操作機器，那些設備與原料本身不會自動成為產品，而必須經過工人的勞力和操作，才成為有價值、有價錢的產品。在大老板所購買的生產資料中，只有員工的勞動力是製造利潤最根本、最重要的因素。也就是說：大老板的投資利潤是員工的勞動力替它創造的，如果大老板把這些利潤獨占了，員工是應該可以抗議，應該可以要求一些更合理的分配方式，這是他們的權利。這種看法是我在商場混生活一年多來觀察與研究所得到的一個重要結論。但是我們的社會卻有許多人認為，大老板的利潤也是由於冒了投資的風險所得到的。我們不否認大老板的投資有風險，他可能虧錢、倒閉、破產，但是這種風險並不比員工在工作中所負的風險更大，因為在操作機器時的員工隨時可能受重傷、殘廢、甚至死亡，大老板與受僱員工既然同樣是要冒著極大的風險，為什麼大老板的風險報酬就一定比被僱員工的風險報酬來得值錢呢？這不是很不公平嗎？公平合理的社會是人類至今仍在追求的理想，因此我們應該設法把企業所得的利潤公平地分配給社會，而不應由少數的大老板所獨占、壟斷。

在楊青矗的小說中像陸敏成、張永坤、史堅松、林天明等人，都是在這個社會裡得不到公平合理待遇的許許多多人的代表，透過楊青矗對他們的描寫，可以使我們了解：目前工商社會裡的僱佣制度是多麼不合理，在這樣的制度下正有無數的人遭受屈辱，心懷不平。而比起這些人來更值得我們同情的，還有像〈低等人〉中那個拖了三十幾年垃圾的臨時工董粗樹。他平時工作認真，任勞任怨，只要有一口飯吃，就從不想到自己，「他甚至擔憂有一天他拖不動垃圾，公司能否僱到一位同他一樣的低等人來接替他的職位。」（頁 33）但是他的工資一天只有二十幾塊錢，任何員工的

福利都不能享受，年歲到了六十五就被強迫解僱，連一毛錢的退休金都拿不到。這使粗樹伯很心憂了：

> 粗樹伯擔憂他被解僱後，無以養活他的父親。九十多歲的老人家，一生從未有過富裕的一天，兒子又沒出息，幾十年來拖垃圾賺的臨時工的錢，只能維持過著窮困的日子。兒子六十五歲了，也年老了，且無一子半媳可依靠。
>
> ——〈低等人〉，《工廠人》，頁 46

在這種情況下，他是一點辦法都沒有的。〈工等五等〉中的陸敏成還年輕，不幹了還可以自己出去闖天下；〈升〉中的林天明至少還有會可標，有處舉債來湊拼紅包資本。但是，董粗樹呢？六十五歲的老頭子，一個九十幾歲的老父要養，怎麼辦呢？

> 死！殉職的死，有撫恤金可領的死，侵入粗樹伯時時刻刻的思維裡，他一直在找適當的機會。同樣工作了二三十年，別人有一批退休金可領，而自己平時領的錢不及人家的一半，到時又空空而去。年輕力壯以臨時工低廉的價錢全部賣給宏興公司，年老了，缺乏謀生能力，與其在家挨餓等死，不如死得「有價值」一些，讓老父領一點撫恤金，好寬裕地過他的殘年。
>
> ——〈低等人〉，《工廠人》，頁 47

這樣善良的人，每天只是默默工作、安分守己、任勞任怨，把一生最寶貴的資金——歲月——全部貢獻給公司，但是，結尾還得以這種悲慘的方式，在工作中替自己製造死亡的機會，為的就只是那筆五、六萬塊的撫恤金。這究竟是什麼樣的制度和社會呢？人一生三十幾年的歲月被壓榨光了，最後還不得不如此卑微到僅為五、六萬塊的撫恤金而必須去替自己製

造「殉職」。這樣的社會與制度合理嗎？

三、毀譽參半論楊青矗

　　從以上的討論和分析，我們可以發現：楊青矗所寫的工人小說，具有明顯的寫實主義文學的特色與優點，他如實地把臺灣勞工的生活情況與他們心中的願望記錄並表達給讀者，幫助我們了解今天臺灣勞工在工商社會的僱傭制度下所面臨的問題，使我們看到這批無告的工人及其家庭為了突破貧困的血淋淋的辛酸、憤怒與掙扎的事實，而引發我們深刻的同情，並激起有正義感的人改革社會的熱情與使命感，這是所有成功的寫實主義文學共同的優點與貢獻。這樣的文學作品，是社會共同的財富，應該得到我們的重視與支持。特別是在我們這個處處忌病諱醫，充滿歌功頌德、粉飾昇平的社會裡，這種忠實地反映現實問題，且能深刻感動人心的作品，更應該得到加倍的重視與讚揚。因為這種作品有助於改革社會的弊病，能使我們的社會更健康、更進步。但是，平時與朋輩談起楊青矗的小說時，讚美者固然不少，而批評指責的人也為數甚多。通常批評他的有兩種見解：一是認為他的小說在技巧上、文字上有重大的缺陷；例如說他的文字過分粗糙，刻畫人物不夠深入等等。一是認為他只站在工人的立場說話，一昧偏袒下層社會的人，有欠客觀公允。因為這種見解而使許多人對他小說中所挖掘的問題，採取一種不屑一顧的態度。我以為，我們應該對這些問題做一次比較深入的討論。

　　我同意楊青矗的小說在技巧上、文字上確實有著一般人所批評的缺陷，諸如文字稍嫌粗糙、人物刻畫稍欠深入、情節也稍欠生動等等，因此而使許多不了解工人生活，或沒有自覺應該主動去了解工人生活的讀者無法進入他的小說裡，這是楊青矗小說的損失。但是，我相信楊青矗如果不停止創作小說的話，他必然會在往後的努力中克服這些缺陷，因為從他所發表過的小說中，我們也發現了一些具有高度技巧——簡潔、生動——的文字與情節，且在他越到後來的作品中，我們也發現他對文字技巧越有明顯

的考究與講求，這一方面說明他在小說寫作上具有這方面的才能與潛力；
另一方面也說明他具有這方面的自覺與反省的能力。例如在〈低等人〉
中，當董粗樹接到五月底他被解僱的通知後——

> 回到家他父親在廚房摸著把飯菜捧上小桌，粗樹伯打水在屋外盥洗，他
> 坐在小凳子上雙腳伸在水盆裡出神。
> 屋裡五燭光的小黃燈泡亮著昏暗的光，老人坐在破板釘成的小桌前等他
> 的兒子進來吃飯。
> 「粗樹啊！怎麼洗那麼久呢？快來吃飯啊！」
> 「我不吃，你先吃罷。」
> 「敢是身體不舒服，上藥房買兩顆藥吃吃看。」
> 「沒有什麼。」
> 「那為什麼不吃飯呢？」
> 「吃不下。」
> 「多多少少吃一點吧，發生了什麼事嗎？」
> 「沒有，沒有。」粗樹伯怕他父親起了什麼猜測，匆匆站起進入廚房端
> 飯上桌邊坐下。
> 老人聽到兒子端好了飯，摸起筷子捧上飯來扒。粗樹挾了一口飯送進嘴
> 裡嚼著，白霧的眼睛楞楞地注視著父親。……（中略）
> 老人吃飽飯後，又回到他的床上躺著。粗樹一碗飯只扒了兩口，他把它
> 倒進飯鍋裡，預備明早摻進稀飯裡煮。
>
> ——〈低等人〉，《工廠人》，頁45～46

　　這段情節在對話上與動作描寫上，用字都極為簡潔，卻能把粗樹伯沉
重的心情與父子間那份相依為命的深摯感情，充分表達給讀者，使我們在
辛酸中感到一股綿長的溫暖自心裡升浮起來。我以為，這樣的文字效果即
使在最考究文字技巧的名家作品中也是極為少見的。在另一篇小說〈升〉

中，楊青矗也寫過類似的一段情節，那是在林天明被公布升為正工後騎了
腳踏車去接他太太一起回家。雖然與上面所引的〈低等人〉的情節有著悲
喜之分，但是效果卻一樣感人。

> 「阿花我升了。」阿花戴[2]著斗笠，印花包袱巾從斗笠垂下來包住面孔，
> 只留眼縫沒包上。手上掛著沾滿汙銹的帆布手套，蹲在鐵片上推著石子
> 磨鐵銹。他慌慌張張的一叫使阿花嚇了一跳。
> 「阿花，我升了。」
> 「真的升了？」阿花霎著眼珠，從覆[3]面的布縫中射出貓眼的疑惑看林天
> 明。
> 「真的。」
> 「真的？」阿花站起來拉出手套，伸手解開臉上的包袱巾，眼眶貯滿淚
> 水，夕陽一照，晶瑩閃爍。
>
> ——〈升〉，《工廠人》，頁 92～93

　　另外在〈升〉中，林天明為了籌措送紅包的錢，叫阿花不計利息，一
定要把會標下，但阿花心疼利息錢，少標了五塊錢而落標，結果導致林天
明怒摑阿花，夫妻因此吵架的情節[4]也是很動人的，它把林天明這一家人的
不幸以一種鬧劇的方式來處理，卻得到極高的悲劇效果，使讀者深切地體
會到小說人物的不幸與辛酸。而楊青矗所寫的這些片斷的動人的小說情
節，如果把它與整篇小說的內容連接起來看，就更能增強它感動人的力
量。這與一般只講究、迷信文字技巧而不知如何掌握動人的題材的作家是
很不相同的。古人常用「有佳句，無佳篇」來批評那些只講究文字技巧的
作家，意思是說：一句一句看，文章很好，但整體看來卻不是好作品。小

---

[2]編按：原書作「載」，按語意應作「戴」。
[3]編按：原書作「伏」，按語意應作「覆」。
[4]楊青矗，《工廠人》（高雄：文皇出版社，1975 年），頁 95～97。

說要真正感動人，主要的是依靠整體的情節與它所表露的事件本身，而不是只講究文字技巧。這樣說並不是否定文字技巧的重要性，而是強調技巧原是為內容服務的，絕不能輕重倒置。楊青矗後來的小說，或許是因為聽別人的批評聽多了，而且批評他的人有的是在學院裡研究文學批評的學者專家，所以他也就針對了別人所批評他的文字技巧上的弱點企圖加以改進。例如在〈圍〉這篇小說中，就很明顯地可以看出他在文字上苦心刻意的經營痕跡，特別是在結尾部分，他也運用了意識流的技巧，寫了許多夢幻的世界；在〈工廠人〉這篇小說中，則很細緻地描寫了許多的場景。楊青矗這種能接受批評並努力改進缺點的態度與胸襟是很值得讚揚的，從文字的造詣上來看，他也確實一直在進步著。但是，我擔心的是：恐怕他在這種批評風氣與標準下，會不知不覺地走入迎合過分重視技巧與象徵意味的批評者的陷阱裡而不自知。像上面所提的兩點——即〈圍〉中的描寫的夢幻世界，與〈工廠人〉中細緻的場景——我以為正是古人所謂的「佳句」而已，對整篇小說的感人力量不但沒有加強，反而大大地削弱了，如果〈圍〉的結局在史堅松錯手打死人之後逃走就結束，我以為效果會強烈有力得多。但楊青矗本人對他在〈圍〉中所寫的夢幻世界卻極為珍愛，曾和我在一次私人的談話中表示，這是他的小說中最令他滿意的一篇。〈圍〉是他所發表的一系列名為「心癌」的小說中的一篇，《工廠人》中的另一篇小說〈麻雀飛上鳳凰枝〉也屬於「心癌」之一，從這個「心癌」的題目，就可領略到他的象徵趣味。在文學上能善於運用象徵原是很好的，文學史上也有一些作品如果去研究它的象徵，確實能發現許多新義，但是有些題材只要用它的人物、情節與事件就能充分感人，而不必刻意去經營它的象徵意義的，像在那篇〈圍〉中，史堅松這個人物的被壓迫與他的反抗，我認為已經是很動人的小說了，但是楊青矗卻為了使小說符合他所要求的象徵趣味而刻意去營建結尾那段夢幻的情節，以便暗示〈圍〉中的史堅松是

由於「過於受自己固執的想法做法所『圍』，而越陷越深，終成無救的精神癌症而產生悲劇。」[5]這樣一來，他所要求的符合「心癌」的象徵目的是達到了，但是這豈不是就否定了他前面所刻意經營的史堅松被壓迫的情節了嗎？既然史堅松的反抗是由於「固執於自己的想法，而成為精神癌症」，那麼，所有對不公義的現象的抗議，豈不是都可以解釋為「精神癌症」了嗎？

盲目的象徵趣味竟然會遺害到這種地步，恐怕不是楊青矗當初料想得到的吧？

至於說他的小說只站在低層社會的勞工立場，而沒有站在企業主的老板的立場是一種不夠客觀、有欠公允的態度的這種指責，我以為是「似是實非」的見解。首先我們要問：這種指責下所要求的客觀公正的真義指的是什麼呢？是既要站在勞工的立場替他們訴說困境，又要站在資方的立場來訴說資方的困難嗎？在理論上這樣的立場似乎是可能的，並且表面上聽起來似乎也是頂公正的。但是我們要追問：當我們把勞資雙方的立場與問題表達完了之後呢？這時是否必須採取某一種態度或立場呢？推究起來這大概只有兩種選擇：一種就是只把雙方的問題表達完了就完了，而不表示他的立場。一種是肯定地表示立場，不是這方，就是另一方。通常所謂的客觀者、公正者都是採取那種只表露問題而不明示立場的態度，他們以為這才是公正，才是客觀，他們以為所有的判斷與評價都是主觀的，難於公正的，這是他們在緊要關頭採取沉默的主因。但是，我認為這種把雙方的問題說出來之後，而在判斷時採取沉默的、不肯明示立場的態度與行為，其實正是在替不合理的現狀做最大的辯護，因為當他們自以為客觀地在說明那些老板們的行為與問題時，他們豈不是已替老板們的一切行徑做合理化和辯飾了嗎？當社會上有強者的豪取與弱者的被壓抑現象產生時，所謂的公正應該是毫不猶豫、義無反顧地站在被剝奪的弱者的立場，來反對並

---

[5]楊青矗，〈序〉，《工廠人》，頁5。

抗議強者的凶惡才是正確的。三民主義的精神有千條萬條，總結起來，就是為弱者申正義，對強者做斷然的抵抗。基於這樣的看法，我以為楊青矗的小說是極公正的，而由於他這種公正——為維護被剝削的弱者的權益而奮鬥——的立場，我們應該向他致高度的敬意。

如果要認真指出楊青矗所寫的這些工人小說的缺點，我以為應該是在於他對這個工商社會的僱傭制度本質、結構和其運作的程序沒有徹底的認識，這也正是目前臺灣勞工普遍的現象。由於這個原因，所以導致他所寫的工人小說明顯地有以下幾個缺點：1.在題材的選擇上不夠廣泛，都只限於大公司工廠的正工與臨時工，而對臺灣中小企業的勞工幾乎都沒有用過心，而在中小企業的僱傭關係下的勞工待遇與生活，比大公司廠場裡的工人更不合理、更痛苦、更缺乏保障。2.他小說中的工人所抱怨、反抗的對象都只是他們的頂頭上司課長或主任，其實在這種僱傭制度下，不論是工人或主管都是受僱者，都是在不同程度下的被剝削者，但是他的認知使他無法認識到這點。3.特別是在他較為晚近的小說中，明顯地對勞工問題表現出一種曖昧的態度，一種極為明顯而濃厚的一廂情願的主觀願望，例如在前文所討論的〈囿〉中已經有所批評，而到了〈龍蛇之交〉與〈工廠人〉時，他更刻意地要替勞資雙方製造一種大團圓的和樂結局，例如在〈工廠人〉中的那個總經理，在被幾個強悍的工人所影響的工會逼下臺後，離去時依戀地到工廠做了一次最後的回顧，而碰到那個主持工會專與他作對的工人莊慶昌及一干工人時，他不但沒有記恨，而且還從僅僅這一次的談話裡就改變了他的態度——

他本來討厭工人們的粗俗，現在卻發現了粗俗的可親。在環宇廠他是皇帝，以命令來使喚廠長及主任級的主管，根本理都不理工人，三十年來從沒有發現過對工人的這種感情，這使他兩年多來與幾個工會理事所積的恩恩怨怨都消化掉了！

——〈工廠人〉，《工廠人》，頁244

　　這樣的描寫與人物感情的轉化，我以為是沒有說服力的，我相信這不是根據小說人物的心理現實所做的描寫，而是根據楊青矗個人的主觀願望所製造出來的，所以才會那麼貧弱無力。如果真有這樣的總經理或企業主；真有這種和樂圓滿的勞資關係，我們是無限歡迎的，因為這是社會的幸運與福氣。但是在事實上，這樣美滿的勞資關係恐怕還要經過一段漫長的努力與奮鬥才能實現。本來在文學作品中表達作者的期望與理想是常有的事，但是如果作者所表達的主觀願望根本就違背客觀事實，那麼，這種主觀的理想或願望便給讀者一種錯誤的認識與了解。如此，作品的價值便要相對地減低了。

　　以上所談的這些缺點直接間接地都影響了他小說的廣度和深度，但是楊青矗還年輕，他還在繼續寫作，由於他已經表現了的愛心與使命感，使我們相信：在往後的日子裡，他一定還能寫出更具有震撼力的作品來。我一直相信，文學是與社會一切不公不義的邪惡面鬥爭的最好利器之一；我也相信，一個優秀的作家必須先有一顆廣博的愛心與正義感，當他看到不公的事情時，他會昂然而起，拿起巨筆來與邪惡鬥爭，而楊青矗正是這樣的作家。我們向他致敬，也對他有所期待！

　　註：《工廠人》中的故事，均係發生在民國六十年左右，書中之工資與物價，自應以民國六十年為準。

——選自王拓《街巷鼓聲》

臺北：遠行出版社，1977 年 9 月

鳥瞰楊青矗的工人小說

◎彭瑞金[*]

一

　　楊青矗可以說是在大眾鼓舞的情形下走上工廠小說的寫作方向的。在
《工廠人》結集出版以前，有關工廠的作品，只是楊青矗作品的一部分。
這些作品都是「膚受之愬」，在生活的自然反映中出現的，因此容或可以從
他十幾年工廠生活的影子中找到工廠世界的主題，但我們可以相信絕大部
分還是他本諸作家的資質接受其內在潛藏的人生使命的徵召而自然形成的
特色。當我們討論楊青矗因何擎起工廠小說的大纛時，這種浸潤工人世界
生活的本質當是首要的。所以與其人云亦云，從「工廠小說」看楊青矗，
我更願意探討他小說中的工人本質。

　　不過在〈工等五等〉、〈低等人〉、〈升〉、〈圍〉……這些釘上「工廠
人」標籤的系列作品推出以後，「工廠小說家」的頭銜回應到楊青矗的寫作
路線時，我們明確的感受到，楊青矗和當代臺灣小說落實現世世界的基調
完全同步──讓作品在時代的導引下完成。當他慨然自誓「容我再為大家
盡一份稀薄的力量吧！」，他便在這樣的意識驅使下做了《工廠女兒圈》的
代言人。從《工廠人》到《工廠女兒圈》的改變，證明楊青矗接納了「工
廠小說家」的冊封後，作為工廠人的意識被明晰地挑撥出來。在這以前，
楊青矗本諸作家的敏銳良知、本諸長久的工廠生活經驗，他能準確地掌握

---

[*]發表文章時為高雄市立左營高中國文教師，現為靜宜大學臺灣文學系教授、靜宜大學臺灣研究中心主任。

到工人，至少是工廠人生活的深入面，諸如他在《工廠人》小說集中所表達的。不過確是「工廠小說家」的封號提醒了他做工人代言人的自覺，使他從怨艾工廠制度的工人牢騷圈中走出來，進一步從較大較寬敞的社會或時代的工人定義中去反照他的工廠人問題。他的第一步便是跨過工廠升遷制度的弊端，躍入工廠女兒圈。《工廠人》和《工廠女兒圈》比較下，女兒圈的特質便是超過文學活動熱誠的投注，兩者之間的運動明顯地可以看出是文學熱情到淑世熱情的轉換，此時的楊青矗可以說洋溢著更廣泛的工廠改革的熱忱。然而基本上並未突破《工廠人》時代的工廠制度抗爭範疇。

繼「女兒圈」之後，結集的《廠煙下》可以說才是楊青矗跳脫從工廠制度的狹小範疇看工人的大跨步。從這個集中我們可以發現工人的定義不再是「工廠人」，而工人的生活也不再是孤立於工廠世界中了。明顯的一項進展是工人的問題要從整個社會的連續來關照。當然這個集中的〈選舉名冊〉、〈現代華陀〉還不脫工廠人的色彩，但內中蘊涵蓬勃外張的聲勢已足以說明不是純粹的工廠人工廠事了。主要的並不在這裡，而在突破了「工」字的意界，由工廠的而散布到泛勞動大眾的生活面才是《廠煙下》代表的真正意義。這不但象徵楊青矗工人意識的完滿成長，也為楊青矗的工人小說開拓了寬廣的生路。畢竟文學的世界必要透過廣大的層面以建立觀測人性的堅固基礎，而不是孤立的怨怒，因此工廠小說也好，工人小說也好，若不能落實現實社會的整體關連上，便無法企及其為文學作品的屬性；另則若非從工廠人的意識轉為工人的意識，也便無法確立作品的時代性，因此在《廠煙下》的寫作階段實是楊青矗工人小說的新據點。

就楊青矗這個轉變而言，實際上便是一種社會性的工人運動。左拉說過一段話：「我們要探求社會諸惡的原因，我們為著闡明社會及人間的迷路，所以要解剖階級及個人。這就是使我們採取病的題材的緣故，也就是使我們深入人間的悲慘及愚蠢的中間去的原因。」這足以說明，我們所以必須站在較超然較高遠的角度來鳥瞰社會病態的理由，而不是用盲目的熱情和獻身。所以楊青矗能從批判工廠制度的熱流中冷卻，而回到廣大的工

人意識上來，實是可喜的迴昇。可見工人意識是楊青矗的基本出發，《工廠人》是他企圖突破工人困境的尖兵，兜完大圈圈之後，楊青矗仍然是站在大工人意界的陣線上。

二、工人合力扛起來的工廠

《工廠人》的主題著重在不合理工廠制度的批評，範圍也局限在有制度保護但保護不周的工廠工人。就整個工人運動而言，《工廠人》只是勞工大眾的一部分，所暴露的人謀不臧，也是其次重要的步驟，因此就代言人的用心言，這只是努力的起始點。雖然不可否認《工廠人》展示的工廠不合理的升遷、不公平的報酬令人憤憤。但如果這個問題不能從整個社會來關照，至少從工人的心態來觀察，我們會以為《工廠人》只是在為幾個運氣不好的倒霉鬼說話，不但無法看到制度的批判，更無法了解楊青矗從泛工人定義濃縮到工廠人的用心。因此如果把工廠人從工人世界中孤立，又把這些受害者以特殊例外的工人事件來看待，當然看不到默默的工人大眾貢獻了什麼。而據之以為楊青矗工廠小說的評斷更是過為狹窄。所以我以為從另一部分未貼上鮮明的「工廠人」標籤的作品，反而更容易了解真正引發楊青矗寫作動機的基本質素。例如〈低等人〉、〈麻雀飛上鳳凰枝〉、〈梁上君子〉……，尤其是〈低等人〉，這是楊青矗在工廠人系列中唯一保存早期人物刻畫長處的作品。嚴格說起來，幹了三十年臨時清潔工的董粗樹，還不能算是工廠人的一分子，但從董粗樹身上已將楊青矗在工廠人中所要表達的全部涵蓋在內了。我們從楊青矗對「粗樹伯」的描述，和所謂「廠」對一個奉獻了三十年歲月的臨時工的「報答」，就足以勾畫出今天臺灣工人世界的受難圖了。

董粗樹「蟾蜍皮的老廢仔」、「也許是經年與垃圾混在一起，皮膚與垃圾的髒起了化學作用吧？一粒一粒大豆大的蟾蜍疣，粗糙不平。膚色混混沌沌，黑銹黑銹，永遠洗不乾淨似的。」、「兩頰凹成兩個癟癟的乾窟，老花眼飛進了垃圾塵灰似的，老是睜不開地瞇成一條縫，縫中的黑瞳快要被

白翳網盡了；白霧白霧，楞楞無神。」、「走起路來雞胸向前傾，屁股向後翹。兩隻內撇的彎弓腳使兩膝中形成橄欖形的空間。一步一蹣跚，宛如一隻跳不快的老蟾蜍……」，這樣一個人物在擁有兩千戶的員工住宅三十年如一日，「每天上班走兩點又十分鐘的路，下班多挑一些從宿舍樹林撿來的乾樹枝回去做柴火……多走五分鐘。」挨戶清除每家門口的垃圾箱。在員工眷屬一兩萬人，有俱樂部、電影院、各種球場的大公司裡，「他自認是最下賤的低等人」，「教養好的人看到他都會摀著鼻子閃過垃圾車快步走開。」但是「粗樹伯從來不向人訴苦，好多人說他很可憐，六十五歲，無妻無子，還要養一個九十多歲的瞎眼老父。」每天四點多便出門拖拉圾。但他說：「有什麼可憐，做人本來就要做，別人不做的拖垃圾工作我來做，一天二十來元我們父子倆能夠過活就好了。」甚至他還「擔憂有一天他拖不動垃圾，公司能否僱到一位同他一樣的低等人來接替他的職位。」

　　不管從哪一個角度看，董粗樹都不失農業社會以來勞力換飯安生認命的小人物，有尊重生命的本色，但一生辛勤，所得又是什麼呢？一紙人事室的解僱通知外，空空如也。為了「不甘把三十年的生命以臨時工廉價工資賣給公司」，「想要拿公司五六萬元撫恤金養活年邁的父親而藉故殉職……。」這件事可說暴露了整個工廠制度的暗面了，制度不善，報酬不公，出門坐轎車，在辦公廳裡看報紙「哈」燒茶，偶而動動筆尖一個月薪水一萬多塊；而做起事來全身總動員，從四點四十五分便要步行上班，幹到天黑回到家，一天只有二十塊。不比勞心和勞力，就是和正工比起來也是令人扼腕的。粗樹伯的族弟董明山慢他十年進廠，因為幹上了正工，便「可領十幾萬退休金」。命運的差別只在「組長的筆尖下畫了幾個字就定死了，一輩子沒有翻身的機會。」，「粗樹伯」為了五、六萬撫恤金要用「慘死輪下」來換取，總工程師為了要去新加坡當廠長，再等一年就到手的五十萬也不要了。差別在那裡呢？「皇帝的頭胎兒子，一出生就註定他是未來的皇帝；瞎眼乞丐的小孩註定要牽著瞎眼老爹到處叫化。」所以，三十年前，掉在母親的裙子中間晃蕩，要粗樹伯叫助產士接生的嬰兒，三十

後，竟然指著他的鼻子罵：「董粗樹！……叫你把一天的工作半天內趕完，你還是照樣慢吞吞。明天不要來上班啦！」粗樹伯的故事不是集今天工人悲慘之大成嗎？但粗樹伯的一生所引發的豈只是《工廠人》所能概括？

《工廠人》和《工廠女兒圈》被寫成敲打工廠不合理制度的方磚性質，主要便是從孤立的立場看工廠問題。其實若能如〈低等人〉以「人」性的悲憫取代制度的批判，將更能使工廠小說從文學的感性上達成「代言」的效力。因此我認為「工廠人」和「工廠女兒圈」被圈制在工廠高聳的圍牆裡，以獨立的制度事件來處理，便容易隔絕了從人性上探討的寬廣面。其實我們只要問一句話：「今天象徵起飛的工廠，那一座不是蓋在成群上萬個的『粗樹伯』的生命青春血汗上？社會又怎麼回報他們？」就夠了。

此外，如果跳出工廠的圍牆，可以把工人的定義做更廣泛的解釋。至少，應該包括〈在室男〉的大小裁縫師，也應該包括〈天國別館〉的「瘸手仔馬坑」和「一目仔」。他們不管從那一個角度看，應該都是完整工人世界的一員，從他們身上反映的人生有更為動人更值得深思再三的一面。從這點我們可以看出，楊青矗在《工廠人》意念推展的同時，工廠問題實在不是他關懷的全部，甚至更妥當的說法，工廠人只是他血脈中賁張的工人意識的分支，在最基礎的點上，完整的工人世界才是他創作的母源，因此甩開「工廠人」的標籤評價，我們應以更廣闊的胸懷來看楊青矗的小說，才不至徒得「工廠小說家」的印象。

誠然，《工廠女兒圈》中〈婉晴的失眠症〉、〈龜爬壁與水崩山〉、〈自己的經理〉等篇，已嘗試將工廠世界融入整個社會的軌跡來探討，除了保留批判工廠人基本上的人謀不臧──升遷不以其道、工資工時的不合理──之外，顯然《工廠女兒圈》有一積極的目的──企圖將今天工廠存在的現象以大社會的角度來批判。譬如造假帳逃稅的女會計（〈婉晴的失眠症〉）；報酬懸殊造成的新貴族（〈龜爬壁與水崩山〉）；為了不付醫藥費用和公傷薪水，解僱受傷女工的中國經理（〈自己的經理〉）……可見過渡時期的工業

化社會已被過分濃郁的資本主義完全占領了。所以剋扣女工薪資伙食、剝削女工勞力的現代貴族——董事長,可以用手指戳著一個十六、七歲觸髒其轎車的女工額頭,吼道:「跪下!」、「跪下!」、「以後再這樣不懂規矩就把妳開除掉!」(〈龜爬壁與水崩山〉);而昧著良心的自己人經理——凌宏漢,用五千塊打發工作中受重傷的「廖太太」,目的是為洋老闆省醫藥費和公傷薪水,使得被矇蔽的外國老闆都奇怪:「凌經理是你們中國人,我不懂你們自己中國人經理為什麼對他自己的同胞這樣做?我不懂!」(〈自己的經理〉)……,諸此不只展露了女性工廠人的辛勞面,更暴露了整個大工業社會的隱憂。錢字當頭,可以讓整個社會的道德觀解體,這樣的問題就不只是工廠圍牆內的問題了。因此,楊青矗寫到《工廠女兒圈》雖然有一明顯的主意識,是為女性工廠人在不合理的制度下所受到的迫害抱不平,但追究到根本,還是工人的階層意識的闡發。

《廠煙下》可以做一有力的佐證。《廠煙下》所討論的,不但超越「勞資雙方對立」的基本構架,最重要的還在積極的工人地位的評價。消極的方面是把司機、舞女、理髮師納入工字行列,使之成為工人層的一員;積極的方面便是建立工人自覺、工人自信的社會地位。這可以分兩方面來討論:一是工人尋求合理的方式保護自己的權益。〈拜託七票〉寫七名真正代表工人的工會代表和九名由廠方提名的代表競選工會幹事的對抗經過,雖然失敗了,但說明工人不再以沉默忍耐來接納不合理,而懂得尋求法律保障權益,重點在工人站出來了。當然,〈選舉名冊〉就更上層樓了,工人推派他們自己的代表競選立法委員,尋求從國家的決策機構獲得更可靠的保障,即便是不成功的例證,不過基本意識上值得令人警惕的是,這種代表工人尋求自我保護的、潛在社會大洪流式的覺醒,雖然受到舊社會、舊意識造成的舊階層一時的狙殺,但時代的潮流誰能擋?一是〈重建〉所代表的,工人在大颱風過後,合力同心重建自己的家園,冒險犯難重建廠房,外來的大敵大難不但使他們前嫌盡釋,存在幾十年嚴重的退伍軍人和本地工人之間的溝隙和不平,一夕風雨使他們站在一起,使他們認清他們真正

的「同點」。重建的不只是廠房，不只是眷舍，更重要的是重建了幾十年來他們命運與共站在同一線上攜手奮進的新信念。這一階段的作品分量雖不重，但就楊青矗的工廠人寫作而言，是重要的回應，沒有這個補充，將令人懷疑楊青矗只是在做工廠的制度抗爭。

三、誰能反對要吃飯的權利

批評楊青矗的意見，可歸納為兩大類。從文學的角度看，因為他具有強烈的社會參與感，所以他是激烈的；從社會參與的角度看，又未脫文學的優容，所以他是婉柔的。葉石濤則說：「楊青矗是一個純粹的三民主義的作家。」張良澤說：「他並沒有要激起階層的對立，他是希望盡量能夠和諧，調合。」（均見《臺灣文藝》第 59 期，頁 205）如果我們從楊青矗小說中所具備的一項特質去分析，我們當無法否認楊青矗是「善良」、「溫柔」的說法。這項特質幾乎可在楊青矗所有的作品中找出，我們姑且稱之為「媒合劑」吧！

當然話說從頭，這得從楊青矗予人「勞資對立」的工廠人印象說起。《工廠人》是楊青矗為「工人說話」的意識下完成的作品，站在工人的立場，面對無能，萎縮的「工會」，「工人」一無和資方平等說話的地位，自然難免站在「抗議」的角度。但雖是「抗議」，有兩點卻足以說明楊青矗筆下工人的「抗議」並不就是激烈的對立。第一，勞工保護自己的方式始終是用「和平」的手段，講理的，低姿態的；第二，勞工所要求的不多，只求最基本的「它給我的薪水能使一家人吃個九分飽，我真願為它認真幹一輩子」，還不敢真的奢求和資方平起平坐。我相信這是楊青矗工人本質的一項好處，他畢竟不是書生論政，不敢把標的訂得太高。就工人而言要求生活過得去，稍微公平的待遇就是最大的滿足了，生活只有歹活、好活的區別而已，豈敢坐這山望那山？所以「妥協的」、「知足的」、「善良的」、「又充滿牢騷的」工人，從楊青矗的筆下走出來，也就是從現實生活中走出來，如是本質的工人在尋求工人運動的手段自然也是平和的。楊青矗可說

準確地反映了這項特質。

所以在寫〈工等五等〉的時候，安排了「只評工作評價四等」的廖寅
──「全廠評價最吃虧的人」，緩和陸敏成的不平；〈圍〉裡則有「園藝班
的領班」為同仁力求申覆，為吳豐祿蠻橫的操縱透一絲風；〈陞遷道上〉中
「有天良」的「劉經理」；〈龜爬壁與水崩山〉裡的「黃宿嘉」；〈秋霞的病
假〉裡出口區的「吳先生」……，至少每一篇裡都可以找到這樣一個介在
勞資雙方中間打圓場的人物，看似人世之常，但若果連綴起來，我們就知
道這一著「媒合劑」實在是楊青矗苦心安排的。明明是尖銳對立的，由於
出現這麼一位「中性」的人物，予人資方之中也有好人……，鬆緩了勞資
雙方的緊張關係。當然這也許不是一勞永逸的好辦法，但這是楊青矗勞資
握手的理想主義。

我們且先別評斷這項主義的深遠性，我們應先了解真實工人和工人運
動家心態的差距，我們才能了解楊青矗「落實」的可貴。工人的特質是生
活的理想遠超過生命的理想。所以〈工等五等〉裡的陸敏成「薪水是工作
評價五等」，不到別人的一半，在「同工同酬」的評價主旨下，他「永遠想
不通怎麼會有那麼大的懸殊」。資方像秦始皇那麼「大」，沒組織的勞工像
築長城的百姓那麼「小」，當然不可能想得通。除了消極怠工──「價隨你
評，工隨我做，以前一天可完成的工作，現在四天才能完成。」牢騷滿腹
──「在未實施評價以前，張永坤的薪水因年資久，每年升一點點的累
積，他是全廠數一數二的高薪工人，每月領錢與課長不相上下。評價後他
評九等，同他一樣工作的，有評十二等的，一個月多領他將近千元」，「主
管派工，他要理不理，不論對上司或同僚，講話總是含骨帶刺。」這足以
暴露整個評價制度的荒謬了。但是「混蛋！你要幹就幹，不幹就滾。我一
個月再少四百五百來請人，也有的是人。」，「人浮於事」，也無怪乎站在資
方的課長可以這麼大聲咆哮了；也因為「人浮於事」，經過「牢騷」、「爭
取」、「怠工」之後，再大的荒謬，勞力仍然是屈服的，「陸敏成評五等後，
一部分同事慫恿他上班不要工作，等領薪水就好了。但他就是狠不下心，

主管派他的工作，稍拖了一些日子，仍是一一完成。」一方面固然是「工人」本性的「良善」、「懦弱」，但真正使他「不敢反抗不平」的原因還是「生活」的壓力。「臨時工，一天廿一、二元。禮拜天也加班，晚上也加班，早出晚歸，一個月領個七百八百的，都要登記一兩年才能輪到錄用。」、「何況一個有安定保障的正工呢？」雖然評價五等，只能吃個五分飽，又怎能不屈服呢？

　　面對整個箍得人透不過氣的「制度」，我們實在難怪楊青矗要為他們揮拳擊打了。其實「工人」的「抗爭」是非常有分寸的，且聽陸敏成說：「如果它給我的薪水能使我一家人吃個九分飽，我真願為它認真幹一輩子。」只能吃五分飽的希望吃個九分飽，這樣的願望過分嗎？尖銳對立嗎？我相信要求吃飯的願望是一點不過分的，聖人也說食色性也。薪水只夠吃五分飽「另外五分需在下班後回家兼副業才能勉勉強強飽過去。」即使工廠環境像公園，斥資億萬興建福利設施，但對薪水只夠填五分肚皮的工人，這只是「空殼派頭」。這不是今天工廠界的通病？除了資方撐飽就是做些有「益」觀瞻的宣傳花招，這不是今天整個社會對工人的欺壓技倆嗎？楊青矗從這個角度為工人代言，去塑工人的形象，可以說做到了「還我工人本相」的深沉呼喊。

　　從陸敏成的身上散射出去，他的「忙得沒有片刻的空閒」的太太，「辛辛苦苦養大了他」、「從故鄉來幫忙媳婦帶孩子看店的母親」，豈不都投注到「從來不發一聲怨嘆」的生活勞動行列？整個社會陶醉在「工業起飛」、工廠「環境像公園」中的時侯，楊青矗把工人的世界縮小到工廠，告訴我們工人只要吃個九分飽，是不是值得我們深思切省呢？其實除了陸敏成，哪一個楊青矗筆下的「工人」不是「只要飯吃飽」呢？低等人「粗樹伯」幹了三十年的臨時工，不是就說「有什麼可憐的，做人本來就要做。」直到打破飯碗的解僱通知下來，一文不給要趕走他的時侯，他才「抗議」的嗎？〈升〉裡苦待十六年等升正工的林天明，課長一通電話「停止他辦升正工的手續。」不是只能自認「明天還要叫阿花再去磨鐵銹」嗎？楊青矗

從這基本的需求上，從人性之常上探討工廠問題，無疑地根本的用心還是在建立工人世界的自我信念。

四、文學的、社會的

文學的躍動應和歷史的脈搏，所以寫實文學崛起現在文壇亦不是單純的文學事件。現實生活迅捷的節拍，不再允許文學躲在傳統的影子裡做文學貴族的夢，必須從陰暗關閉的角落走到亮處來。1960 年代以後，臺灣社會的結構逐漸地由工業人口取代農業人口的主導地位，自然工人也取代農人成了社會的下階層，成為新興的受剝削階層，除了名目有異，除了剝削的時候一概被忽視的本質，並無異於過去的農民階層。所以楊青矗的小說，除了工字頭外，並無異於本地小說家秉持的傳統特色──建築在悲憫大眾的立足點上。

不過工人的問題是一種制度圈套的枷鎖，讓你為了生活不得不掉進去，是新興的訛詐取代高壓的迫害，因此工人運動和農民運動顯著的差異在「覺醒」代替「爭取」。工人問題是在名有制度保護實比沒有保護更糟的情形下產生的。由於本地的工業是在先天不足的情況下「起飛」的，不管是外資或本地資本都用保護作為勸誘投資的報酬，形成今日尾大不掉的資本家公然違法的氣燄。因此工人運動以喚起工人的覺醒，使工人用和平的手段尋求保護是立根基的作品。前面說過，文學不可能自外於社會，文學而加入工人運動當然也敲這一記邊鼓，因此我們綜觀楊青矗的工人小說，我認為他不說「打」，只說「站起來」是從潮流中看出來的。

他的小說中唯一見到工人激烈反抗的是〈圍〉。史堅松在吳豐祿百般刁難的情形下，既不讓升等，又不准參加考試，自己去找了缺也不准調，終於忍無可忍舉起椅子打死了他。可是楊青矗的小說寫到這裡，明知將破壞整個小說的構局，仍然像電檢處補在警匪片末的補白一樣，讓躲在山洞裡的史堅松的內心高喊：「史堅松！殺人者死……。」用心也算良苦了。除了前面討論過的「媒合劑」隨處可見外，《工廠女兒圈》裡幾乎每一篇都有他

苦心安排的善良。〈昭玉的青春〉裡的昭玉付了 22 年的青春，終有總經理的一個「可」字升了短僱工；〈秋霞的病假〉也終於發了半薪；〈自己的經理〉雖然可惡，外國老闆卻是明理的。……這種善良，在文學上是一種犧牲，但楊青矗選擇了它。

　　如果從整個社會俯照，楊青矗是屬於文學的呢？還是社會的呢？我以為我們從他工人而工廠人，工廠人終又工人的轉換過程看來，他只是高呼：工人同伴站起來吧！又何必問他拿的是筆？或擴音器呢？

　　　　　　　　　　　　　　　　　　——選自彭瑞金《泥土的香味》
　　　　　　　　　　　　　　　　　　臺北：東大圖書公司，1980 年 4 月

評《工廠女兒圈》

◎葉石濤

　　在臺灣的現代作家之中，像楊青矗這種類型的作家是「空前絕後」的存在；至少在目前，我還沒有找到第二個作家能夠像楊青矗一樣理直氣壯地代表屬於臺灣新興階層的四百多萬勞工，做他們心聲的代言人，描寫他們生活裡的憂患、辛楚、挫折以及粗率的歡愉、率直的抗議。

　　在臺灣歷史的每一階段裡，從來沒有過像今天一樣有這麼多的勞工為建設理想的社會而貢獻他們的心血和青春。我們不得不注意，在現時臺灣社會裡，眾多的產業工人和技術工人逐漸形成活力充沛的一群新生階層，構成工業社會的核心，他們的力量足以左右社會、經濟、文化、政治未來的動向。楊青矗本身是個技術工人，他又是出身於工人家庭的，他比任何階層的人，更能了解工人生活裡的枝枝節節，工人情緒的激動層面和頹喪層面，以及工人的性靈內部的快樂和哀傷。他的心靈猶如一根琴絃，隨著工人憧憬的高昂和幻滅敏感地抖顫不已。具有工人的心靈還不足以使得他成為作家，更重要的是他有清晰的分析能力，有效地摸索到今日工人問題的癥結所在，予以藝術化和形象化，使每個工人的個性、面貌栩栩如生的呈現在我們眼前。正如麥克魯漢曾經說過的一樣，楊青矗所寫的工人小說，不但傳達給我們有關工人的消息（message），而且更使我們在生活裡、在心靈上分享了工人的工作成長和勤勞精神。

　　如果我們回顧臺灣歷史的每一個階段，當能發現臺灣勞工的歷史源遠流長，他們一向是默默地貢獻心血的勤勞大眾。

　　本來臺灣這一塊人間樂土是屬於粗豪、勤勞的農民、勞工、士兵共有

天地：從明末大規模移民開始，我們的先民為了逃避戰禍和飢餓，尋求自由、豐饒的土地而陸續的渡海來到臺灣。在這塊瘴癘蠻夷的土地上，我們先民篳路藍縷以啟山林，一面向無情的大自然抗爭，一面又要和入侵的殖民者戰鬥，不知犧牲了多少生命，才把莽莽蒼原開拓為腴沃的田疇。可以說先民的血汗滲在臺灣每一寸土地中。在這樣壯大的移民隊伍中，農漁民固然是開天闢地工作的核心，可是我們也不可忽略為數不少的工匠和士兵同農民並肩作戰，同樣獻出了他們的生命和血汗。明鄭三代的營盤田制度是仿傚古代屯田制度的。明鄭時代的大部分士兵都被分發到平埔番社星羅棋布的「草地」去屯墾。所以士兵既是農民又是工匠。再說，從荷蘭時代開始設置的糖廍，儘管是屬於手工業手工場，但所用勞工不少。廍中人工計有：糖師二人，火工二人，車工二人，牛婆二人，剝蔗七人，採蔗尾一人，看牛一人（看守各牛）。崇禎 15 年，輸日蔗糖達八萬英斗，可見從事製糖工作的勞工已成社會重要的構成分子。此外，製作農具、燒製日用器皿、築屋、鐵匠等凡農業社會所需要的勞工亦復不少；可見在拓墾時代裡農民和勞工、士兵是三位一體分不開的。

在這樣一群勤勞大眾裡，我特別鄭重地提出，臺灣婦女始終是他們的好伴侶。她們是一群堅毅、忍辱負重的無名英雄。她們除去和男性伴侶一樣須從事同殖民者戰鬥、農耕、家事勞動之外，還得負起生育、養育子女之重責。她們肩膀上背著雙重的重擔。在日本侵臺時的抗日義軍裡，我們可以看到背著嬰兒搬運彈藥、執槍射擊敵人、從事炊事的眾多婦女。本來農民、勞工、士兵和婦女是社會上實際從事體力勞動的一群。他們在社會底層裡，默默地工作、受苦，而很少表達他們的意見，更不知怎樣去述說他們的遭遇和歷程。

光復三十年來的社會結構激烈的改變促使教育、文化的普及，有效於扭轉這一群勞動大眾噤若寒蟬的可悲傳統。我們可以看到來自農、工、士兵階層的許多知識分子包括受過高等教育的婦女，透過大眾傳播機構，多少替這些默默的勤勞大眾仗義執言，為爭取他們的尊嚴而抗爭、指控。

　　這可以說是臺灣光復三十多年來未曾發生過的一次壯大的行列：覺醒的知識分子已經深刻地認識，唯有跟勤勞的大眾站在一起打成一片，才能把臺灣建設為一個三民主義的理想社會。而這種知識分子的實踐方式也正好跟我們三百多年來的鄉土的歷史傳統吻合：須知我們這一塊人間樂土是許許多多無名的勤勞民眾在知識分子的協助下開拓而塑造的。

　　在現代臺灣社會裡，社會建設的主要責任，毫無疑義的，已經從農民身上轉移到勞工身上。儘管如此，勞工本身很少認識有關自己權益的問題，也很少有人能夠透澈地分析自己處境和遭遇中的坎坷，作積極的不平之鳴。他們只知付出體力換回生活的糧食。現實生活的壓迫力量是很大的，足以壓垮任何的抗議意識。如果勞工本身不敢做任何合法的心境自白的話，知識分子的吶喊聲就只是徒然招來空洞的回聲而已，無法有效地改變勞工未來的命運。

　　因此，紮根於勞工生活，現時仍屬於勞工中一分子的作家楊青矗，他所描寫的工人世界的小說，的確有其存在的價值和意義，他的小說是臺灣社會現代化過程中的重要見證之一，他記錄了現代勞工生活現實的許多層面，剖析了他們在悲歡離合的情緒起伏中呈現出來的人性。他的小說提供勞工重溫自己生活體驗的機會，有效於幫助勞工省察自身問題癥結的所在，同時給屬於其餘階層的民眾帶來了正視及了解勞工生活的光明層面的契機。最重要的一點莫過於他指出了勞資協調求得和諧才是解決勞工問題的主要精神。我們可以說他是實踐三民主義的作家。

　　所以如果一味地要求楊青矗在小說裡追求更純粹的藝術技巧可能是偏激的。但如果不批評他的藝術技巧的良窳則可能使他的小說停留在歷史文獻的階段。然而小說對於楊青矗而言，似乎已不再是駕馭文字以表現現實或幻想的形象化，而是一種行動化的實踐過程。他夢想著依靠小說來「喚起政府和民眾」以便有助於改善勞工的生活。必須給小說賦予如此過重的使命和冀望，難道不是令人傷心的事情嗎？我以為小說雖有淨化（purify）人性的作用，但並非立即見效的萬靈藥。過分重視小說的社會功用，使楊

青矗逐漸走上參與和實踐的道路去，不管如何，楊青矗的小說尖銳地反映了他這種為勞工謀福利的悲壯心願。

楊青矗描寫勞工的一系列小說已集成三本小說集。《工廠人》、《廠煙下》，再來是更為純淨的專寫女工生活的集子《工廠女兒圈》。在這本書裡的小說，主要描寫的對象是正當荳蔻年華的年輕女工及為家庭重擔所累的中年女工。工廠的種類和型態都不同；從外資的電子工廠到國營工廠，從民間的食品工廠到針織工廠，幾乎網羅了現時臺灣女工的形形色色的工廠。工廠所在的地方亦從鄉下、加工區到都市，幾乎涵蓋了所有經營方式，操作過程截然不同的許多工廠。只有一篇小說是例外，那就是〈婉晴的失眠症〉。這篇小說主要敘述的對象是白領階級；即令如此，婉晴所工作的地方既是電器公司，而主角婉晴最後也脫離了白領階級跑到加工區去做女工，所以廣義的說，也算是屬於勞工的小說吧！

因此，這本集子裡的所有小說都統合在一個共通主題之下：1970 年代臺灣女工生活中的「詩與真實」。

我們在這本書裡，能夠體會到楊青矗作為一個作家真摯的道德勇氣和熾烈燃燒的抗議精神，然而我們不得不注意，楊青矗所刻畫的女工形象，大都是忍從的、勤勞的，幾乎找不到一個滿懷仇恨和敵意的人。這也符合了我們歷史裡忍從、堅毅的婦女形象。這一群女工，明知她們被廠方所剝削和虐待，但她們卻沒有「以牙還牙」的意識型態。似乎她們都願意這樣忍耐下去，否則就只是靜靜地訴說衷腸和委屈而已。楊青矗以此來喚醒社會各階層的良知，面對工人所處的弱勢，從立法及施政方面應有公正的保護。

事實上這本《工廠女兒圈》是女工一連串挫敗和屈辱的具體紀錄。正義得不到伸張，女工們的妥協和體諒換來的是鐵石心腸的資方微乎其微的憐憫罷了。我們可以看見在鄉下的工廠裡仍然保留著濃厚的封建體制，離展開合理嶄新的企業經營還有一段距離。這本小說集的女工行為表明了一個事實：妥協就是屈辱；除非在開明的勞工政策下，資方有現代化的意識型態，女工有團隊精神，否則數逾百萬的女工仍然得不到合理的報酬和健

康的心身生活。

　　那麼楊青矗在這些小說裡究竟表現些什麼？

　　在〈昭玉的青春〉裡，我們看到的是為廠方獻出了 22 年寶貴青春的臨時工昭玉，掙扎、哀求、奔走，嚐盡了所有折磨之後，得到的是免於飢餓的「短僱工」職位。對公營工廠臨時工制度的不合理，嚴厲地諷刺與批評。經濟部所屬的國營工廠，原來僱用的人員約有三分之一的臨時工，被楊青矗一再寫的這種臨時工，現在已漸取消這種制度，而以正工僱用。

　　在〈秋霞的病假〉裡，我們可看到加工區外資工廠的猙獰面目，為工廠苛酷的勞動條件而一病不起的秋霞，以政府的勞工法令為後盾據理力爭，結果得來了病假期間的「一半工資」，套用一句俗諺，這聊勝於無的工資其數量等於「麻雀的眼淚」。而這破例的讓步也是廠方「大發慈悲」，屈服於政府勞工法令下的假慈悲罷了。這裡告訴我們，一切權益都是奮鬥爭取得來的，儘管有保護的勞工法令，資方不遵守，執法者不執行，徒有其法，只有勞工自己不斷地爭取才有效。

　　在〈婉晴的失眠症〉裡，婉晴把她的整個心力和熱情放在她的「帳簿」上。她恰似一隻忠實的哈巴狗，為她老板的利益做假帳簿應付稽徵處稅吏，甚至不惜以撒嬌、色相來討好稅吏。結果她得到的是失眠、焦慮、以及精神崩潰，在小說的結尾裡，她只好逃離工作場所，奔向加工區去當女工。這對目前的稅務制度，及稅務人員的貪汙風氣，是一記當頭棒喝。

　　〈龜爬壁與水崩山〉針對剛畢業的國中女生，以日記體裁描寫她們初進一家針織工廠裡工作大約二、三個月的經過。這工廠的一部針織機械一個月可淨賺三、四十萬元，而國中女生因工負傷、險些賠上一條命的代價是倒賠了醫藥費，憤而辭職。這寫出目前資方對員工缺乏照顧的責任心，只為自己圖利，不為員工著想。

　　〈工廠的舞會〉講的是外資工廠裡的康樂活動——舞會的內幕。在這種舞會裡，暴露出工廠只僱用女工，形成男女員工懸殊的戀愛問題、婚姻問題、女工流動及情緒不平衡的問題。

〈自己的經理〉描寫了中年女工為公受傷，得不到合理的照顧，一家人陷於絕境的故事。諷刺中國人經理，為了升遷和私利，只拍外國老板的馬屁，缺乏照顧本國員工的同胞愛。

〈陞遷道上〉講的是力爭上游的女工犧牲貞操和美貌倒換來心靈的困擾和落寞的疏離感。也是寫外資工廠的本國經理只會討好外國老板的故事。

〈外鄉來的流浪女〉是描寫食品工廠惡劣的工作情況和女工被剝削的情形。小說裡的女工，設法約了老板出來，滔滔不絕地數說了資方違反勞工法令的事實，而後不得不離開工廠回鄉去。這種工廠目前在臺灣普遍如此，雖然有勞工法令卻不遵守，政府也不嚴格執法，致使勞工沒有保障。但類似故事的女主角敢挺身說話的，就少之又少了。

——《臺灣日報》，1978 年 7 月 22 日至 23 日

——選自葉石濤《葉石濤全集 14・評論卷二》

臺南，高雄：國立臺灣文學館，高雄市文化局，2008 年 3 月

《台詩三百首》出爐

◎李魁賢[*]

楊青矗提倡、推廣臺灣語文教學，全心投入編寫教材將近二十年，成果豐碩，最近出版《台詩三百首》，自三百多年來的臺灣古典詩（漢詩）六、七萬首中精選 341 首，逐首加以標註臺、華雙語注音符號，逐句譯成臺語白話，加上註釋、賞析和作者小傳，印成近千頁一巨冊，材料豐富，呈現楊青矗多年心血的鉅大貢獻。

楊青矗在〈追溯四百年來臺灣文學的主體性〉序文中，清楚交代其編著要旨，並在〈臺詩三百首導讀──詩的創作與欣賞〉中詳細分析古典詩的內容和形式。其中最特殊的是，楊青矗創造了「靈境」（情境）說，與「意境」對比，分別與外向性和內向性的詩觀相對應，由此串聯了古典詩與現代詩類似性的對照。

藉此機會重讀古典詩，有些老生常談還是值得反思。古典詩最為人詬病的部分是用典。用典其實如學科之使用術語，容易產生固定的規範。問題是詩重創造性，用典是因襲，且多約定俗成，成為通用，有違創造性的要求，但在字數嚴格限制的條件下，用典可以取巧。

為顧慮創造性，用典會走向冷僻，容易失去讀者的體會性，但採用通常典故，免不了人云亦云之憾。例如楊守愚〈遠眺〉中的頸聯「淮橘舊栽驚變枳，鵲巢此日已居鳩」，便是使用「橘逾淮而枳」和「鵲巢鳩居」的典故，很容易體會詩人要表達的意思，只是缺乏新意。

---

[*]詩人、評論家、翻譯家。發表文章時為國家文化藝術基金會董事，現為世界詩人運動組織亞洲區副會長。

　　然而，古典詩因字數限制，必須講究推敲，在隱喻、象徵、旁敲側擊方面，常會產生驚奇效果。例如賴和〈施琅墓道碑〉：「豐碑突兀蘚痕生，三百年間大物更，靖海功勳終泡影，世間爭說鄭延平」，先描述施琅墓的荒蕪，最後筆鋒一轉，說還不如鄭成功的留名。因此，世俗功名的成敗，與歷史功過形成逆轉。

　　古典詩因字數限制，也要特別重視用字凝練濃縮，在意象的斷與連方面產生跳躍的效果和魅力。例如楊青矗的七言絕句〈曉稼〉：「晞甦鳥喜露涼野，竹徑村雞叫稼行，稻浪溿風肥壅樂，夫犁婦播圳吟耕」。作者初稿首句為「曦昇鳥鳴露遍野」，經修改後不但把太陽早已升起的「曦昇」，提早到天剛破曉的「晞甦」，且甦、喜、涼等字，和以下諸句中的叫、行、樂、犁、播、吟，都是人的行為和感覺，萬物都產生擬人化，成為自然和諧的景象。

　　再看場景，首句是野外，次句拉回村裡，第三句推向田園，末句則拉到農民身上，鏡頭一遠一近、一遠一近伸縮，連續跳躍而自然。至於主體，也從鳥、雞、稻，最後跳到人身上，中間不需要有連繫詞或轉接，非常簡捷俐落。

　　《台詩三百首》以臺灣主體性的觀點編選，不但透過詩多了解臺灣，且對臺灣古典文學的成就，可以多一番認識。

——Taiwan News 總合週刊第 96 期，2003 年 8 月 28 日

——選自李魁賢《詩的越境——李魁賢文集之 21》
臺北：臺北縣文化局，2004 年 12 月

我的煉油廠工作
1961～1979 年

◎楊青矗

〈工人作家楊青矗的故事〉[1]這篇文章內，葉石濤的記憶有一點混淆，我寫三頁補充可供參考更正，因大家有興趣知道我在中油公司做些什麼及中油公司的情形，我也寫了一點供參考。

本來葉石濤先生口述、曾心儀採訪的〈工人作家楊青矗的故事〉，有一部分葉石濤先生記憶略有混淆，茲補充說明，加以更正。

葉石濤先生去高雄煉油廠看我那次，我也帶他去參觀離我工作室走路約五分鐘、建在高雄煉油廠職員宿舍邊的高雄煉油廠圖書館。圖書館房子的大小寬窄與我工作室的房子大約相同，圖書館的藏書豐富，一進去，兩旁書櫥矗立，裝滿叢書，整個屋內也都是書櫥裝書，葉石濤在口述給曾心儀採訪時，一時記憶混淆，將圖書館混淆為是我的工作室，所以他說我「在煉油廠裡有一個特別的房間，有很大的桌子，四周圍排列著書」。他說我就是這部分的主持人，過得不錯，沒有工作時，就可以看書寫作。上班時間，主管會偶而來巡視查班，不可能沒有事時就看書寫作。我在公廳的工作室，也不能「四周圍排列著書」。葉石濤先生是把圖書館看到的「四周圍排列著書」記憶混淆，拿來說我工作室。

我的工作室是高雄煉油廠的員工宿舍修繕室，負責員工宿舍的輕微修理及家具的整修。高雄煉油廠有員工三、四千人，原為日據時代日本人所

---

[1]葉石濤口述；曾心儀採訪，〈工人作家楊青矗的故事——文學篇〉，《臺灣文藝》第 82 期，1983 年 5 月。

建的海運第六燃料廠，預備戰爭時有自煉汽油可用。日本人要建這個廠，向楠梓及後勁等地區徵收農第六、七百甲，三百多甲用於建煉油廠及修建廠，另三百多甲建職員宿舍，三百多間為工人宿舍。

職員宿舍日本人建得相當精美別緻，每棟樹木蓊鬱，整個職員宿舍區像一個大公園。廠長、副廠長、祕書長、各組組長的高級宿舍，由公家提供彈簧床、沙發椅及窗簾。而高雄煉油廠的招待所，在當時高雄最高級的飯店或旅館都沒有它的氣派。

我們宿舍修繕室乃負責職員宿舍輕微的整修，與招待所與高級職員宿舍沙發椅與彈簧床的製作與修理。修繕室有木土師父二人，彈簧床及沙發椅師父二人，做窗簾和縫椅面、床面的女縫製師一人。工人宿舍，一般日人住屋的建造，小二門，屋內鋪疊疊米，所以我們修繕室也有一名疊疊米師傅做疊疊米供用，後來工人宿舍老舊壞掉，未再分發給工人住，未再雇用疊疊米師傅。另外有兩名事務人員，我是其中之一，負責將宿舍管理室申請的宿舍及家具的修繕單分發給木工及沙發椅及床墊師傅去做。我是負責向修建組的材料倉庫負責申請所需的材料及報銷所用的材料的辦事人員。另外修繕室還管一間家具倉庫，宿舍區及各辦公室及廠房不用的家具都退到家具倉庫存放，要用的廠房及辦公室就來查看，適合用就申請領去用。

1970 年代後期，高雄煉油廠要編撰一本《高雄煉油廠廠史》，之前，廠方大令各課、各組、各廠等各單位，就其單位的大小事件，從煉油廠開廠以來，一一搜集記錄，交給廠史編撰小組撰寫高雄煉油廠廠史。因我經常發表短篇小、散文、政論，寫稿寫書是我的專長，因此被調到公關課參與廠史編撰小組編撰《高雄煉油廠廠史》。民國 85 年我在臺北的營業總處復職，被調去公共關係組主編中油員工的內部刊物《石油通訊》。

當時營業總處正要編一本《石油營運半世紀》，大令公司各單位將半世紀的營運情形詳細索集撰寫交給《石油營運半世紀》的編撰小組作為編寫資料。我主編《石油通訊》月刊之外，因是作家，寫書出書是我專長，也

被命令加入「石油營運半世紀」的編撰。民國 94 年，我年屆 65 歲的退休年齡，可以退休，就申請退休，離開了中油。

輯五◎
研究評論資料目錄

作家生平、作品評論專書與學位論文

專書

1. 英格麗舒（Ingrid Schuh）著；劉美梨譯　臺灣作家楊青矗小說研究（1975年以前）　臺南　臺南縣政府　2007年1月　257頁

本書探討楊青矗的作品中關於「工人文學」的部分，書中否定「楊青矗的寫作生涯在1975年已告一段落」的說法，並認為《工廠人》是楊青矗人生與寫作的轉捩點。全書共6章：1.楊青矗生平及作品簡介；2.楊青矗對文學及所處社會之觀點；3.楊青矗「非工人類」小說簡介；4.臺灣工作環境、工人生活的轉變和楊青矗作品對此現象描寫；5.《工廠人》；6.短評。正文後附錄〈楊青矗簡介及其著作明細〉、〈楊青矗寫作年表〉、〈楊青矗小說評論引得〉。

學位論文

2. 陳曉娟　楊青矗小說中的抗爭主題研究　東海大學中國文學系　碩士論文　呂興昌教授指導　2000年6月　120頁

本論文以楊青矗小說為研究範圍，採用主題研究的方式來探討楊青矗小說中的抗爭意識。全文共6章：1.緒論；2.對傳統天命觀的反省；3.勞資階級差異的消弭；4.對男性霸權的抵制；5.對臺灣本位的強調；6.結語。正文後附錄〈楊青矗小說著作年表〉。

3. 侯如綺　楊青矗小說中臺灣社會的現代化過程　逢甲大學中國文學系　碩士論文　余美玲教授　2002年　241頁

本論文探討楊青矗生平與創作歷程，繼而自楊青矗的小說作品尋找出臺灣社會現代化的過程軌跡，並探討小說中在社會工業化後，臺灣民眾的生活型態、適應狀況、與公眾政治參與的現象和內涵。全文共6章：1.緒論；2.筆尖位在現代社會脈動上的作家；3.「綠園的黃昏」——從農業社會到工業社會；4.「連雲之夢」——從鄉村到都市；5.「給臺灣的情書」——政治開放的道路；6.結論。正文後附錄〈楊青矗小說創作年表〉。

4. 黃慧鳳　「工」在社稷——廿世紀臺灣勞工文學研究　淡江大學中國文學系　碩士論文　施淑女教授指導　2004年1月　239頁

本論文係立基於對楊青矗文學的研究基礎上，進一步從文獻的彙整中，爬梳歷年來有關勞工文學的論述；並輔以馬克斯（Karl Marx）、傅柯（Michel Fouclult）、薩依

德（Edward W. Said）後殖民等相關文學理論相印證。全文共 7 章：1.緒論；2.廿世紀臺灣勞工文學的發展脈絡；3.日據時期臺灣勞工文學的發聲；4.解嚴前臺灣勞工文學的展現；5.解嚴後臺灣勞工文學的退潮；6.戰後臺灣勞工文學的抗爭；7.結論。

5. **劉雅薇　　楊青矗小說底層敘事研究　中正大學中國文學所　碩士論文　江寶釵教授指導　2008 年　326 頁**

本論文以「底層」（subaltern）作為貫串全文之主軸，探究楊青矗小說，並分述其底層主題的特色與抉擇、底層人物的塑造、底層意識的刻畫，形構其底層敘事之全貌。全文共 4 章：1.緒論；2.底層主題的特色與抉擇；3.底層人物的塑造；4.底層意識的刻畫。

6. **李坤隆　　楊青矗《台詩三百首》中臺灣主體性的建構　彰化師範大學臺灣文學研究所　碩士論文　周益忠教授指導　2012 年　182 頁**

本論文以楊青矗《台詩三百首》作為研究的文本，試圖處理「臺灣主體性」建構的問題。全文共 6 章：1.緒論；2.「臺灣主體性」的發展與辯證；3.《台詩三百首》建構的臺灣主體史觀；4.《台詩三百首》建構的臺灣主體詩觀；5.《台詩三百首》在臺灣文化上的意義；6.結論。

7. **鍾怡君　　楊青矗小說中勞動人物研究　高雄師範大學國文學系　碩士論文　林文欽教授指導　2013 年　228 頁**

本論文在探討工人作家楊青矗筆下的人物世界，藉由性格與愛情世界的探討，來看臺灣在經濟起飛的 1960 年代至 1980 年代以勞工為中心所形成的勞動世界。全文共 5 章：1.緒論；2.楊青矗小說中的白領階級；3.楊青矗小說中的藍領階級；4.楊青矗小說中勞動人物的愛情世界；5.結論。

8. **董學奇　　從楊青矗「工廠人」系列作品看勞工文學對臺灣勞動法的反思　中興大學　碩士論文　林炫秋教授指導　2016 年　115 頁**

本論文透過楊青矗「工廠人」系列作品呈現的勞動現象，與勞動法進行對照閱讀及反思，呈獻勞工所面臨之現實生活，並藉以對照勞動法之演變歷程。全文共 6 章：1.緒論；2.臺灣勞工文學的發展與傳承；3.勞工自我認知與尊嚴；4.勞工待遇及福利；5.工會運作；6.結論。

作家生平資料篇目

自述

9. 楊青矗　　自我擊鼓：為〈在室男〉說幾句話　中國時報　1970 年 6 月 2 日　10 版

10. 楊青矗　　不扶之升——得獎感言　臺灣文藝　第 34 期　1972 年 1 月　頁 6

11. 楊青矗　　後記　在室男　高雄　文皇出版社　1974 年 4 月　頁 211—212

12. 楊青矗　　人間煙火——跋　同根生　高雄　敦理出版社　1978 年 6 月　頁 219—220

13. 楊青矗　　人間煙火（跋）　在室男　高雄　敦理出版社　1984 年 8 月　頁 219—220

14. 楊青矗　　序　工廠人　高雄　敦理出版社　1975 年 9 月　頁 1—5

15. 楊青矗　　楊青矗小傳　中國當代十大小說家選集　臺北　源成文化圖書供應社　1977 年 7 月　頁 546

16. 楊青矗　　起飛的時代——跋　工廠女兒圈　高雄　敦理出版社　1978 年 3 月　頁 241—251

17. 楊青矗　　序——從《在室男》到《同根生》　同根生　高雄　敦理出版社　1978 年 6 月　〔1〕頁

18. 楊青矗　　序　筆聲的迴響　高雄　敦理出版社　1978 年 7 月　頁 1

19. 楊青矗　　楊青矗先生獄中來函　臺灣文藝　第 82 期　1983 年 5 月　頁 66

20. 楊青矗　　再版序　在室男　高雄　敦理出版社　1984 年 8 月　〔1〕頁

21. 楊青矗　　十五年的遞嬗——序　在室女　臺北　敦理出版社　1985 年 4 月　頁 1—3

22. 楊青矗　　十八少年時　少男心事　臺北　敦理出版社　1985 年 5 月　頁 15—18

23. 楊青矗　　十八少年時　人生船　臺北　爾雅出版社　1985 年 7 月　頁 426—429

24. 楊青矗　放眼世界，拓展視野——後記　楊青矗與國際作家對話——愛荷華國際作家縱橫談　臺北　敦理出版社　1986 年 4 月　頁 449—454

25. 楊青矗　在小囚房寫大時代——《心標》與《連雲夢》後記　臺灣文藝　第 104 期　1987 年 1 月　頁 76—78

26. 楊青矗　從《心標》到《連雲夢》——後記　心標　臺北　敦理出版社　1987 年 1 月　頁 253—255

27. 楊青矗　從《心標》到《連雲夢》——後記　連雲夢　臺北　敦理出版社　1987 年 1 月　頁 275—277

28. 楊青矗　《國台雙語辭典》的編輯過程　新文化　第 6 期　1989 年 7 月　頁 80—82

29. 楊青矗　斡頭看文學路——自序　圍：楊青矗選集　臺南　臺南縣立文化中心　1999 年 5 月　頁 5—10

30. 楊青矗　叛亂？亂判！　楊青矗與美麗島事件　臺北　國史館　2007 年 7 月　頁 4—11

他述

31. 林鍾隆　楊青矗的魅力　青溪　第 75 期　1973 年 9 月　頁 149—150

32. 〔書評書目〕　作者話像——楊青矗　書評書目　第 11 期　1974 年 3 月　頁 105—106

33. 鄭　嗣　「開倒車」該停啦！由「楊青矗訪問」談方言應用　書評書目　第 27 期　1975 年 7 月　頁 87—89

34. 袁宏昇〔袁壽爨〕　楊青矗素描及其他　臺灣文藝　第 59 期　1978 年 6 月　頁 251—258

35. 文　江　言論自由要靠大家努力維護——給楊青矗先生的一封公開信　筆聲的迴響　高雄　敦理出版社　1978 年 7 月　頁 236—238

36. 李壁如　從文學到政治　工廠人的心願　高雄　敦理出版社　1979 年 6 月　頁 226—230

37. 吳瓊垺　鏡子・鑷子・漢子——速寫楊青矗　工廠人的心願　高雄　敦理
　　出版社　1979 年 6 月　頁 231—241

38. 古　丁　吹氣泡學鳥叫的詩人作家〔楊青矗部分〕　秋水詩刊　第 26 期
　　1980 年 4 月　頁 5—7

39. 陳若曦　獄中人安好——探望王拓和楊青矗　〔美國〕新土　第 36 期
　　1982 年 5 月　頁 58—59

40. 陳若曦　楊青矗王拓獄中安好——返臺雜感之三　無聊才讀書　香港　天
　　地圖書公司　1985 年 6 月　頁 199—203

41. 柴松林講；曾心儀採訪　工人作家楊青矗的故事——經濟篇　臺灣文藝　第
　　82 期　1983 年 5 月　頁 48—54

42. 葉石濤講；曾心儀採訪　工人作家楊青矗的故事——文學篇　臺灣文藝　第
　　82 期　1983 年 5 月　頁 55—61

43. 楊青鑫講；曾心儀採訪　工人作家楊青矗的故事——親情篇　臺灣文藝　第
　　82 期　1983 年 5 月　頁 62—64

44. 王晉民，鄺白曼　楊青矗　臺灣與海外華人作家小傳　福州　福建人民出版
　　社　1983 年 9 月　頁 56—58

45. 葉石濤　擁抱楊青矗回歸文學　自立晚報　1983 年 10 月 15 日　10 版

46. 葉石濤　擁抱楊青矗回歸文學　沒有土地，哪有文學　臺北　遠景出版公司
　　1985 年 6 月　頁 85—88

47. 葉石濤　擁抱楊青矗回歸文學　葉石濤全集・隨筆卷一　臺南，高雄　國立
　　臺灣文學館，高雄市文化局　2008 年 3 月　頁 387－390

48. 武治純　臺灣鄉土文學的源流梗概〔楊青矗部分〕　壓不扁的玫瑰花——臺
　　灣鄉土文學初探　北京　中國廣播電視出版社　1985 年 7 月　頁
　　18

49. 羊子喬　迎楊青矗返自由天地　走過人生街頭　臺北　鴻蒙文學出版社
　　1985 年 9 月　頁 80—81

50. 林雙不　楊青矗簡介　1987 臺灣小說選　臺北　前衛出版社　1988 年 4 月

頁 44—45

51. 郭楓等[1]　　作者簡介　臺灣當代小說精選 1（1945—1988）　臺北　新地文學出版社　1989 年 1 月　頁 8

52. 周永芳　　七十年代臺灣鄉土文學作家介紹——王拓與楊青矗　七十年代臺灣鄉土文學研究　中國文化大學中國文學系　碩士論文　尉天驄教授指導　1992 年 6 月　頁 111—119，137—138

53. 〔明清，秦人〕　　楊青矗簡介　臺港小說鑑賞辭典　北京　中央民族學院出版社　1994 年 1 月　頁 518—519

54. 〔編輯部〕　　楊青矗簡介　圍：楊青矗選集　臺南　臺南縣立文化中心 1999 年 5 月　頁 297—301

55. 洪麗玉　　春華秋實 50 載——淡寫大高雄作家群〔楊青矗部分〕　臺灣新聞報　2000 年 2 月 27 日　B8 版

56. 王育德　　在恐懼與希望的夾縫間——以王拓和楊青矗為中心——法庭上的鬥爭　臺灣海峽　臺北　前衛出版社　2000 年 4 月　頁 90—95

57. 林政華　　臺灣本土小說名家與名作——楊青矗　臺灣文學汲探　臺北　文史哲出版社　2002 年 3 月　頁 128—155

58. 林政華　　由工廠小說家蛻變為臺灣河洛語的專家——楊青矗　臺灣新聞報 2002 年 12 月 9 日　11 版

59. 林政華　　由工廠小說家蛻變為臺灣河洛語的專家——楊青矗　臺灣古今文學名家　桃園　開南管理學院通識教育中心　2003 年 3 月　頁 78

60. 莊金國　　楊青矗獲吳三連文學獎　2002 臺灣文學年鑑　臺北　行政院文建會 2003 年 9 月　頁 154—155

61. 洪士惠　　楊青矗發表《台詩三百首》　文訊雜誌　第 216 期　2003 年 10 月　頁 74

62. 陳希林　　楊青矗重回創作，埋頭寫美麗島　中國時報　2003 年 11 月 23 日

---

[1]編著者：郭楓、鄭清文、李喬、許達然、吳晟、呂正惠。

　　　　　　C8 版

63. 彭瑞金　　〈低等人〉作者　國民文選・小說卷 3　臺北　玉山社出版公司
　　　　　　2004 年 7 月　頁 228

64. 古遠清　　獨派作家和南部詮釋集團──楊青矗　分裂的臺灣文學　臺北　海
　　　　　　峽學術出版社　2005 年 7 月　頁 137—138

65. 〔編輯部〕　　楊青矗　高雄文學小百科　高雄　高雄市文化局　2006 年 7 月
　　　　　　頁 97

66. 英格麗舒（Ingrid Schuh）著；劉美梨譯　　楊青矗簡介　臺灣作家楊青矗小說
　　　　　　研究（1975 年以前）　臺南　臺南縣政府　2007 年 1 月　頁 233—
　　　　　　235

67. 陳世宏　　為什麼是「美麗島事件」？　楊青矗與美麗島事件　臺北　國史館
　　　　　　2007 年 7 月　頁 376—386

68. 〔鹽分地帶文學〕　　前輩作家寫真簿──楊青矗：學習臺灣語言，有一套最
　　　　　　簡單的學習途徑　鹽分地帶文學　第 15 期　2008 年 4 月　頁 28

69. 〔封德屏主編〕　　楊青矗　2007 臺灣作家作品目錄　臺南　國立臺灣文學館
　　　　　　2008 年 7 月　頁 1094

70. 〔陳芳明編著〕　　作者介紹／楊青矗　青少年臺灣文庫 II──小說讀本 2：
　　　　　　約會　臺北　國立編譯館　2008 年 12 月　頁 149—150

71. 藍建春主編　　燃燒理想的年代──七十年代與鄉土文學──七十年代鄉土文
　　　　　　學作家、作品〔楊青矗部分〕　親近臺灣文學──歷史、作家、故
　　　　　　事　臺中　耕書園出版公司　2009 年 2 月　頁 329—330

72. 悟　廣　　以想像綴補天地──作家楊青矗莅彰演講　文訊雜誌　第 283 期
　　　　　　2009 年 5 月　頁 146—147

73. 〔楊青矗〕　　楊青矗簡介　烏腳病庄　臺南　臺南市文化局　2014 年 2 月
　　　　　　頁 212—215

74. 向　陽　　為臺灣工人代言的小說家楊青矗　文訊雜誌　第 381 期　2017 年 7
　　　　　　月　頁 8—12

訪談、對談

75. 李　昂　　喜悅的悲憫——楊青矗訪問　書評書目　第 24 期　1975 年 4 月　頁 74—87

76. 李　昂　　喜悅的悲憫——楊青矗訪問　群像　臺北　大漢出版社　1976 年 4 月　頁 49—69

77. 李　昂　　喜悅的悲憫——楊青矗訪問　筆聲的迴響　高雄　敦理出版社　1978 年 7 月　頁 145—167

78. 〔夏潮〕　　什麼是健康的文學？　夏潮　第 3 卷第 2 期　1977 年 8 月　頁 7—8

79. 〔夏潮〕　　什麼是健康的文學？　鄉土文學討論集　臺北　〔自行出版〕　1978 年 4 月　頁 297—299

80. 〔夏潮〕　　什麼是健康文學——答夏潮雜誌社訪問　筆聲的迴響　高雄　敦理出版社　1978 年 7 月　頁 213—216

81. 〔自立晚報〕　　楊青矗訪問記　自立晚報　1978 年 4 月 9 日　3 版

82. 楊青矗等[2]　　社會的關切與愛心——楊青矗作品討論會紀錄　臺灣文藝　第 59 期　1978 年 6 月　頁 195—214

83. 楊青矗等　　社會的關切與愛心——楊青矗作品討論記　不滅的詩魂　臺北　臺灣文藝出版社　1981 年 1 月　頁 293—320

84. 楊青矗等　　社會的關切與愛心——楊青矗作品討論會記錄　同根生　臺北　遠景出版公司　1982 年 7 月　頁 59—82

85. 楊青矗等　　社會的關切與愛心——楊青矗作品討論會紀錄　在室男　高雄　敦理出版社　1984 年 8 月　頁 283—306

86. 楊青矗等　　社會的關切與愛心——楊青矗作品討論會紀錄　洪醒夫全集・評論卷　彰化　彰化縣文化局　2001 年 6 月　頁 209—235

87. 楊青矗等　　社會的關切與愛心——楊青矗作品討論會記錄　葉石濤全集・評

---

[2]與會者：李喬、洪醒夫、袁宏昇、許振江、張良澤、彭瑞金、葉石濤、楊青矗、鄭清文、鄭英男、鍾鐵民；紀錄：洪醒夫、賴漢章。

論卷六　臺南，高雄　國立臺灣文學館，高雄市文化局　2008 年 3 月　頁 139—164

88. 梁景峰　文學的旗子——與葉石濤、楊青矗暢談　筆聲的迴響　高雄　敦理出版社　1978 年 7 月　頁 169—193

89. 梁景峰　文學的旗子——與葉石濤、楊青矗暢談　鄉土與現代：臺灣文學的片斷　臺北　臺北縣立文化中心　1995 年 6 月　頁 59—80

90. 莊美英　直直直，直直挖——答莊美英訪問　筆聲的迴響　高雄　敦理出版社　1978 年 7 月　頁 195—211

91. 曾心儀　楊青矗近況　臺灣文藝　第 82 期　1983 年 5 月　頁 64—65

92. 楊青矗等[3]　工人文學的回顧與前瞻　臺灣文藝　第 92 期　1985 年 1 月　頁 30—51

93. 楊青矗等　工人文學的回顧與前瞻　臺灣文學入門文選　臺北　前衛出版社　1989 年 10 月　頁 254—276

94. 方美津　從「在室」到「出室」——訪〈在室女〉作者楊青矗　自立晚報　1985 年 4 月 16 日　10 版

95. 洪綺珠　狂流，剪雲夢——《連雲夢》訪問錄　自立晚報　1985 年 7 月 1 日　10 版

96. 楊青矗等[4]　楊青矗、向陽對談——第三世界作家啟示錄　臺灣文藝　第 101 期　1986 年 7 月　頁 6—24

97. 何聖芬　筆的出發：訪楊青矗談籌組中的臺灣筆會　自立晚報　1987 年 1 月 27 日　9 版

98. 何聖芬　真情實意——李昂與楊青矗對談[5]　覆李昂的情書[6]　臺北　敦理出版社　1987 年 3 月　頁 139—151

99. 何聖芬　情歸臺灣——李昂與楊青矗對談　給臺灣的情書　臺北　敦理出版

[3]與會者：葉石濤、李昌憲、鄭烱明、莊金國、彭瑞金、陌上塵、楊青矗、許振江、陳坤崙、吳錦發、黃樹根；策劃：李喬；整理：陌上塵。
[4]主持人：李敏勇；與會者：楊青矗、向陽、李魁賢、趙天儀、羊子喬；紀錄：李宜洵。
[5]本文後改篇名為〈情歸臺灣——李昂與楊青矗對談〉。
[6]本書後改書名為《給臺灣的情書》。

社　1987 年 7 月　頁 139—152

100. 康　原　　永遠的在室男——楊青矗　作家的故鄉　臺北　前衛出版社　1987 年 11 月　頁 71—83

101. 袁宏昇　　我們需要真正的勞工代表——訪工人作家楊青矗　夏潮　第 5 卷第 6 期　1987 年 12 月　頁 55—57

102. 沈文慈　　楊青矗：語言是一切文化的根　卓越　第 117 期　1994 年 5 月　頁 130

103. 陳儀深，潘彥蓉　　楊青矗先生訪問記錄　口述歷史　第 12 期　2004 年 4 月　頁 98—130

104. 黃文成　　口述歷史：楊青矗獄中書寫　受刑與書寫——臺灣監獄文學考察(1895—2005)　中國文化大學中國文學系　博士論文　康來新教授指導　2006 年　頁 393—398

105. 楊青矗等[7]　　回首那場文學壯遊——「世界之心——從參與愛荷華國際寫作計畫談起」講座紀實　文訊雜誌　第 306 期　2011 年 4 月　頁 104—107

106. 楊青矗等[8]　　聶華苓與愛荷華國際寫作計畫　文訊雜誌　第 309 期　2011 年 7 月　頁 82—87

107. 楊青矗等[9]　　參與行動走向開闊的大道——「臺灣文學討論會」紀實——臺灣文學的展望　自立晚報　1984 年 2 月 21 日　10 版

108. 楊青矗等　　參與行動走向開闊的大道——「臺灣文學討論會」紀實——臺灣文學的展望　黃得時全集 4　臺南　國立臺灣文學館　2012 年 12 月　頁 594—598

109. 彭樹君　　十年之間——訪楊青矗談《鯤島烏雲》　自由時報　1991 年 7 月 21 日　18 版

---

[7] 主持人：季季；與會者：尉天驄、吳晟、楊青矗；紀錄：張桓瑋。

[8] 主持人：向陽；與會者：聶華苓、Nataša Durovicová、向陽、李渝、李銳、林懷民、格非、尉天驄、楊青矗、瘂弦、董啟章、管管、蔣韻、鄭愁予、駱以軍；紀錄：馬翊航。

[9] 主持人：陳永興、向陽；主講者：陳若曦、許達然、楊青矗；紀錄：劉還月。

110. 彭樹君　　十年之間——訪楊青矗談「鯤島烏雲」（《烏腳病庄》）　烏腳病庄　臺南　臺南市文化局　2014 年 2 月　頁 10—14

111. 黃文成　　臺灣文學曾經的戰將——拜訪小說家楊青矗　文訊雜誌　第 347 期　2014 年 9 月　頁 103—106

112. 陳喆之　　絕處逢生——楊青矗書房　鹽分地帶文學　第 56 期　2015 年 2 月　頁 44—55

113. 楊媛婷專訪　　楊青矗冒死發聲・銳筆道工人心酸　自由時報　2017 年 5 月 15 日　D8 版

年表

114. 〔編輯部〕　　楊青矗年表　中國當代十大小說家選集　臺北　源成文化圖書供應社　1977 年 7 月　頁 546—548

115. 〔編輯部〕　　楊青矗創作年表　工廠女兒圈　臺北　遠景出版公司　1982 年 7 月　頁 319—321

116. 楊青矗　　楊青矗創作年表　在室男　高雄　敦理出版社　1984 年 8 月　頁 307—310

117. 楊青矗　　楊青矗創作表　楊青矗與國際作家對話——愛荷華國際作家縱橫談　臺北　敦理出版社　1986 年 4 月　頁 455—459

118. 楊青矗　　楊青矗寫作年表　心標　臺北　敦理出版社　1987 年 1 月　頁 257—261

119. 楊青矗編；方美芬增訂　　楊青矗生平寫作年表　楊青矗集〔臺灣作家全集〕　臺北　前衛出版社　1992 年 4 月　頁 247—252

120. 楊青矗　　楊青矗寫作年表　圍——楊青矗選集　臺南　臺南縣立文化中心　1999 年 5 月　頁 308—320

121. 陳曉娟　　楊青矗小說著作年表　楊青矗小說中的抗爭主題研究　東海大學中國文學系　碩士論文　呂興昌教授指導　2000 年 6 月　頁 115—116

122. 侯如綺　　楊青矗小說創作年表　楊青矗小說中臺灣社會的現代化過程　逢

甲大學中國文學系 碩士論文 余美玲教授 2002 年 頁 236—241

123. 英格麗舒（Ingrid Schuh）著；劉美梨譯 楊青矗寫作年表 臺灣作家楊青矗小說研究（1975 年以前） 臺南 臺南縣政府 2007 年 1 月 頁 239—253

其他

124. 蔡榮聰 首屆南瀛文學獎：楊青矗掄元・新人獎：陳益裕、張溪南・特別貢獻獎：郭水潭 中國時報・雲嘉南 1993 年 10 月 16 日 14 版

125. 楊淑閔 臺美基金會人才成就獎名單揭曉——柏楊、柯媽媽等四人獲殊榮〔楊青矗部分〕 民眾日報 1999 年 10 月 8 日 7 版

126. 李 翰 王桂榮人才成就獎——柏楊、楊青矗等人獲獎 中國時報 1999 年 11 月 20 日 9 版

127. 楊菁菁 臺美人才成就獎，4 人獲殊榮——柏楊、楊青矗、柯蔡玉瓊、張俊彥貢獻受肯定 自由時報 1999 年 11 月 20 日 9 版

128. 〔臺灣新聞報〕 全球中華文藝薪傳獎得主正式公布——楊青矗、李鳳山等十人獲殊榮 臺灣新聞報 2000 年 10 月 4 日 A5 版

129. 劉潔妃 吳三連獎頒獎，表揚優秀創作人才〔楊青矗部分〕 人間福報 2002 年 11 月 16 日 7 版

130. 許敏溶 吳三連獎頒發，四人獲殊榮——小說：楊青矗，國畫：許文融，音樂：柯芳隆，史學：王世慶 中央日報 2002 年 11 月 16 日 14 版

131. 李季光 吳三連獎，呂應邀頒獎〔楊青矗部分〕 自由時報 2002 年 11 月 16 日 4 版

132. 楊珮欣 楊青矗等人獲吳三連獎 自由時報 2002 年 11 月 16 日 40 版

133. 曹銘宗 吳三連獎揭曉〔楊青矗部分〕 聯合報 2002 年 11 月 16 日 14 版

134. 〔臺灣日報〕　　「臺灣的諾貝爾獎」——吳三連獎頒獎，楊青矗，許文
融，柯芳隆，王世慶獲獎　臺灣日報　2002 年 11 月 16 日　22 版

作品評論篇目

綜論

135. 鍾肇政　新人的一年——第三屆吳濁流文學獎評選感言〔楊青矗部分〕　臺
灣文藝　第 34 期　1972 年 1 月　頁 4—5

136. 張良澤等[10]　楊青矗的世界　文心　第 2 期　1974 年 5 月　頁 112—127

137. 楊昌年　復興時期的小說發展——九十二位男性作家與作品介評——楊青
矗　近代小說研究　臺北　蘭臺書局　1976 年 1 月　頁 556—
557

138. 朱西甯　土土的楊青矗　女與男　臺北　拓荒者出版社　1976 年 6 月　頁
73

139. 何　欣　三十年來的小說〔楊青矗部分〕　中華文化復興月刊　第 10 卷第
9 期　1977 年 9 月　頁 33

140. 何　欣　七〇年代的使命文學——論楊青矗和王拓[11]　中外文學　第 6 卷第
11 期　1978 年 4 月　頁 28—45

141. 何　欣　七〇年代的使命文學——論楊青矗和王拓　中國現代小說的主潮
臺北　遠景出版公司　1979 年 3 月　頁 147—175

142. 何　欣　七〇年代的使命文學——論楊青矗和王拓　當代中國新文學大
系・文學評論集　臺北　天視出版公司　1980 年 2 月　頁 446
—469

143. 何　欣　七〇年代的使命文學——論楊青矗和王拓　中華現代文學大系
（臺灣 1970—1989）評論卷（壹）　臺北　九歌出版社　1989
年 5 月　頁 365—389

---

[10] 合著者：張良澤、劉清全、李孔達、鄭榮錦、林英娟、王淑治、林國隆、黎模霖、蔡保暟、江萬
壽。
[11] 本文藉由分析楊青矗、王拓二人的作品，主張作家應有背負社會使命的責任。

144. 高棣民著；津民譯　　楊青矗小說中所反映的現代化問題──序《楊青矗小說選》中英對照本（上、中、下）　臺灣日報　1978 年 6 月 5─7 日　12 版

145. 高棣民　　楊青矗小說中所反映的「現代化」問題　楊青矗小說選（Selected Stories of Yang Ch'ing-Ch'u）　高雄　敦理出版社　1978 年 7 月　頁 1─22

146. 高棣民　　楊青矗小說中所反映的「現代化」問題　同根生　臺北　遠景出版公司　1982 年 7 月　頁 5─24

147. 高棣民　　楊青矗小說中所反映的「現代化」問題　楊青矗小說選　高雄　第一出版社　1983 年 12 月　頁 1─22

148. 高棣民　　楊青矗小說中所反映的「現代化」問題　在室男　高雄　敦理出版社　1984 年 8 月　頁 221─240

149. 高棣民著；津民譯　　楊青矗小說中所反映的「現代化」問題　楊青矗集（臺灣作家全集）　臺北　前衛出版社　1992 年 4 月　頁 219─240

150. 洪銘水　　楊青矗小說中的「認知」　臺灣文藝　第 59 期　1978 年 6 月　頁 235─239

151. 洪銘水　　楊青矗小說中的「認知」　臺灣文學散論：傳統與現代　臺北　文津出版社　1999 年 12 月　頁 257─264

152. 蕭　蕭　　楊青矗筆下的工廠人意識　臺灣文藝　第 59 期　1978 年 6 月　頁 241─249

153. 蕭　蕭　　楊青矗筆下的工廠人意識　雲端之美‧人間之真　臺北　駱駝出版社　1997 年 3 月　頁 25─38

154. 林清玄　　楊青矗的觸角　時報週刊　第 31 期　1978 年 7 月 2 日　頁 15

155. 林清玄　　從關懷開始──楊青矗的觸角　難遣人間未了情　臺北　時報文化出版公司　1980 年 9 月　頁 247─254

156. 陳　煌　　一支關懷社會的筆──與楊青矗談小說　愛書人　第 83 期　1978

年 8 月 11 日　2 版

157. 許素蘭　論楊青矗小說裡的人際關係　福爾摩沙的明天　臺北　鴻蒙文學
　　　出版公司　1978 年 10 月　頁 132—147

158. 許素蘭　論楊青矗小說裡的人際關係　前衛叢刊　第 2 期　1978 年 10 月
　　　頁 132—147

159. 許素蘭　論楊青矗小說裡的人際關係　昔日之境——許素蘭文學評論集
　　　臺北　鴻蒙文學出版公司　1985 年 9 月　頁 83—105

160. 羊子喬　傳下這把薪火——光復後的鹽分地帶文學〔楊青矗部分〕　鹽分
　　　地帶文學選　臺北　林白出版社　1979 年 1 月　頁 238

161. 羊子喬　傳下這把薪火——光復後的鹽分地帶文學〔楊青矗部分〕　自立
　　　晚報　1979 年 5 月 13 日　10 版

162. 鐵英〔張良澤〕　工作人家——楊青矗　鳳凰樹專欄　臺北　遠景出版社
　　　1979 年 3 月　頁 8—9

163. 潘翠菁　疾首砭時弊、揮淚書民情——評臺灣作家楊青矗　學術研究　第
　　　4 期　1981 年 7 月　頁 101—107

164. 封祖盛　近二十多年來鄉土小說的發展——春明、王禎和、陳映真、王
　　　拓、楊青矗等的創作　臺灣小說主要流派初探　福州　福建人民
　　　出版社　1983 年 10 月　頁 145—156

165. 何　欣　論楊青矗　當代臺灣作家論　臺北　東大圖書公司　1983 年 12
　　　月　頁 151—167

166. 齊邦媛　江河匯集成海的六十年代小說——楊青矗　文訊雜誌　第 13 期
　　　1984 年 8 月　頁 61

167. 齊邦媛　江河匯集成海的六〇年代小說——楊青矗　霧漸漸散的時候　臺
　　　北　九歌出版社　1998 年 10 月　頁 78

168. 林　梵　從迷惘到自主——第一代到第四代的文學旅程〔楊青矗部分〕
　　　臺灣文學的過去與未來　臺北　臺灣文藝雜誌社　1985 年 3 月
　　　頁 76

169. 高天生　臺灣工人的作家——楊青矗[12]　暖流　第 1 卷第 6 期　1982 年 6 月　頁 64—68

170. 高天生　工人小說家楊青矗　臺灣小說與小說家　臺北　前衛出版社　1985 年 5 月　頁 121—132

171. 葉石濤　臺灣文學史大綱（後篇）——七十年代的臺灣文學：人性乎？鄉土乎？〔楊青矗部分〕　文學界　第 15 期　1985 年 8 月　頁 191

172. 葉石濤　七〇年代的臺灣文學——鄉土乎？人性乎？——作家與作品〔楊青矗部分〕　臺灣文學史綱　高雄　文學界雜誌社　1991 年 1 月　頁 157

173. 葉石濤　臺灣文學史綱——七〇年代的臺灣文學——鄉土乎？人性乎？〔楊青矗部分〕　葉石濤全集·評論卷五　臺南，高雄　國立臺灣文學館，高雄市文化局　2008 年 3 月　頁 174—175

174. 包恆新　臺灣鄉土作家文藝美學思想初探〔楊青矗部分〕　臺灣香港文學論文選　福州　海峽文藝出版社　1985 年 9 月　頁 15

175. 葉石濤　走過紛爭歲月·邁向多元年代——臺灣文學的回顧與前瞻（上、中、下）〔楊青矗部分〕　自立晚報　1985 年 10 月 29—31 日　10 版

176. 葉石濤　走過紛爭歲月，邁向多元世代——臺灣文學的回顧與前瞻〔楊青矗部分〕　葉石濤全集·評論卷三　臺南，高雄　國立臺灣文學館，高雄市文化局　2008 年 3 月　頁 303

177. 宋田水　要死不活的臺灣文學——透視臺灣作家的良心——楊青矗、宋澤萊　臺灣新文化　第 14 期　1987 年 11 月　頁 47

178. 黃重添　絢麗多姿的藝術探微〔楊青矗部分〕　臺灣當代小說藝術采光　廈門　鷺江出版社　1987 年 11 月　頁 47—48

---

[12] 本文後改篇名為〈工人小說家楊青矗〉。本文以工人作家的角度，概述楊青矗生平與作品。全文分 4 小節：1.土生土長的工人作家；2.〈在室男〉初試鶯啼；3.以小說為工人代言；4.毀譽參半論楊青矗。

179. 黃重添　命運坎坷的「受屈辱的一群」〔楊青矗部分〕　臺灣當代小說藝術采光　廈門　鷺江出版社　1987 年 11 月　頁 91—93，96—97

180. 關連閣　楊青矗的小說　現代臺灣文學史　瀋陽　遼寧大學出版社　1987 年 12 月　頁 701—708

181. 汪景壽　楊青矗　臺灣小說作家論　北京　北京大學出版社　1988 年 5 月　頁 214—234

182. 陳芳明　文化上的稱霸與反罷——旁觀楊青矗與張賢亮的筆戰　民進報週刊　第 62 期　1988 年 5 月　頁 28—30

183. 陳芳明　文化上的稱霸與反罷——旁觀楊青矗與張賢亮的筆戰　鞭傷之島　臺北　自立報系文化出版部　1989 年 7 月　頁 53—60

184. 林芳年　鹽甕裡的靈魂——光復後鹽分地帶文學活動狀況〔楊青矗部分〕　鹽分地帶・文學選集 1　臺北　自立晚報社　1988 年 8 月　頁 17

185. 鄭清文　《臺灣當代小說精選》序〔楊青矗部分〕　臺灣當代小說精選（1945—1988）　臺北　新地文學出版社　1989 年 1 月　頁 15

186. 古繼堂　臺灣的工人作家楊青矗　臺灣小說發展史　臺北　文史哲出版社　1989 年 7 月　頁 555—565

187. 紅　河　楊青矗與工人文學　臺灣文學入門文選　臺北　前衛出版社　1989 年 10 月　頁 249—253

188. 沈弘光　從臺灣社會性分工看楊青矗的女工小說　女性人　第 4 期　1990 年 9 月　頁 87—107

189. 王淑秧　七十年代臺灣小說三題——底層小人物的生動畫廊〔楊青矗部分〕　海峽兩岸小說評論　北京　中國人民大學出版社　1992 年 4 月　頁 181—183

190. 高天生　草地囝仔與都市人——《楊青矗集》序　楊青矗集（臺灣作家全集）　臺北　前衛出版社　1992 年 4 月　頁 9—11

191. 高天生　草地囝仔與都市人——《楊青矗集》　短篇小說卷別冊（臺灣作

家全集） 臺北 前衛出版社 1994 年 3 月 頁 183—185

192. 英格麗舒著；劉美梨譯 楊青矗對文學與社會的觀點 民眾日報 1992 年
8 月 5—11 日 17 版

193. 英格麗舒著；劉美梨譯 楊青矗的勞工作品 民眾日報 1992 年 8 月 23 日
27 版

194. 黃重添 王禎和、王拓、楊青矗的小說創作 臺灣文學史（下） 福州
海峽文藝出版社 1993 年 1 月 頁 338—340

195. 彭瑞金 臺灣社會轉型時期的工人作家——楊青矗的工廠人文學 臺灣新
聞報 1993 年 4 月 29 日 14 版

196. 彭瑞金 臺灣社會轉型時期出現的工人作家——楊青矗的工廠人文學 鄉
土與文學：臺灣地區區域文學會議實錄 臺北 文訊雜誌社
1994 年 3 月 頁 104—111

197. 彭瑞金 臺灣社會轉型時期的工人作家——楊青矗的工廠人文學 臺灣文
學探索 臺北 前衛出版社 2003 年 4 月 頁 157—166

198. 王宗法 當代臺灣小說發展的一個輪廓——鄉土派小說的興起〔楊青矗部
分〕 臺港文學觀察 合肥 安徽教育出版社 1994 年 11 月
頁 254—257

199. 許俊雅 從楊青矗小說看戰後臺灣社會的變遷 臺灣文學散論 臺北 文
史哲出版社 1994 年 11 月 頁 321—360

200. 許俊雅 從楊青矗小說看戰後臺灣社會的變遷 高雄歷史與文化論集・第
二輯 高雄 財團法人陳中和翁慈善基金會 1995 年 10 月 頁
261—300

201. 許俊雅 從楊青矗小說看光復後臺灣社會的變遷 臺灣文學論：從現代到
當代 臺北 南天書局 1997 年 10 月 頁 309—350

202. 張超主編 楊青矗 臺港澳及海外華人作家辭典 江蘇 南京大學出版社
1994 年 12 月 頁 589—590

203. 范文馨　　楊青矗小說中的原型[13]　空大人文學報　第 5 期　1996 年 5 月　頁 17—51

204. 古繼堂　　臺灣當代小說創作——臺灣七十年代鄉土小說的崛起〔楊青矗部分〕　中華文學通史・當代文學編（9）　北京　華藝出版社　1997 年 9 月　頁 476—477

205. 皮述民　　多元的當代小說〔楊青矗部分〕　二十世紀中國新文學史　臺北　駱駝出版社　1997 年 10 月　頁 453

206. 計璧瑞，宋剛　　楊青矗　中國文學通典・小說通典　北京　解放軍文藝出版社　1999 年 1 月　頁 1111

207. 王育德　　在恐懼與希望的夾縫間——以王拓和楊青矗為中心——為受虐工人仗義直言　臺灣海峽　臺北　前衛出版社　2000 年 4 月　頁 67—78

208. 范文馨　　臺灣新新聞作家楊青矗之傳記與評論研究　空大人文學報　第 9 期　2000 年 10 月　頁 55—90

209. 范文馨　　楊青矗的冤家之原型研究　空大人文學報　第 11 期　2002 年 12 月　頁 63—79

210. 陳信元　　一九七〇年代臺灣的鄉土文學論戰〔楊青矗部分〕　臺灣新文學發展重大事件論文集　臺南　國家臺灣文學館　2004 年 12 月　頁 129—155

211. 古恆綺等編[14]　　楊青矗　高雄文學小百科　高雄　高雄市文化局　2006 年 7 月　頁 97

212. 黃文成　　「美麗島事件」至解嚴以後（1979—2005）——楊青矗與王拓[15] 受刑與書寫——臺灣監獄文學考察（1895—2005）　中國文化大學中國文學系　博士論文　康來新教授指導　2006 年　頁 295—

[13] 本文以英文書寫，根據榮格的人格理論分析楊青矗小說中的原型。全文共 4 小節：1.Jungian Theory of Personality；2.The Quest for Virginity；3.The Quest for the Self；4.Conclusion。

[14] 編者：古恆綺、汪軍伻、彭瓊儀、許昱裕。

[15] 本文以楊青矗和王拓的在獄中的作品為例，探討兩人的創作路線與人物特色。全文共 4 小節：1. 心夢／心魔之辯；2.性別／體制的超越；3.抽象與真實人生的對話；4.王拓論。

318

213. 黃文成　「美麗島事件」至解嚴以後（1979—2005）——楊青矗與王拓　關不住的繆思——臺灣監獄文學縱橫論　臺北　秀威資訊科技公司　2008 年 4 月　頁 347—375

214. 顧敏耀　始終深情的工人小說家　文訊雜誌　第 255 期　2007 年 1 月　頁 18—28

215. 張晉軍　為苦難農工代言——楊逵與楊青矗鄉土小說比較淺論　太原大學教育學院學報　2007 年第 1 期　2007 年 6 月　頁 62—65

216. 賴佳欣　勇者的回歸——楊青矗《女企業家》、《外鄉女》[16]　工廠女兒圈——論 1970～80 年代臺灣文學中的女工樣貌　臺灣師範大學歷史學系　碩士論文　鄭瑞明教授指導　2007 年 8 月　頁 333—346

217. 黃慧鳳　臺灣勞工文學各時期代表作品——開展期代表作家、作品——工人筆俠楊青矗　臺灣勞工文學　臺北　稻鄉出版社　2007 年 9 月　頁 54—59

218. 黃秋玉　七〇年代臺灣鄉土文學作家及其作品特質——代表作家——楊青矗　七〇年代臺灣鄉土文學及其教學研究——以高中教材為例　彰化師範大學國文學系　碩士論文　蔣美華教授指導　2007 年　頁 63—65

219. 葉石濤　七十年代臺灣文學的回顧〔楊青矗部分〕　民眾日報　1984 年 4 月 17 日　8 版

220. 葉石濤　七〇年代臺灣文學的回顧〔楊青矗部分〕　葉石濤全集・隨筆卷二　臺南，高雄　國立臺灣文學館，高雄市文化局　2008 年 3 月　頁 58

221. 彭瑞金　戰後高雄市文學的融合、衝突與蛻變——戰後臺灣內部移民潮帶給高雄文學的新風貌〔楊青矗部分〕　高雄市文學史——現代篇　高雄　高雄市立圖書館　2008 年 5 月　頁 153—156

---

[16]本文探討《女企業家》與「外鄉女」系列作品中，不同於 1970 年代的女工樣貌。

222. 應鳳凰，傅月庵　　楊青矗──《工廠人》　冊頁流轉──臺灣文學書入門
　　　108　臺北　印刻文學生活雜誌出版公司　2011 年 3 月　頁 108──
　　　109

223. 陳芳明　　一九七〇年代臺灣文學的延伸與轉化──戰後世代本地作家的本
　　　土書寫〔楊青矗部分〕　臺灣新文學史　臺北　聯經出版公司
　　　2011 年 10 月　頁 564──565

224. 黃文成　　美麗島事件政治犯的監獄書寫（上）──楊青矗　黑暗之光──
　　　美麗島事件至解嚴前的臺灣文學　臺南　國立臺灣文學館　2012
　　　年 10 月　頁 86──98

225. 戴華萱　　進入鄉土的寫實小說──「工農漁」文學──臺灣工人的代言
　　　人：楊青矗　鄉土的回歸──六、七〇年代臺灣文學走向　臺
　　　南　國立臺灣文學館　2012 年 11 月　頁 181──192

226. 蕭阿勤　　戰後語言問題與文學發展──鄉土文學論戰──鄉土文學與論
　　　戰：反帝、左傾與地方色彩〔楊青矗部分〕　重構臺灣：當代
　　　民族主義的文化政治　臺北　聯經出版公司　2012 年 12 月
　　　頁 151

227. 謝世宗　　企業管理、性別分工與本土資產階級的想像──楊青矗與陳映真
　　　比較研究　性別正義：探索家庭、校園與職場的重構機制國際會
　　　議　新竹　清華大學歷史研究所，清華大學臺灣文學研究所，清
　　　華大學亞太／文化研究中心，清華大學性別研究室，臺聯大文化
　　　研究國際中心主辦　2013 年 10 月 11──12 日

228. 謝世宗　　企業管理、性別分工與本土資產階級的想像：楊青矗與陳映真比
　　　較研究[17]　臺灣文學研究學報　第 20 期　2015 年 4 月　頁 219──
　　　249

---

[17]本文從左翼視角切入，以楊青矗《工廠女兒圈》與陳映真《萬商帝君》為主，輔以其他作品，比
較兩位作家在國族、階級、性別、思想等議題上的異同。全文共 5 小節：1.導論：國族、階級與
性別的關連；2.從專制體制、霸權體制到理性治理；3.階級剝削、父權體制與抗爭的多重形式；4.
本土資產階級的（另類）想像；5.結論：階級視野的侷限與洞見。

229.〔楊青矗〕　　楊青矗作品介紹　烏腳病庄　臺南　臺南市文化局　2014 年
　　　2 月　頁 216—227

230. 莊金國　　工字要出頭——楊青矗甘為弱勢者發聲　鹽分地帶文學　第 50 期
　　　2014 年 2 月　頁 47—57

分論
◆單行本作品

散文

《筆聲的迴響》

231. 楊　勇　　《筆聲的迴響》評介　出版與研究　第 35 期　1978 年 12 月　頁
　　　20—21

《大人啊！冤枉》

232. 康寧祥　　序楊青矗的《大人啊！冤枉》　自立晚報　1978 年 11 月 19 日　3
　　　版

《楊青矗與國際作家對話》

233. 聶華苓　　幾句心底話：《楊青矗與國際作家對話》代序　楊青矗與國際作家
　　　對話——愛荷華國際作家縱橫談　臺北　敦理出版社　1986 年 4
　　　月　頁 1—2

234. 聶華苓　　幾句心底話：《楊青矗與國際作家對話》代序　自立晚報　1986
　　　年 5 月 24 日　10 版

235. 花　村　　真誠的聲音——讀《楊青矗與國際作家對話》　民眾日報　1986
　　　年 8 月 28 日　8 版

小說
《在室男》

236. 唐吉田　　談《婚禮》與《在室男》　中國時報　1970 年 5 月 28 日　10 版

237. 隱　地　　楊青矗《在室男》評介　幼獅文藝　第 212 期　1971 年 8 月
　　　頁 182—188

238. 花　村　由泥揉成的社會人生——導讀楊青矗早期作品選集《在室男》
　　　民眾日報　1987 年 2 月 7 日　11 版

239. 賀安慰　臺灣當代短篇小說中的風塵女子——六十年代臺灣當代短篇小說
　　　中的風塵女子〔《在室男》部分〕　臺灣當代短篇小說中的女性
　　　描寫　臺北　文史哲出版社　1989 年 1 月　頁 7—9

240. 應鳳凰　楊青矗第一部小說集《在室男》　文訊雜誌　第 347 期　2014 年
　　　9 月　頁 3

241. 應鳳凰　作家第一本書的故事——之一：「在室男」的初戀　鹽分地帶文
　　　學　第 59 期　2015 年 8 月　頁 98—99

242. 應鳳凰　楊青矗《在室男》——「處男」的初戀　文學起步 101——101 位
　　　作家的第一本書　新北　印刻文學出版公司　2016 年 12 月　頁
　　　224—225

《妻與妻》

243. 碧　竹　碧竹談書——《妻與妻》　書評書目　第 1 期　1972 年 9 月　頁
　　　66—67

244. 楊添源　幾點瑕疵——評楊青矗的《妻與妻》　書評書目　第 4 期　1973
　　　年 3 月　頁 62—68

245. 吉　維　《妻與妻》讀後　青溪　第 71 期　1973 年 5 月　頁 100—105

《工廠人》

246. 葉石濤　楊青矗的《工廠人》（上、下）　臺灣日報　1976 年 1 月 7—8 日
　　　12 版

247. 葉石濤　楊青矗的《工廠人》　夏潮　第 2 卷第 4 期　1977 年 4 月　頁 66
　　　—68

248. 葉石濤　楊青矗的《工廠人》　作家的條件　臺北　遠景出版公司　1981
　　　年 6 月　頁 117—125

249. 葉石濤　楊青矗的《工廠人》　同根生　臺北　遠景出版公司　1982 年 7
　　　月　頁 25—32

250. 葉石濤　　楊青矗的《工廠人》　在室男　高雄　敦理出版社　1984 年 8 月　頁 241—248

251. 葉石濤　　楊青矗的《工廠人》　葉石濤全集・評論卷二　臺南，高雄　國立臺灣文學館，高雄市文化局　2008 年 3 月　頁 1—9

252. 廖　翔　　沉重的呼聲——試評《工廠人》　大學雜誌　第 97 期　1976 年 6 月　頁 70—72

253. 洪宏亮　　楊青矗的《工廠人》　書評書目　第 42 期　1976 年 10 月　頁 23—26

254. 江春男　　楊青矗筆下流露的感情　自立晚報　1977 年 6 月 12 日　3 版

255. 許南村〔陳映真〕　楊青矗文學的道德基礎——讀《工廠人》的隨想　臺灣文藝　第 59 期　1978 年 6 月　頁 215—221

256. 許南村　　楊青矗文學的道德基礎——讀《工廠人》的隨想　廠煙下　高雄　敦理出版社　1978 年 12 月　頁 193—203

257. 許南村　　楊青矗文學的道德基礎——讀《工廠人》的隨想　同根生　臺北　遠景出版公司　1982 年 7 月　頁 33—42

258. 許南村　　楊青矗文學的道德基礎——讀《工廠人》的隨想　在室男　高雄　敦理出版社　1984 年 8 月　頁 249—258

259. 陳映真　　楊青矗文學的道德基礎——讀《工廠人》的隨想　孤兒的歷史・歷史的孤兒　臺北　遠景出版公司　1984 年 9 月　頁 135—143

260. 顏元叔　　我國當前的社會寫實主義小說〔《工廠人》部分〕　社會寫實文學及其他　臺北　巨流圖書公司　1978 年 8 月　頁 98—99

261. 黃武忠　　小說的方言使用——兼談楊青矗《工廠人》、王禎和《嫁粧一牛車》、黃春明《莎呦娜啦・再見》用語之比較　鹽分地帶文學選　臺北　林白出版社　1979 年 1 月　頁 530—544

262. 黃武忠　　小說的方言使用——兼談楊青矗《工廠人》、王禎和《嫁粧一牛車》、黃春明《莎呦娜啦・再見》用語之比較　書評書目　第 72 期　1979 年 4 月　頁 56—65

263. 黃武忠　　小說的方言使用──兼談楊青矗《工廠人》、王禎和《嫁粧一牛車》、黃春明《莎呦娜啦・再見》用語之比較　文藝的滋味　臺北　自立晚報社　1983 年 10 月　頁 13─28

264. 黃武忠　　小說的方言使用──兼談楊青矗《工廠人》、王禎和《嫁粧一牛車》、黃春明《莎呦娜啦・再見》用語之比較　文學動念轉不停　臺南　臺南縣立文化中心　1999 年 5 月　頁 135─154

265. 王　拓　　當代小說所反映的臺灣工人──談楊青矗的《工廠人》　街巷鼓聲　臺北　遠景　1979 年 8 月　頁 21─49

266. 古恆綺等編[18]　　《工廠人》　高雄文學小百科　高雄　高雄市文化局　2006年 7 月　頁 142─143

《工廠女兒圈》

267. 呂秀蓮　　楊青矗的良心與用心──讀《工廠女兒圈》書後　臺灣日報　1978 年 2 月 18 日　20 版

268. 呂秀蓮　　楊青矗的良心與用心──序　工廠女兒圈　高雄　敦理出版社　1978 年 3 月　頁 21─23

269. 柴松林　　眼淚、血汗、豐收──平心靜氣談女工問題〔《工廠女兒圈》〕　工廠女兒圈　高雄　敦理出版社　1978 年 3 月　頁 1─19

270. 柴松林　　眼淚、汗水、豐收──序楊青矗著《工廠女兒圈》　夏潮　第 4卷第 4 期　1978 年 4 月　頁 34─38

271. 柴松林　　眼淚、血汗、豐收──平心靜氣談女工問題〔《工廠女兒圈》〕　同根生　臺北　遠景出版公司　1982 年 7 月　頁 43─57

272. 柴松林　　眼淚、血汗、豐收──平心靜氣談女工問題〔《工廠女兒圈》〕　在室男　高雄　敦理出版社　1984 年 8 月　頁 259─273

273. 葉石濤　　評《工廠女兒圈》（上、下）　臺灣日報　1978 年 7 月 22─23日　12 版

274. 葉石濤　　評《工廠女兒圈》　在室男　高雄　敦理出版社　1984 年 8 月

---

[18]編者：古恆綺、汪軍伻、彭瓊儀、許昱裕。

頁 275—281

275. 葉石濤　評《工廠女兒圈》　沒有土地，哪有文學　臺北　遠景出版公司　1985 年 6 月　頁 77—83

276. 葉石濤　評《工廠女兒圈》　葉石濤全集・評論卷二　臺南，高雄　國立臺灣文學館，高雄市文化局　2008 年 3 月　頁 75—82

277. 蕭　蕭　談楊青矗的小說集——《工廠女兒圈》的運動功能（上、下）臺灣日報　1978 年 9 月 7—8 日　12 版

278. 蕭　蕭　楊青矗小說《工廠女兒圈》的運動功能　雲端之美・人間之真　板橋　駱駝出版社　1997 年 3 月　頁 39—51

279. 黃武忠　小說家的社會關懷：兼談子于《迷惑》與楊青矗《工廠女兒圈》之比較　書評書目　第 90 期　1980 年 10 月　頁 30—34

280. 黃武忠　小說家的社會關懷：兼談子于《迷惑》與楊青矗《工廠女兒圈》之比較　文學動念轉不停　臺南　臺南縣立文化中心　1999 年 5 月　頁 205—213

281. 侯如綺　楊青矗小說《工廠女兒圈》中的女性關懷　臺灣文藝　第 182 期　2002 年 6 月　頁 31—47

282. 賴佳欣　「工人筆俠」強有力的發聲——楊青矗《工廠女兒圈》　工廠女兒圈——論 1970～80 年代臺灣文學中的女工樣貌　臺灣師範大學歷史學系　碩士論文　鄭瑞明教授指導　2007 年 8 月　頁 116—210

《在室女》

283. 農倫讀　蓬門未識綺羅香——《在室女》的隱喻和對比　自立晚報　1985 年 6 月 4 日　10 版

《心標》

284. 〔編輯部〕　《心標》　文化貴族　第 5 期　1988 年 6 月　頁 110

《覆李昂的情書》

285. 彭瑞金　怨懟可以當歌？讀楊青矗《覆李昂的情書》　文訊雜誌　第 29 期

　　　　　　　1987 年 4 月　頁 268—272

286. 彭瑞金　　怨懟可以當歌？讀楊青矗《覆李昂的情書》　文學隨筆　高雄
　　　　　　　高雄市立中正文化中心管理處　1996 年 5 月　頁 217—225

287. 柏　楊　　人權被摧殘‧使人悲涼——《給臺灣的情書》序　給臺灣的情書
　　　　　　　臺北　敦理出版社　1987 年 7 月　頁 1—4

《楊青矗集》

288. 許俊雅　　臺灣勞工的心聲——評《楊青矗集》　島嶼容顏：臺灣文學評論
　　　　　　　集　臺北　臺北縣政府文化局　2000 年 12 月　頁 166—169

289. 申惠豐　　評介《楊青矗集》　臺灣時報　2007 年 3 月 12 日　15 版

290. 申惠豐　　從庶民大眾悟得生命意志——《楊青矗集》評介　孕育臺灣人文
　　　　　　　意識——50 好書　臺北　前衛出版社　2007 年 9 月　頁 151—
　　　　　　　156

291. 吳　當　　擎舉勞工文學的大纛——《楊青矗集》　芬芳書香　臺東　長虹
　　　　　　　文化　2013 年 3 月　頁 173—179

◆多部作品

《在室男》、《心癌》、《妻與妻》

292. 李師鄭　　談楊青矗的三個短篇集〔《在室男》、《心癌》、《妻與妻》〕
　　　　　　　書評書目　第 23 期　1975 年 3 月　頁 137—139

《廠煙下》、《大人啊！冤枉》

293. 黃信介　　工人筆俠——序楊青矗《廠煙下》及《大人啊！冤枉》　廠煙下
　　　　　　　高雄　敦理出版社　1978 年 12 月　頁 1—4

294. 康寧祥　　工人、作家、政治——序楊青矗《廠煙下》及《大人啊！冤枉》
　　　　　　　廠煙下　高雄　敦理出版社　1978 年 12 月　頁 5—8

295. 康寧祥　　工人、作家、政治——序楊青矗《廠煙下》及《大人啊！冤枉》
　　　　　　　工廠人的心願　高雄　敦理出版社　1979 年 6 月　頁 5—8

《工廠人》、《工廠女兒圈》

296. 彭瑞金　　鳥瞰楊青矗的工人小說〔《工廠人》、《工廠女兒圈》部分〕

廠煙下　高雄　敦理出版社　1978 年 12 月　頁 205—221

297. 彭瑞金　鳥瞰楊青矗的工人小說〔《工廠人》、《工廠女兒圈》部分〕
　　　泥土的香味　臺北　東大圖書公司　1980 年 4 月　頁 107—120

《心標》、《連雲夢》

298. 柴松林　敲開標箱看底價——讀楊青矗的《心標》與《連雲夢》　自立晚
　　　報　1987 年 1 月 14 日　10 版

299. 柴松林　敲開女強人愛情與事業的標箱，探討企業家標箱裡的人生底價——
　　　《心標》與《連雲夢》序　連雲夢　臺北　敦理出版社　1987
　　　年 1 月　頁 1—6

300. 柴松林　敲開女強人愛情與事業的標箱，探討企業家標箱裡的人生底價——
　　　《心標》與《連雲夢》序　心標　臺北　敦理出版社　1987 年 1
　　　月　頁 1—6

301. 黃重添　臺灣企業家的心路——評楊青矗新作二部曲《連雲夢》[19]　臺灣
　　　研究集刊　1988 年第 4 期　1988 年 11 月　頁 59—65

302. 黃重添　《連雲夢》[20]作品評析　臺灣百部小說大展　福州　海峽文藝出版
　　　社　1990 年 7 月　頁 172—174

單篇作品

303. 隱　地　〈在室男〉附註　五十八年短篇小說選　臺北　爾雅出版社　1970
　　　年 3 月　頁 314—315

304. 隱　地　〈在室男〉附註　五十八年短篇小說選　臺北　書評書目出版社
　　　1978 年 1 月　頁 314—315

305. 顏元叔　《人間選集》讀後感〔〈在室男〉部分〕　文學經驗　臺北　志文
　　　出版社　1972 年 7 月　頁 51—53

306. 劉建仁　〈在室男〉的臺灣方言　臺灣風物　第 22 卷第 4 期　1972 年 12
　　　月　頁 49

---

[19] 《連雲夢》一書分為上下兩冊，副標分別為《心標》與《連雲夢》。
[20] 《連雲夢》一書分為上下兩冊，副標分別為《心標》與《連雲夢》。

307. 康　　原　　小說的社會功能〔〈在室男〉部分〕　鄉土檔案　彰化　彰化縣
　　　　　　　　　立文化中心　1993 年 6 月　頁 287—288

308. 劉雅薇　　　楊青矗〈在室男〉初探　國文天地　第 265 期　2007 年 6 月
　　　　　　　　　頁 51—56

309. 朱宥勳　　　純潔及其所傷害的——楊青矗〈在室男〉　學校不敢教的小說
　　　　　　　　　臺北　寶瓶文化公司　2014 年 4 月　頁 48—53

310. 隱　　地　　〈工等五等〉附註　五十九年短篇小說選　臺北　大江出版社
　　　　　　　　　1971 年 3 月　頁 17—18

311. 隱　　地　　〈工等五等〉附註　五十九年短篇小說選　臺北　爾雅出版社
　　　　　　　　　1981 年 7 月　頁 17—18

312. 旻　　黎　　《五十九年短篇小說選》評介〔〈工等五等〉部分〕　年度小說選
　　　　　　　　　資料篇　臺北　爾雅出版社　1983 年 2 月　頁 137—140

313. 林鍾隆　　　若有所悟〔〈升〉〕　臺灣文藝　第 34 期　1972 年 1 月　頁 7

314. 許達然　　　六〇—七〇年代臺灣社會與文學——論述相反的臺灣 1970 年代短
　　　　　　　　　篇小說〔〈升〉部分〕　苦悶與蛻變——60、70 年代臺灣文學與
　　　　　　　　　社會國際學術研討會　臺中　東海大學中文系主辦　2006 年 11 月
　　　　　　　　　頁 40—41

315. 鄭明娳　　　〈低等人〉評析　青溪　第 56 期　1972 年 2 月　頁 170—171

316.〔鄭明娳編〕　〈低等人〉附註　六十年短篇小說選　臺北　大江出版社
　　　　　　　　　1972 年 3 月　頁 201—203

317.〔鄭明娳編〕　〈低等人〉附註　六十年短篇小說選　臺北　爾雅出版社
　　　　　　　　　1972 年 4 月　頁 201—203

318. 壹闡提　　　我讀《六十年短篇小說選》〔〈低等人〉部分〕　年度小說選資
　　　　　　　　　料篇　臺北　爾雅出版社　1983 年 2 月　頁 141—147

319.〔彭瑞金選編〕　〈低等人〉賞析　國民文選・小說卷 3　臺北　玉山社出
　　　　　　　　　版公司　2004 年 7 月　頁 253—254

320. 林文義　　　導讀楊青矗〈低等人〉　二十世紀臺灣文學金典：小說卷（戰後

時期‧第一部） 臺北 聯合文學出版社 2006 年 1 月 頁 402
—403

321. 陳克環 爬一座沒有頂峰的山──評「當代中國小說大展」〔〈狗與人之
間〉部分〕 書評書目 第 23 期 1975 年 3 月 頁 80—94

322. 朱西甯 一束初綻之花〔〈血流〉部分〕 朱西甯隨筆 臺北 水芙蓉出
版社 1975 年 4 月 頁 247

323. 朱西甯 一束初綻之花〔〈血流〉部分〕 微言篇 臺北 三三書坊
1981 年 1 月 頁 259

324. 回 回 從《男與女》談新女性主義〔〈昭玉的青春〉部分〕 臺灣新聞
報 1976 年 8 月 16 日 12 版

325. 季 季 關於《六十五年短篇小說選》──楊青矗的〈昭玉的青春〉 書
評書目 第 49 期 1977 年 5 月 頁 120—123

326. 季 季 評介楊青矗〈昭玉的青春〉 六十五年短篇小說選 臺北 爾雅
出版社 1981 年 5 月 頁 205—208

327. 陳芳明 作品導讀／〈昭玉的青春〉 青少年臺灣文庫 II──小說讀本 2：
約會 臺北 國立編譯館 2008 年 12 月 頁 177—178

328. 花 村 從〈心癌〉論楊青矗的文學質素 臺灣文藝 第 59 期 1978 年 6
月 頁 223—234

329. 朱西甯 輔導欣賞──〈成龍之後〉 同根生 高雄 敦理出版社 1978
年 6 月 頁 27—28

330. 葉石濤，彭瑞金；許素貞記錄 又是陳酒、又是新釀──葉石濤、彭瑞金
對談評論（下）精短篇的範文──〈溜美打卡補習班〉 民眾日
報 1979 年 2 月 11 日 12 版

331. 葉石濤，彭瑞金；許素貞記錄 又是陳酒、又是新釀──葉石濤、彭瑞金
眾副小說對談評論〔〈溜美打卡補習班〉部分〕 葉石濤全集‧
評論卷六 臺南，高雄 國立臺灣文學館，高雄市政府文化局
2008 年 3 月 頁 265

332. 魯　達　　新的作家，新的題材——評楊青矗的〈工廠人〉　開卷　第 7 期
　　　　　　　1979 年 5 月　頁 128—132

333. 尹虎彬　　〈工廠人〉作品鑒賞　臺港小說鑒賞辭典　北京　中央民族學院出
　　　　　　　版社　1994 年 1 月　頁 523—525

334. 范亮石　　臺灣文學作品中醫師的形象〔〈現代華陀〉部分〕　臺灣文藝
　　　　　　　第 102 期　1986 年 9 月　頁 116—121

335. 林雙不　　在暗夜裡追尋光——《一九八七臺灣小說選》編選序〔〈覆李昂
　　　　　　　的情書〉部分〕　1987 臺灣小說選　臺北　前衛出版社　1988
　　　　　　　年 4 月　頁 26—28

336. 林雙不　　在暗夜裡追尋光——《一九八七臺灣小說選》編序——〈覆李昂
　　　　　　　的情書〉　臺灣新文化　第 20 期　1988 年 5 月　頁 85—86

337. 陳維松　　〈一縷香語〉賞析　臺灣散文鑑賞辭典　太原　北岳文藝出版社
　　　　　　　1991 年 12 月　頁 874—875

338. 許秦蓁　　走在「文學邊緣」的「科技樂園」——新竹科學工業園區文化生
　　　　　　　態初探〔〈綠園的黃昏〉部分〕　解嚴以來臺灣文學國際學術研
　　　　　　　討會論文集　臺北　萬卷樓圖書公司　2000 年 9 月　頁 303

339. 郭誌光　　仰天看星：自我孤絕感〔〈婉晴的失眠症〉部分〕　戰後臺灣勞
　　　　　　　工題材小說的異化主題（1945—2005）　清華大學臺灣文學研究
　　　　　　　所　碩士論文　陳萬益教授指導　2006 年 8 月　頁 44

340. 郭誌光　　鴻溝難越：上私下屬間的交流〔〈龍蛇之交〉部分〕　戰後臺灣
　　　　　　　勞工題材小說的異化主題（1945—2005）　清華大學臺灣文學研
　　　　　　　究所　碩士論文　陳萬益教授指導　2006 年 8 月　頁 80—81

多篇作品

341. 黃拔光　　臺灣著名工人作家楊青矗〔〈低等人〉、〈成龍之後〉〕　福建
　　　　　　　文學　第 77 期　1982 年 6 月　頁 57—58，66

342. 賀安慰　　她們的遭遇——論臺灣當代短篇小說中的貧窮女子〔〈同根
　　　　　　　生〉、〈麻雀飛上鳳凰枝〉部分〕　臺灣當代短篇小說中的女

性描寫　臺北　文史哲出版社　1989 年 1 月　頁 33—35

343. 張大春　威權與挫敗——當代臺灣小說中的父親形象〔〈冤家〉、〈寡婦〉部分〕　張大春的文學意見　臺北　遠流出版公司　1992 年 5 月　頁 69

344. 王震亞　工人筆俠——楊青矗與〈低等人〉、〈升遷道上〉　臺灣小說二十家　北京　北京出版社　1993 年 12 月　頁 262—276

345. 郭誌光　風雨漫慢迢迢路：無規範感〔〈樑上君子〉、〈掌權之時〉部分〕　戰後臺灣勞工題材小說的異化主題（1945—2005）　清華大學臺灣文學研究所　碩士論文　陳萬益教授指導　2006 年 8 月　頁 36—37

346. 李淑君　資本主義及現代性下的女工——論楊青矗小說中的女工主體與處境〔〈昭玉的青春〉、〈升遷道上〉、〈龜爬壁與水崩山〉〕　臺灣文學評論　第 6 卷第 4 期　2006 年 10 月　頁 71—93

347. 景　娟　鄉下人進城——以六七十年代臺灣文學為中心〔〈新時代〉、〈升遷道上〉、〈成龍之後〉部分〕　華文文學　2015 年第 1 期　2015 年 2 月　頁 106—109

作品評論目錄、索引

348. 〔編輯部〕　關於本書作者批評及專訪目錄索引——楊青矗　中國當代十大小說家選集　臺北　源成文化圖書供應社　1977 年 7 月　頁 598—599

349. 許素蘭　楊青矗小說評論引得　楊青矗集（臺灣作家全集）　臺北　前衛出版社　1992 年 4 月　頁 241—245

350. 許素蘭　楊青矗小說評論引得　囿：楊青矗選集　臺南　臺南縣立文化中心　1999 年 5 月　頁 302—307

351. 英格麗舒（Ingrid Schuh）著；劉美梨譯　楊青矗小說評論引得　臺灣作家楊青矗小說研究（1975 年以前）　臺南　臺南縣政府　2007 年 1 月　頁 254—257

352. 〔封德屏主編〕　　　楊青矗　臺灣現當代作家評論資料目錄（五）　臺南　國立臺灣文學館　2010 年 11 月　頁 3586—3602

其他

353. 于國華　　《楊青矗台語注音讀本》　民生報　1997 年 12 月 22 日　19 版

354. 〔自立晚報〕　　　楊青矗編著整套臺語注音讀本〔《楊青矗台語注音讀本》〕　自立晚報　1999 年 6 月 21 日　16 版

355. 許達然　　從俗語看臺灣史——序《台灣俗語辭典》　文學臺灣　第 26 期　1998 年 4 月　頁 15—31

356. 潘　罡　　楊青矗再出母語有聲書〔《客台華三語共用拼音與說讀》〕　中國時報　2001 年 3 月 14 日　21 版

357. 張夢瑞　　楊青矗拼音法客臺話通吃〔《客台華三語共用拼音與說讀》〕　民生報　2001 年 3 月 14 日　A6 版

358. 陳玲芳　　楊青矗鑽研臺灣音標有成——《客台華三語共用拼音與說讀》問世　臺灣日報　2001 年 3 月 14 日　14 版

359. 何思祈　　臺灣第一本《台詩三百首》問世　聯合報　2003 年 8 月 21 日　5 版

360. 〔臺灣日報〕　　　費時近七年，楊青矗完成《台詩三百首》　臺灣時報　2003 年 8 月 30 日　5 版

361. 陳希林　　祖先留的寶不能遺忘——楊青矗整理發表《台詩三百首》　中國時報　2003 年 9 月 1 日　D8 版

362. 趙靜瑜　　楊青矗以臺灣觀點編選古典詩《台詩三百首》　自由時報　2003 年 9 月 1 日　41 版

363. 陳玲芳　　楊青矗編撰《台詩三百首》　臺灣時報　2003 年 9 月 1 日　18 版

364. 申惠豐　　詩寫臺灣——楊青矗選編《台詩三百首》　2003 年臺灣文學年鑑　臺北　行政院文建會　2004 年 8 月　頁 174—175

365. 邱輝塘　　楊青矗《台詩三百首》讀後　全國新書資訊月刊　第 71 期　2004 年 11 月　頁 78—81

366. 李魁賢　《台詩三百首》出爐　詩的越境　臺北　臺北縣文化局　2004 年
　　　12 月　頁 152—154

367. 張啟芳　《台詩三百首》楊青矗說唱臺灣文學　臺灣日報　2006 年 4 月 2 日
　　　5 版

368. 廖為民　《許信良論政——許信良的政治活動》　臺灣禁書的故事　臺北
　　　允晨文化公司　2017 年 3 月　頁 260—268

國家圖書館出版品預行編目資料

臺灣現當代作家研究資料彙編. 97, 楊青矗/彭瑞金編選.
-- 初版. -- 臺南市：臺灣文學館, 2017.12
　面；　　公分
ISBN 978-986-05-3730-7 (平裝)

1.楊青矗 2.傳記 3.文學評論

863.4　　　　　　　　　　　　　106018021

【臺灣現當代作家研究資料彙編】97

楊青矗

發 行 人　廖振富
指導單位　文化部
出版單位　國立臺灣文學館
　　　　　地　　　址／70041 臺南市中西區中正路 1 號
　　　　　電　　　話／06-2217201　　　　　傳　　真／06-2218952
　　　　　網　　　址／www.nmtl.gov.tw　　　電子信箱／pba@nmtl.gov.tw

總 策 畫　封德屏
顧　　問　林淇瀁　張恆豪　許俊雅　陳義芝　須文蔚　應鳳凰
工作小組　王則翔　沈孟儒　林暄燁　黃子恩　陳映潔
編　　選　彭瑞金
責任編輯　呂欣茹　沈孟儒
校　　對　呂欣茹　沈孟儒　黃子恩
計畫團隊　財團法人台灣文學發展基金會
美術設計　翁國鈞・不倒翁視覺創意
印　　刷　松霖彩色印刷事業有限公司

著作財產權人　國立臺灣文學館
　　　　本書保留所有權利。欲利用本書全部或部分內容者，須徵求著作財產權人
　　　　同意或書面授權。請洽國立臺灣文學館研究典藏組（電話：06-2217201）

經銷展售　國家書店松江門市（02-25180207）
　　　　　國立臺灣文學館藝文商店（06-2217201#2960）
　　　　　一德洋樓羅布森冊惦（04-22333739）
　　　　　三民書局（02-23617511、02-2500-6600）
　　　　　台灣的店（02-23625799）　　　　府城舊冊店（06-2763093）
　　　　　南天書局（02-23620190）　　　　唐山出版社（02-23633072）
　　　　　後驛冊店（04-22211900）　　　　五南文化廣場（04-22260330）

初版一刷　2017 年 12 月
定　　價　新臺幣 330 元整
　　　　　第一階段 15 冊新臺幣 5500 元整　第二階段 12 冊新臺幣 4500 元整
　　　　　第三階段 23 冊新臺幣 8500 元整　第四階段 14 冊新臺幣 5000 元整
　　　　　第五階段 16 冊新臺幣 6000 元整　第六階段 10 冊新臺幣 3800 元整
　　　　　第七階段 10 冊新臺幣 3200 元整　全套 100 冊新臺幣 30000 元整

GPN　1010601826（單本）　ISBN　978-986-05-3730-7（單本）
　　　1010000407（套）　　　　　　978-986-02-7266-6（套）

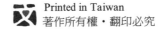